MW01132687

1 MONTH OF
FREE
READING

at

www.ForgottenBooks.com

By purchasing this book you are eligible for one month membership to ForgottenBooks.com, giving you unlimited access to our entire collection of over 1,000,000 titles via our web site and mobile apps.

To claim your free month visit: www.forgottenbooks.com/free623410

* Offer is valid for 45 days from date of purchase. Terms and conditions apply.

ISBN 978-0-484-47935-6
PIBN 10623410

This book is a reproduction of an important historical work. Forgotten Books uses
state-of-the-art technology to digitally reconstruct the work, preserving the original format
whilst repairing imperfections present in the aged copy. In rare cases, an imperfection in
the original, such as a blemish or missing page, may be replicated in our edition. We do,
however, repair the vast majority of imperfections successfully; any imperfections that
remain are intentionally left to preserve the state of such historical works.

Forgotten Books is a registered trademark of FB &c Ltd.
Copyright © 2018 FB &c Ltd.
FB &c Ltd, Dalton House, 60 Windsor Avenue, London, SW19 2RR.
Company number 08720141. Registered in England and Wales.

For support please visit www.forgottenbooks.com

Hachette's Modern French Authors—*Continued*

With Introductions, Annotations, etc., by eminent Professors

	s.	d.
*Macé. Contes du Petit Château. 1re Série ... net	1	0
*Macé. Contes du Petit Château. 2e Série ... net	1	0
*Mairet. La Tâche du Petit Pierre	1	3
Maistre, X. de. La Jeune Sibérienne, etc.	1	0
*Maistre, X. de. Les Prisonniers du Caucase	0	10
*Maistre, X. de. Un Voyage autour de ma Chambre ...	0	10
*Malot. Capi et sa Troupe ...	2	0
*Malot. L'Ile Déserte net	2	0
*Malot. Remi et ses Amis. Episode de 'Sans Famille' net	2	0
—— Exercises on same ...	0	6
*Malot. Remi en Angleterre net	2	0
—— Exercises on same ...	0	6
*Malot. Sous Terre ... net	2	0
*Malot. Sur Mer ... net	2	0
*Marmier. Le Protégé de Marie-Antoinette	2	0
*Masson. Enfants Célèbres:— Napoléon II., A. de Boufflers, Elizabeth Cazotte	0	9
Maupassant. Trois Contes (Direct French Reader) ...	1	3
Mérimée. Chronique du Règne de Charles IX. ...	2	0
*Mérimée. Colomba... ...	2	6
—— Exercises on same ...	0	6
Michaud. Histoire de la Première Croisade ...	2	0
*Michelet. Louis XI. et Charles le Téméraire ...	2	0
*Michelet. Récits de Histoire de France, in 2 Parts. Each	2	0
*Musset. Croisilles	0	10
*Musset. Histoire d'un Merle blanc	0	10
*Musset. Pierre et Camille ...	0	10
*Musset. Selections	2	0
*Ohnet, G. Le Chant du Cygne	2	0
*Ponsard. Charlotte Corday	2	0
Ponsard. Le Lion Amoureux	2	0
Quinet. Lettres à sa Mère ...	2	0

	s.	d
*Richebourg. Deux Amis ...	0	10
*Rousset. Alma et Balaclava	0	10
*Rousset. La Bataille d'Inkermann·	0	10
Saint-Germain. Pour une Epingle	2	0
Saintine. Picciola	2	0
—— Vocabulary to 'Picciola'	0	6
*Sand. La Mare au Diable ...	2	0
*Sand. La Petite Fadette ...	2	6
—— Exercises on same ...	0	6
Sardou. Perle Noire ...	1	6
Scribe. Bertrand et Raton ...	1	6
Souvestre. Au Coin du Feu	1	6
Souvestre. Un Philosophe sous les Toits	1	6
——Vocabulary to same ...	1	6
*Souvestre. Un Philosophe sous les Toits	2	0
*Souvestre. Le Serf... ...	0	10
*Souvestre. Le Chevrier de Lorraine	0	10
—— Vocabulary to 'Le Serf' and 'Chevrier de Lorraine'	0	6
Staël, Mme. de. Le Directoire	1	6
Theuriet. Les Enchantements de la Forêt... ...	2	6
Thierry, Aug. Récits des Temps Mérovingiens, I.-III.	2	0
—— Récits IV.—VII. ...	2	0
Töpffer. Histoire de Charles, Histoire de Jules	0	10
*Verne. Le Tour du Monde en 80 Jours	3	0
Vigny. Cinq Mars	4	0
*Vigny. Canne de Jonc ...	2	0
Villemain. Lascaris ...	1	6
Witt. De Glaçons en Glaçons	1	6
Witt. Derrière les Haies ...	2	0
*Witt. Les Héroïnes de Harlem	2	0
Zeller. François Ier	2	0
Zeller. Henri IV.	2	0
*Zola. L'Attaque du Moulin	1	6

The Volumes indicated by Asterisks (*) have French-English Vocabularies appended.

SELECTIONS FROM MODERN FRENCH AUTHOR⸱

Select Passages in Prose and Verse from Modern and Contemporary French Authors.

s.

Chosen and Annotated by L. E. KASTNER, M.A., *Professor of French Language and Literature in the University of Manchester.*

Intermediate Course.—Extracts from Representative Writers of the **XIXth** and **XXth Centuries,** for Middle and Upper Forms and Junior University Students ... ... *net* 2 (

Senior Course.—170 Standard Pieces from Writers of the **XVIIth, XVIIIth, XIXth** and **XXth Centuries,** for Upper Forms and University Students ... ... *net* 3 6

Half-Hours with Modern French Authors.

Standard Pieces, from C. Baudelaire, F. Coppée, A. Daudet, O. Feuillet, Pierre Loti, H. Malot, Guy de Maupassant, Henri Taine, Emile Zola, etc. With Vocabulary by JULES LAZARE, B. ès L.

First Part (Intermediate and Advanced). 125 Selections ... 2 6

Second Part (Advanced). 70 Longer Selections 3 0

Morceaux Choisis des Auteurs Contemporains.

Selections from Writers of the XIXth and XXth Centuries, including M. M. René Bazin, H. Bordeaux, P. Bourget, A. Daudet, Cl. Farrère, Anatole France, Guy de Maupassant, Marcel Prevost, Marcelle Tinayre, Emile Zola, etc. With Biographical Notices, Vocabulary (including Notes), etc., by MARC CEPPI, of *Whitgift School, Croydon* 2 6

Short Stories from Modern French Authors.

Selected as subjects for French Conversation, with Oral Tests, Grammatical Questions and General Notes in French. 34 contributions by A. Daudet, A. Dumas, J. Claretie, O. Feuillet, Victor Hugo, Th. Gautier, J. Sandeau, A. Theuriet, A. de Vigny, etc. ... 2 6

Petits Chefs-d'Œuvre Contemporains.

Six brilliant Tales by P. Arène, Claretie, F. Coppée, Guy de Maupassant, Richepin and Theuriet, with Notes and Vocabulary by JULES LAZARE, B. ès L. 2 0

Contes et Nouvelles des Meilleurs Auteurs Contemporains, with Vocabularies, etc., by J. LAZARE, B. ès L.

First Series : (A. Daudet, A. France, P. et V. Margueritte, P. Arène, F. Coppée, J. Normand, etc.) 1 6

Second Series : (J. Lemaître, Guy de Maupassant, A. Theuriet, A. Daudet, V. Sardou, F. Coppée, P. Maël, etc.) 1 6

EDMOND ABOUT

L'HOMME A L'OREÍLLE CASSÉE

BY THE SAME EDITOR

E. About.—Contes Choisis, containing: La Fille du Chanoine, la Mère de la Marquise, Extracts from ‚‘Trente et Quarante’ and ‘Le Roi des Montagnes,’ ‘Les Gendarmes,’ etc. Edited with Introduction, Notes, and Vocabulary, by the late Rev. P. H. E. BRETTE B.D., and G. MASSON, B.A. New Edition revised by H. TESTARD, B.A., B.D., etc., etc. 260 pages. Crown 8vo. Cloth, 2s.

E. About.—Le Roi Des Montagnes. Edited with Introduction, Notes, and Vocabulary. 250 pages. Crown 8vo. Cloth, 2s.

E. About.—La Fille du Chanoine. Edited and annotated by the late Rev. P. H. E. BRETTE, B.D., and GUSTAVE MASSON, B.A., with a Vocabulary and the Notes specially revised, extended, and adapted for the use of Intermediate Pupils, by H. TESTARD, B.A., B.D., etc. Crown 8vo. Cloth, 10d.

H. Malot.—Sur Mer. (Épisode de ‘Romain Kalbris.’) Prepared for use in English Schools by the Author himself, and edited with Explanatory Notes and a French-English Vocabulary, by H. TESTARD, B.A., B.D., etc. 260 pages. Crown 8vo. Cloth, 2s.

A. Thierry.—Récits des Temps Mérovingiens. Récits I.-III. With Biographical Notice, Explanatory Notes, an Appendix, and a Biographical and Geographical Index. 160 pages. Crown 8vo. With Illustrations and a Map. Cloth, 2s.

A. Thierry.—Récits des Temps Mérovingiens. Récits IV.-VII. With Biographical Notice, Explanatory Notes, an Appendix, and a Biographical Index. 240 pages. Crown 8vo. Illustrated, with Map. Cloth, 2s.

Zeller.—Richelieu. Edited with Explanatory Notes, and a Biographical and Grammatical Index. 330 pages. Crown 8vo. With numerous Illustrations. Cloth, 2s.

Fénelon.—Les Aventures de Télémaque. Books 1, 2, 3, with Grammatical and Explanatory Notes. 1 vol., 6d. Books 4 and 5, with Grammatical and Explanatory Notes. 1 vol., 6d. Books 12, 13, 14, with Grammatical and Explanatory Notes. 1 vol., 6d.

THÉATRE FRANÇAIS.

Popular French Plays, with Summaries of the Plots in English, and Explanatory Notes by distinguished and experienced French Masters. General Editor: Prof. H. TESTARD, B.A., B.D., etc., etc.

FIRST SERIES.
(*For Schools and Families.*)
Price per Volume, 9d.

Vol. 1.—**Labiche et Jolly.—Le Baron de Fourchevif.**
Vol. 3.—**Legouvé et Labiche.—La Cigale chez les Fourmis.**
Vol. 12.—**Labiche, E.—La Lettre chargée.**

SECOND SERIES.
(*For Adult Students.*)
Price per Volume, 1s.

Vol. 1.—**Coppée, F.—Le Passant.**
Vol. 4.—**Ohnet, G.—Le Maître de Forges.**

HACHETTE'S ELEMENTARY FRENCH READERS.

With Explanatory Notes, French-English Vocabularies, and a List of French Irregular Verbs.

Vol. 2.—**Colet, Mme. L.—Deux Enfants de Charles I**er. Cloth, 8d.
Vol. 13.—**Vattemare, H.—Vie et Voyages de James Cook.** Cloth, 8d.

EDMOND ABOUT

L'HOMME A L'OREILLE CASSÉE

Edited with Grammatical, Historical, and Explanatory
Notes and a complete French-English Vocabulary

BY

PROF. HENRI TESTARD, B.A., B.D.

*Officier de l'Instruction Publique; Membre de la Société
des Gens de Lettres; Lecturer and Examiner;
Royal Naval College, Greenwich*

NEW AND AUTHORISED EDITION

LIBRAIRIE HACHETTE & CIE
LONDON : 18 KING WILLIAM STREET, CHARING CROSS
PARIS : 79 BOULEVARD SAINT-GERMAIN

1899

All rights reserved

PQ
2151₃
.H6

PREFACE

EDMOND FRANÇOIS VALENTIN ABOUT was a Lorrainer, born at Dieuze, in the department of Meurthe, in 1828. His father was a *juge de paix*, and his grandfather a peasant proprietor who was nicknamed About from his habit of calling out when irritated: 'ne me poussez *à bout*.' His patronymic is well-nigh forgotten. The future novelist, having two elder brothers who were to become the one a lawyer and the other a doctor, was destined for the Church, and, when twelve years old, was sent to the Roman Catholic Seminary of Pont-à-Mousson. He was, however, soon expelled from the school for arguing irreverently with his masters on questions of dogma. 'The good fathers who conducted the school'—says the anonymous writer of an obituary notice which appeared in the *Times* of January 19th, 1885, three days after E. About's death—'had at first tried beating to induce a lowly tone of mind, but Edmond was a hardy little churl with a tough skin and irrepressible animal spirits to keep a saucy tongue wagging. Shortly after his return home, he was sent to Paris, where he attended the lectures of the Lycée Charlemagne, carried off year after year the first prizes of his form, and in 1848 crowned his career by winning the *Prix d'honneur* for Latin composition at the *Concours général*. After two years' training at the *École Normale*, he went to Greece in 1851, at the expense of the French Government, and on his return to Paris published a clever satire on *La Grèce Contemporaine*, which obtained an immense success and was immediately translated into almost every European language. Encouraged by this brilliant *début*, he published in rapid succession : *Tolla* (1855), *Les Mariages de Paris* (1856), *Le Roi des Montagnes* (id.), *Germaine* (1857), *Les Échasses de Maître Pierre* (id.), *Trente et Quarante* (1858), *La Question Romaine* (1861), *Lettres d'un bon jeune homme à sa cousine Madeleine* (id.), *L'Homme à l'Oreille Cassée*, etc., etc.

It was in 1861 that *L'Homme à l'Oreille Cassée* was published. "E. About," M. Francisque Sarcey says, "était alors en pleine force de production et de renommée . . . Mais l'homme faisait peut-être plus de bruit encore que ses œuvres. C'était le plus spirituel et aussi le plus impatient des touche-à-tout. Comme il avait une instruction première très variée et très profonde, une mémoire incroyable, une prodigieuse faculté d'assimilation, l'intelligence la plus rapide, l'esprit le plus vif et le plus scintillant que j'aie connu jamais, il se répandait à la fois sur tous les sujets, et tendait les mains à l'étourdie vers tous les genres de réputation, poussé et grisé par la faveur publique . . . Nous avions tous deux pour grand ami le docteur Tripier, qui était alors l'élève favori de Claude Bernard, l'illustre physiologiste, qu'il aidait dans ses recherches. Il nous dit un jour que Claude Bernard lui avait exprimé l'envie de connaître l'auteur de *Germaine* qu'il venait de lire. Il nous invita donc à déjeuner avec lui.

"Ce déjeuner fut très gai. About, quand il voulait plaire, était exquis d'amabilité et de bonne grâce. Claude Bernard, que j'eus depuis occasion de voir quelquefois, était, au rebours de certains savants qu'il ne faut point tirer de leur laboratoire, un homme d'une conversation très agréable ; il savait, en causant avec des gens du monde, dépouiller la science de ce qu'elle a de trop abstrait. Il nous parla des expériences qu'il poursuivait en ce moment.

"Vous savez qu'il y a certains animalcules, les rotifères par exemple, qui se dessèchent et demeurent des années endormis dans une sorte de sommeil qui ressemble à la mort. Une goutte d'eau suffit à leur rendre la vie, comme une goutte d'huile introduite dans le ressort d'une montre la remet en mouvement. Eh ! bien, Claude Bernard pensait que l'on pourrait, en s'y prenant bien, dessécher ainsi d'autres animaux plus compliqués que les rotifères, les garder immobiles et vivant d'une vie purement latente, durant autant d'années que l'on voudrait, et un jour leur rendre le mouvement, en leur restituant l'eau qu'on leur avait dérobée . . . Nous l'écoutions émerveillés.—'Eh, demanda About, on pourrait dessécher de même un homme, en faire une momie vivante?'—'Théoriquement, oui. Mais comme l'homme est un animal infiniment plus compliqué, composé de ressorts infiniment plus nombreux qu'un rotifère, il n'y a pas apparence qu'on y arrive jamais.'

"La conversation se prolongea bien avant dans l'après-midi. About se livra sur ce thème d'un homme ressuscité après cinquante ou cent ans de momification, à mille fantaisies plaisantes. Quand nous revînmes: 'Il y a là-dedans,' me dit-il, 'une idée de roman scientifique. C'est un moyen de renouveler la fable d'Epiménide; mais il faudrait être si exact et dans l'exposé de la théorie et dans la description des procédés pratiques, que le public finît par croire à la vérité du fait.—Demande des détails à Tripier,' lui dis-je.

"Tripier le renvoya à Robin, qui était un micrographe de premier ordre. Celui-ci se mit à la disposition d'About, l'emmena dans son laboratoire. Et voilà About piochant avec lui la dessiccation artificielle, se passionnant pour la question, et en arrivant à croire pour son propre compte, très possible et très faisable cette expérience dont il étudiait les procédés. Aussi l'exposa-t-il dans son *L'Homme à l'Oreille Cassée* avec une lucidité, une verve et un esprit incomparables . . . Si vous êtes d'âge à avoir connu ce temps, vous vous rappelez l'éclat de rire qui traversa Paris, lorsque le colonel Fougas, éveillé après un sommeil de soixante années, crie pour son premier mot : 'Garçon, l'annuaire !'

"La voie était ouverte ; About écrivit, coup sur coup, après ce roman, le *Nez d'un notaire* et le *Cas de M. Guérin,* qui fut le dernier de cette série physiologique."

It is, I hope, needless for me, after this rather long, but most interesting extract from M. Francisque Sarcey's article, to give any reason for including *L'Homme à l'Oreille Cassée* in this series of advanced Readers, for which I edited, some years ago, *Le Roi des Montagnes,* of which nearly 50,000 copies have so far been sold. I must, however, confess that, remembering it is for young readers this edition of *L'Homme à l'Oreille Cassée* is designed, I have thought it my duty to make a few suppressions —without rendering myself guilty of any further alterations—in the text of the author. Not that there is in Edmond About's book anything contrary to the generally accepted rules of propriety; far from it; but I could not forget that what may be perfectly harmless in one language, sometimes conveys to foreign minds a sense which is hardly intended by the author. For this liberty I need not apologise, since what I did for *Le Roi des Montagnes* with the sanction of the author himself, I have done for *L'Homme à l'Oreille Cassée* with the full assent of Madame E. About.

It only remains for me to express the hope that this edition of *L'Homme à l'Oreille Cassée* will meet with the same success as that of *Le Roi des Montagnes*, and that the English students for whom I have edited it will find the explanatory notes useful.

HENRI TESTARD.

GREENWICH,

    September 1898.

TABLE DES MATIÈRES

L'HOMME

A L'OREILLE CASSÉE

I

Où l'on tue le veau gras pour fêter le retour d'un enfant économe.

LE 18 mai 1859, M. Renault, ancien professeur de physique et de chimie, actuellement propriétaire à Fontainebleau et membre du conseil municipal de cette aimable petite ville, porta lui-même à la poste la lettre suivante :

« A monsieur Léon Renault, ingénieur civil, bureau restant, Berlin, Prusse.

« Mon cher enfant, —

‹ Les bonnes nouvelles que tu as datées de Saint-Pétersbourg nous ont causé la plus douce joie. Ta pauvre mère était souffrante depuis l'hiver ; je ne t'en avais pas parlé de peur de t'inquiéter à cette distance. Moi-même je n'étais guère vaillant ; il y avait encore une troisième personne (tu devineras son nom, si tu peux) qui languissait de ne pas te voir ; mais rassure-toi, mon cher Léon : nous renaissons à qui mieux mieux depuis que la date de ton retour est à peu près fixée. Nous commençons à croire que les mines de l'Oural ne dévoreront pas celui qui nous

A

est plus cher que tout au monde. Dieu soit loué!
Cette fortune si honorable et si rapide ne t'aura pas
coûté la vie, ni même la santé, s'il est vrai que tu
aies pris de l'embonpoint dans le désert, comme tu
5 nous l'assures. Nous ne mourrons pas sans avoir
embrassé notre fils! Tant pis pour toi si tu n'as pas
terminé là-bas toutes tes affaires : nous sommes trois
qui avons juré que tu n'y retournerais plus. L'obéissance ne te sera pas difficile, car tu seras heureux au
10 milieu de nous. C'est du moins l'opinion de Clémentine . . . j'ai oublié que je m'étais promis de ne pas
la nommer! Maître Bonnivet, notre excellent voisin,
ne s'est pas contenté de placer tes capitaux sur
bonne hypothèque ; il a rédigé dans ses moments
15 perdus un petit acte fort touchant, qui n'attend plus
que ta signature. Notre digne maire a commandé à
ton intention une écharpe neuve qui vient d'arriver
de Paris. C'est toi qui en auras l'étrenne. Ton
appartement, qui sera bientôt *votre* appartement, est
20 à la hauteur de ta fortune présente. Tu demeures . . .
mais la maison a tellement changé depuis trois ans,
que mes descriptions seraient lettre close pour toi.
C'est M. Audret, l'architecte du château impérial,
qui a dirigé les travaux. Il a voulu absolument me
25 construire un laboratoire digne de Thénard ou de
Desprez. J'ai eu beau protester et dire que je n'étais
plus bon à rien, puisque mon célèbre mémoire sur la
Condensation des gaz en est toujours au chapitre IV ;
comme ta mère était de complicité avec ce vieux
30 scélérat d'ami, il se trouve que la Science a désormais
un temple chez nous. Une vraie boutique à sorcier,
suivant l'expression pittoresque de ta vieille Gothon.
Rien n'y manque, pas même une machine à vapeur de
quatre chevaux : qu'en ferai-je ? hélas! Je compte

bien cependant que ces dépenses ne seront pas per-
dues pour tout le monde. Tu ne vas pas t'endormir
sur tes lauriers. Ah! si j'avais eu ton bien lorsque
j'avais ton âge! J'aurais consacré mes jours à la
science pure. J'aurais été ambitieux! J'aurais 5
voulu attacher mon nom à la découverte de quelque
loi bien générale, ou tout au moins à la construction
de quelque instrument bien utile. Il est trop tard
aujourd'hui; mes yeux sont fatigués et le cerveau
lui-même refuse le travail. A ton tour, mon garçon! 10
Tu n'as pas vingt-six ans, les mines de l'Oural t'ont
donné de quoi vivre à l'aise, tu n'as plus besoin de
rien pour toi-même, le moment est venu de travailler
pour le genre humain. C'est le plus vif désir et la
plus chère espérance de ton vieux bonhomme de 15
père qui t'aime et qui t'attend les bras ouverts.

J. RENAULT.»

« P.S.—Par mes calculs, cette lettre doit arriver à
Berlin deux ou trois jours avant toi. Tu auras déjà
appris par les journaux du 7 courant la mort de
l'illustre M. de Humboldt. C'est un deuil pour la 20
science et pour l'humanité. J'ai eu l'honneur d'écrire
à ce grand homme plusieurs fois en ma vie, et il a
daigné me répondre une lettre que je conserve pieusement. Si tu avais l'occasion d'acheter quelque souvenir de sa personne, quelque manuscrit de sa main, 25
quelque fragment de ses collections, tu me ferais un
véritable plaisir.»

Un mois après le départ de cette lettre, le fils tant
désiré rentra dans la maison paternelle. M. et Mme
Renault, qui vinrent le chercher à la gare, le trouvè- 30
rent grandi, grossi et embelli de tout point. A dire
vrai, ce n'était pas un garçon remarquable, mais

une bonne et sympathique figure. Léon Renault représentait un homme moyen, blond, rondelet et bien pris. Ses grands yeux bleus, sa voix douce et sa barbe soyeuse indiquaient une nature plus délicate 5 que puissante. Un cou très blanc, très rond et presque féminin, tranchait singulièrement avec son visage roussi par le hâle. Ses dents étaient belles, très mignonnes, un peu rentrantes, nullement aiguës. Lorsqu'il ôta ses gants, il découvrit deux petites 10 mains carrées, assez fermes, assez douces, ni chaudes ni froides, ni sèches ni humides, mais agréables au toucher et soignées dans la perfection.

Tel qu'il était, son père et sa mère ne l'auraient pas échangé contre l'Apollon du Belvédère. On l'em-15 brassa, Dieu sait! en l'accablant de mille questions auxquelles il oubliait de répondre. Quelques vieux amis de la maison, un médecin, un architecte, un notaire, étaient accourus à la gare avec les bons parents: chacun d'eux eut son tour, chacun lui donna 20 l'accolade, chacun lui demanda s'il se portait bien, s'il avait fait bon voyage. Il écouta patiemment et même avec joie cette mélodie banale dont les paroles ne signifiaient pas grand'chose, mais dont la musique allait au cœur, parce qu'elle venait du cœur.

25 On était là depuis un bon quart d'heure, et le train avait repris sa course en sifflant, et les omnibus des divers hôtels s'étaient lancés l'un après l'autre au grand trot dans l'avenue qui conduit à la ville; et le soleil de juin ne se lassait pas d'éclairer cet heureux 30 groupe de braves gens. Mais Mme Renault s'écria tout à coup que le pauvre enfant devait mourir de faim, et qu'il y avait de la barbarie à retarder si longtemps l'heure de son dîner. Il eut beau protester qu'il avait déjeuné à Paris et que la faim parlait

moins haut que la joie: toute la compagnie se jeta
dans deux grandes calèches de louage, le fils à côté
de la mère, le père en face, comme s'il ne pouvait
rassasier ses yeux de la vue de ce cher fils. Une
charrette venait derrière avec les malles, les grandes 5
caisses longues et carrées et tout le bagage du voyageur. A l'entrée de la ville, les cochers firent claquer
leur fouet, le charretier suivit l'exemple, et ce joyeux
tapage attira les habitants sur leurs portes et anima
un instant la tranquillité des rues. Mme Renault 10
promenait ses regards à droite et à gauche, cherchant
des témoins à son triomphe et saluant avec la plus
cordiale amitié des gens qu'elle connaissait à peine.
Plus d'une mère la salua aussi, sans presque la connaître, car il n'y a pas de mère indifférente à ces 15
bonheurs-là, et d'ailleurs la famille de Léon était
aimée de tout le monde! Et les voisins s'abordaient
en disant avec une joie exempte de jalousie:

« C'est le fils Renault, qui a travaillé trois ans dans
les mines de Russie et qui vient partager sa fortune 20
avec ses vieux parents! »

Léon aperçut aussi quelques visages de connaissance, mais non tous ceux qu'il souhaitait de revoir,
car il se pencha un instant à l'oreille de sa mère en
disant: « Et Clémentine? » Cette parole fut pro- 25
noncée si bas et de si près, que M. Renault lui-même
ne put connaître si c'était une parole ou un baiser.
La bonne dame sourit tendrement et répondit un
seul mot: « Patience! » Comme si la patience était
une vertu bien commune chez les amoureux! 30

La porte de la maison était toute grande ouverte,
et la vieille Gothon sur le seuil. Elle levait les bras
au ciel et pleurait comme une bête, car elle avait
connu le petit Léon pas plus haut que cela! Il y eut

encore une belle embrassade sur la dernière marche
du perron entre la brave servante et son jeune
maître. Les amis de M. Renault firent mine de se
retirer par discrétion, mais ce fut peine perdue ; on
5 leur prouva clair comme le jour que leur couvert
était mis. Et quand tout le monde fut réuni dans
le salon, excepté l'invisible Clémentine, les grands
fauteuils à médaillon tendirent leurs bras vers le
fils de M. Renault ; la vieille glace de la cheminée se
10 réjouit de refléter son image, le gros lustre de cristal
fit entendre un petit carillon, les mandarins de
l'étagère se mirent à branler la tête en signe de
bienvenue, comme s'ils avaient été des pénates
légitimes et non des étrangers et des païens. Per-
15 sonne ne saurait dire pourquoi les baisers et les
larmes recommencèrent alors à pleuvoir, mais il est
certain que ce fut comme une deuxième arrivée.

« La soupe ! » cria Gothon.

Mme Renault prit le bras de son fils, contraire-
20 ment à toutes les lois de l'étiquette, et sans même
demander pardon aux respectables amis qui se trouvaient là. A peine s'excusa-t-elle de servir l'enfant
avant les invités. Léon se laissa faire et bien lui en
prit : il n'y avait pas un convive qui ne fût capable
25 de lui verser le potage dans son gilet plutôt que d'y
goûter avant lui.

« Mère, s'écria Léon la cuiller à la main, voici la
première fois, depuis trois ans, que je mange de
bonne soupe ! »
30 Mme Renault se sentit rougir d'aise et Gothon
cassa quelque chose ; l'une et l'autre s'imaginèrent
que l'enfant parlait ainsi pour flatter leur amour-
propre, et pourtant il avait dit vrai. Il y a deux
choses en ce monde que l'homme ne trouve pas

souvent hors de chez lui : la bonne soupe est la première ; la deuxième est l'amour désintéressé.

Si j'entreprenais ici l'énumération véridique de tous les plats qui parurent sur la table, il n'y aurait pas un de mes lecteurs à qui l'eau ne vînt à la 5 bouche. Je crois même que plus d'une lectrice délicate risquerait de prendre une indigestion. Ajoutez, s'il vous plaît, que cette liste se prolongerait jusqu'au bout du volume et qu'il ne me resterait plus une seule page pour écrire la mer- 10 veilleuse histoire de Fougas. C'est pourquoi je retourne au salon, où le café est déjà servi.

Léon prit à peine la moitié de sa tasse, mais gardez-vous d'en conclure que le café fût trop chaud ou trop froid, ou trop sucré. Rien au monde ne 15 l'eût empêché de boire jusqu'à la dernière goutte, si un coup de marteau frappé à la porte de la rue n'avait retenti jusque dans son cœur.

La minute qui suivit lui parut d'une longueur extraordinaire. Non ! jamais dans ses voyages, il 20 n'avait rencontré une minute aussi longue que celle-là. Mais enfin Clémentine parut, précédée de la digne Mlle Virginie Sambucco, sa tante.

Léon, qui était très amoureux de sa future, se précipita vers elle en aveugle, incertain s'il baiserait 25 la joue droite ou la gauche, mais décidé à ne pas retarder plus longtemps un plaisir qu'il se promettait depuis le printemps de 1856.

Clémentine était, aux yeux de Léon Renault, la plus jolie personne du monde. Il l'aimait depuis 30 un peu plus de trois ans, et c'était un peu pour elle qu'il avait fait le voyage de Russie. En 1856, elle était trop jeune pour se marier et trop riche pour qu'un ingénieur à 2400 fr. pût décemment pré-

tendre à sa main.   Léon, en vrai mathématicien,
s'était posé le problème suivant : « Étant donnée
une jeune fille de quinze ans et demi, riche de 8000
francs de rentes et menacée de l'héritage de Mlle
5 Sambucco, soit 200,000 fr. de capital, faire une fortune
au moins égale à la sienne dans un délai qui lui
permette de devenir grande fille sans lui laisser le
temps de passer vieille fille. »   Il avait trouvé la
solution dans les mines de cuivre de l'Oural.

10   Durant trois longues années, il avait correspondu
indirectement avec la bien-aimée de son cœur.
Toutes les lettres qu'il écrivait à son père ou à sa
mère passaient aux mains de Mlle Sambucco, qui
ne les cachait pas à Clémentine.   Quelquefois même
15 on les lisait à voix haute, en famille, et jamais M.
Renault ne fut obligé de sauter une phrase, car
Léon n'écrivait rien qu'une jeune fille ne pût entendre.   La tante et la nièce n'avaient pas d'autres
distractions ; elles vivaient retirées dans une petite
20 maison, au fond d'un beau jardin, et elles ne rece-
vaient que de vieux amis.   Clémentine eut donc peu
de mérite à garder son cœur pour Léon.   A part un
grand colonel de cuirassiers qui la poursuivait quelquefois à la promenade, aucun homme ne lui avait
25 fait la cour.

Elle était bien belle pourtant, non seulement aux
yeux de son amant, ou de la famille Renault, ou de
la petite ville qu'elle habitait.   La province est
encline à se contenter de peu.   Elle donne à bon
30 marché les réputations de jolie femme et de grand
homme, surtout lorsqu'elle n'est pas assez riche pour
se montrer exigeante.   C'est dans les capitales qu'on
prétend n'admirer que le mérite absolu.   J'ai entendu un maire. de village qui disait, avec un cer-

tain orgueil : « Avouez que ma servante Catherine
est bien jolie pour une commune de six cents âmes ! »
Clémentine était assez jolie pour se faire admirer
dans une ville de huit cent mille habitants. Figurez-
vous une petite créole blonde, aux yeux noirs, au 5
teint mat, aux dents éclatantes. Sa taille était
ronde et souple comme un jonc. Quelles mains
mignonnes elle avait, et quels jolis pieds andalous,
cambrés, arrondis en fer à repasser ! Tous ses
regards ressemblaient à des sourires, et tous ses 10
mouvements à des caresses. Ajoutez qu'elle n'était
ni sotte, ni peureuse, ni même ignorante de toutes
choses, comme les petites filles élevées au couvent.
Son éducation, commencée par sa mère, avait été
achevée par deux ou trois vieux professeurs respec- 15
tables, du choix de M. Renault, son tuteur. Elle
avait l'esprit juste et le cerveau bien meublé. Mais,
en vérité, je me demande pourquoi j'en parle au
passé, car elle vit encore, grâce à Dieu, et aucune de
ses perfections n'a péri. 20

II

Déballage aux flambeaux.

VERS dix heures du soir, Mlle Virginie Sambucco dit qu'il fallait penser à la retraite ; ces dames vivaient avec une régularité monastique. Léon protesta, mais Clémentine obéit : ce ne fut pas sans laisser 5 voir une petite moue. Déjà la porte du salon était ouverte et la vieille demoiselle avait pris sa capuche dans l'antichambre, lorsque l'ingénieur, frappé subitement d'une idée, s'écria : « Vous ne vous en irez certes pas sans m'aider à ouvrir mes malles ! C'est 10 un service que je vous demande, ma bonne mademoiselle Sambucco ! »

La respectable fille s'arrêta ; l'habitude la poussait à partir ; l'obligeance lui conseillait de rester ; un atome de curiosité fit pencher la balance.

15 « Quel bonheur ! » dit Clémentine en restituant à la patère la capuche de sa tante.

Mme Renault ne savait pas encore où l'on avait mis les bagages de Léon. Gothon vint dire que tout était jeté pêle-mêle dans la boutique à sorcier, en 20 attendant que Monsieur désignât ce qu'il fallait porter dans sa chambre. Toute la compagnie se rendit avec les lampes et les flambeaux dans une vaste salle du rez-de-chaussée où les fourneaux, les cornues, les instruments de physique, les caisses, les malles, les

10

sacs de nuit, les cartons à chapeau et la célèbre machine à vapeur formaient un spectacle confus et charmant. La lumière se jouait dans cet intérieur comme dans certains tableaux de l'école hollandaise. Elle glissait sur les gros cylindres jaunes de la machine électrique, rebondissait sur les matras de verre mince, se heurtait à deux réflecteurs argentés et accrochait en passant un magnifique baromètre de Fortin. Les Renault et leurs amis, groupés au milieu des malles, les uns assis, les autres debout, celui-ci armé d'une lampe et celui-là d'une bougie, n'ôtaient rien au pittoresque du tableau.

Léon, armé d'un trousseau de petites clefs, ouvrait les malles l'une après l'autre. Clémentine était assise en face de lui sur une grande boîte de forme oblongue, et elle le regardait de tous ses yeux avec plus d'affection que de curiosité. On commença par mettre à part deux énormes caisses carrées qui ne renfermaient que des échantillons de minéralogie, après quoi l'on passa la revue des richesses de toute sorte que l'ingénieur avait serrées dans son linge et ses vêtements.

Une douce odeur de cuir de Russie, de thé de caravane, de tabac du Levant et d'essence de roses se répandit bientôt dans l'atelier. Léon rapportait un peu de tout, suivant l'usage des voyageurs riches qui ont laissé derrière eux une famille et beaucoup d'amis. Il exhiba tour à tour des étoffes asiatiques, des narghilés d'argent repoussé qui viennent de Perse, des boîtes de thé, des sorbets à la rose, des essences précieuses, des tissus d'or de Tarjok, des armes antiques, un service d'argenterie niellée de la fabrique de Toula, des pierreries montées à la russe, des bracelets du Caucase, des colliers d'ambre

laiteux et un sac de cuir rempli de turquoises comme
on en vend à la foire de Nijni-Novgorod. Chaque
objet passait de main en main, au milieu des questions, des explications et des interjections de toute
5 sorte. Tous les amis qui se trouvaient là reçurent
les présents qui leur étaient destinés. Ce fut un
concert de refus polis, d'insistances amicales et de
remercîments sur tous les tons. Inutile de dire que
la plus grosse part échut à Clémentine; mais elle ne
10 se fit pas prier, car, au point où l'on en était, toutes
ces belles choses entraient dans la corbeille et ne
sortaient pas de la famille.

Léon rapportait à son père une robe de chambre
trop belle, en étoffe brochée d'or, quelques livres
15 anciens trouvés à Moscou, un joli tableau de Greuze,
égaré par le plus grand des hasards dans une ignoble
boutique du *Gastinitvor*, deux magnifiques échantillons de cristal de roche et une canne de M. de
Humboldt: « Tu vois, dit-il à M. Renault en lui
20 mettant dans les mains ce jonc historique, le post-
scriptum de ta dernière lettre n'est pas tombé dans
l'eau. »

Le vieux professeur reçut ce présent avec une
émotion visible.

25 « Je ne m'en servirai jamais, dit-il à son fils: le
Napoléon de la science l'a tenue dans sa main. Que
penserait-on si un vieux sergent comme moi se permettait de la porter dans ses promenades en forêt?
Et les collections? Tu n'as rien pu en acheter? Se
30 sont-elles vendues bien cher?

— On ne les a pas vendues, répondit Léon. Tout
est entré dans le musée national de Berlin. Mais
dans mon empressement à te satisfaire, je me suis
fait voler d'une étrange façon. Le jour même de

mon arrivée, j'ai fait part de ton désir au domestique de place qui m'accompagnait. Il m'a juré qu'un petit brocanteur juif de ses amis, du nom de Ritter, cherchait à vendre une très belle pièce anatomique provenant de la succession. J'ai couru chez le juif, 5 examiné la momie, car c'en était une, et payé sans marchander le prix qu'on en voulait. Mais le lendemain, un ami de M. de Humboldt, le professeur Hirtz, m'a conté l'histoire de cette guenille humaine, qui traînait en magasin depuis plus de dix ans, et 10 qui n'a jamais appartenu à M. de Humboldt. Où diable Gothon l'a-t-elle fourrée ? Ah ! Mlle Clémentine est dessus. »

Clémentine voulut se lever, mais Léon la fit rasseoir.   15

« Nous avons bien le temps, dit-il, de regarder cette vieillerie, et d'ailleurs vous devinez que ce n'est pas un spectacle riant. Voici l'histoire que le père Hirtz m'a contée ; du reste il m'a promis de m'envoyer copie d'un mémoire assez curieux sur ce sujet. Ne 20 vous en allez pas encore, ma bonne demoiselle Sambucco ! C'est un petit roman militaire et scientifique. Nous regarderons la momie lorsque je vous aurai mis au courant de ses malheurs.

— Parbleu ! s'écria M. Audret, l'architecte du châ- 25 teau, c'est le roman de la momie que tu vas nous réciter. Trop tard, mon pauvre Léon : Théophile Gautier a pris les devants, dans le feuilleton du *Moniteur*, et tout le monde la connaît, ton histoire égyptienne !   30

— Mon histoire, dit Léon, n'est pas plus égyptienne que Manon Lescaut. Notre bon docteur Martout, ici présent, doit connaître le nom du professeur Jean Meiser de Dantzick ; il vivait au commencement de notre siècle, et je crois que ses derniers ouvrages sont de 1824 ou 1825.

— De 1823, répondit M. Martout. Meiser est un des savants qui ont fait le plus d'honneur à l'Alle-
5 magne. Au milieu des guerres épouvantables qui ensanglantaient sa patrie, il poursuivit les travaux de Leuwenhoeck, de Baker, de Needham, de Fontana, et de Spallanzani sur les animaux réviviscents. Notre école honore en lui un des pères de la biologie
10 moderne.

— Dieu! Les vilains grands mots! s'écria Mlle Sampucco. Est-il permis de retenir les gens à pareille heure pour leur faire écouter de l'allemand!»

Clémentine essaya de la calmer.

15 « N'écoutez pas les grands mots, ma chère petite tante; ménagez-vous pour le roman, puisqu'il y en a un!

— Un terrible, dit Léon. Mlle Clémentine est assise sur une victime humaine immolée à la science par le
20 professeur Meiser. »

Pour le coup, Clémentine se leva, et vivement; son fiancé lui offrit une chaise et s'assit lui-même à la place qu'elle venait de quitter. Les auditeurs, craignant que le roman de Léon fût en plusieurs volumes,
25 prirent position autour de lui, qui sur une malle, qui dans un fauteuil.

III

Le crime du savant professeur Meiser.

« MESDAMES, dit Léon, le professeur Meiser n'était pas un malfaiteur vulgaire, mais un homme dévoué à la science et à l'humanité. S'il tua le colonel français qui repose en ce moment sous les basques de ma redingote, c'était d'abord pour lui conserver la vie, 5 ensuite pour éclaircir une question qui vous intéresse vous-mêmes au plus haut point.

« La durée de notre existence est infiniment trop courte. C'est un fait que nul homme ne saurait contester. Dire que dans cent ans aucune des neuf ou 10 dix personnes qui sont réunies dans cette maison n'habitera plus à la surface de la terre ! N'est-ce pas une chose navrante ? »

Mlle Sambucco poussa un gros soupir. Léon poursuivit : 15

« Hélas ! mademoiselle, j'ai bien des fois soupiré comme vous, à l'idée de cette triste nécessité. Vous avez une nièce, la plus jolie et la plus adorable de toutes les nièces, et l'aspect de son charmant visage vous réjouit le cœur. Mais vous désirez quelque 20 chose de plus ; vous ne serez satisfaite que lorsque vous aurez vu courir vos petits-neveux. Mais verrez-vous leurs enfants ? c'est douteux. Leurs petits-enfants ? C'est impossible. Pour ce qui est de la

15

dixième, vingtième, trentième génération, il n'y faut pas songer.

« On y songe pourtant, et il n'est peut-être pas un homme qui ne se soit dit au moins une fois dans sa
5 vie : « Si je pouvais renaître dans deux cents ans ! » Celui-ci voudrait revenir sur la terre pour chercher des nouvelles de sa famille, celui-là de sa dynastie. Un philosophe est curieux de savoir si les idées qu'il a semées auront porté des fruits ; un politique, si son
10 parti aura pris le dessus ; un avare, si ses héritiers n'auront pas dissipé la fortune qu'il a faite ; un simple propriétaire, si les arbres de son jardin auront grandi. Personne n'est indifférent aux destinées futures de ce monde que nous traversons au galop
15 dans l'espace de quelques années et pour n'y plus revenir. Que de gens ont envié le sort d'Épiménide qui s'endormit dans une caverne et s'aperçut en rouvrant les yeux que le monde avait vieilli ! Qui n'a pas rêvé pour son compte la merveilleuse aventure
20 de la « Belle au bois dormant » ?

« Hé bien ! mesdames, le professeur Meiser, un des hommes les plus sérieux de notre siècle, était persuadé que la science peut endormir un être vivant et le réveiller au bout d'un nombre infini d'années,
25 arrêter toutes les fonctions du corps, suspendre la vie, dérober un individu à l'action du temps pendant un siècle ou deux, et le ressusciter après.

— C'était donc un fou ? s'écria Mme Renault.

— Je n'en voudrais pas jurer. Mais il avait des idées
30 à lui sur le grand ressort qui fait mouvoir les êtres vivants. Te rappelles-tu, ma bonne mère, la première impression que tu as éprouvée, étant petite fille, lorsqu'on t'a fait voir l'intérieur d'une montre en mouvement ? Tu as été convaincue qu'il y avait

au milieu de la boîte une petite bête très remuante qui se démenait vingt-quatre heures par jour à faire tourner les aiguilles. Si les aiguilles ne marchaient plus, tu disais : « C'est que la petite bête est morte.» Elle n'était peut-être qu'endormie.

« On t'a expliqué depuis que la montre renfermait un ensemble d'organes bien adaptés et bien huilés qui se mouvaient spontanément dans une harmonie parfaite. Si un ressort vient à se rompre, si un rouage est cassé, si un grain de sable s'introduit entre deux pièces, la montre ne marche plus, et les enfants s'écrient avec raison : « La petite bête est morte. » Mais suppose une montre solide, bien établie, saine de tout point, et arrêtée parce que les organes ne glissent plus faute d'huile, la petite bête n'est pas morte : il ne faut qu'un peu d'huile pour la réveiller.

« Voici un chronomètre excellent, de la fabrique de Londres. Il marche quinze jours de suite sans être remonté. Je lui ai donné un tour de clef avant-hier, il a donc treize jours à vivre. Si je le jette par terre, si je casse le grand ressort, tout sera dit. J'aurai tué la petite bête. Mais suppose que, sans rien briser, je trouve moyen de soutirer ou de sécher l'huile fine qui permet aux organes de glisser les uns sur les autres, la petite bête sera-t-elle morte ? Non, elle dormira. Et la preuve, c'est que je peux alors serrer ma montre dans un tiroir, la garder là vingt-cinq ans, et si j'y remets une goutte d'huile après un quart de siècle, les organes rentreront en jeu. Le temps aura passé sans vieillir la petite bête endormie. Elle aura encore treize jours à marcher depuis l'instant de son réveil.

« Tous les êtres vivants, suivant l'opinion du pro-

fesseur Meiser, sont des montres ou des organismes
qui se meuvent, respirent, se nourrissent et se re-
produisent, pourvu que leurs organes soient intacts
et huilés convenablement.   L'huile de la montre est
5 représentée chez l'animal par une énorme quantité
d'eau.   Chez l'homme, par exemple, l'eau fournit
environ les quatre cinquièmes du poids total.   Étant
donné un colonel du poids de cent cinquante livres,
il y a trente livres de colonel et cent vingt livres ou
10 soixante litres d'eau.   C'est un fait démontré par de
nombreuses expériences.   Je dis un colonel comme
je dirais un roi : tous les hommes sont égaux devant
l'analyse.

« Le professeur Meiser était persuadé, comme tous
15 les savants, que casser la tête d'un colonel, ou lui
percer le cœur, ou séparer en deux sa colonne ver-
tébrale, c'est tuer la petite bête, attendu que le cerveau, le cœur, la moelle épinière sont des ressorts
indispensables sans lesquels la machine ne peut mar-
20 cher.   Mais il croyait aussi qu'en soutirant soixante
litres d'eau d'une personne vivante, on endormait
la petite bête sans la tuer ; qu'un colonel desséché
avec précaution pouvait se conserver cent ans, puis
renaître à la vie, lorsqu'on lui rendrait la goutte
25 d'huile, ou mieux les soixante litres d'eau sans lesquels la machine humaine ne saurait entrer en
mouvement.

« Cette opinion qui vous paraît inacceptable et à
moi aussi, mais qui n'est pas rejetée absolument par
30 notre ami le docteur Martout, se fondait sur une
série d'observations authentiques, que le premier
venu peut encore vérifier aujourd'hui.

« Il y a des animaux qui ressuscitent : rien n'est
plus certain ni mieux démontré.   M. Meiser, après

l'abbé Spallanzani, et beaucoup d'autres, ramassait dans la gouttière de son toit de petites anguilles desséchées, cassantes comme du verre, et il leur rendait la vie en les plongeant dans l'eau. La faculté de renaître n'est pas le privilège d'une seule espèce : 5 on l'a constatée chez des animaux nombreux et divers.

« Reste à savoir si un animal supérieur, un homme par exemple, peut être desséché sans plus d'inconvénient qu'une anguillule ou un tardigrade. M. 10 Meiser en était convaincu ; il l'a écrit dans tous ses livres, mais il ne l'a pas démontré par l'expérience. Quel dommage, mesdames ! Tous les hommes curieux de l'avenir, ou mécontents de la vie, ou brouillés avec leurs contemporains, se mettraient eux-mêmes en ré- 15 serve pour un siècle meilleur, et l'on ne verrait plus de suicides par misanthropie ! Les malades que la science ignorante du dix-neuvième siècle aurait déclarés incurables, ne se brûleraient plus la cervelle : ils se feraient dessécher et attendraient paisiblement 20 au fond d'une boîte que le médecin eût trouvé un remède à leurs maux. Les amants rebutés ne se jetteraient plus à la rivière : ils se coucheraient sous la cloche d'une machine pneumatique ; et nous les verrions, trente ans après, jeunes, beaux et triom- 25 phants, narguer la vieillesse de leurs cruelles et leur rendre mépris pour mépris. Les gouvernements renonceraient à l'habitude malpropre et sauvage de guillotiner les hommes dangereux. On ne les enfermerait pas dans une cellule de Mazas pour achever 30 de les abrutir ; on ne les enverrait pas à l'école de Toulon pour compléter leur éducation criminelle : on les dessécherait par fournées, celui-ci pour dix ans, celui-là pour quarante, suivant la gravité de

leurs forfaits.   Un simple magasin remplacerait les
prisons, les maisons centrales et les bagnes.   Plus
d'évàsions à craindre, plus de prisonniers à nourrir !
Une énorme quantité de haricots secs et de pommes
5 de terre moisies serait rendue à la consommation du
pays.

   « Voilà, mesdames, un faible échantillon des bien-
faits que le docteur Meiser a cru répandre sur
l'Europe en inaugurant la dessiccation de l'homme.
10 Il a fait sa grande expérience en 1813 sur un colonel
français, prisonnier, m'a-t-on dit, et condamné comme
espion par un conseil de guerre.   Malheureusement,
il n'a pas réussi ; car j'ai acheté le colonel et sa boîte
au prix d'un cheval de remonte dans la plus sale bou-
15 tique de Berlin. »

IV

La victime.

« Mon cher Léon, dit M. Renault, tu viens de me rappeler la distribution des prix. Nous avons écouté ta dissertation comme on écoute le discours latin du professeur de rhétorique ; il y a toujours dans l'auditoire une majorité qui n'y apprend rien et une minorité qui n'y comprend rien. Mais tout le monde écoute patiemment en faveur des émotions qui viendront à la suite. M. Martout et moi nous connaissons les travaux de Meiser et de son digne élève, M. Pouchet ; tu en as donc trop dit si tu as cru parler à notre adresse ; tu n'en as pas dit assez pour ces dames et ces messieurs qui ne connaissent rien aux discussions pendantes sur le vitalisme et l'organicisme. Mais on te pardonne en faveur de la momie que tu vas nous montrer ; ouvre la boîte du colonel !

— Nous l'avons bien gagné ! s'écria Clémentine en riant.

— Et si vous alliez avoir peur ?

— Sachez, monsieur, que je n'ai peur de personne, pas même des colonels vivants ! »

Léon reprit son trousseau de clefs et ouvrit la longue caisse de chêne sur laquelle il était assis. Le couvercle soulevé, on vit un gros coffre de plomb qui renfermait une magnifique boîte de noyer soigneusement polie au dehors, doublée de soie blanche

et capitonnée en dedans. Les assistants rappro-
chérent les flambeaux et les bougies, et le colonel
du 23ᵉ de ligne apparut comme dans une chapelle
ardente.

5 On eût dit un homme endormi. La parfaite conservation du corps attestait les soins paternels du
meurtrier.

La partie la mieux conservée, comme toujours,
était la face. Tous les traits avaient gardé une
10 physionomie mâle et fière. Si quelque ancien ami du
colonel eût assisté à l'ouverture de la troisième boîte,
il aurait reconnu l'homme au premier coup d'œil.

L'uniforme était devenu beaucoup trop large ; on
le comprend sans peine ; mais il ne semblait pas à
15 première vue que les membres se fussent déformés.
Les mains étaient sèches et anguleuses, mais les
ongles, quoique un peu recourbés vers le bout,
avaient conservé toute leur fraîcheur.

Tandis que Léon signalait tous ces détails à son
20 auditoire et faisait les honneurs de sa momie, il déchira maladroitement l'ourlet de l'oreille droite, et
il lui resta dans la main un petit morceau de colonel.

Cet accident sans gravité aurait pu passer inaperçu,
si Clémentine, qui suivait avec une émotion visible
25 tous les gestes de son amant, n'avait laissé tomber sa
bougie en poussant un cri d'effroi. On s'empressa
autour d'elle ; Léon la soutint dans ses bras et la
porta sur une chaise ; M. Renault courut chercher
des sels : elle était pâle comme une morte et semblait
30 au moment de s'évanouir.

Elle reprit bientôt ses forces et rassura tout le
monde avec un sourire charmant.

« Pardonnez-moi, dit-elle, un mouvement de terreur
si ridicule ; mais ce que M. Léon nous avait dit . . . .

et puis . . . cette figure qui paraît endormie . . .
il m'a semblé que ce pauvre homme allait ouvrir la
bouche en criant qu'on lui faisait mal. »

Léon s'empressa de refermer la boîte de noyer,
tandis que M. Martout ramassait le fragment d'o- 5
reille et le mettait dans sa poche.   Mais Clémentine,
tout en continuant à s'excuser et à sourire, fut reprise
d'un nouvel accès d'émotion et se mit à fondre en
larmes.   L'ingénieur se jeta à ses pieds, se répandit
en excuses et en bonnes paroles, et fit tout ce qu'il 10
put pour consoler cette douleur inexplicable. Clémentine séchait ses larmes, puis repartait de plus belle,
et sanglotait à fendre l'âme, sans savoir pourquoi.

« Animal que je suis ! murmurait Léon en s'arra-
chant les cheveux.   Le jour où je la revois après trois 15
ans d'absence, je n'imagine rien de plus spirituel que
de lui montrer des momies !   Il lança un coup de pied
dans le triple coffre du colonel en disant : Je voudrais
que le colonel . . . !

—Non ! s'écria Clémentine avec un redoublement 20
de violence et d'éclat.   Ne lui en veuillez pas, monsieur Léon !   Il a tant souffert !   Ah ! pauvre ! pauvre
malheureux homme ! »

Mlle Sambucco était un peu honteuse.   Elle excu-
sait sa nièce et protestait que jamais, depuis sa plus 25
tendre enfance, elle n'avait laissé voir un tel excès de
sensibilité.

« Cela nous apprendra, ajouta-t-elle, à rester sur
pied passé dix heures ; que dis-je ? il est minuit moins
un quart. Viens, mon enfant ; tu achèveras de te 30
remettre dans ton lit. »

Clémentine se leva avec soumission, mais au moment de sortir du laboratoire elle revint sur ses pas,
et, par un caprice encore plus inexplicable que sa

douleur, elle voulut absolument revoir la figure du colonel. Sa tante eut beau la gronder ; malgré les observations de Mlle Sambucco et de tous les assistants, elle rouvrit la boîte de noyer, s'agenouilla 5 devant la momie et la baisa sur le front.

« Pauvre homme ! dit-elle en se relevant ; comme il a froid ! Monsieur Léon, promettez-moi que s'il est mort, vous le ferez mettre en terre sainte !

—Comme il vous plaira, mademoiselle. Je comptais 10 l'envoyer au musée anthropologique, avec la permission de mon père ; mais, vous savez que nous n'avons rien à vous refuser. »

On ne se sépara pas aussi gaiement à beaucoup près qu'on ne s'était abordé. M. Renault et son fils 15 reconduisirent Mlle Sambucco et sa nièce jusqu'à leur porte et rencontrèrent ce grand colonel de cuirassiers qui honorait Clémentine de ses attentions. La jeune fille serra tendrement le bras de son fiancé et lui dit :

« Voici un homme qui ne me voit jamais sans 20 soupirer. Et quels soupirs ! Il n'en faudrait pas deux pour enfler les voiles d'un vaisseau. Avouez que la race des colonels a bien dégénéré depuis 1813 ! On n'en voit plus d'aussi distingués que notre malheureux ami ! »

25 Léon avoua tout ce qu'elle voulut. Mais il ne s'expliquait pas clairement pourquoi il était devenu l'ami d'une momie qu'il avait payée vingt-cinq louis. Pour détourner la conversation, il dit à Clémentine :

« Je ne vous ai pas montré tout ce que j'apportais 30 de mieux. S. M. l'Empereur de toutes les Russies m'a fait présent d'une petite étoile en or émaillé qui se porte au bout d'un ruban. Aimez-vous les rubans qu'on met à la boutonnière ?

—Oh ! oui, répondit-elle, le ruban rouge de la Légion

d'honneur ! Vous avez remarqué ? Le pauvre colonel
en a encore un lambeau sur son uniforme, mais la
croix n'y est plus. Les Allemands la lui auront
arrachée, lorsqu'ils l'ont fait prisonnier !

—C'est bien possible, » dit Léon.   5

Comme on était arrivé devant la maison de Mlle
Sambucco, il fallut se quitter.

Le père et le fils retournèrent chez eux, bras dessus
bras dessous, au petit pas, en se livrant à des conjectures sans fin sur les émotions bizarres de Clé- 10
mentine.

Mme Renault attendait son fils pour le coucher :
vieille et touchante habitude que les mères ne per-
dent pas aisément. Elle lui montra le bel appartement qu'on avait construit pour son futur ménage 15
au-dessus du salon et de l'atelier de M. Renault.

« Tu seras là-dedans comme un petit coq en pâte,
dit-elle en montrant une chambre à coucher merveilleuse de confort. Tous les meubles sont moelleux,
arrondis, sans aucun angle : un aveugle s'y promène- 20
rait sans craindre de se blesser. Voilà comme je
comprends le bien-être intérieur ; que chaque fauteuil
soit un ami. Cela te coûte un peu cher ; les frères
Penon sont venus de Paris tout exprès ; mais il faut
qu'un homme se trouve bien chez lui, pour qu'il n'ait 25
pas la tentation d'en sortir. »

Ce doux bavardage maternel se prolongea deux
bonnes heures, et il fut longuement parlé de Clémentine, vous vous en doutez bien. Léon la trouvait
plus jolie qu'il ne l'avait rêvée dans ses plus doux 30
songes, mais moins aimante. « Ma parole ! dit-il en
soufflant sa bougie, on croirait que ce colonel empaillé
est venu se fourrer entre nous ! »

V

Rêves d'amour et autres.

Léon apprit à ses dépens qu'il ne suffit pas d'une
bonne conscience et d'un bon lit pour nous pro-
curer un bon somme. Il était couché comme un
sybarite, innocent comme un berger d'Arcadie, et,
5 par surcroît, fatigué comme un soldat qui a doublé
l'étape; cependant une lourde insomnie pesa sur
lui jusqu'au matin. C'est en vain qu'il se tourna et
retourna dans tous les sens, comme pour rejeter le
fardeau d'une épaule sur l'autre. Il ne ferma les
10 yeux qu'après avoir vu les premières lueurs de l'aube
argenter les fentes de ses volets.

Il s'endormit en pensant à Clémentine; un rêve
complaisant ne tarda pas à lui montrer la figure de
celle qu'il aimait. Il la vit en toilette de mariée, dans
15 la chapelle du château impérial. Elle s'appuyait sur
le bras de M. Renault père, qui avait mis des éperons
pour la cérémonie. Léon suivait, donnant la main à
Mlle Sambucco; la vieille demoiselle était décorée
de la Légion d'honneur. En approchant de l'autel,
20 le marié s'aperçut que les jambes de son père étaient
minces comme des baguettes, et, comme il allait exprimer son étonnement, M. Renault se retourna et
lui dit: « Elles sont minces, parce qu'elles sont sèches;
mais elles ne sont pas déformées. » Tandis qu'il don-

26

nait cette explication, son visage s'altéra, ses traits changèrent, il lui poussa des moustaches noires, et il ressembla terriblement au colonel. La cérémonie commença. Le fond du chœur était rempli de tardigrades et de rotifères grands comme des hommes et 5 vêtus comme des chantres : ils entonnèrent en fauxbourdon une hymne du compositeur allemand Meiser, qui commençait ainsi :

> Le principe vital
> Est une hypothèse gratuite ! 10

La poésie et la musique parurent admirables à Léon ; il s'efforçait de les graver dans sa mémoire, lorsque l'officiant s'avança vers lui avec deux anneaux d'or sur un plat d'argent. Ce prêtre était un colonel de cuirassiers en grand uniforme. Léon se 15 demanda où et quand il l'avait rencontré : c'était la veille au soir, devant la porte de Clémentine. Le cuirassier murmura ces mots : « La race des colonels a bien dégénéré depuis 1813 ! » Il poussa un profond soupir, et la nef de la chapelle, qui était un vaisseau 20 de ligne, fut entraînée sur les eaux avec une vitesse de quatorze nœuds. Léon prit tranquillement le petit anneau d'or et s'apprêta à le passer au doigt de Clémentine, mais il s'aperçut que la main de sa fiancée était sèche ; les ongles seuls avaient conservé 25 leur fraîcheur naturelle. Il eut peur et s'enfuit à travers l'église, qu'il trouva pleine de colonels de tout âge et de toute arme. La foule était si compacte qu'il lui fallut des efforts inouïs pour la percer. Il s'échappe enfin, mais il entend derrière lui le 30 pas précipité d'un homme qui veut l'atteindre. Il redouble de vitesse, il se jette à quatre pattes, il galope, il hennit, les arbres de la route semblent fuir

derrière lui, il ne touche plus le sol. Mais l'ennemi
s'approche aussi rapide que le vent ; on entend le
bruit de ses pas ; ses éperons résonnent ; il a rejoint
Léon, il le saisit par la crinière et s'élance d'un bond
5 sur sa croupe en labourant ses flancs de l'éperon.
Léon se cabre ; le cavalier se penche à son oreille et
lui dit en le caressant de la cravache : « Je ne suis
pas lourd à porter ; trente livres de colonel ! » Le
malheureux fiancé de Mlle Clémentine fait un effort
10 violent, il se jette de côté ; le colonel tombe et tire
l'épée. Léon n'hésite pas ; il se met en garde, il se
bat, il sent presque aussitôt l'épée du colonel entrer
dans son cœur jusqu'à la garde. Le froid de la lame
s'étend, s'étend encore et finit par glacer Léon de
15 la tête aux pieds. Le colonel s'approche et dit en
souriant : « Le ressort est cassé : la petite bête est
morte. » Il dépose le corps dans la boîte de noyer,
qui est trop courte et trop étroite. Serré de tous
côtés, Léon lutte, se démène et s'éveille enfin, moulu
20 de fatigue et à demi étouffé dans la ruelle du lit.

Comme il sauta vivement dans ses pantoufles !
Avec quel empressement il ouvrit les fenêtres et
poussa les volets ! Il secoua les souvenirs de son
rêve, comme un chien mouillé secoue les gouttes
25 d'eau. Le fameux chronomètre de Londres lui apprit qu'il était neuf heures ; une tasse de chocolat
servie par Gothon ne contribua pas médiocrement à
débrouiller ses idées. En procédant à sa toilette
dans un cabinet bien clair, bien riant, bien commode,
30 il se réconcilia avec la vie réelle. « Tout bien pesé, se
disait-il en peignant sa barbe blonde, il ne m'est rien
arrivé que d'heureux. Me voici dans ma patrie, dans
ma famille et dans une jolie maison qui est à nous.
Mon père et ma mère sont bien portants, moi-même

je jouis de la santé la plus florissante. Notre fortune est modeste, mais nos goûts le sont aussi et nous ne manquerons jamais de rien. Nos amis m'ont reçu hier à bras ouverts ; nous n'avons pas d'ennemis. La plus jolie personne de Fontainebleau consent à devenir ma femme ; je peux l'épouser avant trois semaines, s'il me plaît de hâter un peu les événements. Clémentine ne m'a pas abordé comme un indifférent ; il s'en faut. Ses beaux yeux me souriaient hier soir avec la grâce la plus tendre. Il est vrai qu'elle a pleuré à la fin, c'est trop sûr. Voilà mon seul chagrin, ma seule préoccupation, la cause unique du sot rêve que j'ai fait cette nuit. Elle a pleuré, mais pourquoi ? Parce que j'avais été assez bête pour la régaler d'une dissertation et d'une momie. Eh bien! je ferai enterrer la momie, je rengaînerai mes dissertations, et rien au monde ne viendra plus troubler notre bonheur ! »

Il descendit au rez-de-chaussée en fredonnant un air des *Nozze*. M. et Mme Renault, qui n'avaient pas l'habitude de se coucher après minuit, dormaient encore. En entrant dans le laboratoire, il vit que la triple caisse du colonel était refermée. Gothon avait posé sur le couvercle une petite croix de bois noir et une branche de buis bénit. « Faites donc des collections ! » murmura-t-il entre ses dents, avec un sourire tant soit peu sceptique. Au même instant, il s'aperçut que Clémentine, dans son trouble, avait oublié les présents qu'il avait apportés pour elle. Il en fit un paquet, regarda sa montre et jugea qu'il n'y aurait pas d'indiscrétion à pousser une pointe jusqu'à la maison de Mlle Sambucco.

En effet, la respectable tante, matinale comme on l'est en province, était déjà sortie pour aller à l'église,

et Clémentine jardinait auprès de la maison. Elle
courut au-devant de son fiancé, sans penser à jeter
le petit râteau qu'elle tenait à la main ; elle lui tendit
avec le plus joli sourire du monde ses belles joues
5 roses, un peu moites, animées par la douce chaleur
du plaisir et du travail.

« Vous ne m'en voulez pas ? lui dit-elle. J'ai été
bien ridicule hier soir ; aussi ma tante m'a grondée !
Et j'ai oublié de prendre les belles choses que vous
10 m'aviez rapportées de chez les sauvages ! Ce n'est
pas par mépris· au moins. Je suis si heureuse de
voir que vous avez toujours pensé à moi comme je
pensais à vous ! J'aurais pu les envoyer chercher
aujourd'hui, mais je m'en suis bien gardée. Mon
15 cœur me disait que vous viendriez vous-même.

— Votre cœur me connaît, ma chère Clémentine.

— Ce serait assez malheureux, si l'on ne connaissait
pas son propriétaire.

— Que vous êtes bonne, et que je vous aime !

20 — Oh ! moi aussi, mon cher Léon, je vous aime
bien ! »

Elle appuya le râteau contre un arbre et se pendit
au bras de son futur mari avec cette grâce souple et
langoureuse dont les créoles ont le secret.

25 « Venez par là, dit-elle, que je vous montre tous les
embellissements que nous avons faits dans le jardin. »

Léon admira tout ce qu'elle voulut. Le fait est
qu'il n'avait d'yeux que pour elle. La grotte de
Polyphème et l'autre de Cacus lui auraient semblé
30 plus riants que les jardins d'Armide, si le petit peignoir rose de Clémentine s'était promené par là.

Il lui demanda si elle n'aurait point de regret
à quitter une retraite si charmante et qu'elle avait
embellie avec tant de soins.

« Pourquoi ? répondit-elle sans rougir. Nous n'irons pas bien loin, et, d'ailleurs, ne viendrons-nous pas ici tous les jours ? »

Ce prochain mariage était une chose si bien décidée qu'on n'en avait pas même parlé la veille. Il ne restait plus qu'à publier les bans et à fixer la date. Clémentine, cœur simple et droit, s'exprimait sans embarras et sans fausse pudeur sur un événement si prévu, si naturel et si agréable. Elle avait donné son avis à Mme Renault sur la distribution du nouvel appartement, et choisi les tentures elle-même ; elle ne fit pas plus de façons pour causer avec son mari de cette bonne vie en commun qui allait commencer pour eux, des témoins qu'on inviterait au mariage, des visites de noce qu'on ferait ensuite, du jour qui serait consacré aux réceptions, du temps qu'on réserverait pour l'intimité et pour le travail. Elle s'enquit des occupations que Léon voulait se créer et des heures qu'il donnait de préférence à l'étude. Cette excellente petite femme aurait été honteuse de porter le nom d'un oisif, et malheureuse de passer ses jours auprès d'un désœuvré. Elle promettait d'avance à Léon de respecter son travail comme une chose sainte. De son côté, elle comptait bien aussi mettre le temps à profit et ne pas vivre les bras croisés. Dès le début, elle prendrait soin du ménage, sous la direction de Mme Renault qui commençait à trouver la maison un peu lourde. Léon la laissait dire ou l'interrompait pour lui donner raison, car ces deux jeunes gens, élevés l'un pour l'autre et nourris des mêmes idées, voyaient tout avec les mêmes yeux. L'éducation, avant l'amour, avait créé cette douce harmonie.

« Savez-vous, dit Clémentine, que j'ai senti hier

une palpitation terrible au moment d'entrer chez
vous?

—Si vous croyez que mon cœur battait moins fort
que le vôtre! . . .

5   —Oh! mais moi, c'est autre chose: j'avais peur.

—Et de quoi?

—J'avais peur de ne pas vous retrouver tel que je
vous voyais dans ma pensée. Songez donc qu'il y
avait plus de trois ans que nous nous étions dit adieu!
10 Je me souvenais fort bien de ce que vous étiez au
départ, et l'imagination aidant un peu à la mémoire,
je reconstruisais mon Léon tout entier. Mais si vous
n'aviez plus été ressemblant! Que serais-je devenue
en présence d'un nouveau Léon, moi qui avais pris la
15 douce habitude d'aimer l'autre?

—Vous me faites frémir. Mais votre premier abord
m'a rassuré d'avance.

—Chut! monsieur. Ne parlons pas de ce premier
abord. Vous me forceriez à rougir une seconde
20 fois. Parlons plutôt du pauvre colonel qui m'a
fait répandre tant de larmes. Comment va-t-il ce
matin?

—J'ai oublié de lui demander de ses nouvelles, mais
si vous en désirez . . .

25   —C'est inutile. Vous pouvez lui annoncer ma visite
pour aujourd'hui. Il faut absolument que je le revoie
au grand jour.

—Vous seriez bien aimable de renoncer à cette
fantaisie. Pourquoi vous exposer encore à des émo-
30 tions pénibles?

—C'est plus fort que moi. Sérieusement, mon cher
Léon, ce vieillard m'attire.

—Pourquoi vieillard? Il a l'air d'un homme qui est
mort entre vingt-cinq et trente ans.

—Êtes-vous bien sûr qu'il soit mort? J'ai dit vieillard, à cause d'un rêve que j'ai fait cette nuit.

—Ah ! vous aussi ?

—Oui. Vous vous rappelez comme j'étais agitée en vous quittant. Et puis, j'avais été grondée par ma tante. Et puis, je me rappelais des spectacles terribles, ma pauvre mère couchée sur son lit de mort . . . Enfin, j'avais l'esprit frappé.

—Pauvre cher petit cœur !

—Cependant, comme je ne voulais plus penser à rien, je me couchai bien vite et je fermai les yeux de toutes mes forces, si bien que je m'endormis. Je ne tardai pas à revoir le colonel. Il était couché comme je l'avais vu, dans son triple cercueil, mais il avait de longs cheveux blancs et la figure la plus douce et la plus vénérable. Il nous priait de le mettre en terre sainte, et nous le portions, vous et moi, au cimetière de Fontainebleau. Mais toutes les fois que nous essayions de le descendre dans le caveau, son cercueil nous échappait des mains et restait suspendu dans l'air, comme s'il n'eût rien pesé. Je distinguais les traits du pauvre vieillard, car sa triple caisse était devenue aussi transparente que la lampe d'albâtre qui brûle au plafond de ma chambre. Il était triste, et son oreille brisée saignait abondamment. Tout à coup il s'échappa de nos mains, le cercueil s'évanouit, je ne vis plus que lui, pâle comme une statue et grand comme les plus hauts chênes du bas Bréau. Ses épaulettes d'or s'allongèrent et devinrent des ailes, et il s'éleva dans le ciel en nous bénissant des deux mains. Je m'éveillai tout en larmes, mais je n'ai pas conté ce rêve à ma tante, elle m'aurait encore grondée.

c

—Il ne faut gronder que moi, ma chère Clémentine. C'est ma faute si votre doux sommeil est troublé par des visions de l'autre monde.   Mais tout cela finira bientôt: dès aujourd'hui je vais m'enquérir d'un logement définitif à l'usage du colonel. »

VI

Un caprice de jeune fille.

CLÉMENTINE avait le cœur très neuf. Avant de connaître Léon, elle n'avait aimé qu'une seule personne : sa mère. Ni cousins, ni cousines, ni oncles, ni tantes, ni grands-pères, ni grand'mères n'avaient éparpillé, en le partageant, ce petit trésor d'affection que les 5 enfants bien nés apportent au monde. Sa grand'mère, Clémentine Pichon, mariée à Nancy en janvier 1814, était morte trois mois plus tard dans la banlieue de Toulon. Son grand-père, M. Langevin, sous-intendant militaire de première classe, resté veuf avec une fille 10 au berceau, s'était consacré à l'éducation de cette enfant. Il l'avait donnée en 1835 à un homme estimable et charmant, M. Sambucco, Italien d'origine, né en France et procureur du roi près le tribunal de Marseille. En 1838, M. Sambucco, qui avait 15 un peu d'indépendance parce qu'il avait un peu d'aisance, encourut très honorablement la disgrâce du garde des sceaux. Il fut nommé avocat général à la Martinique, et après quelques jours d'hésitation, il accepta ce déplacement au long cours. 20 Mais le vieux Langevin ne se consola pas si facilement du départ de sa fille : il mourut deux ans plus tard, sans avoir embrassé la petite Clémentine, à qui il devait servir de parrain. M. Sambucco, son gendre, périt en 1843, dans un tremblement de terre ; les 25 journaux de la colonie et de la métropole ont raconté alors comment il avait été victime de son dévouement. A la suite de cet affreux malheur, la jeune veuve se hâta de repasser les mers avec sa fille. Elle s'établit à Fontainebleau, pour que l'enfant vécût en bon air : Fontainebleau est une des villes les plus saines de la France. Si Mme Sambucco avait été aussi bon administrateur qu'elle était bonne mère, elle eût laissé à Clémentine une fortune respectable, mais elle géra mal ses affaires et se mit dans de grands embarras. Un notaire du pays lui emporta une somme assez ronde ; deux fermes qu'elle avait payées cher ne rendaient presque rien. Bref, elle ne savait plus où elle en était et elle commençait à perdre la tête, lorsqu'une sœur de son mari, vieille fille dévote et pincée, témoigna le désir de vivre avec elle et de mettre tout en commun. L'arrivée de cette haridelle aux dents longues effraya singulièrement la petite Clémentine, qui se cachait sous tous les meubles, ou se cramponnait aux jupons de sa mère ; mais ce fut le salut de la maison. Mlle Sambucco n'était pas des plus spirituelles ni des plus fondantes, mais c'était l'ordre incarné. Elle réduisit les dépenses, toucha elle-même les revenus, vendit les deux fermes en 1847, acheta du trois pour cent en 1848, et établit un équilibre stable dans le budget. Grâce aux talents et à l'activité de cet intendant femelle, la douce et imprévoyante veuve n'eut plus qu'à choyer son enfant. Clémentine apprit à honorer les vertus de sa tante, mais elle adora sa mère. Lorsqu'elle eut le malheur de la perdre, elle se vit seule au monde, appuyée sur Mlle Sambucco, comme une jeune plante sur un tuteur de bois sec. Ce fut alors que son amitié pour Léon se colora d'une vague lueur

d'amour ; le fils de M. Renault profita du besoin
d'expansion qui remplissait cette jeune âme.

Durant les trois longues années que Léon passa
loin d'elle, Clémentine sentit à peine qu'elle était
seule. Elle aimait, elle se savait aimée, elle avait foi
dans l'avenir ; elle vivait de tendresse intérieure et
de discrète espérance, et ce cœur noble et délicat ne
demandait rien de plus.

Mais ce qui étonna bien son fiancé, sa tante et elle-
même, ce qui déroute singulièrement toutes les
théories les plus accréditées sur le cœur féminin, ce
que la raison se refuserait à croire si les faits
n'étaient pas là, c'est que le jour où elle avait revu le
mari de son choix, une heure après s'être jetée dans
les bras de Léon avec une grâce si étourdie, Clémentine se sentit brusquement envahie par un sentiment
nouveau qui n'était ni l'amour, ni l'amitié, ni la
crainte, mais qui dominait tout cela et parlait en
maître dans son cœur.

Depuis l'instant où Léon lui avait montré la figure
du colonel, elle s'était éprise d'une vraie passion pour
cette momie anonyme. Ce n'était rien de semblable
à ce qu'elle éprouvait pour le fils de M. Renault, mais
c'était un mélange d'intérêt, de compassion et de
respectueuse sympathie.

Si on lui avait conté quelque beau fait d'armes, une
histoire romanesque, dont le colonel eût été le héros,
cette impression se fût légitimée ou du moins expli-
quée. Mais non ; elle ne savait rien de lui, sinon qu'il
avait été condamné comme espion par un conseil de
guerre, et pourtant c'est de lui qu'elle rêva, la nuit
même qui suivit le retour de Léon.

Cette incroyable préoccupation se manifesta
d'abord sous une forme religieuse. Elle fit dire une

messe pour le repos de l'âme du colonel ; elle pressa
Léon de préparer ses funérailles, elle choisit elle-
même le terrain où il devait être enseveli. Ces soins
divers ne lui firent jamais oublier sa visite quoti-
5 dienne à la boîte de noyer, ni la génuflexion respectueuse auprès du mort, ni le baiser fraternel ou filial
qu'elle déposait régulièrement sur son front. La
famille Renault finit par s'inquiéter de symptômes si
bizarres ; elle hâta l'enterrement du bel inconnu,
10 pour s'en débarrasser au plus tôt. Mais la veille du
jour fixé pour la cérémonie, Clémentine changea
d'avis. « De quel droit allait-on emprisonner dans la
tombe un homme qui n'était peut-être pas mort ?
Les théories du savant docteur Meiser n'étaient pas
15 de celles qu'on peut rejeter sans examen. La chose
valait au moins quelques jours de réflexion. N'était-
il pas possible de soumettre le corps du colonel à
quelques expériences ? Le professeur Hirtz, de Berlin,
avait promis d'envoyer à Léon des documents
20 précieux sur la vie et la mort de ce malheureux
officier ; on ne pouvait rien entreprendre avant de les
avoir reçus ; on devait écrire à Berlin pour hâter
l'envoi de ces pièces. » Léon soupira, mais il obéit
docilement à ce nouveau caprice. Il écrivit à M.
25 Hirtz.

Clémentine trouva un allié dans cette seconde campagne : c'était M. le docteur Martout. Médecin assez
médiocre dans la pratique et beaucoup trop dédaigneux de la clientèle, M. Martout ne manquait pas
30 d'instruction. Il étudiait depuis longtemps cinq ou
six grandes questions de physiologie, comme les
réviviscences, les générations spontanées et tout ce
qui s'ensuit. Une correspondance régulière le tenait
au courant de toutes les découvertes modernes ; il

était l'ami de M. Pouchet, de Rouen ; il connaissait le célèbre Karl Nibor qui a porté si haut et si loin l'usage du microscope.   M. Martout avait desséché et ressuscité des milliers d'anguillules, de rotifères et de tardigrades ; il pensait que la vie n'est autre chose 5 que l'organisation en action, et que l'idée de faire revivre un homme desséché n'a rien d'absurde en elle-même.   Il se livra à de longues méditations, lorsque M. Hirtz envoya de Berlin la pièce suivante, dont l'original est classé dans les manuscrits de la col- 10 lection Humboldt.

VII

Testament du professeur Meiser en faveur du colonel desséché.

AUJOURD'HUI, 20 janvier 1824, épuisé par une cruelle maladie et sentant approcher le jour où ma personne s'absorbera dans le grand tout, j'ai écrit de ma main ce testament, qui est l'acte de ma dernière volonté.

5 J'institue, en qualité d'exécuteur testamentaire, mon neveu, Nicolas Meiser, brasseur en cette ville de Dantzig.

Je lègue mes livres, papiers et collections généralement quelconques, sauf la pièce 3712, à mon très

10 estimable et très savant ami, M. de Humboldt.

Je lègue la totalité de mes autres biens, meubles et immeubles, évalués à 100,000 thalers de Prusse ou 375,000 francs, à M. le colonel Pierre-Victor Fougas, actuellement desséché, mais vivant, et inscrit dans

15 mon catalogue sous le no. 3712 (*Zoologie*).

Puisse-t-il agréer ce faible dédommagement des épreuves qu'il a subies dans mon cabinet, et du service qu'il a rendu à la science.

Afin que mon neveu Nicolas Meiser se rende un

20 compte exact des devoirs que je lui laisse à remplir, j'ai résolu de consigner ici l'histoire détaillée de la dessiccation de M. le Colonel Fougas, mon légataire universel.

C'est le 11 novembre de la malheureuse année 1813

40

que mes relations avec ce brave jeune homme ont
commencé. J'avais quitté depuis longtemps la ville
de Dantzig, où le bruit du canon et le danger des
bombes rendaient tout travail impossible, et je
m'étais retiré avec mes instruments et mes livres sous 5
la protection des armées alliées, dans le village fortifié
de Liebenfeld. Les garnisons françaises de Dantzig,
de Stettin, de Custrin, de Glogau, de Hambourg et de
plusieurs autres villes allemandes ne pouvaient communiquer entre elles ni avec leur patrie ; cependant 10
le général Rapp se défendait obstinément contre la
flotte anglaise et l'armée russe. M. le colonel Fougas
fut pris par un détachement du corps Barclay de
Tolly, comme il cherchait à passer la Vistule sur la
glace, en se dirigeant vers Dantzig. On l'amena 15
prisonnier à Liebenfeld le 11 novembre, à l'heure de
mon souper, et le bas officier Garok, qui commandait
le village, me fit requérir de force pour assister à
l'interrogatoire et servir d'interprète.

La figure ouverte, la voix mâle, la résolution fière 20
et la belle attitude de cet infortuné me gagnèrent
le cœur. Il avait fait le sacrifice de sa vie. Son seul
regret, disait-il, était d'échouer au port, après avoir
traversé quatre armées, et de ne pouvoir exécuter
les ordres de l'empereur. Il paraissait animé de ce 25
fanatisme français qui a fait tant de mal à notre
chère Allemagne, et pourtant je ne sus pas m'empêcher de le défendre, et je traduisis ses paroles
moins en interprète qu'en avocat. Malheureusement
on avait trouvé sur lui une lettre de Napoléon au 30
général Rapp, dont j'ai conservé copie :

« Abandonnez Dantzig, forcez le blocus, réunissez-
vous aux garnisons de Stettin, de Custrin et de
Glogau, marchez sur l'Elbe, entendez-vous avec

Saint-Cyr et Davoust pour concentrer les forces
éparses à Dresde, Torgau, Wittemberg, Magdebourg
et Hambourg; faites la boule de neige; traversez la
Westphalie qui est libre et venez défendre la ligne
5 du Rhin avec une armée de 170,000 Français que vous
sauvez !

                                        « NAPOLÉON. »

   Cette lettre fut envoyée à l'état-major de l'armée
russe, tandis qu'une demi-douzaine de militaires
illettrés, ivres de joie et de brandevin, condam-
10 naient le brave colonel du 23ᵉ de ligne à la mort des
espions et des traîtres. L'exécution fut fixée au
lendemain 12, et M. Pierre-Victor Fougas, après
m'avoir remercié et embrassé avec la sensibilité la
plus touchante (il est époux et père), se vit enfermer
15 dans la petite tour crénelée de Liebenfeld, où le vent
soufflait terriblement par toutes les meutrières.
   La nuit du 11 au 12 novembre fut une des plus
rigoureuses de ce terrible hiver. Mon thermomètre à
minima, suspendu hors de ma fenêtre à l'exposition
20 sud-est, indiquait 19 degrés centigrades au-dessous de
zéro. Je sortis au petit jour pour dire un dernier
adieu à M. le colonel, et je rencontrai le bas officier
Garok qui me dit en mauvais allemand :
   « Nous n'aurons pas besoin de tuer le Frantzouski,
25 il est gelé. »
   Je courus à la prison. M. le colonel était couché
sur le dos, et raide. Mais je reconnus, après quelques
minutes d'examen, que la raideur de ce corps n'était
pas celle de la mort. Les articulations, sans avoir
30 leur souplesse ordinaire, se laissaient fléchir et
ramener à l'extension sans un effort trop violent.
Les membres, la face, la poitrine, donnaient à ma main

une sensation de froid, mais bien différente de celle que j'avais souvent perçue au contact des cadavres.

Sachant qu'il avait passé plusieurs nuits sans dormir et supporté des fatigues extraordinaires, je ne doutais point qu'il ne se fût laissé prendre de ce sommeil 5 profond et léthargique qu'entraîne un froid intense, et qui, trop prolongé, ralentit la respiration et la circulation au point que les moyens les plus délicats de l'observation médicale sont nécessaires pour constater la persistance de la vie. Le pouls était in- 10 sensible, ou tout au moins mes doigts engourdis par le froid ne le sentaient pas. La dureté de mon ouïe (j'étais alors dans ma soixante-neuvième année) m'empêcha de constater par l'auscultation si les bruits du cœur révélaient encore ces battements 15 faibles, mais prolongés, que l'oreille peut encore entendre lorsque la main ne les perçoit déjà plus.

M. le colonel se trouvait à cette période de l'engourdissement causé par le froid, où, pour réveiller un homme sans le faire mourir, des soins nombreux 20 et délicats deviennent nécessaires. Quelques heures encore, et la congélation allait survenir, et avec elle l'impossibilité du retour à la vie.

J'étais dans la plus grande perplexité. D'un côté, je le sentais mourir par congélation entre mes mains; 25 de l'autre, je ne pouvais pas à moi seul l'entourer de tous les soins indispensables. Si je lui appliquais des excitants sans lui faire frictionner à la fois le tronc et les membres par trois ou quatre aides vigoureux, je ne le réveillais que pour le voir mourir. J'avais 30 encore sous les yeux le spectacle de cette belle jeune fille asphyxiée dans un incendie, que je parvins à ranimer en lui promenant des charbons ardents sous les clavicules, mais qui ne put qu'appeler sa mère et

mourut presque aussitôt, malgré l'emploi des excitants à l'intérieur et de l'électricité pour déterminer
les contractions du diaphragme et du cœur.

Et quand même je serais parvenu à lui rendre la
5 force et la santé, n'était-il pas condamné par le conseil de guerre ? L'humanité ne me défendait-elle pas
de l'arracher à ce repos voisin de la mort pour le
livrer aux horreurs du supplice ?

Je dois avouer aussi qu'en présence de cet organisme
10 où la vie était suspendue, mes idées sur la résurrection
prirent sur moi comme un nouvel empire. J'avais si
souvent desséché et fait revivre des êtres assez élevés
dans la série animale, que je ne doutais pas du succès
de l'opération, même sur un homme. A moi seul, je
15 ne pouvais ranimer et sauver M. le colonel ; mais
j'avais dans mon laboratoire tous les instruments
nécessaires pour le dessécher sans aide.

En résumé, trois partis s'offraient à moi : 1° laisser
M. le colonel dans la tour crénelée, où il aurait péri le
20 jour même par congélation ; 2° le ranimer par des
excitants, au risque de le tuer, et pourquoi ? pour le
livrer, en cas de succès, à un supplice inévitable ; 3° le
dessécher dans mon laboratoire avec la quasi certitude de le ressusciter après la paix. Tous les amis de
25 l'humanité comprendront sans doute que je ne pouvais pas hésiter longtemps.

Je fis appeler le bas officier Garok, et je le priai
de me vendre le corps du colonel. Ce n'était pas
la première fois que j'achetais un cadavre pour le
30 disséquer, et ma demande n'excita aucun soupçon. Marché conclu, je donnai quatre bouteilles de
kirschen-wasser, et bientôt deux soldats russes
m'apportèrent sur un brancard M. le colonel Fougas.

Dès que je fus seul avec lui, je lui piquai le doigt :

la pression fit sortir une goutte de sang. La placer sous un microscope, entre deux lamelles de verre, fut pour moi l'affaire d'une minute. O bonheur! la fibrine n'était pas coagulée! Je ne m'étais donc pas trompé, c'était bien un homme engourdi que j'avais sous les yeux et non un cadavre!

Je le portai sur une balance. Il pesait cent qua-rante livres, ses vêtements compris. Je n'eus garde de le déshabiller, car j'avais reconnu que les animaux desséchés directement au contact de l'air mouraient plus souvent que ceux qui étaient restés couverts de mousse et d'autres objets mous pendant l'épreuve de la dessiccation.

Ma grande machine pneumatique, son immense plateau, son énorme cloche ovale en fer battu, qu'une crémaillère glissant sur une poulie attachée solide-ment au plafond élevait et abaissait sans peine, grâce à son treuil, tous ces mille et un mécanismes que j'avais si laborieusement préparés, nonobstant les railleries de mes envieux, et que je me désolais de voir inutiles, allaient donc trouver leur emploi. Des circonstances inattendues venaient enfin de me pro-curer un sujet d'expériences tel que j'avais vainement essayé d'en obtenir en cherchant à engourdir des chiens, des lapins, des moutons et d'autres mam-mifères à l'aide de mélanges réfrigérants. Depuis longtemps, sans doute, ces résultats auraient été obtenus si j'avais été aidé de ceux qui m'entouraient, au lieu d'être l'objet de leurs railleries; si nos ministres m'avaient appuyé de leur autorité, au lieu de me traiter comme un esprit subversif.

Je m'enfermai en tête-à-tête avec le colonel, et je défendis même à la vieille Gretchen, ma gouvernante, aujourd'hui défunte, de me troubler dans mon travail.

Après avoir étendu le corps sur le plateau de la machine pneumatique, abaissé la cloche et luté les bords, j'entrepris de le soumettre graduellement à l'action du vide sec et à froid.

5 Certes, je me trouvais dans la meilleure situation possible pour amener le corps humain à un état de dessèchement graduel sans cessation brusque des fonctions, sans désorganisation des tissus ou des humeurs. Mais la nature particulière du sujet et les 10 scrupules spéciaux qu'il imposait à ma conscience m'obligeaient de remplir un certain nombre de conditions nouvelles, que j'avais d'ailleurs prévues depuis longtemps. J'avais eu soin de ménager une ouverture aux deux bouts de ma cloche ovale et d'y sceller 15 une épaisse glace, qui me permettait de suivre de l'œil les effets du vide sur M. le colonel. Je m'étais bien gardé de fermer les fenêtres de mon laboratoire, de peur qu'une température trop élevée ne fît cesser la léthargie du sujet ou ne déterminât quelque 20 altération des humeurs. Si le dégel était survenu, c'en était fait de mon expérience. Mais le thermomètre se maintint durant plusieurs jours entre 6 et 8 degrés au-dessous de zéro, et je fus assez heureux pour voir le sommeil léthargique se prolonger, sans 25 avoir à craindre la congélation des tissus.

Je commençai par pratiquer le vide avec une extrême lenteur, de crainte que les gaz dissous dans le sang, devenus libres par la différence de leur tension avec celle de l'air raréfié, ne vinssent à se dégager 30 dans les vaisseaux et à déterminer la mort immédiate.

Ce ne fut qu'à la fin du premier jour que je pus renoncer à ces précautions minutieuses et porter le vide un peu plus loin.

Le lendemain 13, je poussai le vide à ce point que

le baromètre descendit à cinq millimètres. Comme
il n'était survenu aucun changement dans la position
du corps ni des membres, j'étais sûr que nulle convulsion ne s'était produite. M. le colonel arrivait à se
dessécher, à devenir immobile, à cesser de pouvoir 5
exécuter les actes de la vie sans que la mort fût sur-
venue ni que la possibilité du retour de l'action eût
cessé. Sa vie était suspendue, non éteinte !

Je pompais chaque fois qu'un excédant de vapeur
d'eau faisait monter le baromètre. Dans la journée 10
du 14, la porte de mon laboratoire fut littéralement
enfoncée par M. le général russe comte Trollohub,
envoyé du quartier général. Cet honorable officier
était accouru en toute hâte pour empêcher l'exécution de M. le colonel et le conduire en présence du 15
commandant en chef. Je lui confessai loyalement ce
que j'avais fait sous l'inspiration de ma conscience ;
je lui montrai le corps à travers un des œils-de-bœuf
de la machine pneumatique ; je lui dis que j'étais
heureux d'avoir conservé un homme qui pouvait 20
fournir des renseignements utiles aux libérateurs de
mon pays, et j'offris de le ressusciter à mes frais si l'on
me promettait de respecter sa vie et sa liberté. M. le
général comte Trollohub, homme distingué sans contredit, mais d'une instruction exclusivement militaire, 25
crut que je ne parlais pas sérieusement. Il sortit en me
jetant la porte au nez et en me traitant de vieux fou.

Je me remis à pomper et je maintins le vide à une
pression de 3 à 5 millimètres pendant l'espace de trois
mois. Je savais par expérience que les animaux peu- 30
vent revivre après avoir été soumis au vide sec et à
froid pendant quatre-vingts jours.

Le 12 février 1814, ayant observé que, depuis un
mois, il n'était survenu aucune modification dans

l'affaissement des chairs, je résolus de soumettre M.
le colonel à une autre série d'épreuves, afin d'assurer
une conservation plus parfaite par une complète
dessiccation. Je laissai rentrer l'air par le robinet
5 destiné à cet usage, puis ayant enlevé la cloche, je
procédai à la suite de mon expérience.

Le corps ne pesait plus que quarante-six livres ;
je l'avais donc presque réduit au tiers de son poids
primitif. Il faut tenir compte de ce que les vête-
10 ments n'avaient pas perdu autant d'eau que les autres
parties. Or le corps de l'homme renferme presque les
quatre cinquièmes de son poids d'eau, comme le dé-
montre une dessiccation bien faite à l'étuve chimique.

Je plaçai donc M. le colonel sur un plateau, et,
15 après l'avoir glissé dans ma grande étuve, j'élevai
graduellement la température à 75 degrés centigrades. Je n'osai dépasser ce chiffre, de peur d'altérer
l'albumine, de la rendre insoluble, et d'ôter aux
tissus la faculté de reprendre l'eau nécessaire au
20 retour de leurs fonctions.

J'avais eu soin de disposer un appareil convenable
pour que l'étuve fût constamment traversée par un
courant d'air sec. Cet air s'était desséché en traver-
sant une série de flacons remplis d'acide sulfurique,
25 de chaux vive et de chlorure de calcium.

Après une semaine passée dans l'étuve, l'aspect
général du corps n'avait pas changé, mais son poids
s'était réduit à 40 livres, vêtements compris. Huit
autres jours n'amenèrent aucune déperdition nouvelle.
30 J'en conclus que la dessiccation était suffisante. Je savais bien que les cadavres momifiés dans les caveaux
d'église depuis un siècle ou plus finissent par ne peser
qu'une dizaine de livres ; mais ils ne deviennent pas
si légers sans une notable altération de leurs tissus.

Le 27 Février, je plaçai moi-même M. le colonel dans les boîtes que j'avais fait faire à son usage. Depuis cette époque, c'est-à-dire pendant un espace de neuf ans et onze mois, nous ne nous sommes jamais quittés. Je l'ai transporté avec moi à Dantzig ; il habite ma maison. Je ne l'ai pas rangé à son numéro d'ordre dans ma collection de zoologie ; il repose à part, dans la chambre d'honneur. Je ne confie à personne le plaisir de renouveler son chlorure de calcium. Je prendrai soin de vous jusqu'à ma dernière heure, ô monsieur le colonel Fougas, cher et malheureux ami ! Mais je n'aurai pas la joie de contempler votre résurrection. Je ne partagerai point les douces émotions du guerrier qui revient à la vie, car vous ne rentrerez en possession de votre être que le jour où je ne vivrai plus !

Peut-être serez-vous étonné que, vous aimant comme je vous aime, j'aie tardé si longtemps à vous tirer de ce profond sommeil. Qui sait si un reproche amer ne viendra pas corrompre la douceur des premières actions de grâces que vous apporterez sur ma tombe ? Oui, j'ai prolongé sans profit pour vous une expérience d'intérêt général. J'aurais dû rester fidèle à ma première pensée et vous rendre la vie aussitôt après la signature de la paix. Mais quoi ! fallait-il donc vous renvoyer en France quand le sol de votre patrie était couvert de nos soldats et de nos alliés ? Je vous ai épargné ce spectacle si douloureux pour une âme comme la vôtre. Sans doute vous auriez eu la consolation de revoir, en mars 1815, l'homme fatal à qui vous aviez consacré votre dévouement ; mais êtes-vous bien sûr que vous n'eussiez pas été englouti avec sa fortune dans le naufrage de Waterloo ?

Depuis cinq ou six ans, ce n'est plus ni votre intérêt,
ni même l'intérêt de la science qui m'a empêché de
vous ranimer, c'est . . . pardonnez-le-moi, monsieur le colonel, c'est un lâche attachement à la vie.
5 Le mal dont je souffre, et qui m'emportera bientôt, est une hypertrophie du cœur ; les émotions
violentes me sont interdites. Si j'entreprenais
moi-même cette grande opération, dont j'ai tracé la
marche dans un programme annexé à ce testa-
10 ment, je succomberais sans nul doute avant de
l'avoir terminée ; ma mort serait un accident fâcheux
qui pourrait troubler mes aides et faire manquer
votre résurrection.

Rassurez-vous, vous n'attendrez pas longtemps.
15 Et, d'ailleurs, que perdez-vous à attendre ? Vous
ne vieillissez pas, vous avez toujours ving-quatre
ans, vos enfants grandissent ; vous serez presque
leur contemporain lorsque vous renaîtrez ! Vous
êtes venu pauvre à Liebenfeld, pauvre vous êtes
20 dans ma maison de Dantzig, et mon testament
vous fait riche. Soyez heureux, c'est mon vœu le
plus cher.

J'ordonne que, dès le lendemain de ma mort, mon
neveu, Nicolas Meiser, réunisse par lettre de con-
25 vocation les dix plus illustres médecins du royaume
de Prusse, qu'il leur donne lecture de mon testament
et du mémoire y annexé, et qu'il fasse procéder sans
retard, dans mon propre laboratoire, à la résurrection
de M. le colonel Fougas. Les frais de voyage, de
30 séjour, etc., etc., seront prélevés sur l'actif de ma
succession. Une somme de deux mille thalers sera
consacrée à la publication des glorieux résultats de
l'expérience, en allemand, en français et en latin.
Un exemplaire de cette brochure devra être adressé

à chacune des Sociétés savantes qui existeront alors en Europe.

Dans le cas tout à fait imprévu où les efforts de la science ne parviendraient pas à ranimer M. le colonel, tous mes biens retourneraient à Nicolas Meiser, seul parent qui me reste.

JEAN MEISER, D.M.

VIII

Comment Nicolas Meiser, neveu de Jean Meiser, avait
exécuté le testament de son oncle.

LE docteur Hirtz de Berlin, qui avait copié ce testament lui-même, s'excusa fort obligeamment de ne
l'avoir pas envoyé plus tôt. Ses affaires l'avaient
contraint de voyager loin de la capitale. En passant
5 par Dantzig, il s'était donné le plaisir de visiter M.
Nicolas Meiser, ancien brasseur, richissime propriétaire et gros rentier, actuellement âgé de soixante-six
ans. Ce vieillard se rappelait fort bien la mort et le
testament de son oncle, le savant; mais il n'en
10 parlait pas sans une certaine répugnance. Il affirmait
d'ailleurs qu'aussitôt après le décès de Jean Meiser,
il avait rassemblé dix médecins de Dantzig autour
de la momie du colonel; il montra même une déclaration unanime de ces messieurs, attestant qu'un
15 homme desséché à l'étuve ne peut en aucune façon ni
par aucun moyen renaître à la vie. Ce certificat,
rédigé par les adversaires et les ennemis du défunt,
ne faisait nulle mention du mémoire annexé au testament. Nicolas Meiser jurait ses grands dieux (mais
20 non sans rougir visiblement) que cet écrit concernant les procédés à suivre pour ressusciter le
colonel, n'avait jamais été connu de lui ni de sa
femme. Interrogé sur les raisons qui avaient pu le
porter à se dessaisir d'un dépôt aussi précieux que

52

le corps de M. Fougas, il disait l'avoir conservé quinze ans dans sa maison avec tous les respects et tous les soins imaginables ; mais au bout de ce temps, obsédé de visions et réveillé presque toutes les nuits par le fantôme du colonel qui venait lui tirer les pieds, il s'était décidé à le vendre pour vingt écus à un amateur de Berlin. Depuis qu'il était débarrassé de ce triste voisinage, il dormait beaucoup mieux, mais pas encore tout à fait bien, car il lui avait été impossible d'oublier la figure du colonel.

A ces renseignements, M. Hirtz, médecin de S.A.R. le prince régent de Prusse, ajouta quelques mots en son nom personnel. Il ne croyait pas que la résurrection d'un homme sain et desséché avec précaution fût impossible en théorie ; il pensait même que le procédé de dessiccation indiqué par l'illustre Jean Meiser était le meilleur à suivre. Mais dans le cas présent, il ne lui paraissait pas vraisemblable que le colonel Fougas pût être rappelé à la vie : les influences atmosphériques et les variations de température qu'il avait subies durant un espace de quarante-six ans devaient avoir altéré les humeurs et les tissus.

C'était aussi le sentiment de M. Renault et de son fils. Pour calmer un peu l'exaltation de Clémentine, ils lui lurent les derniers paragraphes de la lettre de M. Hirtz. On lui cacha le testament de Jean Meiser, qui n'aurait pu que lui échauffer la tête. Mais cette petite imagination fermentait sans relâche, quoi qu'on fît pour l'assoupir. Clémentine recherchait maintenant la compagnie du docteur Martout ; elle discutait avec lui, elle voulait voir des expériences sur la résurrection des rotifères. Rentrée chez elle, elle pensait un peu à Léon et beaucoup au colonel. Le projet de mariage tenait toujours, mais personne

n'osait parler de la publication des bans. Aux tendresses les plus touchantes de son futur, la jeune
fiancée répondait par des discussions sur le principe
vital. Ses visites dans la maison Renault ne s'adres-
5 saient pas aux vivants, mais au mort. Tous les
raisonnements qu'on mit en œuvre pour la guérir
d'un fol espoir ne servirent qu'à la jeter dans une
mélancolie profonde. Ses belles couleurs pâlirent,
l'éclat de son regard s'éteignit. Minée par un mal
10 secret, elle perdit cette aimable vivacité qui était
comme le pétillement de la jeunesse et de la joie.

Il fallait que le changement fût bien visible, car
Mlle Sambucco, qui n'avait pas des yeux de mère,
s'en inquiéta.

15 M. Martout, persuadé que cette maladie de l'âme ne
céderait qu'à un traitement moral, vint la voir un
matin et lui dit :

« Ma chère enfant, quoique je ne m'explique pas
bien le grand intérêt que vous portez à cette momie,
20 j'ai fait quelque chose pour elle et pour vous. Je
viens d'envoyer à M. Karl Nibor le petit bout
d'oreille que Léon a détaché. »

Clémentine ouvrit de grands yeux.

« Vous ne me comprenez pas ? reprit le docteur. Il
25 s'agit de reconnaître si les humeurs et les tissus du
colonel ont subi des altérations graves. M. Nibor,
avec son microscope, nous dira ce qui en est. On
peut s'en rapporter à lui : c'est un génie infaillible.
Sa réponse va nous apprendre s'il faut procéder à la
30 résurrection de notre homme, ou s'il ne reste qu'à
l'enterrer.

—Quoi ! s'écria la jeune fille, on peut décider si un
homme est mort ou vivant, sur échantillon ?

—Il ne faut rien de plus au docteur Nibor. Oubliez

donc vos préoccupations pendant une huitaine de
jours. Dès que la réponse arrivera, je vous la donnerai à lire. J'ai stimulé la curiosité du grand savant :
il ne sait absolument rien sur le fragment que je lui
envoie. Mais si, par impossible, il nous disait que ce 5
bout d'oreille appartient à un être sain, je le prierais
de venir à Fontainebleau et de nous aider à lui rendre
la vie.»

Cette vague lueur d'espérance dissipa la mélancolie
de Clémentine et lui rendit sa belle santé. Elle se 10
remit à chanter, à rire, à voltiger dans le jardin de
sa tante et dans la maison de M. Renault. Les doux
entretiens recommencèrent ; on reparla du mariage,
le premier ban fut publié.

—« Enfin, disait Léon, je la retrouve ! » 15

Mais Mme Renault, la sage et prévoyante mère,
hochait la tête tristement :

—« Tout cela ne va qu'à moitié bien, disait-elle. Je
n'aime pas que ma bru se préoccupe si fort d'un beau
garçon desséché. Que deviendrons-nous lorsqu'elle 20
saura qu'il est impossible de le faire revivre ? Les
papillons noirs ne vont-ils pas reprendre leur vol ?
Et supposé qu'on parvienne à le ressusciter, par
miracle, êtes-vous sûrs qu'elle ne prendra pas de
l'amour pour lui ? En vérité, Léon avait bien besoin 25
d'acheter cette momie, et c'est ce que j'appelle de
l'argent bien placé ! »

Un dimanche matin, M. Martout entra chez le vieux
professeur en criant victoire.

Voici la réponse qui lui était venue de Paris : 30

« Mon cher confrère,

« J'ai reçu votre lettre et le petit fragment de tissu
dont vous m'avez prié de déterminer la nature. Il

ne m'a pas fallu grand travail pour voir de quoi il s'agissait. J'ai fait vingt fois des choses plus difficiles dans des expertises de médecine légale. Vous pouviez même vous dispenser de la formule consacrée :
5 « Quand vous aurez fait votre examen au microscope, je vous dirai ce que c'est. » Ces finasseries ne servent de rien : mon microscope sait mieux que vous ce que vous m'avez envoyé. Vous connaissez la forme et la couleur des choses ; il en voit la structure
10 intime, la raison d'être, les conditions de vie et de mort.

« Votre fragment de matière desséchée, large comme la moitié de mon ongle et à peu près aussi épais, après avoir séjourné vingt-quatre heures sous un
15 globe, dans une atmosphère saturée d'eau, à la température du corps humain, est devenu souple, bien qu'un peu élastique. J'ai pu dès lors le disséquer, l'étudier comme un morceau de chair fraîche, et placer sous le microscope chacune de ses parties
20 qui me paraissait de consistance ou de couleur différente.

« J'ai d'abord trouvé, au milieu, une partie mince, plus dure et plus élastique que le reste, et qui m'a présenté la trame et les cellules du cartilage. Ce
25 n'était ni le cartilage du nez, ni le cartilage d'une articulation, mais bien le fibro-cartilage de l'oreille. Donc vous m'avez envoyé un bout d'oreille, et ce n'est point le bout d'en bas, le lobe qu'on perce chez les femmes pour y mettre des boucles d'or,
30 mais le bout d'en haut, dans lequel le cartilage s'étend.

« A l'intérieur, j'ai détaché une peau fine dans laquelle le microscope m'a montré un épiderme délicat, parfaitement intact, un derme non moins intact, avec de petites papilles, et surtout traversé par une foule de poils d'un fin duvet humain. Chacun de ces petits poils avait sa racine plongée dans son follicule, et le follicule accompagné de ses deux petites glandes. Je vous dirai même plus : ces poils de duvet 5 étaient longs de quatre à cinq millimètres sur trois à cinq centièmes de millimètres d'épaisseur ; c'est le double de la grandeur du joli duvet qui fleurit sur une oreille féminine ; d'où je conclus que votre bout d'oreille appartient à un homme. 10

« Contre le bord recourbé du cartilage, j'ai trouvé les élégants faisceaux striés du muscle de l'hélix, et si parfaitement intacts qu'on aurait dit qu'ils ne demandaient qu'à se contracter. Sous la peau et près des muscles, j'ai trouvé plusieurs petits filets ner- 15 veux, composés chacun de huit ou dix tubes dont la moelle était aussi intacte et homogène que dans les nerfs enlevés à un animal vivant ou pris sur un membre amputé. Êtes-vous satisfait ? Demandez-vous merci ? Eh bien ! moi, je ne suis pas encore au bout 20 de mon rouleau !

« Dans le tissu cellulaire interposé au cartilage et à la peau, j'ai trouvé de petites artères et de petites veines dont la structure était parfaitement reconnaissable. Elles renfermaient du sérum avec des 25 globules rouges du sang. Ces globules étaient tous circulaires, biconcaves, parfaitement réguliers ; ils ne présentaient ni dentelures, ni cet état framboisé, qui caractérise les globules du sang d'un cadavre. 30

« En résumé, mon cher confrère, j'ai trouvé dans ce fragment à peu près de tout ce qu'on trouve dans le corps de l'homme : du cartilage, du muscle, du nerf, de la peau, des poils, des glandes, du sang, etc.,

et tout cela dans un état parfaitement sain et normal.   Ce n'est donc pas du cadavre que vous m'avez
envoyé, mais un morceau d'un homme vivant dont
les humeurs et les tissus ne sont nullement décom-
5 posés.

  « Agréez, etc.

                              « KARL NIBOR.

     « Paris, 30 juillet 1859.»

IX

Beaucoup de bruit dans Fontainebleau.

On ne tarda pas à dire par la ville que M. Martout et les MM. Renault se proposaient de ressusciter un homme, avec le concours de plusieurs savants de Paris.

M. Martout avait adressé un mémoire détaillé au 5 célèbre Karl Nibor, qui s'était hâté d'en faire part à la Société de biologie. Une commission fut nommée séance tenante pour accompagner M. Nibor à Fontainebleau. Les six commissaires et le rapporteur convinrent de quitter Paris le 15 août, heureux 10 de se soustraire au fracas des réjouissances publiques. On avertit M. Martout de préparer l'expérience, qui ne devait pas durer moins de trois jours.

Quelques gazettes de Paris annoncèrent ce grand événement dans leurs *faits divers*, mais le public y 15 prêta peu d'attention. La rentrée solennelle de l'armée d'Italie occupait exclusivement tous les esprits, et d'ailleurs les Français n'accordent plus qu'une foi médiocre aux miracles promis par les journaux. 20

Mais à Fontainebleau, ce fut une tout autre affaire. Non seulement M. Martout et MM. Renault, mais M. Audret l'architecte, M. Bonnivet le notaire, et dix autres gros bonnets de la ville avaient vu et touché la

momie du colonel. Ils en avaient parlé à leurs amis,
ils l'avaient décrite de leur mieux, ils avaient raconté
son histoire. Deux ou trois copies du testament de
M. Meiser circulaient de main en main. La question
5 des réviviscences était à l'ordre du jour ; on la discutait autour du Bassin des Carpes, comme en pleine
Académie des Sciences. Vous auriez entendu parler
des rotifères et des tardigrades jusque sur la place
du Marché !

10 Il convient de déclarer que les résurrectionnistes
n'étaient pas en majorité. Quelques professeurs du
collège, notés par leur esprit paradoxal, quelques
amis du merveilleux, atteints et convaincus d'avoir
fait tourner les tables, enfin une demi-douzaine de
15 ces grognards à moustache blanche qui croient que
la mort de Napoléon Ier est une calomnie répandue
par les Anglais, composaient le gros de l'armée.
M. Martout avait contre lui non seulement les
sceptiques, mais encore la foule innombrable des
20 croyants. Les uns le tournaient en ridicule, les autres
le proclamaient subversif, dangereux, ennemi des
idées fondamentales sur lesquelles repose la société.
Le desservant d'une petite église prêcha à mots
couverts contre les prométhées qui prétendent usur-
25 per les privilèges du ciel. Mais le curé de la paroisse,
excellent homme et tolérant, ne craignit pas de dire
dans cinq ou six maisons que la guérison d'un malade
aussi désespéré que M. Fougas serait une preuve de
la puissance et de la miséricorde de Dieu.

30 La garnison de Fontainebleau se composait alors
de quatre escadrons de cuirassiers et du 23e de ligne
qui s'était distingué à Magenta. Lorsqu'on sut dans
l'ancien régiment du colonel Fougas que cet illustre
officier allait peut-être revenir au monde, ce fut une

émotion générale. Un régiment sait son histoire, et l'histoire du 23ᵉ avait été celle de Fougas, depuis le mois de février 1811 jusqu'en novembre 1813. Tous les soldats avaient entendu lire dans leurs chambrées l'anecdote suivante :   5

« Le 27 août 1813, à la bataille de Dresde, l'Empereur aperçoit un régiment français au pied d'une redoute russe qui le couvrait de mitraille. Il s'informe ; on lui répond que c'est le 23ᵉ de ligne. « C'est impossible, dit-il, le 23ᵉ de ligne ne resterait pas sous 10 le feu sans courir sur l'artillerie qui le foudroie. » Le 23ᵉ, mené par le colonel Fougas, gravit la hàuteur au pas de charge, cloua les artilleurs sur leurs pièces et enleva la redoute. »

Les officiers et les soldats, fiers à bon droit de cette 15 action mémorable, vénéraient sous le nom de Fougas un des ancêtres du régiment. L'idée de le voir reparaître au milieu d'eux, jeune et vivant, ne leur paraissait pas vraisemblable, mais c'était déjà quelque chose que de posséder son corps. Officiers et 20 soldats décidèrent qu'il serait enseveli à leurs frais, après les expériences du docteur Martout. Et pour lui donner un tombeau digne de sa gloire, ils votèrent une cotisation de deux jours de solde.

Tout ce qui portait l'épaulette défila dans le labo- 25 ratoire de M. Renault ; le colonel des cuirassiers y revint plusieurs fois, dans l'espoir de rencontrer Clémentine. Mais la fiancée de Léon se tenait à l'écart.

Elle était heureuse comme une femme ne l'a jamais été, cette jolie petite Clémentine. Aucun nuage ne 30 voilait plus la sérénité de son beau front. Libre de tous soucis, le cœur ouvert à l'espérance, elle adorait son cher Léon et passait les jours à le lui dire. Elle-même avait pressé la publication des bans.

« Nous nous marierons, disait-elle, le lendemain de
la résurrection du colonel. J'entends qu'il soit mon
témoin, je veux qu'il me bénisse ! C'est bien le moins
qu'il puisse faire pour moi, après tout ce que j'ai fait
5 pour lui. Dire que, sans mon obstination, vous alliez
l'envoyer au muséum du Jardin des Plantes ! Je lui
conterai cela, monsieur, dès qu'il pourra nous entendre, et il vous coupera les oreilles à son tour ! Je
vous aime !

10 —Mais, répliquait Léon, pourquoi subordonnez-
vous mon bonheur au succès d'une expérience ?
Toutes les formalités ordinaires sont remplies, les
publications faites, les affiches posées : personne au
monde ne nous empêcherait de nous marier demain,
15 et il vous plaît d'attendre jusqu'au 19 ! Quel rapport
y a-t-il entre nous et ce monsieur desséché qui dort
dans une boîte ? Il n'appartient ni à votre maison ni
à la mienne. J'ai compulsé tous les papiers de votre
famille en remontant jusqu'à la sixième génération, et
20 je n'y ai trouvé personne du nom de Fougas. Ce
n'est donc pas un grand-parent que nous attendons
pour la cérémonie. Qu'est-ce alors ? Les méchantes
langues de Fontainebleau prétendent que vous avez
une passion pour ce fétiche de 1813 ; moi qui suis sûr
25 de votre cœur, j'espère que vous ne l'aimerez jamais
autant que moi. En attendant, on m'appelle le rival
du colonel au bois dormant !

—Laissez dire les sots, répondait Clémentine avec
un sourire angélique. Je ne me charge pas d'expliquer
30 mon affection pour le pauvre Fougas, mais je l'aime
beaucoup, cela est certain. Je l'aime comme un père,
comme un frère, si vous le préférez, car il est presque
aussi jeune que moi. Quand nous l'aurons ressuscité,
je l'aimerai peut-être comme un fils, mais vous n'y

perdrez rien, mon cher Léon. Vous avez dans mon cœur une place à part, la meilleure, et personne ne vous la prendra, pas même *lui* !»

Cette querelle d'amoureux, qui recommençait souvent et finissait toujours par un baiser, fut un jour interrompue par la visite du commissaire de police.

L'honorable fonctionnaire déclina poliment son nom et sa qualité, et demanda au jeune Renault la faveur de l'entretenir à part.

«Monsieur, lui dit-il, lorsqu'il le vit seul, je sais tous les égards qui sont dus à un homme de votre caractère et dans votre position, et j'espère que vous voudrez bien ne pas interpréter en mauvais sens une démarche qui m'est inspirée par le sentiment du devoir. »

Léon s'écarquilla les yeux en attendant la suite de ce discours.

«Vous devinez, monsieur, poursuivit le commissaire, qu'il s'agit de la loi sur les sépultures. Elle est formelle, et n'admet aucune exception. L'autorité pourrait fermer les yeux, mais le grand bruit qui s'est fait, et d'ailleurs la qualité du défunt, sans compter la question religieuse, nous met dans l'obligation d'agir . . . de concert avec vous, bien entendu . . .»

Léon comprenait de moins en moins. On finit par lui expliquer, toujours dans le style administratif, qu'il devait faire porter M. Fougas au cimetière de la ville.

«Mais, monsieur, répondit l'ingénieur, si vous avez entendu parler du colonel Fougas, on a dû vous dire aussi que nous ne le tenons pas pour mort.

—Monsieur, répliqua le commissaire avec un sourire assez fin, les opinions sont libres. Mais le médecin des morts, qui a eu le plaisir de voir le défunt, nous a fait un rapport concluant à l'inhumation immédiate.

—Eh bien, monsieur, si Fougas est mort, nous avons l'espérance de le ressusciter.

—On nous l'avait déjà dit, monsieur, mais, pour ma part, j'hésitais à le croire.

5 —Vous le croirez quand vous l'aurez vu, et j'espère, monsieur, que cela ne tardera pas longtemps.

—Mais alors, monsieur, vous vous êtes donc mis en règle ?

—Avec qui ?

10 —Je ne sais pas, monsieur; mais je suppose qu'avant d'entreprendre une chose pareille, vous vous êtes muni de quelque autorisation.

—De qui ?

—Mais enfin, monsieur, vous avouerez que la résur-
15 rection d'un homme est une chose extraordinaire. Quant à moi, c'est bien la première fois que j'en entends parler. Or le devoir d'une police bien faite est d'empêcher qu'il se passe rien d'extraordinaire dans le pays.

20 —Voyons, monsieur, si je vous disais : voici un homme qui n'est pas mort; j'ai l'espoir très fondé de le remettre sur pied dans trois jours; votre médecin, qui prétend le contraire, se trompe: prendriez-vous la responsabilité de faire enterrer Fougas ?

25 —Non, certes! A Dieu ne plaise que je prenne rien sous ma responsabilité! mais cependant, monsieur, en faisant enterrer M. Fougas, je serais dans l'ordre et dans la légalité. Car enfin de quel droit prétendez-vous ressusciter un homme ? Dans quel pays a-t-on
30 l'habitude de ressusciter ? Quel est le texte de loi qui vous autorise à ressusciter les gens ?

—Connaissez-vous une loi qui le défende ? Or tout ce qui n'est pas défendu est permis.

—Aux yeux des magistrats, peut-être bien. Mais

la police doit prévenir, éviter le désordre. Or, une résurrection, monsieur, est un fait assez inouï pour constituer un désordre véritable.

—Vous avouerez, du moins, que c'est un désordre assez heureux. 5

—Il n'y a pas de désordre heureux. Considérez, d'ailleurs, que le défunt n'est pas le premier venu. S'il s'agissait d'un vagabond sans feu ni lieu, on pourrait user de tolérance. Mais c'est un militaire, un officier supérieur et décoré; un homme qui a 10 occupé un rang élevé dans l'armée. L'armée, monsieur! Il ne faut pas toucher à l'armée!

—Eh! monsieur, je touche à l'armée comme le chirurgien qui panse ses plaies! Il s'agit de lui rendre un colonel, à l'armée! Et c'est vous qui, par 15 esprit de routine, voulez lui faire tort d'un colonel!

—Je vous en supplie, monsieur, ne vous animez pas tant et ne parlez pas si haut : on pourrait nous entendre. Croyez que je serai de moitié avec vous dans tout ce que vous voudrez faire pour cette belle et 20 glorieuse armée de mon pays. Mais avez-vous songé à la question religieuse?

—Quelle question religieuse?

—A vous dire le vrai, monsieur (mais ceci tout à fait entre nous), le reste est pur accessoire et nous 25 touchons au point délicat. On est venu me trouver, on m'a fait des observations très judicieuses. La seule annonce de votre projet a jeté le trouble dans un certain nombre de consciences. On craint que le succès d'une entreprise de ce genre ne porte un coup 30 à la foi, ne scandalise, en un mot, les esprits tranquilles. Car enfin, si M. Fougas est mort, c'est que Dieu l'a voulu. Ne craignez-vous pas, en le ressuscitant, d'aller contre la volonté de Dieu?

E

—Non, monsieur; car je suis sûr de ne pas ressusciter Fougas si Dieu en a décidé autrement. Dieu
permet qu'un homme attrape la fièvre, mais Dieu
permet aussi qu'un médecin le guérisse. Dieu a per-
5 mis qu'un brave soldat de l'Empereur fût empoigné
par quatre ivrognes de Russes, condamné comme
espion, gelé dans une forteresse et desséché par un
vieil Allemand sous une machine pneumatique. Mais
Dieu permet aussi que je retrouve ce malheureux
10 dans une boutique de bric-à-brac, que je l'apporte à
Fontainebleau, que je l'examine avec quelques
savants, et que nous combinions un moyen à peu près
sûr de le rendre à la vie. Tout cela prouve une
chose, c'est que Dieu est plus juste, plus clément et
15 plus miséricordieux que ceux qui abusent de son nom
pour vous exciter.

—Je vous assure, monsieur, que je ne suis nullement excité. Je me rends à vos raisons parce qu'elles
sont bonnes et parce que vous êtes un homme con-
20 sidérable dans la ville. J'espère bien, d'ailleurs, que
vous ne réprouverez pas un acte de zèle qui m'a
été conseillé. Je suis fonctionnaire, monsieur. Or,
qu'est-ce qu'un fonctionnaire? Un homme qui a une
place. Supposez maintenant que les fonctionnaires
25 s'exposent à perdre leur place, que restera-t-il en
France? Rien, monsieur, absolument rien. J'ai l'honneur de vous saluer.»

Le 15 août au matin, M. Karl Nibor se présenta chez
M. Renault avec le docteur Martout et la commission
30 nommée à Paris par la Société de biologie. Comme il
arrive souvent en province, l'entrée de notre illustre
savant fut une sorte de déception. Mme Renault
s'attendait à voir paraître, sinon un magicien en robe
de velours constellée d'or, au moins un vieillard d'une

prestance et d'une gravité extraordinaires. Karl
Nibor est un homme de taille moyenne, très blond et
très fluet.   Peut-être a-t-il bien quarante ans, mais
on ne lui en donnerait pas plus de trente-cinq. Il
porte la moustache et la mouche ; il est gai, parleur,   5
agréable et assez mondain pour amuser les dames.
Mais Clémentine ne jouit pas de sa conversation.   Sa
tante l'avait emmenée à Moret pour la soustraire aux
angoisses de la crainte et aux enivrements de la
victoire.   10

X

Alleluia !

M. Nibor et ses collègues, après les compliments
d'usage, demandèrent à voir le sujet. Ils n'avaient
pas de temps à perdre et l'expérience ne pouvait
guère durer moins de trois jours. Léon s'empressa
5 de les conduire au laboratoire et d'ouvrir les trois
coffres du colonel.

On trouva que le malade avait la figure assez bonne.
M. Nibor le dépouilla de ses vêtements, qui se
déchiraient comme de l'amadou pour avoir trop séché
10 dans l'étuve du père Meiser. Le corps, mis à nu, fut
jugé très intact et parfaitement sain. Personne
n'osait encore garantir le succès, mais tout le monde
était plein d'espérance.

Après ce premier examen, M. Renault mit son
15 laboratoire au service de ses hôtes. Il leur offrit tout
ce qu'il possédait avec une munificence qui n'était pas
exempte de vanité. Pour le cas où l'emploi de l'é-
lectricité paraîtrait nécessaire, il avait une forte batterie de bouteilles de Leyde et quarante éléments de
20 Bunsen tout neufs. M. Nibor le remercia en souriant.

« Gardez vos richesses, lui dit-il. Avec une baignoire
et une chaudière d'eau bouillante nous aurons tout
ce qu'il nous faut. Le colonel ne manque de rien que
d'humidité. Il s'agit de lui rendre la quantité d'eau

68

nécessaire au jeu des organes. Si vous avez un cabinet où l'on puisse amener un jet de vapeur, nous serons plus que contents.»

Tout justement M. Audret, l'architecte, avait construit auprès du laboratoire une petite salle de bain, commode et claire. La célèbre machine à vapeur n'était pas loin, et sa chaudière n'avait servi, jusqu'à présent, qu'à chauffer les bains de M. et Mme Renault.

Le colonel fut transporté dans cette pièce avec tous les égards que méritait sa fragilité. Il ne s'agissait pas de lui casser sa deuxième oreille, dans la hâte du déménagement! Léon courut allumer le feu de la chaudière, et M. Nibor le nomma chauffeur sur le champ de bataille.

Bientôt un jet de vapeur tiède pénétra dans la salle de bain, créant autour du colonel une atmosphère humide qu'on éleva par degrés, et sans secousse, jusqu'à la température du corps humain. Ces conditions de chaleur et d'humidité furent maintenues avec le plus grand soin durant vingt-quatre heures. Personne ne dormit dans la maison. Les membres de la commission parisienne campaient dans le laboratoire. Léon chauffait; M. Nibor, M. Renault et M. Martout s'en allaient tour à tour surveiller le thermomètre. Mme Renault faisait du thé, du café et même du punch; Gothon, qui avait communié le matin, priait Dieu dans un coin de sa cuisine pour que ce miracle impie ne réussît pas. Une certaine agitation régnait déjà par la ville, mais on ne savait s'il fallait l'attribuer à la fête du 15 ou à la fameuse entreprise des sept savants de Paris.

Le 16, à deux heures, on avait obtenu des résultats encourageants. La peau et les muscles avaient recouvré presque toute leur souplesse, mais les arti-

culations étaient encore difficiles à fléchir. Un bain fut préparé et maintenu à la température de 37 degrés et demi. On y laissa le colonel pendant deux heures, en ayant soin de lui passer souvent sur la
5 tête une éponge fine imbibée d'eau.

M. Nibor le retira du bain lorsque la peau, qui s'était gonflée plus vite que les autres tissus, commença à prendre une teinte blanche et à se rider légèrement. On le maintint, jusqu'au soir du 16,
10 dans cette salle humide, où l'on disposa un appareil qui laissait tomber de temps à autre une pluie fine à 37 degrés et demi. Un nouveau bain fut donné le soir. Pendant la nuit, le corps fut enveloppé de flanelle, mais maintenu constamment dans la même
15 atmosphère de vapeur.

Le 17 au matin, après un troisième bain d'une heure et demie, les traits de la figure et les formes du corps avaient leur aspect naturel: on eût dit un homme endormi. Cinq ou six curieux furent admis à le voir,
20 entre autres le colonel du 23e. En présence de ces témoins, M. Nibor fit mouvoir successivement toutes les articulations et prouva qu'elles avaient repris leur souplesse. Il massa doucement les membres, le tronc et l'abdomen. Il entr'ouvrit les lèvres, écarta
25 les mâchoires qui étaient assez fortement serrées, et vit que la langue était revenue à son volume et à sa consistance ordinaires. Il entr'ouvrit les paupières : le globe des yeux était ferme et brillant.

« Messieurs, dit le savant, voilà des signes qui ne
30 trompent pas ; je réponds du succès. Dans quelques heures, vous assisterez aux premières manifestations de la vie.

— Mais, interrompit un des assistants, pourquoi pas tout de suite ?

— Parce que les conjonctives sont encore un peu plus pâles qu'il ne faudrait. Mais ces petites veines qui parcourent le blanc des yeux ont déjà pris une physionomie très rassurante. Le sang s'est bien refait. Qu'est-ce que le sang ? Des globules rouges ₅ nageant dans du sérum ou petit-lait. Le sérum du pauvre Fougas s'était desséché dans les veines ; l'eau que nous y avons introduite graduellement par une lente endosmose a gonflé l'albumine et la fibrine du sérum, qui est revenu à l'état liquide. Les globules ₁₀ rouges, que la dessiccation avait agglutinés, demeuraient immobiles comme des navires échoués à la marée basse. Les voilà remis à flot : ils épaississent, ils s'enflent, ils arrondissent leurs bords, ils se détachent les uns des autres, ils se mettront à circuler ₁₅ dans leurs canaux à la première poussée qui leur sera donnée par les contractions du cœur.

— Reste à savoir, dit M. Renault, si le cœur voudra se mettre en branle. Dans un homme vivant, le cœur se meut sous l'impulsion du cerveau, transmise ₂₀ par les nerfs. Le cerveau agit sous l'impulsion du cœur transmise par les artères. Le tout forme un cercle parfaitement exact, hors duquel il n'y a pas de salut. Et lorsque le cœur et le cerveau ne fonctionnent ni l'un ni l'autre, comme chez le colonel, je ne ₂₅ vois pas lequel des deux pourrait donner l'impulsion à l'autre. Vous rappelez-vous cette scène de l'*École des femmes* où Arnolphe vient heurter à sa porte ? Le valet et la servante, Alain et Georgette, sont tous les deux dans la maison :

₃₀

— Georgette ! crie Alain.

— Eh bien ? répond Georgette.

— Ouvre là-bas !

— Vas-y, toi !

— Vas-y, toi !

— Ma foi, je n'irai pas.

— Je n'irai pas aussi.

— Ouvre vite !

5 — Ouvre, toi !

« Et personne n'ouvre. Je crains bien, monsieur, que nous n'assistions à une représentation de cette comédie. La maison, c'est le corps du colonel ; Arnolphe, qui voudrait bien rentrer, c'est le principe vital. Le 10 cœur et le cerveau remplissent le rôle d'Alain et de Georgette. « Ouvre là-bas ! » dit l'un.—« Vas-y, toi,» répond l'autre. Et le principe vital reste à la porte.

— Monsieur, répliqua en souriant le docteur Nibor, vous oubliez la fin de la scène. Arnolphe se fâche, il 15 s'écrie :

Quiconque de vous deux n'ouvrira pas la porte,
N'aura pas à manger de plus de quatre jours !

« Et aussitôt Alain de s'empresser, Georgette d'accourir et la porte de s'ouvrir. Notez bien que si je 20 parle ainsi, c'est pour entrer dans votre raisonnement, car le mot de principe vital est en contradiction avec l'état actuel de la science. La vie se manifestera dès que le cerveau ou le cœur, ou quelqu'une des parties du corps qui ont la propriété 25 d'agir spontanément, aura repris la quantité d'eau dont elle a besoin. La substance organisée a des propriétés qui lui sont inhérentes et qui se manifestent d'elles-mêmes, sans l'impulsion d'aucun principe étranger, pourvu qu'elles se trouvent dans certaines 30 conditions de milieu. Pourquoi les muscles de M. Fougas ne se contractent-ils pas encore ? Pourquoi le tissu du cerveau n'entre-t-il pas en action ? Parce qu'ils n'ont pas encore la somme d'humidité qui leur est nécessaire. Il manque peut-être un demi-litre d'eau dans la coupe de la vie. Mais je ne me hâterai pas de la remplir, j'ai trop peur de la casser. Avant de donner un dernier bain à ce brave, il faut encore masser tous ses organes, soumettre son abdomen à des pressions méthodiques, afin que les séreuses du ventre, de la poitrine et du cœur soient parfaitement désagglutinées et susceptibles de glisser les unes sur les autres. Vous comprenez que le moindre accroc dans ces régions-là, et même la plus légère résistance, suffirait pour tuer notre homme dans l'instant de sa résurrection.»

Tout en parlant, il joignait l'exemple au précepte, et pétrissait le torse du colonel. Comme les spectateurs remplissaient un peu trop exactement la salle de bain, et qu'il était presque impossible de s'y mouvoir, M. Nibor les pria de passer dans le laboratoire. Mais le laboratoire se trouva tellement plein qu'il fallut l'évacuer au profit du salon : les commissaires de la société de biologie avaient à peine un coin de table où rédiger le procès-verbal. Le salon même était bourré de monde, ainsi que la salle à manger et jusqu'à la cour de la maison. Amis, étrangers, inconnus se serraient les coudes et attendaient en silence. Mais le silence de la foule n'est pas beaucoup moins bruyant que le grondement de la mer. Le gros docteur Martout, extraordinairement affairé, se montrait de temps à autre et fendait les flots de curieux, comme un galion chargé de nouvelles. Chacune de ses paroles circulait de bouche en bouche et se répandait jusque dans la rue, où trente groupes de militaires et de bourgeois s'agitaient en tout sens. Jamais cette petite rue de la Faisanderie n'avait vu semblable cohue. Un passant étonné s'arrêta, demandant :

« Qu'y a-t-il ?   Est-ce un enterrement ?

— Au contraire, monsieur.

— C'est donc un baptême ?

— A l'eau chaude !

5 — Une naissance ?

— Une renaissance ! »

Un vieux juge au tribunal civil expliquait au substitut la légende du vieil Æson, bouilli dans la chaudière de Médée.

10 « C'est presque la même expérience, disait-il, et je
croirais que les poètes ont calomnié la magicienne
de Colchos.   Il y aurait de jolis vers latins à faire
là-dessus ; mais je n'ai plus mon antique prouesse ! »

A midi, le commissaire de police et le lieutenant de
15 gendarmerie fendirent la presse et s'introduisirent
dans la maison.   Ces messieurs s'empressèrent de
déclarer à M. Renault père que leur visite n'avait
rien d'officiel et qu'ils venaient en curieux.   Ils rencontrèrent dans le corridor le sous-préfet, le maire,
20 et Gothon qui se lamentait tout haut de voir le
gouvernement prêter les mains à des sorcelleries
pareilles.

Vers une heure, M. Nibor fit prendre au colonel un
nouveau bain prolongé, au sortir duquel le corps subit
25 un massage plus fort et plus complet que le premier.

« Maintenant, dit le docteur, nous pouvons transporter M. Fougas au laboratoire, pour donner à sa
résurrection toute la publicité désirable.   Mais il
conviendrait de l'habiller, et son uniforme est en
30 lambeaux.

—Je crois, répondit le bon M. Renault, que le
colonel est à peu près de ma taille ; je puis donc lui
prêter des habits à moi.   Fasse le ciel qu'il les use !
mais entre nous, je ne l'espère pas. »

Il y avait environ quarante personnes dans le laboratoire lorsqu'on y transporta Fougas. M. Nibor, aidé de M. Martout, l'assit sur un canapé et réclama quelques instants de vrai silence. Mme Renault fit demander sur ces entrefaites s'il lui était permis 5 d'entrer ; on l'admit.

« Madame et messieurs, dit le docteur Nibor, la vie se manifestera dans quelques minutes. Il se peut que les muscles agissent les premiers et que leur action soit convulsive, n'étant pas encore réglée 10 par l'influence du système nerveux. Je dois vous prévenir de ce fait, pour que, le cas échéant, vous ne soyez point effrayés. »

Il se remit à exercer des pressions méthodiques sur le bas de la poitrine, stimulant la peau des mains, 15 entr'ouvrant les paupières, explorant le pouls, auscultant la région du cœur.

L'attention des spectateurs fut un instant détournée par un tumulte extérieur. Un bataillon du 23ᵉ passait, musique en tête, dans la rue de la Faisanderie. 20 Tandis que les cuivres de M. Sax ébranlaient les fenêtres de la maison, une rougeur subite empourpra les joues du colonel. Ses yeux, qui étaient restés entr'ouverts, brillèrent d'un éclat plus vif. Au même moment, le docteur Nibor, qui auscultait la poitrine, 25 s'écria : « J'entends les bruits du cœur. »

A peine avait-il parlé, que la poitrine se gonfla par une aspiration violente, les membres se contractèrent, le corps se dressa et l'on entendit un cri de : « Vive l'Empereur ! » 30

Mais comme si un tel effort avait épuisé son énergie, le colonel Fougas retomba sur le canapé en murmurant d'une voix éteinte :

« Où suis-je ? Garçon ! l'annuaire ! »

XI

Où le colonel Fougas apprend quelques nouvelles qui paraîtront
anciennes à mes lecteurs.

PARMI les personnes présentes à cette scène, il n'y
en avait pas une seule qui eût vu des résurrections.
Je vous laisse à penser la surprise et la joie qui
éclatèrent dans le laboratoire. Une triple salve
5 d'applaudissements mêlés de cris salua le triomphe
du docteur Nibor. La foule, entassée dans le salon,
dans les couloirs, dans la cour et jusque dans la rue,
comprit à ce signal que le miracle était accompli.
Rien ne put la retenir ; elle enfonça les portes,
10 surmonta les obstacles, culbuta tous les sages qui
voulaient l'arrêter, et vint enfin déborder dans le
cabinet de physique.

« Messieurs ! criait M. Nibor, vous voulez donc le
tuer ! »

15 Mais on le laissait dire. La plus féroce de toutes
les passions, la curiosité, poussait la foule en avant ;
chacun voulait voir, au risque d'écraser les autres.
M. Nibor tomba ; M. Renault et son fils, en essayant
de le secourir, furent abattus sur son corps ; Mme
20 Renault fut renversée à son tour aux genoux du
colonel et se mit à crier du haut de sa tête.

« Sacrebleu ! dit Fougas en se dressant comme par
ressort, ces gredins-là vont nous étouffer, si on ne les
assomme ! »

76

Son attitude, l'éclat de ses yeux, et surtout le prestige du merveilleux, firent un vide autour de lui. On aurait dit que les murs s'étaient éloignés, ou que les spectateurs étaient rentrés les uns dans les autres.

« Hors d'ici tous ! » s'écria Fougas, de sa plus belle voix de commandement.

Un concert de cris, d'explications, de raisonnements, s'élève autour de lui ; il croit entendre des menaces ; il saisit la première chaise qui se trouve à sa portée, la brandit comme une arme ; il pousse, frappe, culbute les bourgeois, les soldats, les fonctionnaires, les savants, les amis, les curieux, le commissaire de police, et verse ce torrent humain dans la rue avec un fracas épouvantable. Cela fait, il referme la porte au verrou, revient au laboratoire, voit trois hommes debout auprès de Mme Renault, et dit à la vieille dame en adoucissant le ton de sa voix :

« Voyons, la mère, faut-il expédier ces trois-là comme les autres ?

—Gardez-vous en bien ! s'écria la bonne dame. Mon mari et mon fils, monsieur. Et M. le docteur Nibor, qui vous a rendu la vie.

—En ce cas, honneur à eux, la mère ! Fougas n'à jamais forfait aux lois de la reconnaissance et de l'hospitalité. Quant à vous, mon Esculape, touchez là ! »

Au même instant, il s'aperçut que dix à douze curieux s'étaient hissés du trottoir de la rue jusqu'aux fenêtres du laboratoire. Il marcha droit à eux et ouvrit avec une précipitation qui les fit sauter dans la foule.

« Peuple ! dit-il, j'ai culbuté une centaine de pan-

dours qui ne respectaient ni le sexe ni la faiblesse.
Ceux qui ne seront pas contents, je m'appelle le
colonel Fougas, du 23e. Et vive l'Empereur!»

Un mélange confus d'applaudissements, de cris,
5 de rires et de gros mots répondit à cette allocution
bizarre. Léon Renault se hâta de sortir pour porter
des excuses à tous ceux à qui l'on en devait. Il invita
quelques amis à dîner, le soir même, avec le terrible
colonel, et surtout il n'oublia pas d'envoyer un exprès
10 à Clémentine.

Fougas, après avoir parlé au peuple, se retourna
vers ses hôtes en se dandinant d'un air crâne, se mit
à cheval sur la chaise qui lui avait déjà servi, releva
les crocs de sa moustache, et dit:

15 « Ah çà, causons. J'ai donc été malade?
—Très malade.
—C'est fabuleux. Je me sens tout dispos. J'ai
faim, et même en attendant le dîner, je boirais bien
un verre de votre schnick.»

20 Mme Renault sortit, donna un ordre et rentra
aussitôt.

« Mais dites-moi donc où je suis! reprit le colonel.
A ces attributs du travail, je reconnais un disciple
d'Uranie; peut-être un ami de Monge et de Berthollet.
25 Mais l'aimable cordialité empreinte sur vos visages
me prouve que vous n'êtes pas des naturels de ce
pays de choucroute. Oui, j'en crois les battements
de mon cœur. Amis, nous avons la même patrie. La
sensibilité de votre accueil, à défaut d'autres indices,
30 m'aurait averti que vous êtes Français. Quels
hasards vous ont amené si loin du sol natal? Enfants
de mon pays, quelle tempête vous a jetés sur cette
rive inhospitalière?

—Mon cher colonel, répondit M. Nibor, si vous

voulez être bien sage, vous ne ferez pas trop de questions à la fois. Laissez-nous le plaisir de vous instruire tout doucement et avec ordre, car vous avez beaucoup de choses à apprendre.»

Le colonel rougit de colère et répondit vivement :   5
« Ce n'est toujours pas vous qui m'en remontrerez, mon petit monsieur ! »

Une goutte de sang qui lui tomba sur la main détourna le cours de ses idées :

« Tiens ! dit-il, est-ce que je saigne ?   10

— Cela ne sera rien ; la circulation s'est rétablie, et votre oreille cassée . : .

Il porta vivement la main à son oreille et dit :

« C'est vrai. Mais comment cela se fait-il ? Je ne me souviens pas du tout de cet accident-là !   15

— Je vais vous faire un petit pansement, et dans deux jours il n'y paraîtra plus.

— Ne vous donnez pas la peine, mon cher Hippocrate : une pincée de poudre, c'est souverain ! »

M. Nibor se mit en devoir de le panser un peu moins 20 militairement. Sur ces entrefaites, Léon rentra.

« Ah ! ah ! dit-il au docteur, vous réparez le mal que j'ai fait.

— Tonnerre ! s'écria Fougas en s'échappant des mains de M. Nibor pour saisir Léon au collet. C'est 25 toi, clampin ! qui m'as cassé l'oreille ? »

Léon était très doux, mais la patience lui échappa. Il repoussa brusquement son homme.

« Oui, monsieur, c'est moi qui vous ai cassé l'oreille, en la tirant, et si ce petit malheur ne m'était pas 30 arrivé, il est certain que vous seriez aujourd'hui à six pieds sous terre. C'est moi qui vous ai sauvé la vie, après vous avoir acheté de mon argent, lorsque vous n'étiez pas coté plus de vingt-cinq louis. C'est

moi qui ai passé trois jours et deux nuits à fourrer du
charbon sous votre chaudière. C'est mon père qui
vous a donné les vêtements que vous avez sur le
corps; vous êtes chez nous, buvez le petit verre
5 d'eau-de-vie que Gothon vous apporte, mais je vous
en prie, quittez l'habitude de m'appeler clampin,
d'appeler ma mère *la mère,* et de jeter nos amis dans
la rue en les traitant de pandours ! »

Le colonel, tout ahuri, tendit la main à Léon, à M.
10 Renault et au docteur, baisa galamment la main de
Mme Renault, avala d'un trait un verre à vin de
Bordeaux rempli d'eau-de-vie jusqu'au bord, et dit
d'une voix émue :

« Vertueux habitants, oubliez les écarts d'une âme
15 vive mais généreuse. Dompter mes passions sera
désormais ma loi. Après avoir vaincu tous les
peuples de l'univers, il est beau de se vaincre soi-
même. »

Cela dit, il livra son oreille à M. Nibor, qui acheva
20 le pansement.

« Mais, dit-il, en recueillant ses souvenirs, on ne m'a
donc pas fusillé ?

—Non.

—Et je n'ai pas été gelé dans la tour ?

25 —Pas tout à fait.

—Pourquoi m'a-t-on ôté mon uniforme ? . . . Je
devine ! Je suis prisonnier !

—Vous êtes libre.

—Libre ! Vive l'Empereur ! Mais alors, pas un mo-
30 ment à perdre ! Combien de lieues d'ici à Dantzig ?

—C'est très loin.

—Comment appelez-vous cette bicoque ?

—Fontainebleau.

—Fontainebleau ! En France ?

—Seine-et-Marne. Nous allions vous présenter le
sous-préfet lorsque vous l'avez jeté dans la rue.

—Je me moque pas mal de tous les sous-préfets!
J'ai une mission de l'Empereur pour le général Rapp,
et il faut que je parte aujourd'hui même pour 5
Dantzig. Dieu sait si j'arriverai à temps!

—Mon pauvre colonel, vous arriveriez trop tard.
Dantzig est rendu.

—C'est impossible! Depuis quand?

—Depuis tantôt quarante-six ans.   10

—Tonnerre! Je n'entends pas qu'on se . . . moque
de moi!»

M. Nibor lui mit en main un calendrier, et lui dit:

« Voyez vous-même! Nous sommes au 17 août 1859;
vous vous êtes endormi dans la tour de Liebenfeld, le 15
11 novembre 1813; il y a donc quarante-six ans moins
trois mois que le monde marche sans vous.

—Vingt-quatre et quarante-six; mais alors j'aurais
soixante-dix ans, à votre compte!

—Votre vivacité montre bien que vous en avez 20
toujours vingt-quatre. »

Il haussa les épaules, déchira le calendrier et dit en
frappant du pied le parquet:

« Votre almanach est une blague!»

M. Renault courut à sa bibliothèque, prit une demi- 25
douzaine de volumes, au hasard, et lui fit lire, au bas
des titres, les dates de 1826, 1833, 1847, 1858.

« Pardonnez-moi, dit Fougas en plongeant sa tête
dans ses mains. Ce qui m'arrive est si nouveau! Je
ne crois pas qu'un humain se soit jamais vu à pareille 30
épreuve. J'ai soixante-dix ans! »

La bonne Mme Renault s'en alla prendre un miroir
dans la salle de bain et le lui donna en disant:

« Regardez-vous!»

Il tenait la glace à deux mains et s'occupait silencieusement à refaire connaissance avec lui-même,
lorsqu'un orgue ambulant pénétra dans la cour et
joua : « Partant pour la Syrie ! »

5 Fougas lança le miroir contre terre en criant :
« Qu'est-ce que vous me contiez donc là ? J'entends
la chanson de la reine Hortense ! »

M. Renault lui expliqua patiemment, tout en recueillant les débris du miroir, que la jolie chanson de
10 la reine Hortense était devenue un air national et
même officiel, que la musique des régiments avait
substitué cette aimable mélodie à la farouche
Marseillaise, et que nos soldats, chose étrange ! ne
s'en battaient pas plus mal. Mais déjà le colonel
15 avait ouvert la fenêtre et criait au Savoyard :

« Eh ! l'ami ! Un napoléon pour toi si tu me dis en
quelle année je respire ! »

L'artiste se mit à danser le plus légèrement qu'il
put, en secouant son moulin à musique.

20 « Avance à l'ordre ! cria le colonel. Et laisse en
repos ta machine !

— Un petit chou, mon bon mouchu !

— Ce n'est pas un sou que je te donnerai, mais un
napoléon, si tu me dis en quelle année nous sommes !

25 — Que ch'est drôle, hi ! hi ! hi !

— Et si tu ne me le dis pas plus vite que ça, je te
couperai les oreilles ! »

Le Savoyard s'enfuit, mais il revint tout de suite,
comme s'il avait médité au trot la maxime : Qui ne
30 risque rien, n'a rien.

« Monchu ! dit-il d'une voix pateline, nous chommes
en mil huit chent chinquante-neuf.

— Bon ! » cria Fougas.

Il chercha de l'argent dans ses poches et n'y trouva

rien. Léon vit son embarras, et jeta vingt francs dans la cour. Avant de refermer la fenêtre, il désigna du doigt la façade d'un joli petit bâtiment neuf où le colonel put lire en toutes lettres:

AUDRET, ARCHITECTE

MDCCCLIX.

Renseignement parfaitement clair, et qui ne coûtait 5 pas vingt francs.

Fougas, un peu confus, serra la main de Léon et lui dit:

« Ami, je n'oublierai plus que la confiance est le premier devoir de la reconnaissance envers la bien- 10 faisance. Mais parlez-moi de la patrie! Je foule le sol sacré où j'ai reçu l'être, et j'ignore les destinées de mon pays. La France est toujours la reine du monde, n'est-il pas vrai?

— Certainement, dit Léon.   15

— Comment va l'Empereur?

— Bien.

— Et l'Impératrice?

— Très bien.

— Et le Roi de Rome?   20

— Le Prince impérial? C'est un très bel enfant.

— Comment! un bel enfant! Et vous avez le front de dire que nous sommes en 1859! »

M. Nibor prit la parole et expliqua en quelques mots que le souverain actuel de la France n'était pas 25 Napoléon Ier, mais Napoléon III.

« Mais alors, s'écria Fougas, mon Empereur est mort!

— Oui.

— C'est impossible! Racontez-moi tout ce que 30

vous voudrez, excepté ça! Mon Empereur est immortel. »

M. Nibor et les Renault, qui n'étaient pourtant pas
historiens de profession, furent obligés de lui faire
5 en abrégé l'histoire de notre siècle. On alla chercher un gros livre écrit par M. de Norvins et illustré
de belles gravures par Raffet. Il n'accepta la vérité
qu'en la touchant du doigt, et encore s'écriait-il à
chaque instant : « C'est impossible! Ce n'est pas de
10 l'histoire que vous me lisez ; c'est un roman écrit
pour faire pleurer les soldats! »

Il fallait, en vérité, que ce jeune homme eût l'âme
forte et bien trempée, car il apprit en quarante
minutes tous les malheurs que la fortune avait
15 répartis sur dix-huit années, depuis la première
abdication jusqu'à la mort du roi de Rome. Moins
heureux que ses anciens compagnons d'armes, il n'eut
pas un intervalle de repos entre ces chocs terribles
et répétés qui frappaient tous son cœur au même
20 endroit. Il cria d'admiration, en écoutant les beaux
combats de la campagne de France ; il rugit de douleur, en assistant aux adieux de Fontainebleau. Le
retour de l'île d'Elbe illumina sa belle et noble figure ;
son cœur courut à Waterloo avec la dernière armée
25 de l'Empire, et s'y brisa. Puis il serrait les poings et
disait entre ses dents : « Si j'avais été là, à la tête du
23ᵉ, Blücher et Wellington auraient bien vu! » L'invasion, le drapeau blanc, le martyre de Sainte-
Hélène, la terreur blanche en Europe, le meurtre de
30 Murat, ce dieu de la cavalerie, la mort de Ney, de
Brune, de Mouton Duvernet et de tant d'autres
hommes de cœur qu'il avait connus, admirés et aimés,
le jetèrent dans une série d'accès de rage ; mais rien
ne l'abattit. En écoutant la mort de Napoléon, il

jurait de manger le cœur de l'Angleterre; la lente
agonie du pâle et charmant héritier de l'Empire lui
inspirait des tentations d'éventrer l'Autriche. Lorsque le drame fut fini et le rideau tombé sur Schœn-
brunn, il essuya ses larmes et dit: « C'est bien. J'ai 5
vécu en un instant toute la vie d'un homme. Maintenant, montrez-moi la carte de France! »

Léon se mit à feuilleter un atlas, tandis que
M. Renault essayait de résumer au colonel l'histoire
de la Restauration et de la monarchie de 1830. Mais 10
Fougas avait l'esprit ailléurs.

« Qu'est-ce que ça me fait, disait-il, que deux cents
bavards de députés aient mis un roi à la place d'un
autre! Des rois! j'en ai tant vu par terre! Si l'Empire avait duré dix ans de plus, j'aurais pu me donner 15
un roi pour brosseur! »

Lorsqu'on lui mit l'atlas sous les yeux, il s'écria
d'abord avec un profond dédain: « Ça, la France! »
Mais bientôt deux larmes de tendresse échappées de
ses yeux arrosèrent l'Ardèche et la Gironde. Il baisa 20
la carte et dit avec une émotion qui gagna presque
tous les assistants:

« Pardonne-moi, ma pauvre vieille, d'avoir insulté
à ton malheur! Ces scélérats, que nous avions rossés
partout, ont profité de mon sommeil pour rogner tes 25
frontières; mais, petite ou grande, riche ou pauvre,
tu es ma mère, et je t'aime comme un bon fils! Voici
la Corse, où naquit le géant de notre siècle; voici
Toulouse, où j'ai reçu le jour; voilà Nancy, où j'ai
senti battre mon cœur, où celle que j'appelais mon 30
Églé m'attend peut-être encore! France! tu as un
temple dans mon âme; ce bras t'appartient; tu me
trouveras toujours prêt à verser mon sang jusqu'à la
dernière goutte pour te défendre ou te venger! »

XII

Le premier repas du convalescent.

LE messager que Léon avait envoyé à Moret ne
pouvait pas y arriver avant sept heures. En supposant qu'il trouvât ces dames à table chez leurs hôtes,
que la grande nouvelle abrégeât le dîner et qu'on
5 mît aisément la main sur une voiture, Clémentine
et sa tante seraient probablement à Fontainebleau
entre dix et onze heures. Le fils de M. Renault jouis-
sait par avance du bonheur de sa fiancée. Quelle
joie pour elle et pour lui, lorsqu'il lui présenterait
10 l'homme miraculeux qu'elle avait défendu contre les
horreurs de la tombe, et qu'il avait ressuscité à sa
prière !

En attendant, Gothon, heureuse et fière autant
qu'elle avait été inquiète et scandalisée, mettait un
15 couvert de douze personnes. Son compagnon de
chaîne, jeune rustaud de dix-huit ans, éclos dans la
commune des Sablons, l'assistait de ses deux bras et
l'amusait de sa conversation . . .

Cependant, les invités arrivaient au salon, où la
20 famille Renault s'était transportée avec M. Nibor et
le colonel. On présenta successivement à Fougas le
maire de la ville, le docteur Martout, maître Bonnivet, notaire, M. Audret, et trois membres de la
Commission parisienne ; les trois autres avaient été

86

forcés de repartir avant le dîner. Les convives
n'étaient pas des plus rassurés : leurs flancs meur-
tris par les premiers mouvements de Fougas leur
permettaient de supposer qu'ils dîneraient peut-être
avec un fou. Mais la curiosité fut plus forte que la 5
peur. Le colonel les rassura bientôt par l'accueil le
plus cordial. Il s'excusa de s'être conduit en homme
qui revient de l'autre monde. Il causa beaucoup,
un peu trop peut-être, mais on était si heureux de
l'entendre, et ses paroles empruntaient tant de prix 10
à la singularité des événements, qu'il obtint un
succès sans mélange. On lui dit que le docteur
Martout avait été un des principaux agents de sa
résurrection, avec une autre personne qu'on promit
de lui présenter plus tard. Il remercia chaudement 15
M. Martout, et demanda quand il pourrait témoigner
sa reconnaissance à l'autre personne. « J'espère, dit
Léon, que vous la verrez ce soir. »

On n'attendait plus que le colonel du 23ᵉ de ligne,
M. Rollon. Il arriva, non sans peine, à travers les 20
flots de peuple qui remplissaient la rue de la Faisanderie. C'était un homme de quarante-cinq ans, voix
brève, figure ouverte. Ses cheveux grisonnaient
vaguement, mais la moustache brune, épaisse et
relevée, se portait bien. Il parlait peu, disait juste, 25
savait beaucoup et ne se vantait pas : somme toute,
un beau type de colonel. Il vint droit à Fougas et
lui tendit la main comme à une vieille connaissance. « Mon cher camarade, lui dit-il, j'ai pris
grand intérêt à votre résurrection, tant en mon 30
propre nom qu'au nom du régiment. Le 23ᵉ, que
j'ai l'honneur de commander, vous révérait hier
comme un ancêtre. A dater de ce jour, il vous
chérira comme un ami. » Pas la moindre allusion

à la scène du matin, où M. Rollon avait été foulé aussi bien que les autres.

Fougas répondit convenablement, mais avec une nuance de froideur : « Mon cher camarade, dit-il, je 5 vous remercie de vos bons sentiments. Il est singulier que le destin me mette en présence de mon successeur, le jour même où je rouvre les yeux à la lumière ; car enfin je ne suis ni mort ni général, je n'ai pas permuté, on ne m'a pas mis à la retraite, et 10 pourtant je vois un autre officier, plus digne sans doute, à la tête de mon beau 23e. Mais si vous avez pour devise « Honneur et courage », comme j'en suis d'ailleurs persuadé, je n'ai pas le droit de me plaindre et le régiment est en bonnes mains. »

15   Le dîner était servi. Mme Renault prit le bras de Fougas. Elle le fit asseoir à sa droite et M. Nibor à sa gauche. Le colonel et le maire prirent leurs places aux côtés de M. Renault ; les autres convives au hasard et sans étiquette.

20   Fougas engloutit le potage et les entrées, reprenant de tous les plats et buvant en proportion. Un appétit de l'autre monde ! « Estimable amphitryon, dit-il à M. Renault, ne vous effrayez pas de me voir tomber sur les vivres. J'ai toujours mangé de même ; 25 excepté dans la retraite de Russie. Considérez d'ailleurs que je me suis couché hier sans souper, à Liebenfeld. »

Il pria M. Nibor de lui raconter par quelle série de circonstances il était venu de Liebenfeld à Fon-30 tainebleau.

« Vous rappelez-vous, dit le docteur, un vieil Allemand qui vous a servi d'interprète devant le Conseil de guerre ?

— Parfaitement. Un brave homme qui avait une

perruque violette. Je m'en souviendrai toute ma vie, car il n'y a pas deux perruques de cette couleur-là.

— Eh bien, c'est l'homme à la perruque violette, autrement dit le célèbre docteur Meiser, qui vous a conservé la vie.

— Où est-il ? je veux le voir, tomber dans ses bras, lui dire . . .

— Il avait soixante-huit ans passés lorsqu'il vous rendit ce petit service : il serait donc aujourd'hui dans sa cent quinzième année, s'il avait attendu vos remercîments.

— Ainsi donc il n'est plus ! La mort l'a dérobé à ma reconnaissance !

— Vous ne savez pas encore tout ce que vous lui devez. Il vous a légué, en 1824, une fortune de trois cent soixante-quinze mille francs, dont vous êtes le légitime propriétaire. Or comme un capital placé à cinq pour cent se double en quatorze ans, grâce aux intérêts composés, vous possédiez, en 1838, une bagatelle de sept cent cinquante mille francs ; en 1852, un million et demi. Enfin, s'il vous plaît de laisser vos fonds entre les mains de M. Nicolas Meiser, de Dantzig, cet honnête homme vous devra trois millions au commencement de 1866, ou dans sept ans. Nous vous donnerons ce soir une copie du testament de votre bienfaiteur ; c'est une pièce très instructive que vous pourrez méditer en vous mettant au lit.

— Je la lirai volontiers, dit le colonel Fougas. Mais l'or est sans prestige à mes yeux. L'opulence engendre la mollesse. Moi ! languir dans la lâche oisiveté de Sybaris ! Efféminer mes sens sur une couche de roses, jamais ! L'odeur de la poudre m'est plus chère que tous les parfums de l'

n'aurait pour moi ni charme, ni

renoncer au tumulte enivrant des

où l'on vous dira que Fougas ne tient

s rangs de l'armée, vous pourrez

c'est que Fougas n'est plus!»

Il se tourna vers le nouveau

dit:

«O vous, mon cher camarade

10 faste insolent de la richesse est mis

que l'austère simplicité du soldat! D

tout! Les colonels sont les roi

colonel est moins qu'un général

quelque chose de plus. Il vit p

15 pénètre plus avant dans l'intimité

est le père, le juge, l'ami de son ré

de chacun de ses hommes et

drapeau est déposé sous sa tente

Le colonel et le drapeau ne sont q

20 l'âme, l'autre est le corps!»

Il demanda à M. Ballon la permission

et embrasser le drapeau du 23.

«Vous le verrez demain matin,

colonel, si vous me faites l'honneur

25 moi avec quelques-uns de mes officiers.»

Il accepta l'invitation avec enthou

dans mille questions sur la solde, l'

ment, le cadre de réserve, l'uniforme

petit équipement, l'armement, la

30 prit sans difficulté les avantages

mais on essaya vainement de lui

agé. L'artillerie n'était pas son

pourtant que Napoléon avait dû pl

à sa belle artillerie.

Tandis que le innombrables rôtis de Mme Renault se succédaien ur la table, Fougas demanda, mais sans perdre u coup de dent, quelles étaient les principales gurres de l'année, combien de nations la France avu sur les bras, si l'on ne pensait pas enfin à recommencer la conquête du monde! Les renseignemen: qu'on lui donna, sans le satisfaire complètemen. ne lui ôtèrent pas toute espérance.

« J'ai bien f. d'arriver, dit-il, il y a de l'ouvrage. »

Les guerres l'Afrique ne le séduisaient pas beaucoup, quoique . 23ᵉ eût conquis là-bas un bel accroissement de glo.e.

On lui donn. aussi quelques détails sur la campagne d'Itali. et il fut charmé d'apprendre que son ancien régimot y avait pris une redoute sous les yeux du mareaal duc de Solferino.

« C'est la tradition du régiment, dit-il en pleurant dans sa servie:e. Ce brigand de 23ᵉ n'en fera jamais d'autres! L. .éesse des Victoires l'a touché de son aile. »

Ce qui l'étona beaucoup, par exemple, c'est qu'une guerre de cet: importance se fût terminée en si peu de temps. I. allut lui apprendre que depuis quelques années o avait trouvé le secret de transporter cent mille hmmes, en quatre jours, d'un bout à l'autre de l'Erope.

« Bon! dis.u il, j'admets la chose. Ce qui m'étonne, c'est que l'Emereur ne l'ait pas inventée en 1810, car il avait le guie des transports, le génie des intendances, le géle des bureaux, le génie de tout! Mais enfin les Aut:chiens se sont défendus, et il n'est pas possible qu'e moins de trois mois vous soyez arrivés à Vienne.

—Nous ne ommes pas allés si loin, en effet.

plus chère que tous les parfums de l'Arabie. La vie n'aurait pour moi ni charmes ni saveur, s'il me fallait renoncer au tumulte enivrant des armes. Et le jour où l'on vous dira que Fougas ne marche plus dans les
5 rangs de l'armée, vous pourrez répondre hardiment : c'est que Fougas n'est plus ! »

Il se tourna vers le nouveau colonel du 23e et lui dit :

« O vous, mon cher camarade, dites-leur que le
10 faste insolent de la richesse est mille fois moins doux que l'austère simplicité du soldat ! Du colonel, sur- tout ! Les colonels sont les rois de l'armée. Un colonel est moins qu'un général, et pourtant il a quelque chose de plus. Il vit plus avec le soldat, il
15 pénètre plus avant dans l'intimité de la troupe. Il est le père, le juge, l'ami de son régiment. L'avenir de chacun de ses hommes est dans ses mains ; le drapeau est déposé sous sa tente ou dans sa chambre. Le colonel et le drapeau ne sont pas deux, l'un est
20 l'âme, l'autre est le corps ! »

Il demanda à M. Rollon la permission d'aller revoir et embrasser le drapeau du 23e.

« Vous le verrez demain matin, répondit le nouveau colonel, si vous me faites l'honneur de déjeuner chez
25 moi avec quelques-uns de mes officiers. »

Il accepta l'invitation avec enthousiasme et se jeta dans mille questions sur la solde, la masse, l'avance- ment, le cadre de réserve, l'uniforme, le grand et petit équipement, l'armement, la théorie. Il com-
30 prit sans difficulté les avantages du fusil à piston, mais on essaya vainement de lui expliquer le canon rayé. L'artillerie n'était pas son fort ; il avouait pourtant que Napoléon avait dû plus d'une victoire à sa belle artillerie.

Tandis que les innombrables rôtis de Mme Renault se succédaient sur la table, Fougas demanda, mais sans perdre un coup de dent, quelles étaient les principales guerres de l'année, combien de nations la France avait sur les bras, si l'on ne pensait pas 5 enfin à recommencer la conquête du monde! Les renseignements qu'on lui donna, sans le satisfaire complètement, ne lui ôtèrent pas toute espérance.

« J'ai bien fait d'arriver, dit-il, il y a de l'ouvrage. »

Les guerres d'Afrique ne le séduisaient pas beau- 10 coup, quoique le 23ᵉ eût conquis là-bas un bel accroissement de gloire.

On lui donna aussi quelques détails sur la campagne d'Italie, et il fut charmé d'apprendre que son ancien régiment y avait pris une redoute sous les 15 yeux du maréchal duc de Solferino.

« C'est la tradition du régiment, dit-il en pleurant dans sa serviette. Ce brigand de 23ᵉ n'en fera jamais d'autres! La déesse des Victoires l'a touché de son aile. »   20

Ce qui l'étonna beaucoup, par exemple, c'est qu'une guerre de cette importance se fût terminée en si peu de temps. Il fallut lui apprendre que depuis quelques années on avait trouvé le secret de transporter cent mille hommes, en quatre jours, d'un bout à 25 l'autre de l'Europe.

« Bon ! disait-il, j'admets la chose. Ce qui m'étonne, c'est que l'Empereur ne l'ait pas inventée en 1810, car il avait le génie des transports, le génie des intendances, le génie des bureaux, le génie de tout! Mais 30 enfin les Autrichiens se sont défendus, et il n'est pas possible qu'en moins de trois mois vous soyez arrivés à Vienne.

—Nous ne sommes pas allés si loin, en effet.

—Vous n'avez pas poussé jusqu'à Vienne?

—Non.

—Eh bien, alors, où avez-vous signé la paix?

—A Villafranca.

5 —A Villafranca? C'est donc la capitale de l'Autriche?

—Non, c'est un village d'Italie.

—Monsieur, je n'admets pas qu'on signe la paix ailleurs que dans les capitales. C'était notre principe,
10 notre A B C, le paragraphe premier de la *Théorie*. Il paraît que le monde a bien changé depuis que je ne suis plus là. Mais patience!»

Ici, la vérité m'oblige à dire que Fougas se grisa au dessert. Il avait bu et mangé comme un héros d'Ho-
15 mère et parlé plus copieusement que Cicéron dans ses bons jours. Les fumées du vin, de la viande et de l'éloquence lui montèrent au cerveau. Il devint familier, tutoya les uns, rudoya les autres et lâcha un torrent d'absurdités à faire tourner quarante moulins.
20 Son ivresse n'avait rien de brutal et surtout rien d'ignoble; ce n'était que le débordement d'un esprit jeune, aimant, vaniteux et déréglé. Il porta cinq ou six toasts: à la gloire, à l'extension de nos frontières, à Mlle Mars, espoir de la scène française, à la sensi-
25 bilité, lien fragile, mais cher, qui unit l'amant à son objet, le père à son fils, le colonel à son régiment!

Son style, singulier mélange de familiarité et d'emphase, provoqua plus d'un sourire dans l'auditoire. Il s'en aperçut, et un reste de défiance s'é-
30 veilla au fond de son cœur. De temps à autre, il se demandait tout haut si ces gens-là n'abusaient point de sa naïveté.

«Malheur! s'écriait-il, malheur à ceux qui voudraient me faire prendre des vessies pour des lanternes! La lanterne éclaterait comme une bombe et porterait le deuil aux environs!»

Après de tels discours, il ne lui restait plus qu'à rouler sous la table, et ce dénoûment était assez prévu. Mais le colonel appartenait à une génération d'hommes robustes, accoutumés à plus d'un genre d'excès, aussi forts contre le plaisir que contre les dangers, les privations et les fatigues. Lorsque Mme Renault remua sa chaise pour indiquer que le repas était fini, Fougas se leva sans effort, arrondit son bras avec grâce et conduisit sa voisine au salon. Sa démarche était un peu roide, et tout d'une pièce, mais il allait droit devant lui, et ne trébuchait point. Il prit deux tasses de café et passablement de liqueurs alcooliques, après quoi il se mit à causer le plus raisonnablement du monde. Vers dix heures, M. Martout ayant exprimé le désir d'entendre son histoire, il se plaça lui-même sur la sellette, se recueillit un instant et demanda un verre d'eau sucrée. On s'assit en cercle autour de lui et il commença le discours suivant, dont le style un peu suranné se recommande à votre indulgence.

XIII

Histoire du colonel Fougas, racontée par lui-même.

« N'ESPÉREZ pas que j'émaille mon récit de ces fleurs plus agréables que solides, dont l'imagination se pare quelquefois pour farder la vérité. Français et soldat, j'ignore doublement la feinte. C'est l'amitié qui
5 m'interroge, c'est la franchise qui répondra.

« Je suis né de parents pauvres, mais honnêtes, au seuil de cette année féconde et glorieuse qui éclaira le Jeu de Paume d'une aurore de liberté. Le Midi fut ma patrie; la langue aimée des troubadours fut celle
10 que je bégayai au berceau. Mes premiers jeux ne furent pas ceux de l'opulence. Les cailloux bigarrés qu'on ramasse sur la rive et cet insecte bien connu que l'enfance fait voltiger libre et captif au bout d'un fil, me tinrent lieu d'autres joujoux.

15 « Un vieux ministre des autels, affranchi des liens ténébreux du fanatisme et réconcilié avec les institutions nouvelles de la France, fut mon Chiron et mon Mentor. Il me nourrit de la forte moelle des lions de Rome et d'Athènes; ses lèvres distillaient à mes
20 oreilles le miel embaumé de la sagesse. Honneur à toi, docte et respectable vieillard, qui m'as donné les premières leçons de la science et les premiers exemples de la vertu!

« Mais déjà cette atmosphère de gloire, que le génie

d'un homme et la vaillance d'un peuple firent flotter
sur la patrie, enivrait tous mes sens et faisait palpiter ma jeune âme. La France, au lendemain du
volcan de la guerre civile, avait réuni ses forces en
faisceau pour les lancer contre l'Europe, et le monde ₅
étonné, sinon soumis, cédait à l'essor du torrent dé-
chaîné. Quel homme, quel Français aurait pu voir
avec indifférence cet écho de la victoire répercuté
par des millions de cœurs !

« A peine au sortir de l'enfance, je sentis que ₁₀
l'honneur est plus précieux que la vie. La mélodie
guerrière des tambours arrachait à mes yeux des
larmes mâles et courageuses. « Et moi aussi, disais-je
en suivant la musique des régiments dans les rues de
Toulouse, je veux cueillir des lauriers, dussé-je les ₁₅
arroser de mon sang ! » Le pâle olivier de la paix
n'obtenait que mes mépris. C'est en vain qu'on
célébrait les triomphes pacifiques du barreau, les
molles délices du commerce ou de la finance. A la
toge de nos Cicérons, à la simarre de nos magis- ₂₀
trats, au siège curule de nos législateurs, à l'opulence de nos Mondors, je préférais le glaive. On aurait dit que j'avais sucé le lait de Bellone. « Vaincre
ou mourir » était déjà ma devise, et je n'avais pas
seize ans !
                                                      ₂₅
« Avec quel noble mépris j'entendais raconter
l'histoire de nos Protées de la politique ! De quel
regard dédaigneux je bravais les Turcarets de la
finance ; mais si j'entendais redire les prouesses des
chevaliers de la Table ronde, ou célébrer en vers ₃₀
élégants la vaillance des croisés ; si le hasard mettait
sous ma main les hauts faits de nos modernes
Rolands, retracés dans un bulletin de l'armée par
l'héritier de Charlemagne, une flamme avant-cour-

rière du feu des combats s'allumait dans mes yeux
juvéniles.

« Ah ! c'était trop languir, et mon frein rongé par
l'impatience allait peut-être se rompre, quand la
5 sagesse d'un père le délia.

« Pars, me dit-il, en essayant, mais en vain, de
retenir ses larmes. J'espérais que ta main resterait
dans notre chaumière pour me fermer les yeux, mais
lorsque le patriotisme a parlé, l'égoïsme doit se taire.
10 Mes vœux te suivront désormais sur les champs où
Mars moissonne les héros. Puisses-tu mériter la palme
du courage et te montrer bon citoyen comme tu as été
bon fils !

« Il dit et m'ouvrit ses bras. J'y tombai, nous con-
15 fondîmes nos pleurs, et je promis de revenir au foyer
dès que l'étoile de l'honneur se suspendrait à ma
poitrine. Mais hélas ! l'infortuné ne devait plus me
revoir. La Parque, qui dorait déjà le fil de mes
jours, trancha le sien sans pitié. La main d'un étran-
20 ger lui ferma la paupière, tandis que je gagnais ma
première épaulette à la bataille d'Iéna.

« Lieutenant à Eylau, capitaine à Wagram et
décoré de la propre main de l'Empereur sur le champ
de bataille, chef de bataillon devant Almeida, lieu-
25 tenant colonel à Badajoz, colonel à la Moskowa, j'ai
savouré à pleins bords la coupe de la victoire. J'ai bu
aussi le calice de l'adversité. Les plaines glacées de
la Russie m'ont vu seul, avec un peloton de braves,
dernier reste de mon régiment, dévorer la dépouille
30 mortelle de celui qui m'avait porté tant de fois
jusqu'au sein des bataillons ennemis.

« Ma langue se refuse à retracer le récit de nos
hasards dans cette funeste campagne. Je l'écrirai
peut-être un jour avec une plume trempée dans les

larmes . . . les larmes, tribut de la faible humanité. Surpris par la saison des frimas dans une zone glacée, sans feu, sans pain, sans souliers, sans moyens de transport, privés des secours de l'art d'Esculape, harcelés par les Cosaques, dépouillés par les paysans, véritables vampires, nous voyions nos foudres muets, tombés au pouvoir de l'ennemi, vomir la mort contre nous-mêmes. Que vous dirai-je encore? Le passage de la Bérésina, l'encombrement de Wilna . . . mais je sens que la douleur m'égare et que ma parole va s'empreindre de l'amertume de ces souvenirs.

« La nature et l'amour me réservaient de courtes mais précieuses consolations. Remis de mes fatigues, je coulai des jours heureux sur le sol de la patrie, dans les paisibles vallons de Nancy. Tandis que nos phalanges s'apprêtaient à de nouveaux combats, tandis que je rassemblais autour de mon drapeau trois mille jeunes mais valeureux guerriers, tous résolus de frayer à leurs neveux le chemin de l'honneur, un sentiment nouveau que j'ignorais encore se glissa furtivement dans mon âme.

« Ornée de tous les dons de la nature, enrichie des fruits d'une excellente éducation, la jeune et intéressante Clémentine sortait à peine des ténèbres de l'enfance pour entrer dans les douces illusions de la jeunesse. Dix-huit printemps formaient son âge ; les auteurs de ses jours offraient à quelques chefs de l'armée une hospitalité qui, pour n'être pas gratuite, n'en était pas moins cordiale. Voir leur fille et l'aimer fut pour moi l'affaire d'un jour. Son cœur novice sourit à ma flamme : aux premiers aveux qui me furent dictés par la passion, je vis son front se colorer d'une aimable pudeur. Nous échangeâmes nos serments par une belle soirée de juin, sous une

G

tonnelle où son heureux père versait quelquefois aux
officiers altérés la brune liqueur du Nord. Je jurai
qu'elle serait ma femme, elle me le promit; mais, pour
des raisons particulières, nous ne fîmes part à personne
5 de notre mariage. Notre bonheur ignoré de tous eut
le calme d'un ruisseau dont l'onde pure n'est point
troublée par l'orage, et qui, coulant doucement entre
des rives fleuries, répand la fraîcheur dans le bocage
qui protège son modeste cours.

10   « Un coup de foudre nous sépara l'un de l'autre. Je
promis de revenir, et je m'échappai de ses bras tout
baigné de ses larmes, pour courir aux lauriers de
Dresde et aux cyprès de Leipzig. Quelques lignes de
sa main arrivèrent jusqu'à moi dans l'intervalle des
15 deux batailles : « Tu seras père, » me disait-elle. Le
suis-je? Dieu le sait! M'a-t-elle attendu? Je le
crois. L'attente a dû lui paraître longue auprès
du berceau de cet enfant qui a quarante-six ans
aujourd'hui et qui pourrait à son tour être mon
20 père !

«Quelques jours après le désastre de Leipzig, le
géant de notre siècle me fit appeler dans sa tente et
me dit :

—« Colonel êtes-vous homme à traverser quatre
25 armées ?

—Oui, sire.

—Seul et sans escorte ?

—Oui, sire.

—Il s'agit de porter une lettre à Dantzig.

30 —Oui, sire.

—Vous la remettrez au général Rapp, en main
propre.

—Oui, sire.

—Il est probable que vous serez pris ou tué.

—Oui, sire.

—C'est pourquoi j'envoie deux autres officiers avec des copies de la même dépêche. Vous êtes trois, les ennemis en tueront deux, le troisième arrivera, et la France sera sauvée. 5

—Oui sire.

—Celui qui reviendra sera général de brigade.

—Oui, sire. »

« Tous les détails de cet entretien, toutes les paroles de l'Empereur, toutes les réponses que j'eus 10 l'honneur de lui adresser, sont encore gravés dans ma mémoire. Nous partîmes séparément tous les trois.

« Hélas ! aucun de nous ne parvint au but de son courage, et j'ai appris aujourd'hui que la France n'avait pas été sauvée. Mais quand je vois des 15 pékins d'historiens raconter que l'Empereur oublia d'envoyer des ordres au général Rapp, j'éprouve une funeste démangeaison de leur couper . . . au moins la parole.

« Prisonnier des Russes dans un village allemand, 20 j'eus la consolation d'y trouver un vieux savant qui me donna la preuve d'amitié la plus rare. Qui m'aurait dit, lorsque je cédai à l'engourdissement du froid dans la tour de Liebenfeld, que ce sommeil ne serait pas le dernier ? Dieu m'est témoin qu'en adressant 25 du fond du cœur un suprême adieu à Clémentine, je ne me flattais plus de la revoir jamais. Je te reverrai donc, ô douce et confiante Clémentine, toi la meilleure de toutes les épouses et probablement de toutes les mères ! Que dis-je ? Je la revois ! Mes 30 yeux ne me trompent pas ! C'est bien elle ! La voilà telle que je l'ai quittée ! Clémentine ! dans mes bras ! sur mon cœur ! Ah çà ! qu'est-ce que vous me chantiez donc, vous autres ? Napoléon n'est pas mort et

le monde n'a pas vieilli de quarante-six ans, puisque
Clémentine est toujours la même ! »

   La fiancée de Léon Renault venait d'entrer dans le
salon, et elle demeura pétrifiée en se voyant si bien
accueillie par le colonel.

XIV

Le jeu de l'amour et de l'espadon.

COMME elle hésitait visiblement à se laisser tomber dans ses bras, Fougas imita Mahomet : il courut à la montagne.

« Oh Clémentine ! dit-il en la couvrant de baisers, les destins amis te rendent à ma tendresse ! Je 5 retrouve la compagne de ma vie et la mère de mon enfant ! »

La jeune fille ébahie ne songeait pas même à se défendre. Heureusement, Léon Renault l'arracha des mains du colonel et s'interposa en homme résolu 10 à défendre son bien.

« Monsieur ! s'écria-t-il en serrant les poings, vous vous trompez de tout, si vous croyez connaître mademoiselle. Elle n'est pas de votre temps, mais du nôtre ; elle n'est pas votre fiancée, mais la mienne ; 15 elle n'a jamais été la mère de votre enfant, et je compte qu'elle sera la mère des miens ! »

Fougas était de fer. Il saisit son rival par le bras, le fit pirouetter comme une toupie et se remit en face de la jeune fille. 20

« Es-tu Clémentine ? lui dit-il.

—Oui, monsieur.

—Vous êtes tous témoins qu'elle est ma Clémentine ! »

Léon revint à la charge et saisit le colonel par le collet de sa redingote, au risque de se faire briser contre les murs:

« Assez plaisanté, lui dit-il.   Vous n'avez peut-être
5 pas la prétention d'accaparer toutes les Clémentines de la terre?   Mademoiselle s'appelle Clémentine Sambucco! elle est née à la Martinique, où vous n'avez jamais mis les pieds, si j'en crois ce que vous avez conté tout à l'heure.   Elle a dix-huit
10 ans . . .

—L'autre aussi!

—Eh! l'autre en a soixante-quatre aujourd'hui, puisqu'elle en avait dix-huit en 1813.   Mlle Sambucco est d'une famille honorable et connue.   Son
15 père, M. Sambucco, était magistrat; son grand-père appartenait à l'administration de la guerre.   Vous voyez qu'elle ne vous touche ni de près ni de loin; et le bon sens et la politesse, sans parler de la reconnaissance, vous font un devoir de la laisser en paix! ».

20 Il poussa le colonel à son tour et le fit tomber entre les bras d'un fauteuil.

Fougas rebondit comme si on l'avait jeté sur un million de ressorts.   Mais Clémentine l'arrêta d'un geste et d'un sourire.

25 « Monsieur, lui dit-elle de sa voix la plus caressante, ne vous emportez pas contre lui; il m'aime.

—Raison de plus! »

Il se calma cependant, fit asseoir la jeune fille à ses côtés, et l'examina des pieds à la tête avec toute
30 l'attention imaginable.

« C'est bien elle, dit-il.   Ma mémoire, mes yeux, mon cœur, tout en moi la reconnaît et me dit que c'est elle!   Et pourtant le témoignage des hommes, le calcul du temps et des distances, en un mot l'évidence elle-même semble avoir pris à tâche de me convaincre d'erreur. Se peut-il donc que deux femmes se ressemblent à tel point? Suis-je victime d'une illusion des sens? N'ai-je recouvré la vie que pour perdre l'esprit? Non; je me reconnais, je me retrouve moi-même; mon jugement ferme et droit s'oriente sans trouble et sans hésitation dans ce monde si bouleversé et si nouveau. Il n'est qu'un point où ma raison chancelle: Clémentine! je crois te revoir et tu n'es pas toi! Eh! qu'importe, après tout? Si le destin qui m'arrache à la tombe a pris soin d'offrir à mon réveil le portrait de celle que j'aimais, c'est sans doute parce qu'il a résolu de me rendre l'un après l'autre tous les biens que j'ai perdus. Dans quelques jours, mes épaulettes; demain, le drapeau du 23ᵉ de ligne; aujourd'hui, cet adorable visage qui a fait battre mon cœur pour la première fois! Vivante image du passé le plus riant et le plus cher, je tombe à tes genoux; sois mon épouse!»

Ce terrible homme unit le geste à la parole, et les témoins de cette scène imprévue ouvrirent de grands yeux. Mais la tante de Clémentine, l'austère Mlle Sambucco, jugea qu'il était temps de montrer son autorité. Elle allongea vers Fougas ses grandes mains sèches, le redressa énergiquement, et lui dit de sa voix la plus aigre:

«Assez, monsieur; il est temps de mettre un terme à cette farce scandaleuse. Ma nièce n'est pas pour vous; je l'ai promise et donnée. Sachez qu'après-demain, 19 du mois, à dix heures du matin, elle épousera M. Léon Renault, votre bienfaiteur!

—Et moi je m'y oppose; entendez-vous, la tante? Et, si elle fait mine d'épouser ce garçon . . .

—Que ferez-vous?

—Je la maudirai!»

Léon ne put s'empêcher de rire. La malédiction de ce colonel de vingt-quatre ans lui semblait plus 5 comique que terrible. Mais Clémentine pâlit, fondit en larmes et tomba à son tour aux genoux de Fougas.

« Monsieur, s'écria-t-elle en lui baisant les mains, n'accablez pas une pauvre fille qui vous vénère, qui vous aime, qui vous sacrifiera son bonheur, si vous 10 l'exigez! Par toutes les marques de tendresse que je vous ai prodiguées depuis un mois, par les pleurs que j'ai répandus sur votre cercueil, par le zèle respectueux que j'ai mis à presser votre résurrection, je vous conjure de nous pardonner nos offenses. Je 15 n'épouserai pas Léon si vous me le défendez; je ferai ce qui vous plaira; je vous obéirai en toutes choses; mais, de grâce! ne me donnez pas votre malédiction!

—Embrasse-moi, dit Fougas. Tu cèdes, je pardonne.»

20 Clémentine se releva toute rayonante de joie et lui tendit son beau front. La stupéfaction des assistants, et surtout des intéressés, est plus facile à deviner qu'à dépeindre. Une ancienne momie dictant des lois, rompant des mariages et imposant ses 25 volontés dans la maison! La jolie petite Clémentine, si raisonnable, si obéissante, si heureuse d'épouser Léon Renault, sacrifiant tout à coup ses affections, son bonheur et presque son devoir au caprice d'un intrus! M. Nibor avoua que c'était à perdre la tête. 30 Quant à Léon, il eût donné du front contre tous les murs, si sa mère ne l'avait retenu. « Ah! mon pauvre enfant, lui disait-elle, pourquoi nous as-tu rapporté ça de Berlin?—C'est ma faute! criait M. Renault.— Non, reprenait le docteur Martout, c'est la mienne.»

Les membres de la commission parisienne discutaient avec M. Rollon sur la nouveauté du cas. « Avaient-ils ressuscité un fou ? La révivification avait-elle produit quelques désordres dans le système nerveux ? Etait-ce l'abus du vin et des boissons durant ce premier repas qui avait causé un transport au cerveau ? Quelle autopsie curieuse, si l'on pouvait, séance tenante, disséquer maître Fougas !

« Vous auriez beau faire, messieurs, disait le colonel du 23ᵉ. L'autopsie expliquerait peut-être le délire de ce malheureux, mais elle ne rendrait pas compte de l'impression produite sur la jeune fille. Était-ce de la fascination, du magnétisme, ou quoi ? »

Tandis que les amis et les parents pleuraient, discutaient et bourdonnaient autour de lui, Fougas, souriant et serein, se mirait dans les yeux de Clémentine, qui le regardait aussi tendrement.

« Il faut en finir à la fin ! s'écria Virginie Sambucco, la sévère. Viens, Clémentine ! »

Fougas parut étonné.

« Elle n'habite donc pas chez nous ?

—Non, monsieur, elle demeure chez moi !

—Alors je vais la reconduire. Ange ! veux-tu prendre mon bras ?

—Oh ! oui, monsieur ! avec bien du plaisir. »

Léon grinçait des dents.

« C'est admirable ! il la tutoie et elle trouve cela tout naturel ! »

Il chercha son chapeau pour sortir au moins avec la tante, mais son chapeau n'était plus là ; Fougas, qui n'en possédait point, l'avait pris sans façon. Le pauvre amoureux se coiffa d'une casquette et suivit Fougas et Clémentine avec la respectable Virginie, dont le bras coupait comme une faux.

Par un hasard qui se renouvelait presque tous les
jours, le colonel de cuirassiers se rencontra sur le
passage de Clémentine. La jeune fille le fit remarquer à Fougas.

5   « C'est M. du Marnet, lui dit-elle. Son café est au
bout de notre rue, et son appartement du côté du
parc. Je le crois fort épris de ma petite personne,
mais il ne m'a jamais plu. Le seul homme pour qui
mon cœur ait battu, c'est Léon Renault.

10   —Eh bien, et moi ? dit Fougas.

—Oh ! vous, c'est autre chose. Je vous respecte
et je vous crains. Il me semble que vous êtes un bon
et respectable parent.

—Merci !

15   —Je vous dis la vérité, autant que je peux la lire
dans mon cœur. Tout cela n'est pas bien clair, je
l'avoue, mais je ne me comprends pas moi-même.

—Fleur azurée de l'innocence, j'adore ton aimable
embarras. Laisse faire l'amour, il te parlera bientôt
20 en maître !

—Je n'en sais rien ; c'est possible . . . Nous voici
chez nous. Bonsoir, monsieur ; embrassez-moi ! . . .
Bonne nuit, Léon ; ne vous querellez pas avec M.
Fougas : je l'aime de toutes mes forces, mais je vous
25 aime autrement, vous ! »

La tante Virginie ne répondit point au bonsoir de
Fougas. Quand les deux hommes furent seuls dans
la rue, Léon marcha sans dire mot jusqu'au prochain
réverbère. Arrivé là, il se campa résolûment en face
30 du colonel, et lui dit :

« Ah çà ! monsieur, expliquons-nous, tandis que
nous sommes seuls. Je ne sais par quel philtre ou
quelle incantation vous avez pris sur ma future un
si prodigieux empire ; mais je sais que je l'aime, que

j'en suis aimé depuis plus de quatre ans, et que je ne reculerai devant aucun moyen, pour la conserver et la défendre.

—Ami, répondit Fougas, tu peux me braver impunément: mon bras est enchaîné par la reconnaissance. On n'écrira pas dans l'histoire: «Pierre-Victor fut ingrat!»

—Est-ce qu'il y aurait plus d'ingratitude à vous couper la gorge avec moi qu'à me voler ma femme?

—O mon bienfaiteur! sache comprendre et pardonner! A Dieu ne plaise que j'épouse Clémentine malgré toi, malgré elle. C'est d'elle et dè toi-même que je veux l'obtenir. Songe qu'elle m'est chère, non pas depuis quatre ans comme à toi, mais depuis tout près d'un demi-siècle. Considère que je suis seul ici bas, et que son doux visage est mon unique consolation. Toi qui m'as donné la vie, me défends-tu de vivre heureux? Ne m'as-tu rappelé au monde que pour me livrer à la douleur? . . . Tigre! reprends-moi donc le jour que tu m'as rendu, si tu ne veux pas que je le consacre à l'adorable Clémentine!

—Vraiment! mon cher, vous êtes superbe! Il faut que l'habitude des conquêtes vous ait totalement faussé l'esprit. Mon chapeau est à votre tête, vous le prenez, soit! Mais parce que ma future vous rappelle vaguement une demoiselle de Nancy, il faudra que je vous la cède? Halte-là!

—Ami, je te rendrai ton chapeau dès que tu m'en auras acheté un neuf, mais ne me demande pas de renoncer à Clémentine. Sais-tu d'abord si elle renoncerait à moi?

—J'en suis sûr!

—Elle m'aime.

—Vous êtes fou!

—Tu l'as vue à mes pieds.

—Qu'importe ?   C'est de la peur, c'est du respect, c'est de la superstition, c'est tout ce que vous voudrez, mais ce n'est pas de l'amour !

5   —Nous verrons bien, après six mois de mariage.

—Mais, s'écria Léon Renault, avez-vous le droit de disposer de vous-même ? Il y a une autre Clémentine, la vraie ; vous êtes engagé d'honneur envers elle ; le colonel Fougas est-il sourd à la voix de 10 l'honneur ?

—Te moques-tu ? . . . Moi, mari d'une femme de soixante-quatre ans !

—Pourquoi pas? Si ce n'est pour elle, au moins pour votre fils.

15   —Mon fils est grand garçon ; il a quarante-six ans, il n'a plus besoin de mon appui. D'ailleurs, je suis bien bon de me casser la tête pour un fils qui est peut-être mort . . . J'aime et je suis aimé, voilà le solide et le certain, et tu seras mon garçon de noces !

20   —Pas encore ! Mlle Sambucco est mineure, et son tuteur est mon père.

—Ton père est un honnête homme ; et il n'aura pas la bassesse de me la refuser.

—Au moins vous demandera-t-il si vous avez une 25 position, un rang, une fortune à offrir à sa pupille !

—Ma position ? colonel ; mon rang ? colonel ; ma fortune ? la solde du colonel. Et les millions de Dantzig ! il ne faut pas que je les oublie . . . Nous voici à la maison ; donne-moi le testament de ce bon 30 vieux qui portait une perruque lilas ; donne-moi aussi des livres d'histoire, beaucoup de livres, tous ceux où l'on parle de Napoléon !»

Le jeune Renault obéit tristement au maître qu'il s'était donné lui-même. Il conduisit Fougas dans une bonne chambre, lui remit le testament de M. Meiser et tout un rayon de bibliothèque, et souhaita le bonsoir à son plus mortel ennemi. Le colonel l'embrassa de force et lui dit:

« Je n'oublierai jamais que je te dois la vie et Clémentine. A demain, noble et généreux enfant de ma patrie! à demain!»

Léon redescendit au rez-de-chaussée, passa devant la salle à manger, où Gothon essuyait les verres et mettait l'argenterie en ordre, et rejoignit son père et sa mère, qui l'attendaient au salon. Les invités étaient partis, les bougies éteintes. Une seule lampe éclairait la solitude: les deux mandarins de l'étagère, immobiles dans leur coin obscur, semblaient méditer gravement sur les caprices de la fortune.

« Eh bien? demanda Mme Renault.

—Je l'ai laissé dans sa chambre, plus fou et plus obstiné que jamais. Cependant j'ai une idée.

—Tant mieux! dit le père, car nous n'en avons plus. La douleur nous a rendus stupides. Pas de querelles, surtout! Ces soldats de l'Empire étaient des ferrailleurs terribles.

—Oh! je n'ai pas peur de lui! C'est Clémentine qui m'épouvante. Avec quelle douceur et quelle soumission elle écoutait cet infatigable bavard!

—Le cœur de la femme est un abîme insondable. Enfin! que penses-tu faire?»

Léon développa longuement le projet qu'il avait conçu dans la rue, au milieu de sa conversation avec Fougas.

« Ce qui presse le plus, dit-il, c'est de soustraire Clémentine à cette influence. Qu'il s'éloigne demain, la raison reprend son empire, et nous nous marions après-demain. Cela fait, je réponds du reste.

—Mais comment éloigner un acharné pareil?

—Je ne vois qu'un seul moyen, mais il est presque
infaillible: exploiter sa passion dominante. Ces
gens-là s'imaginent parfois qu'ils sont amoureux,
mais, dans le fond, il n'aiment que la poudre. Il
s'agit de rejeter Fougas dans le courant des idées
guerrières. Son déjeuner de demain chez le colonel
du 23ᵉ sera une bonne préparation. Je lui ai fait
entendre aujourd'hui qu'il devait avant tout réclamer
son grade et ses épaulettes, et il a donné dans le panneau. Il ira donc à Paris. Peut-être y trouvera-t-il
quelques culottes de peau de sa connaissance; dans
tous les cas, il rentrera au service. Les occupations
de son état feront une diversion puissante; il ne
songera plus à Clémentine, que j'aurai mise en sûreté.
C'est à nous de lui fournir les moyens de courir le
monde; mais tous les sacrifices d'argent ne sont rien
auprès de ce bonheur que je veux sauver. »

Mme Renault, femme d'ordre, blâmait un peu la
générosité de son fils.

« Le colonel est un ingrat, disait-elle. On a déjà
trop fait en lui rendant la vie. Qu'il se débrouille
maintenant!

—Non, dit le père. Nous n'avons pas le droit de le
renvoyer tout nu. Bienfait oblige. »

Cette délibération, qui avait duré cinq bons quarts
d'heure, fut interrompue par un fracas épouvantable.
On eût dit que la maison croulait.

« C'est encore lui! s'écria Léon. Sans doute un
accès de folie furieuse! »

Il courut, suivi de ses parents, et monta les escaliers
quatre à quatre. Une chandelle brûlait au seuil de
de la chambre. Léon la prit et poussa la porte
entr'ouverte.

Faut-il vous l'avouer? l'espérance et la joie lui parlaient plus haut que la crainte. Il se croyait déjà débarrassé du colonel. Mais le spectacle qui s'offrit à ses yeux détourna brusquement le cours de ses idées, et cet amoureux inconsolable se mit à rire comme un fou. Un bruit de coups de pied, de coups de poing et de soufflets; un groupe informe roulant sur le parquet dans les convulsions d'une lutte désespérée; voilà tout ce qu'il put voir et entendre au premier abord. Bientôt Fougas, éclairé par la lueur rougeâtre de la chandelle, s'aperçut qu'il luttait avec Gothon, et rentra confus et piteux dans son lit.

Le colonel s'était endormi sur l'histoire de Napoléon sans éteindre sa bougie. Gothon, après avoir terminé son service, aperçut de la lumière sous la porte. Elle frappa plusieurs fois, d'abord doucement, puis beaucoup plus fort. Le silence du colonel et la bougie allumée firent comprendre à la servante qu'il y avait péril en la demeure. Le feu pouvait gagnait les rideaux et de là toute la maison. Elle déposa donc sa chandelle, ouvrit la porte, et vint à pas de loup éteindre la bougie. Mais, soit que les yeux du dormeur eussent perçu vaguement le passage d'une ombre, soit que Gothon, grosse personne mal équarrie, eût fait craquer une feuille du parquet, Fougas s'éveilla à demi, et étendit les bras à l'aveuglette. Gothon, prise aux cheveux et au corsage, riposta par un soufflet si masculin que le colonel se crut attaqué par un homme. De représailles en représailles, on avait fini par s'étreindre et rouler sur le parquet.

Qui fut honteux? ce fut maître Fougas. Gothon s'alla coucher, passablement meurtrie; la famille Renault parla raison au colonel et en obtint à peu

près tout ce qu'elle voulut. Il promit de partir le
lendemain, accepta à titre de prêt la somme qui lui fut
offerte, et jura de ne point revenir qu'il n'eût récupéré
ses épaulettes et encaissé l'héritage de Dantzig.

5 «Alors, dit-il, j'épouserai Clémentine.»

Sur ce point-là, il était superflu de discuter avec
lui : c'était une idée fixe.

Tout le monde dormit solidement dans la maison
Renault : les maîtres du logis, parce qu'ils avaient
10 passé trois nuits blanches; Fougas et Gothon, parce
qu'ils s'étaient roués de coups, et le jeune Célestin
parce qu'il avait bu le fond de tous les verres.

Le lendemain matin, M. Rollon vint savoir si
Fougas serait en état de déjeuner chez lui ; il crai-
15 gnait tant soit peu de le trouver sous une douche.
Point du tout ! L'insensé de la veille était sage comme
une image et frais comme un bouton de rose. Il se
faisait la barbe avec les rasoirs de Léon et fredon-
nait une ariette de Nicolo. Il fut charmant avec ses
20 hôtes et promit à Gothon de lui faire une rente sur
la succession de M. Meiser.

Dès qu'il fut parti pour le déjeuner, Léon courut
chez sa fiancée.

«Tout va mieux, dit-il. Le colonel est beaucoup
25 plus raisonnable. Il a promis de partir aujourd'hui
même pour Paris; nous pourrons donc nous marier
demain.»

Mlle Virginie Sambucco loua fort ce plan de conduite, non-seulement parce qu'elle avait fait de
30 grands apprêts pour les noces, mais surtout parce
qu'un mariage différé eût été la fable de toute la
ville. Déjà les lettres de part étaient à la poste,
le maire averti, la chapelle de la Vierge retenue à la
paroisse. Décommander tout cela pour le caprice

d'un revenant et d'un fou, c'était offenser l'usage, la raison et le ciel lui-même.

Clémentine ne répondit guère que par des larmes. Elle ne pouvait être heureuse, à moins d'épouser Léon, mais elle aimait mieux mourir, disait-elle, que de donner sa main sans la permission de M. Fougas. Elle promit de l'implorer à deux genoux, s'il le fallait, et de lui arracher son consentement.

‹ Mais s'il refuse ? Et c'est trop vraisemblable !

—Je le supplierai de nouveau jusqu'à ce qu'il dise oui.›

Tout le monde se réunit pour lui prouver qu'elle était folle : sa tante, Léon, M. et Mme Renault, M. Martout, M. Bonnivet et tous les amis des deux familles. Elle se soumit enfin ; mais presque au même instant la porte s'ouvrit, et M. Audret se précipita dans le salon en disant :

‹ Eh bien ! voilà du nouveau ! Le colonel Fougas qui se bat demain avec M. du Marnet !›

La jeune fille tomba comme foudroyée entre les mains de Léon Renault.

‹ C'est Dieu qui me punit, s'écria-t-elle. Et le châtiment de mon impiété ne s'est pas fait attendre ! Me forcerez-vous encore à vous obéir ? Me traînera-t-on à l'autel malgré lui, à l'heure même où il exposera sa vie ?›

Personne n'osa plus insister en la voyant dans un état si pitoyable. Mais Léon fit des vœux sincères pour que la victoire restât au colonel des cuirassiers. Il eut tort, j'en conviens, mais quel amant serait assez vertueux pour lui jeter la pierre ?

Voici comment le beau Fougas avait employé sa journée.

A dix heures du matin, les deux plus jeunes capitaines du 23ᵉ vinrent le prendre en cérémonie pour le conduire à la maison du colonel. M. Rollon habitait un petit palais de l'époque impériale. Une plaque de marbre, incrustée au-dessus de la porte cochère, 5 portait encore les mots : *Ministère des finances.* Souvenir du temps glorieux où la cour de Napoléon suivait le maître à Fontainebleau !

Le colonel Rollon, le lieutenant-colonel, les quinze chefs de bataillon, le chirurgien-major, et vingt 10 officiers attendaient en plein air l'arrivée de l'illustre revenant. Le drapeau était debout au milieu de la cour, sous la garde du porte-enseigne et d'un peloton de sous-officiers choisis pour cet honneur. La musique du régiment occupait le fond du tableau, à l'entrée 15 du jardin. Huit faisceaux d'armes, improvisés le matin même par les armuriers du corps, embellissaient les murs et les grilles. Une compagnie de grenadiers, l'arme au pied, attendait.

A l'entrée de Fougas, la musique joua le fameux : 20 *Partant pour la Syrie*; les grenadiers présentèrent les armes ; les tambours battirent aux champs ; les sous-officiers et les soldats crièrent : « Vive le colonel Fougas ! » les officiers se portèrent en masse vers le doyen de leur régiment. Tout cela n'était ni régulier, 25 ni disciplinaire ; mais il faut bien passer quelque chose à de braves soldats qui retrouvent un ancêtre. C'était pour eux comme une petite débauche de gloire.

Le héros de la fête serra la main du colonel et des 30 officiers avec autant d'effusion que s'il avait retrouvé de vieux camarades. Il salua cordialement les sous-officiers et les soldats, s'approcha du drapeau, mit un genou en terre, se releva fièrement, saisit la hampe, se tourna vers la foule attentive et dit :

« Amis, c'est à l'ombre du drapeau qu'un soldat de la France, après quarante-six ans d'exil, retrouve aujourd'hui sa famille. Honneur à toi, symbole de la patrie, vieux compagnon de nos victoires, héroïque soutien de nos malheurs ! Ton aigle radieuse a plané sur l'Europe prosternée et tremblante ! Ton aigle brisée luttait encore obstinément contre la fortune, et terrifiait les potentats ! Honneur à toi qui nous as conduits à la gloire, à toi qui nous as défeudus contre l'accablement du désespoir ! Je t'ai vu toujours debout dans les suprêmes dangers, fier drapeau de mon pays ! Les hommes tombaient autour de toi comme les épis fauchés par le moissonneur ; seul, tu montrais à l'ennemi ton front inflexible et superbe. Les boulets et les balles t'ont criblé de blessures, mais jamais l'audacieux étranger n'a porté la main sur toi. Puisse l'avenir ceindre ton front de nouveaux lauriers ! Puisses-tu conquérir de nouveaux et vastes royaumes, que la fatalité ne nous reprendra plus ! La grande époque va renaître ; crois-en la voix d'un guerrier qui sort de son tombeau pour te dire : « En avant ! » Oui, je le jure par les mânes de celui qui nous commandait à Wagram ! Il y aura de beaux jours pour la France, tant que tu abriteras de tes plis glorieux la fortune du brave 23ᵉ ! »

Cette éloquence militaire et patriotique enleva tous les cœurs. Fougas fut applaudi, fêté, embrassé et presque porté en triomphe dans la salle du festin.

Assis à table en face de M. Rollon, comme s'il eût été un second maître du logis, il déjeuna bien, parla beaucoup et but davantage. Vous rencontrerez dans le monde des gens qui se grisent sans boire, Fougas n'était point de ceux-là. Il ne s'enivrait pas à moins de trois bouteilles. Souvent même il allait beaucoup plus loin, sans tomber.

Les toasts qui furent portés au dessert se distinguaient par l'énergie et la cordialité. Je voulais les citer tous à la file, mais je remarque qu'ils tiendraient trop de place, et que les derniers, qui furent les plus touchants, n'étaient pas d'une clarté voltairienne.

On se leva de table à deux heures et l'on se rendit en masse au café militaire, où les officiers du 23ᵉ offraient un punch aux deux colonels. Ils avaient invité, par un sentiment de haute convenance, les officiers supérieurs du régiment de cuirassiers.

Fougas, plus ivre à lui tout seul qu'un bataillon de Suisses, distribua force poignées de main. Mais à travers le nuage qui voilait son esprit, il reconnut la figure et le nom de M. du Marnet, et fit la grimace. Entre officiers, et surtout entre officiers d'armes différentes, la politesse est un peu excessive, l'étiquette un peu sévère, l'amour-propre un peu susceptible. M. du Marnet, qui était un homme du meilleur monde, comprit à l'attitude de M. Fougas qu'il ne se trouvait pas en présence d'un ami.

Le punch apparut, flamboya, s'éteignit dans sa force, et se répandit à grandes cuillerées dans une soixantaine de verres. Fougas trinqua avec tout le monde, excepté avec M. du Marnet. La conversation, qui était variée et bruyante, souleva imprudemment une question de métier. Un commandant de cuirassiers demanda à Fougas s'il avait vu cette admirable charge de Bordesoulle qui précipita les Autrichiens dans la vallée de Plauen. Fougas avait connu personnellement le général Bordesoulle et vu de ses yeux la belle manœuvre de grosse cavalerie

qui décida la victoire de Dresde.   Mais il crut être
désagréable à M. du Marnet en affectant un air
d'ignorance ou d'indifférence.

« De notre temps, dit-il, la cavalerie servait surtout après la bataille ; nous l'employions à ramener les 5
ennemis que nous avions dispersés. »

On se récria fort, on jeta dans la balance le nom
glorieux de Murat.

« Sans doute, sans doute, dit-il en hochant la tête,
Murat était un bon général dans sa petite sphère ; il 10
suffisait parfaitement à ce qu'on attendait de lui.
Mais si la cavalerie avait Murat, l'infanterie avait
Napoléon. »

M. du Marnet fit observer judicieusement que
Napoléon, si l'on tenait beaucoup à le confisquer au 15
profit d'une seule arme, appartiendrait à l'artillerie.

« Je le veux bien, monsieur, répondit Fougas,
l'artillerie et l'infanterie.   L'artillerie de loin, l'infanterie de près . . ., la cavalerie à côté.

— Pardon encore, reprit M. du Marnet, vous voulez 20
dire sur les côtés, ce qui est bien différent.

— Sur les côtés, à côté, je m'en moque ! Quant à
moi, si je commandais en chef, je mettrais la cavalerie de côté. »

Plusieurs officiers de cavalerie se jetaient déjà dans 25
la discussion.   M. du Marnet les retint et fit signe
qu'il désirait répondre seul à Fougas.

« Et pourquoi donc, s'il vous plaît, mettriez-vous
la cavalerie de côté ?

— Parce que le cavalier est un soldat incomplet.   30

— Incomplet !

— Oui, monsieur, et la preuve c'est que l'État est
obligé d'acheter pour quatre ou cinq cents francs de
cheval, afin de le compléter ! Et que le cheval re-

çoive une balle ou un coup de baïonnette, le cavalier
n'est plus bon à rien. Avez-vous jamais vu un cavalier par terre ? C'est du joli !

—Je me vois tous les jours à pied, et je ne me
5 trouve pas ridicule.

—Je suis trop poli pour vous contredire !

—Et moi, monsieur, je suis trop juste pour opposer un paradoxe à un autre. Que penseriez-vous de
ma logique, si je vous disais (l'idée n'est pas de moi, je
10 l'ai trouvée dans un livre), si je vous disais : « J'estime l'infanterie, mais le fantassin est un soldat incomplet, un déshérité, un infirme privé de ce complément naturel de l'homme de guerre qu'on appelle
cheval ! J'admire son courage, je reconnais qu'il se
15 rend utile dans les batailles, mais enfin le pauvre
diable n'a que deux pieds à son service, lorsque nous
en avons quatre ! » Vous trouvez qu'un cavalier à pied
est ridicule ; mais le fantassin est-il toujours bien
brillant lorsqu'on lui met un cheval entre les
20 jambes ? J'ai vu d'excellents capitaines d'infanterie
que le ministre de la guerre embarrassait cruellement en les nommant chefs de bataillon. Ils di-
saient en se grattant l'oreille : « Ce n'est pas tout de
monter en grade, il faut encore monter à cheval ! »
25 Cette vieille plaisanterie amusa un instant l'auditoire. On rit, et la moutarde monta de plus en plus
au nez de Fougas.

« De mon temps, dit-il, un fantassin devenait cavalier en vingt-quatre heures, et celui qui voudrait
30 faire une partie de cheval avec moi, le sabre à la
main, je lui montrerais ce que c'est que l'infanterie !

—Monsieur, répondit froidement M. du Marnet,
j'espère que les occasions ne vous manqueront pas à
la guerre. C'est là qu'un vrai soldat montre son

talent et son courage.   Fantassins et cavaliers, nous
appartenons tous à la France.   C'est à elle que je bois,
monsieur, et j'espère que vous ne refuserez pas de
choquer votre verre contre le mien.   A la France ! »

C'était, ma foi, bien parlé et bien conclu.   Le cli- 5
quetis des verres donna raison à M. du Marnet.   Fougas, lui-même, s'approcha de son adversaire èt trinqua franchement avec lui.   Mais il lui dit à l'oreille,
en grasseyant beaucoup :

« J'espère, à mon tour, que vous ne refuserez pas la 10
partie de sabre que j'ai eu l'honneur de vous
offrir ?

— Comme il vous plaira, » dit le colonel de cuirassiers.

Le revenant, plus ivre que jamais, sortit de la foule 15
avec deux officiers qu'il prit au hasard.   Il leur
déclara qu'il se tenait pour offensé par M. du Marnet,
que la provocation était faite et acceptée, et que
l'affaire irait toute seule.

« D'autant plus, ajouta-t-il en confidence, qu'il y a 20
une femme entre nous !   Voici mes conditions, elles
sont tout à l'honneur de l'infanterie, de l'armée et
de la France : nous nous battrons à cheval, nus jusqu'à la ceinture, montés à crin sur deux étalons !
L'arme ? le sabre de cavalerie !   Au premier sang !   Je 25
veux corriger un faquin, je ne veux point ravir un
soldat à la France ! »

Ces conditions furent jugées absurdes par les témoins de M. du Marnet ; on les accepta cependant,
car l'honneur militaire veut qu'on affronte tous les 30
dangers, même absurdes.

Fougas employa le reste du jour à désespérer les
pauvres Renault.   Fier de l'empire qu'il exerçait sur
Clémentine, il déclara ses volontés, jura de la prendre

pour femme dès qu'il aurait retrouvé grade, famille
et fortune, et lui défendit jusque-là de disposer
d'elle-même. Il rompit en visière à Léon et à ses
parents, refusa leurs services et quitta leur maison
5 après un solennel échange de gros mots. Léon con-
clut en disant qu'il ne céderait sa femme qu'avec la
vie ; le colonel haussa les épaules et tourna casaque,
emportant, sans y penser, les habits du père et le
chapeau du fils. Il demanda 500 francs à M. Rollon,
10 loua une chambre à l'hôtel du Cadran-Bleu, se coucha
sans souper et dormit tout d'une étape jusqu'à
l'arrivée de ses témoins.

On n'eut pas besoin de lui raconter ce qui s'était
passé la veille. Les fumées du punch et du sommeil
15 se dissipèrent en un instant. Il plongea sa tête et ses
mains dans un baquet d'eau fraîche et dit :

« Voilà ma toilette. Maintenant, vive l'Empereur !
Allons nous aligner ! »

Le terrain choisi d'un commun accord était le
20 champ de manœuvres. C'est une plaine sablonneuse,
enclavée dans la forêt, à bonne distance de la ville.
Tous les officiers de la garnison s'y transportèrent
d'eux-mêmes ; on n'eut pas besoin de les inviter.
Plus d'un soldat y courut en contrebande et prit son
25 billet sur un arbre. La gendarmerie elle-même em-
bellissait de sa présence cette petite fête de famille.
On allait voir aux prises dans un tournoi héroïque
non-seulement l'infanterie et la cavalerie, mais la
vieille et la jeune armée. Le spectacle répondit plei-
30 nement à l'attente du public. Personne ne fut tenté
de siffler la pièce et tout le monde en eut pour son
argent.

A neuf heures précises, les combattants entrèrent
en lice avec leurs quatre témoins et le juge du camp.

Fougas, nu jusqu'à la ceinture, était beau comme un jeune dieu. Son corps svelte et nerveux, sa tête souriante et fière, la mâle coquetterie de ses mouvements, lui valurent un succès d'entrée. Il faisait cabrer son cheval anglais et saluait l'assistance avec 5 la pointe de l'espadon.

M. du Marnet, blond, fort, modelé comme le Bacchus indien et non comme l'Achille, laissait voir sur son front un léger nuage d'ennui.

Il ne fallait pas être magicien pour comprendre que 10 ce duel, dans ces conditions, sous les yeux de ses propres officiers, lui semblait inutile et même ridicule. Son cheval était un demi-sang percheron, une bête vigoureuse et pleine de feu.

Les témoins de Fougas montaient assez mal ; ils 15 partageaient leur attention entre le combat et leurs étriers. M. du Marnet avait choisi les deux meilleurs cavaliers de son régiment, un chef d'escadron et un capitaine commandant. Le juge du camp était le colonel Rollon, excellent cavalier.   20

Au signal qu'il donna, Fougas courut droit à son adversaire en présentant la pointe du sabre dans la position de prime, comme un soldat de cavalerie qui charge les fantassins en carré. Mais il s'arrêta à trois longueurs de cheval et décrivit autour de M. du 25 Marnet sept ou huit cercles rapides, comme un Arabe dans une fantasia. M. du Marnet, obligé de tourner sur lui-même en se défendant de tous côtés, piqua des deux, rompit le cercle, prit du champ et menaça de recommencer la même manœuvre autour de Fougas. 30 Mais le revenant ne l'attendit pas. Il s'enfuit au grand galop, et fit un tour d'hippodrome, toujours poursuivi par M. du Marnet. Le cuirassier, plus lourd et monté sur un cheval moins vite, fut distancé. Il se

vengea en criant à Fougas : « Eh ! monsieur ! il fallait me dire que c'était une course et pas une bataille !
J'aurais pris ma cravache au lieu d'un espadon ! »
Mais déjà Fougas revenait sur lui, haletant et furieux.
5 « Attends-moi là ! criait-il ; je t'ai montré le cavalier :
maintenant tu vas voir le soldat ! »

Et il lui allongea un coup de pointe qui l'aurait
traversé comme un cerceau, si M. du Marnet ne fût
pas venu en temps à la parade.   Il riposta par un joli
10 coup de quarte, assez puissant pour couper en deux
l'invincible Fougas.   Mais l'autre était plus leste
qu'un singe.   Il para de tout son corps en se laissant
couler à terre et remonta sur sa bête au même
instant.

15 « Mes compliments ! dit M. du Marnet.   On ne fait
pas mieux au cirque !

—Ni à la guerre non plus, répondit l'autre.   Ah !
scélérat, tu blagues la vieille armée !   A toi ! . . .
Manqué ! . . .   Merci de la riposte, mais ce n'est pas
20 encore la bonne ; je ne mourrai pas de celle-là ! . . .
Tiens ! tiens ! tiens ! . . .   Ah ! tu prétends que le
fantassin est un homme incomplet !   C'est nous qui
allons te décompléter les membres !   A toi la
botte ! . . . Il l'a parée ! . . .   Et il croit peut-être
25 qu'il se promènera ce soir sous les fenêtres de
Clémentine ! . . .   Tiens ! voilà pour Clémentine, et
voilà pour l'infanterie ! . . .   Pareras-tu celle-ci ? . . .
Oui, traître ! . . .   Et celle-là ? . . .   Encore ! mais
tu les pareras donc toutes ! . . .   Victoire ! . . .   Ah !
30 monsieur ! Votre sang coule ! . . .   Qu'ai-je fait ? . . .
Je vous ai blessé ! . . .   Ah ! quel malheur ! . . .
Major ! major, accourez vite ! . . .   Monsieur, laissez-
vous aller dans mes bras ! . . .   Animal que je suis !
Comme si tous les soldats n'étaient pas frères ! . . .

Ami, pardonne-moi! Je voudrais racheter chaque goutte de ton sang au prix de tout le mien! . . . Misérable Fougas, incapable de maîtriser ses passions féroces! . . . O vous, Esculape de Mars! dites-moi que le fil de ses jours ne sera pas tranché! Je ne lui 5 survivrais pas, car c'est un brave! »

M. du Marnet avait une entaille magnifique qui écharpait le bras et le flanc gauches, et le sang ruisselait à faire frémir. Le chirurgien, qui s'était pourvu d'eau hémostatique, se hâta d'arrêter l'hémorragie. 10 La blessure était plus longue que profonde; on pouvait la guérir en quelques jours. Fougas porta luimême son adversaire jusqu'à la voiture, et ce n'est pas ce qu'il fit de moins fort. Il voulut absolument se joindre aux deux officiers qui ramenaient M. du 15 Marnet à la maison; il accabla le blessé de ses protestations, et lui jura tout le long du chemin une amitié éternelle. Arrivé, il le coucha, l'embrassa, le baigna de ses larmes et ne le quitta point qu'il ne l'eût entendu ronfler. 20

Six heures sonnaient; il s'en alla dîner à l'hôtel avec ses témoins et le juge du camp, qu'il avait invités après la bataille. Il les traita magnifiquement et se grisa de même.

XV

Où l'on verra qu'il n'y a pas loin du Capitole à la roche Tarpéienne.

LE lendemain, après une visite à M. du Marnet, il écrivit à Clémentine :

« Lumière de ma vie, je quitte ces lieux, témoins de mon funeste courage et dépositaires de mon
5 amour. C'est au sein de la capitale, au pied du trône, que je porte mes premiers pas. Si l'héritier du dieu des combats n'est pas sourd à la voix du sang qui coule dans ses veines, il me rendra mon épée et mes épaulettes pour que je les apporte à tes genoux.
10 Sois-moi fidèle, attends, espère : que ces lignes te servent de talisman contre les dangers qui menacent ton indépendance ! O ma Clémentine ! garde-toi pour ton

> Victor Fougas. »

Clémentine ne lui répondit rien, mais au moment
15 de monter en wagon, il fut accosté par un commissionnaire qui lui remit un joli portefeuille de cuir rouge et s'enfuit à toutes jambes. Ce carnet tout neuf, solide et bien fermé, renfermait douze cents francs en billets de banque, toutes les économies de
20 la jeune fille. Fougas n'eut pas le temps de délibérer sur ce point délicat. On le poussa dans une voiture, la machine siffla et le train partit.

Le colonel commença par repasser dans sa mémoire

124

les divers événements qui s'étaient succédé dans sa vie en moins d'une semaine. Son arrestation dans les glaces de la Vistule, sa condamnation à mort, sa captivité dans la forteresse de Liebenfeld, son réveil à Fontainebleau, l'invasion de 1814, le retour de l'île 5 d'Elbe, les cent jours, la mort de l'Empereur et du roi de Rome, la restauration bonapartiste de 1852, la rencontre d'une jeune fille en tout semblable à Clémentine Pichon, le drapeau du 23⁰, le duel avec un colonel de cuirassiers, tout cela, pour Fougas, n'avait 10 pas pris plus de quatre jours! La nuit du 11 novembre 1813 au 17 août 1859, lui paraissait même un peu moins longue que les autres; c'était la seule fois qu'il eût dormi tout d'un somme et sans rêver.   15

Un esprit moins actif, un cœur moins chaud se fût peut-être laissé tomber dans une sorte de mélancolie. Car enfin, celui qui a dormi quarante-six ans, doit être un peu dépaysé dans son propre pays. Plus de parents, plus d'amis, plus un visage connu sur 20 toute la surface de la terre! Ajoutez une multitude de mots, d'idées, de coutumes, d'inventions nouvelles qui lui font sentir le besoin d'un cicerone et lui prouvent qu'il est étranger. Mais Fougas, en rouvrant les yeux, s'était jeté au beau milieu de 25 l'action, suivant le précepte d'Horace. Il s'était im- provisé des amis, des ennemis, une fiancée, un rival. Fontainebleau, sa deuxième ville natale, était provisoirement le chef-lieu de son existence. Il s'y sentait aimé, haï, redouté, admiré, connu enfin. Il 30 savait que dans cette sous-préfecture son nom ne pourrait plus être prononcé sans éveiller un écho. Mais ce qui le rattachait surtout au temps moderne, c'était sa parenté bien établie avec la grande famille

de l'armée.   Partout où flotte un drapeau français,
le soldat, jeune ou vieux, est chez lui.   Autour de ce
clocher de la patrie, bien autrement cher et sacré
que le clocher du village, la langue, les idées, les
5 institutions changent peu.   Les hommes ont beau
mourir ; ils sont remplacés par d'autres qui leur
ressemblent, qui pensent, parlent et agissent de
même ; qui ne se contentent pas de revêtir l'uniforme de leurs devanciers, mais héritent encore de
10 leurs souvenirs, de leur gloire acquise, de leurs traditions, de leurs plaisanteries, de certaines intona-
tions de leur voix.   C'est ce qui explique la subite
amitié de Fougas pour le nouveau colonel du 23ᵉ,
après un premier mouvement de jalousie, et la
15 brusque sympathie qu'il témoigna à M. du Marnet,
dès qu'il vit couler le sang de sa blessure.   Les querelles entre soldats sont des discussions de famille,
qui n'effacent jamais la parenté.

Fermement persuadé qu'il n'était pas seul au
20 monde, M. Fougas prenait plaisir à tous les objets
nouveaux que la civilisation lui mettait sous les
yeux.   La vitesse du chemin de fer l'enivrait positivement.   Il s'était épris d'un véritable enthousiasme
pour cette force de la vapeur, dont la théorie était
25 lettre close pour lui, mais il pensait aux résultats :

« Avec mille machines comme celle-ci, deux mille
canons rayés et deux cent mille gaillards comme moi,
Napoléon aurait conquis le monde en six semaines.
Pourquoi ce jeune homme qui est sur le trône ne se
30 sert-il pas des instruments qu'il a en main ? Peut-
être n'y a-t-il pas songé.   C'est bon, je vais le voir.
S'il m'a l'air d'un homme capable, je lui donne mon
idée, il me nomme ministre de la guerre, et en avant,
marche ! »

Il s'était fait expliquer l'usage de ces grands fils de fer qui courent sur des poteaux tout le long de la voie.

« Décidément, disait-il, voilà des aides de camp rapides et discrets. Rassemblez-moi tout ça aux mains d'un chef d'état-major comme Berthier, l'univers sera pris comme dans un filet par la simple volonté d'un homme ! »

Sa méditation fut interrompue à trois kilomètres de Melun par les sons d'une langue étrangère. Il dressa l'oreille, puis bondit dans son coin comme un homme qui s'est assis sur un fagot d'épines. Horreur ! c'était de l'anglais !

« Conducteur ! arrêtez ! cria Fougas, en se penchant à mi-corps en dehors de la portière.

— Monsieur, lui dit l'Anglais en bon français, je vous conseille de patienter jusqu'à la prochaine station. Le conducteur ne vous entend pas, et vous risquez de tomber sur la voie. Si d'ici là je pouvais vous être bon à quelque chose, j'ai ici un flacon d'eau-de-vie et une pharmacie de voyage.

— Non, monsieur, répondit Fougas du ton le plus rogue. Je n'ai besoin de rien ; si j'appelle le conducteur, c'est parce que je veux changer de voiture et purger mes yeux d'un ennemi de l'Empereur !

— Je vous assure, monsieur, répliqua l'Anglais, que je ne suis pas un ennemi de l'Empereur. J'ai eu l'honneur d'être reçu chez lui lorsqu'il habitait Londres ; il a même daigné s'arrêter quelques jours dans mon petit château de Lancashire.

— Tant mieux pour vous si ce jeune homme est assez bon pour oublier ce que vous avez fait à sa famille ; mais Fougas ne vous pardonnera jamais vos crimes envers son pays ! »

Là-dessus, comme on arrivait à la gare de Melun, il ouvrit la portière et s'élança dans un autre compartiment. Il s'y trouva seul devant deux jeunes messieurs qui n'avaient point des physionomies an-
5 glaises, et qui parlaient français avec le plus pur accent tourangeau. L'un et l'autre portaient leurs armoiries au petit doigt, afin que personne n'ignorât leur qualité de gentilshommes. Fougas était trop plébéien pour goûter beaucoup la noblesse ; mais, au
10 sortir d'un compartiment peuplé d'insulaires, il fut heureux de rencontrer deux Français.

« Amis, dit-il en se penchant vers eux avec un sourire cordial, nous sommes enfants de la même mère. Salut à vous ; votre aspect me retrempe ! »
15 Les deux jeunes gens ouvrirent de grands yeux, s'inclinèrent à demi et se renfermèrent dans leur conversation, sans répondre autrement aux avances de Fougas.

« Ainsi donc, mon cher Astophe, disait l'un, tu as
20 vu le roi à Froshdorf ?

— Oui, mon bon Améric ; et il m'a reçu avec la grâce la plus touchante. « Vicomte, m'a-t-il dit, vous êtes d'un sang connu pour sa fidélité. Nous nous souviendrons de vous, le jour où Dieu nous rétablira
25 sur le trône de nos ancêtres. Dites à notre brave noblesse de Touraine que nous nous recommandons à ses prières et que nous ne l'oublions jamais dans les nôtres.

—Pitt et Cobourg ! murmura Fougas entre ses
30 dents. Voilà deux petits gaillards qui conspirent avec l'armée de Condé ! Mais, patience ! »

Il serra les poings et prêta l'oreille.

« Il ne t'a rien dit de la politique ?

—Quelques mots en l'air. Entre nous, je ne crois

pas qu'il s'en occupe beaucoup; il attend les événements.

—Il n'attendra plus bien longtemps.

—Qui sait?

—Comment! qui sait? L'empire n'en a pas pour
six mois. Mgr de Montereau le disait encore lundi
dernier chez ma tante la chanoinesse.

—Moi, je leur donne un an, parce que leur campagne
d'Italie les a raffermis dans le bas peuple. Oh! je ne
me suis pas gêné pour le dire au roi!

—Pour le coup, messieurs, c'est trop fort! interrompit Fougas. Est-ce en France que des Français parlent ainsi des institutions françaises? Retournez à
votre maître, dites-lui que l'Empire est éternel, parce
qu'il est fondé sur le granit populaire et cimenté par
le sang des héros. Et si le roi vous demande qui est-
ce qui a dit ça, vous lui répondrez: C'est le colonel
Fougas, décoré à Wagram de la propre main de
l'Empereur! »

Les deux jeunes gens se regardèrent, échangèrent
un sourire, et le vicomte dit au marquis:

‹ What is that?

—A madman.

—No, dear: a mad dog.

—Nothing else.

—Très bien, messieurs, cria le colonel. Parlez
anglais, maintenant; vous en êtes dignes! »

Il changea de compartiment à la station suivante
et tomba dans un groupe de jeunes peintres. Il les
appela disciples de Xeuxis et leur demanda des
nouvelles de Gérard, de Gros et de David. Ces messieurs trouvèrent la plaisanterie originale, et lui re-
commandèrent d'aller voir Talma dans la nouvelle
tragédie d'Arnault.

Les fortifications de Paris l'éblouirent beaucoup, le scandalisèrent un peu.

« Je n'aime pas cela, dit-il à ses voisins. Le vrai rempart de la capitale, c'est le courage d'un grand
5 peuple. Entasser des bastions autour de Paris, c'est dire à l'ennemi qu'il peut vaincre la France.»

Le train s'arrêta enfin à la gare de Mazas. Le colonel, qui n'avait point de bagages, s'en alla fièrement, les mains dans ses poches, à la recherche de
10 l'hôtel de Nantes. Comme il avait passé trois mois à Paris, vers l'année 1810, il croyait connaître la ville. C'est pourquoi il ne manqua pas de s'y perdre en arrivant. Mais, dans les divers quartiers qu'il parcourut au hasard, il admira les grands change-
15 ments qu'on avait faits en son absence. Fougas adorait les rues bien longues, bien larges, bordées de grosses maisons uniformes; il fut obligé de reconnaître que l'édilité parisienne se rapprochait activement de son idéal. Ce n'était pas encore la per-
20 fection absolue, mais quel progrès !

Par une illusion bien naturelle, il s'arrêta vingt fois pour saluer des figures de connaissance; mais personne ne le reconnut.

Après cinq heures de marche, il atteignit la place
25 du Carrousel. L'hôtel de Nantes n'y était plus; mais en revanche, on avait achevé le Louvre. Fougas perdit un quart d'heure à regarder ce monument et une demi-heure à contempler deux zouaves de la garde qui jouaient au piquet. Il s'informa si l'Empereur
30 était à Paris; on lui montra le drapeau qui flottait sur les Tuileries.

« Bon, dit-il ; mais il faut d'abord que je me fasse habiller de neuf.»

Il retint une chambre dans un hôtel de la rue

Saint-Honoré et demanda au garçon quel était le
plus célèbre tailleur de Paris.   Le garçon lui prêta un
Almanach du commerce. Fougas chercha le bottier
de l'Empereur, le chemisier de l'Empereur, le chapelier, le tailleur, le coiffeur, le gantier de l'Empe- 5
reur; il inscrivit leurs noms et leurs adresses sur le
carnet de Clémentine; après quoi il prit une voiture
et se mit en course.

Comme il avait le pied petit et bien tourné, il
trouva sans difficulté des chaussures toutes faites; 10
on promit aussi de lui porter dans la soirée tout le
linge dont il avait besoin. Mais lorsqu'il expliqua au
chapelier quelle coiffure il prétendait planter sur sa
tête, il rencontra de grandes difficultés. Son idéal
était un chapeau énorme, large du haut, étroit du 15
bas, renflé des bords, cambré en arrière et en avant;
bref, le meuble historique auquel le fondateur de
la Bolivie a donné autrefois son nom. Il fallut bouleverser les magasins et fouiller jusque dans les archives pour trouver ce qu'il désirait.   20

«Enfin! s'écria le chapelier, voilà votre affaire.
Si c'est pour un costume de théâtre, vous serez content; l'effet comique est certain.»

Fougas répondit sèchement que ce chapeau était
beaucoup moins ridicule que tous ceux qui circulaient 25
dans les rues de Paris.

Chez le célèbre tailleur de la rue de la Paix, ce fut
presque une bataille.

«Non, monsieur, disait Alfred, je ne vous ferai
jamais une redingote à brandebourgs et un pantalon 30
à la cosaque! Allez-vous-en chez Babin ou chez
Moreau, si vous voulez un costume de carnaval; mais
il ne sera pas dit qu'un homme aussi bien tourné est
sorti de chez nous en caricature!

—Tonnerre et patrie ! répondait Fougas ; vous avez la tête de plus que moi, monsieur le géant, mais je suis colonel du grand Empire, et ce n'est pas aux tambours-majors à donner des ordres aux
5 colonels ! »

Ce terrible homme eut le dernier mot. On lui prit mesure, on ouvrit un album et l'on promit de l'habiller, dans les vingt-quatre heures, à la dernière mode de 1813. On lui fit voir des étoffes à choisir, des
10 étoffes anglaises. Il les rejeta avec mépris.

« Drap bleu de France, dit-il, et fabriqué en France ! Et coupez-moi ça de telle façon que tous ceux qui me verront passer en pékin s'écrient : « C'est un militaire ! »
15 Les officiers de notre temps ont précisément la coquetterie inverse ; ils s'appliquent à ressembler à tous les autres *gentlemen*, lorsqu'ils prennent l'habit civil.

Fougas se commanda, rue Richelieu, un col de satin
20 noir qui cachait la chemise et montait jusqu'aux oreilles ; puis il descendit vers le Palais-Royal, entra dans un restaurant célèbre et se fit servir à dîner. Comme il avait déjeuné sur le pouce chez un pâtissier du boulevard, son appétit, aiguisé par la marche fit
25 des merveilles. Il but et mangea comme à Fontainebleau. Mais la carte à payer lui parut de digestion difficile : il en avait pour cent dix francs et quelques centimes. « Décidément, dit-il, la vie est devenue chère à Paris. » L'eau-de-vie entrait dans ce total
30 pour une somme de neuf francs. On lui avait servi une bouteille et un verre comme un dé à coudre ; ce joujou avait amusé Fougas : il trouva plaisant de le remplir et de le vider douze fois. Mais en sortant de table il n'était pas ivre : une aimable gaieté, rien de

plus. La fantaisie lui vint de regagner quelques pièces de cent sous au n° 113. Un marchand de bouteilles établi dans la maison lui apprit que la France ne jouait plus depuis une trentaine d'années. Il poussa jusqu'au Théâtre-Français pour voir si les comédiens de l'Empereur ne donnaient pas quelque belle tragédie, mais l'affiche lui déplut. Des Comédies modernes jouées par des acteurs nouveaux ! Ni Talma, ni Fleury, ni Thénard, ni les Baptiste, ni Mlle Mars, ni Mlle Raucourt ! Il s'en fut à l'Opéra, où l'on donnait *Charles VI*. La musique l'étonna d'abord ; il n'était pas accoutumé à entendre tant de bruit hors des champs de bataille. Bientôt cependant ses oreilles s'endurcirent au fracas des instruments ; la fatigue du jour, le plaisir d'être bien assis, le travail de la digestion, le plongèrent dans un demi-sommeil. Il se réveilla en sursaut à ce fameux chant patriotique :

> Guerre aux tyrans ! jamais, jamais en France,
> Jamais l'Anglais ne régnera !

« Non ! s'écria-t-il en étendant les bras vers la scène. Jamais ! jurons-le tous ensemble sur l'autel sacré de la patrie ! Vive l'Empereur ! »

Le parterre et l'orchestre se levèrent en même temps, moins pour s'associer au serment de Fougas que pour lui imposer silence. Dans l'entr'acte suivant, un commissaire de police lui dit à l'oreille que lorsqu'on avait dîné de la sorte on allait se coucher tranquillement, au lieu de troubler la représentation de l'Opéra.

Il répondit qu'il avait dîné comme à son ordinaire, et que cette explosion d'un sentiment patriotique ne partait point de l'estomac.

« Mais, dit-il, puisque dans ce palais de l'opulence

désœuvrée la haine de l'ennemi est flétrie comme
un crime, je vais respirer un air plus libre et
saluer le temple de la Gloire avant de me mettre
au lit.

5   — Vous ferez aussi bien,» dit le commissaire.

Il s'éloigna, plus fier et plus cambré que jamais,
gagna la ligne des boulevards et la parcourut à grandes enjambées jusqu'au temple corinthien qui la
termine.   Chemin faisant, il admira beaucoup l'é-
10 clairage de la ville.   M. Martout lui avait expliqué la
fabrication du gaz, il n'y avait rien compris, mais
cette flamme rouge et vivante était pour ses yeux un
véritable régal.

Lorsqu'il fut arrivé au monument qui commande
15 l'entrée de la rue Royale, il s'arrêta sur le trottoir, se
recueillit un instant et dit:

«Inspiratrice des belles actions, veuve du grand
vainqueur de l'Europe, ô Gloire! reçois l'hommage de
ton amant Victor Fougas!   Pour toi, j'ai enduré la
20 faim, la sueur et les frimas, et mangé le plus fidèle
des coursiers.   Pour toi, je suis prêt à braver d'autres périls et à revoir la mort en face sur tous les
champs de bataille.   Je te préfère au bonheur, à la
richesse, à la puissance.   Ne rejette pas l'offrande de
25 mon cœur et le sacrifice de mon sang.   Pour prix de
tant d'amour, je ne réclame qu'un sourire de tes yeux
et un laurier tombé de ta main!»

Cette prière arriva toute brûlante aux oreilles de
sainte Marie-Madeleine, patronne de l'ex-temple de
30 la Gloire.   C'est ainsi que l'acquéreur d'un château
reçoit quelquefois une lettre adressée à l'ancien propriétaire.

Fougas revint par la rue de la Paix et la Place
Vendôme, et salua en passant la seule figure de con-

naissance qu'il eût encore trouvée à Paris. Le nouveau costume de Napoléon sur la colonne ne lui
déplaisait aucunement. Il préférait le petit chapeau
à la couronne et la redingote grise au manteau
théâtral.

La nuit fut agitée. Mille projets divers se croisaient en tout sens dans le cerveau du colonel. Il
préparait les discours qu'il tiendrait à l'Empereur,
s'endormait au milieu d'une phrase et s'éveillait en
sursaut, croyant tenir une idée qui s'évanouissait
soudain. Il éteignit et ralluma vingt fois sa bougie.
Le souvenir de Clémentine se mêlait de temps à autre
aux rêveries de la guerre et aux utopies de la politique ; mais je dois avouer que la figure de la jeune
fille ne sortit guère du second plan.

Autant cette nuit lui parut longue, autant la
matinée du lendemain lui sembla courte. L'idée de
voir en face le nouveau maître de l'Empire l'enivrait
et le glaçait tour à tour. Il espéra un instant qu'il
manquerait quelque chose à sa toilette, qu'un fournisseur lui offrirait un prétexte honorable pour
ajourner cette visite au lendemain. Mais tout le
monde fit preuve d'une exactitude désespérante. A
midi précis, le pantalon à la cosaque et la redingote
à brandebourgs s'étalaient sur le pied du lit auprès
du célèbre chapeau à la Bolivar.

« Habillons-nous ! dit Fougas. Ce jeune homme ne
sera peut-être pas chez lui. En ce cas je laisserai
mon nom, et j'attendrai qu'il m'appelle. »

Il se fit beau à sa manière, et, ce qui paraîtra peut-
être incroyable à mes lectrices, Fougas, en col de
satin noir et en redingote à brandebourgs, n'était ni
laid, ni même ridicule. Sa haute taille, son corps
svelte, sa figure fière et décidée, ses mouvements

brusques formaient une certaine harmonie avec ce costume d'un autre temps. Il était étrange, voilà tout. Pour se donner un peu d'aplomb, il entra dans un restaurant, mangea quatre côtelettes, un pain de 5 deux livres et un morceau de fromage, en buvant deux bouteilles de vin. Le café et le pousse-café le conduisirent jusqu'à deux heures. C'était le moment qu'il s'était fixé à lui-même.

Il inclina légèrement son chapeau sur l'oreille, bou-10 tonna ses gants de chamois, toussa énergiquement deux ou trois fois devant la sentinelle de la rue de Rivoli, et enfila bravement le guichet de l'Échelle.

« Monsieur ! cria le portier, qui demandez-vous ?

— L'Empereur !

15   — Avez-vous une lettre d'audience ?

— Le colonel Fougas n'en a pas besoin. Va demander des renseignements à celui qui plane au-dessus de la place Vendôme : il te dira que le nom de Fougas a toujours été synonyme de bravoure et de 20 fidélité.

— Vous avez connu l'Empereur premier ?

— Oui, mon drôle, et je lui ai parlé comme je te parle.

— Vraiment ? Mais quel âge avez-vous donc ?

25   — Soixante-dix ans à l'horloge du temps, vingt-quatre ans sur les tablettes de l'histoire ! »

Le portier leva les yeux au ciel en murmurant :

« Encore un ! C'est le quatrième de la semaine ! »

Il fit un signe à un petit monsieur vêtu de noir, qui 30 fumait sa pipe dans la cour des Tuileries, puis il dit à Fougas en lui mettant la main sur le bras :

« Mon bon ami, c'est l'Empereur que vous voulez voir ?

— Je te l'ai déjà dit, familier personnage !

— Hé bien ! vous le verrez aujourd'hui. Monsieur qui vient là-bas, avec sa pipe, est l'introducteur des visites ; il va vouś conduire. Mais l'Empereur n'est pas au Château. Il est à la campagne. Cela vous est égal, n'est-ce pas, d'aller à la campagne ?

— Que veux-tu que ça me fasse ?

— D'autant plus que vous n'irez pas à pied. On vous a déjà fait avancer une voiture. Allons, montez, mon bon ami, et soyez sage ! »

Deux minutes plus tard, Fougas, accompagné d'un agent, roulait vers le bureau du commissaire de police.

Son affaire fut bientôt faite. Le commissaire qui le reçut était le même qui lui avait parlé la veille à l'Opéra. Un médecin fut appelé et rendit le plus beau verdict de monomanie qui ait jamais envoyé un homme à Charenton. Tout cela se fit poliment, joliment, sans un mot qui pût mettre le colonel sur ses gardes et l'avertir du sort qu'on lui réservait. Il trouvait seulement que ce cérémonial était long et bizarre, et il préparait là-dessus quelques phrases bien senties qu'il se promettait de faire entendre à l'Empereur.

On lui permit enfin de se mettre en route. Le fiacre était toujours là ; l'introducteur ralluma sa pipe, dit trois mots au cocher et s'assit à gauche du colonel. La voiture partit au trot, gagna les boulevards et prit la direction de la Bastille.

Elle arrivait à la hauteur de la porte Saint-Martin, et Fougas, la tête à la portière, continuait à préparer son improvisation, lorsqu'une calèche, attelée de deux alezans superbes, passa pour ainsi dire sous le nez du rêveur. Un gros homme à moustache grise retourna la tête et cria : « Fougas ! »

Robinson découvrant dans son île l'empreinte du pied d'un homme ne fut ni plus étonné ni plus ravi que Fougas en entendant ce cri de : ‹ Fougas ! › Ouvrir la portière, sauter sur le macadam, courir à 5 la calèche qui s'était arrêtée, s'y lancer d'un seul bond sans l'aide du marchepied et tomber dans les bras du gros homme à moustache grise : tout cela fut l'affaire d'une seconde. La calèche était repartie depuis longtemps lorsque l'agent de police au galop, 10 suivi de son fiacre au petit trot, arpenta la ligne des boulevards, demandant à tous les sergents de ville s'ils n'avaient pas vu passer un **fou**.

XVI

Mémorable entrevue du colonel Fougas et de S. M.
l'Empereur des Français.

En sautant au cou du gros homme à moustache
grise, Fougas était persuadé qu'il embrassait Masséna. Il le dit naïvement, et le propriétaire de la
calèche partit d'un grand éclat de rire.

« Eh! mon pauvre vieux, lui dit-il, il y a beau temps 5
que nous avons enterré l'Enfant de la Victoire.
Regarde-moi bien entre les deux yeux : je suis Leblanc, de la campagne de Russie.

— Pas possible! Tu es le petit Leblanc?

— Lieutenant au 3ᵉ d'artillerie, qui a partagé avec 10
toi mille millions de dangers, et ce fameux rôti de
cheval que tu salais avec tes larmes.

— Comment! c'est toi! c'est toi qui m'as taillé une
paire de bottes dans la peau de l'infortuné Zéphyr!
sans compter toutes les fois que tu m'as sauvé la vie! 15
O mon brave et loyal ami, que je t'embrasse encore!
Je te reconnais maintenant, mais il n'y a pas à dire :
tu es changé!

— Dame! je ne me suis pas conservé dans un bocal
d'esprit-de-vin. J'ai vécu, moi! 20

— Tu sais donc mon histoire?

— Je l'ai entendu raconter hier au soir chez le
ministre de l'instruction publique. Il y avait là le
savant qui t'a remis sur pied. Je t'ai même écrit en

rentrant chez moi pour t'offrir la niche et la pâtée,
mais ma lettre se promène du côté de Fontainebleau.

—Merci ! tu es un solide ! Ah ! mon pauvre vieux !
5 que d'événements depuis la Bérésina ! Tu as su tous
les malheurs qui sont arrivés ?

—Je les ai vus, ce qui est plus triste. J'étais chef
d'escadron après Waterloo ; les Bourbons m'ont mis
à la demi-solde. Les amis m'ont fait rentrer au
10 service en 1822, mais j'avais de mauvaises notes, et
j'ai roulé les garnisons, Lille, Grenoble et Strasbourg,
sans avancer. La seconde épaulette n'est venue
qu'en 1830 ; pour lors, j'ai fait un bout de chemin en
Afrique. On m'a nommé général de brigade à l'Isly ;
15 je suis revenu, j'ai flâné de côté et d'autre jusqu'en
1848. Nous avons eu cette année-là une campagne de
juin en plein Paris. Le cœur me saigne encore toutes
les fois que j'y pense, et tu es, certes, bien heureux de
n'avoir pas vu ça. J'ai reçu trois balles dans le torse
20 et j'ai passé général de division. Enfin, je n'ai pas
le droit de me plaindre, puisque la campagne d'Italie
m'a porté bonheur. Me voilà maréchal de France,
avec cent mille francs de dotation, et même duc de
Solferino. Oui, l'Empereur a mis une queue à mon
25 nom. Le fait est que Leblanc tout court, c'était un
peu court.

—Tonnerre ! s'écria Fougas, voilà qui est bien.
Je te jure, Leblanc, que je ne suis pas jaloux de ce
qui t'arrive ! C'est assez rare, un soldat qui se réjouit
30 de l'avancement d'un autre ; mais vrai, du fond du
cœur, je te le dis : tant mieux ! Tu méritais tous les
honneurs, et il faut que l'aveugle déesse ait vu ton
cœur et ton génie à travers le bandeau qui lui couvre
les yeux !

— Merci ! mais parlons de toi : où allais-tu lorsque je
t'ai rencontré ?

— Voir l'Empereur.

— Moi aussi ; mais où le cherchais-tu ?

— Je ne sais pas ; on me conduisait.   5

— Mais il est aux Tuileries !

— Non !

— Si ! il y a quelque chose là-dessous ; raconte-moi
ton affaire.»

Fougas ne se fit pas prier ; le maréchal comprit à 10
quelle sorte de danger il avait soustrait son ami.

« Le concierge s'est trompé, lui dit-il ; l'Empereur
est au château, et puisque nous sommes arrivés, viens
avec moi : je te présenterai peut-être à la fin de mon
audience.   15

— Quel bonheur ! Leblanc, le cœur me bat à l'idée
que je vais voir ce jeune homme. Est-ce un bon ?
Peut-on compter sur lui ? A-t-il quelque ressemblance avec l'autre ?

— Tu le verras ; attends ici.»   20

L'amitié de ces deux hommes datait de l'hiver de
1812. Dans la déroute de l'armée française, le hasard
avait rapproché le lieutenant d'artillerie et le colonel
du 23e. L'un était âgé de dix-huit ans, l'autre n'en
comptait pas vingt-quatre. La distance de leurs 25
grades fut aisément rapprochée par le danger commun ; tous les hommes sont égaux devant la faim, le
froid et la fatigue. Un matin, Leblanc, à la tête de
dix hommes, avait arraché Fougas aux mains des
Cosaques ; puis Fougas avait sabré une demi-dou- 30
zaine de traînards qui convoitaient le manteau de
Leblanc. Huit jours après, Leblanc tira son ami
d'une baraque où les paysans avaient mis le feu ; à
son tour Fougas repêcha Leblanc au bord de la

Bérésina. La liste de leurs dangers et de leurs mutuels services est trop longue pour que je la donne tout entière. Ainsi, le colonel, à Kœnigsberg, avait passé trois semaines au chevet du lieutenant atteint de la fièvre de congélation. Nul doute que ces soins dévoués ne lui eussent conservé la vie. Cette réciprocité de dévouement avait formé entre eux des liens si étroits qu'une séparation de quarante-six années ne put les rompre.

Fougas, seul au milieu d'un grand salon, se replongeait dans les souvenirs de ce bon vieux temps, lorsqu'un huissier l'invita à ôter ses gants et à passer dans le cabinet de l'Empereur.

Le respect des pouvoirs établis, qui est le fond même de ma nature, ne me permet pas de mettre en scène des personnages augustes. Mais la correspondance de Fougas appartient à l'histoire contemporaine, et voici la lettre qu'il écrivit à Clémentine en rentrant à son hôtel :

« A Paris, que dis-je? au ciel, le 21 août 1859.»

« Mon bel ange,

« Je suis ivre de joie, de reconnaissance et d'admiration. Je l'ai vu, je lui ai parlé ; il m'a tendu la main, il m'a fait asseoir. C'est un grand prince ; il sera le maître de la terre ! Il m'a donné la médaille de Sainte-Hélène et la croix d'officier. C'est le petit Leblanc, un vieil ami et un noble cœur, qui m'a conduit là-bas ; aussi est-il maréchal de France et duc du nouvel Empire ! Pour l'avancement, il n'y faut pas songer encore : prisonnier de guerre en Prusse et dans un triple cercueil, je rentre avec mon grade ; ainsi le veut la loi militaire. Mais avant trois mois je serai général de brigade, c'est certain ;

il a daigné me le promettre lui-même. Quel homme!
un dieu sur la terre! Pas plus fier que celui de
Wagram et de Moscou, et père du soldat comme
lui! Il voulait me donner de l'argent sur sa cassette
pour refaire mes équipements. J'ai répondu : « Non, 5
sire! J'ai une créance à recouvrer du côté de Dantzig: si l'on me paye, je serai riche; si l'on nie la
dette, ma solde me suffira.» Là-dessus . . . ô bonté
des princes, tu n'es donc pas un vain mot! il sourit
finement et me dit en frisant ses moustaches : « Vous 10
êtes resté en Prusse depuis 1813 jusqu'en 1859?

— Oui, sire.

— Prisonnier de guerre dans des conditions excep-
tionnelles?

— Oui, sire.   15

— Les traités de 1814 et de 1815 stipulaient la remise
des prisonniers?

— Oui, sire.

— On les a donc violés à votre égard?

— Oui, sire.   20

— Hé bien la Prusse vous doit une indemnité. Je
la ferai réclamer par voie diplomatique.

— Oui, sire. Que de bontés!»

Voilà une idée qui ne me serait jamais venue à moi!
Reprendre de l'argent à la Prusse, à la Prusse qui 25
s'est montrée si avide de nos trésors en 1814 et en
1815! Vive l'Empereur! ma bien-aimée Clémentine!
Oh! vive à jamais notre glorieux et magnanime souverain! Vivent l'Impératrice et le Prince impérial!
Je les ai vus! l'Empereur m'a présenté à sa famille! 30
Le prince est un admirable petit soldat! Il a daigné
battre la caisse sur mon chapeau neuf; je pleurais
de tendresse. S. M. l'Impératrice, avec un sourire
angélique, m'a dit qu'elle avait entendu parler de

mes malheurs. « O madame ! ai-je répondu, un moment comme celui-ci les rachète au centuple.

— Il faudra venir danser aux Tuileries l'hiver prochain.

5 — Hélas ! madame, je n'ai jamais dansé qu'au bruit du canon ; mais aucun effort ne me coûtera pour vous plaire ! J'étudierai l'art de Vestris.

— J'ai bien appris la contredanse, » ajouta Leblanc.

« L'Empereur a daigné me dire qu'il était heureux de

10 retrouver un officier comme moi, qui avait fait pour ainsi dire hier les plus belles campagnes du siècle, et qui avait conservé les traditions de la grande guerre. Cet éloge m'enhardit. Je ne craignis pas de lui rappeler le fameux principe du bon temps : signer la

15 paix dans les capitales ! « Prenez garde, dit-il ; c'est en vertu de ce principe que les armées alliées sont venues deux fois signer la paix à Paris. — Ils n'y reviendront plus, m'écriai-je, à moins de me passer sur le corps. » J'insistai sur les inconvénients d'une

20 trop grande familiarité avec l'Angleterre. J'exprimai le vœu de commencer prochainement la conquête du monde. D'abord, nos frontières à nous ; ensuite, les frontières naturelles de l'Europe ; car l'Europe est la banlieue de la France, et on ne sau-

25 rait l'annexer trop tôt. L'Empereur hocha la tête comme s'il n'était pas de mon avis. Cacherait-il des desseins pacifiques ? Je ne veux pas m'arrêter à cette idée, elle me tuerait !

« Il me demanda quel sentiment j'avais éprouvé à

30 l'aspect des changements qui se sont faits dans Paris ? Je répondis avec la sincérité d'une âme fière :

« Sire, le nouveau Paris est le chef-d'œuvre d'un grand règne ; mais j'aime à croire que vos édiles n'ont pas dit leur dernier mot.

— Que reste-t-il donc à faire, à votre avis ?

— Avant tout, redresser le cours de la Seine, dont la courbe irrégulière a quelque chose de choquant. La ligne droite est le plus court chemin d'un point à un autre, pour les fleuves aussi bien que pour les boulevards. En second lieu, niveler le sol et supprimer tous les mouvements de terrain qui semblent dire à l'administration : « Tu es moins puissante que la nature ! »

« Après avoir accompli ce travail préparatoire, je tracerais un cercle de trois lieues de diamètre, dont la circonférence, représentée par une grille élégante, formerait l'enceinte de Paris. Au centre, je construirais un palais pour Votre Majesté et les princes de la famille impériale ; vaste et grandiose édifice enfermant dans ses dépendances tous les services publics : états-major, tribunaux, musées, ministères, archevêché, police, institut, ambassades, prisons, banque de France, lycées, théâtres, *Moniteur*, imprimerie impériale, manufacture de Sèvres et des Gobelins, manutention des vivres. A ce palais, de forme circulaire et d'architecture magnifique, aboutiraient douze boulevards larges de cent vingt mètres, terminés par douze chemins de fer et désignés par les noms des douze maréchaux de France. Chaque boulevard est bordé de maisons uniformes, hautes de quatre étages, précédées d'une grille en fer et d'un petit jardin de trois mètres planté de fleurs uniformes. Cent rues, larges de soixante mètres, unissent les boulevards entre eux ; elles sont reliées les unes aux autres par des ruelles de trente-cinq mètres, le tout bâti uniformément sur des plans officiels, avec grilles, jardins, et fleurs obligatoires. Défense aux propriétaires de souffrir chez eux aucun

commerce, car la vue des boutiques abaisse les esprits
et dégrade les cœurs : libre aux marchands de
s'établir dans la banlieue, en se conformant aux lois.
Le rez-de-chaussée de toutes les maisons sera occupé
5 par les écuries et les cuisines ; le premier loué aux
fortunes de cent mille francs de rente et au-dessus ;
le second, aux fortunes de quatre-vingt à cent mille
francs ; le troisième, aux fortunes de soixante à
quatre-vingt mille francs ; le quatrième, aux fortunes
10 de cinquante à soixante mille francs.   Au-dessous de
cinquante mille francs de rente, défense d'habiter
Paris.   Les artisans sont logés à dix kilomètres de
l'enceinte, dans des forteresses ouvrières.   Nous les
exemptons d'impôts pour qu'ils nous aiment ; nous
15 les entourons de canons pour qu'ils nous craignent.
Voilà mon Paris ! »

« L'Empereur m'écoutait patiemment et frisait sa
moustache.

« Votre plan, me dit-il, coûterait un peu cher.
20 —Pas beaucoup plus que celui qu'on a adopté, »
répondis-je.

« A ce mot, une franche hilarité dont je ne
m'explique pas la cause, égaya son front sérieux.

« Ne pensez-vous pas, me dit-il, que votre projet
25 ruinerait beaucoup de monde ?

—Eh ! qu'importe ? m'écriai-je, puisque je ne ruine
que les riches ! »

« Il se mit à rire de plus belle et me congédia en
disant :
30   « Colonel, restez colonel en attendant que nous vous
fassions général ! »

« Il me permit une seconde fois de lui serrer la main ;
je fis un signe d'adieu à ce brave Leblanc, qui m'a invité à dîner pour ce soir, et je rentrai à mon hôtel

pour épancher ma joie dans ta belle âme. Oh Clémentine! espère ; tu seras heureuse et je serai grand! Demain matin, je pars pour Dantzig. L'or est une chimère, mais je veux que tu sois riche.

‹ Un doux baiser sur ton front pur !   5

V. FOUGAS. ›

Les abonnés de *la Patrie,* qui conservent la collection de leur journal, sont priés de rechercher le numéro du 23 août 1859. Ils y liront un *entrefilet* et un *fait divers* que j'ai pris la liberté de transcrire ici.   10

« S. Exc. le maréchal duc de Solferino a eu l'honneur de présenter hier à S. M. l'Empereur, un héros du premier Empire, M. le colonel Fougas, qu'un événement presque miraculeux, déjà mentionné dans un rapport à l'Académie des Sciences, vient de rendre 15 à son pays. »

Voilà l'*entrefilet*; voici le *fait divers*:

« Un fou, le quatrième de la semaine, mais celui-ci de la plus dangereuse espèce, s'est présenté hier au guichet de l'Échelle. Affublé d'un costume grotesque, 20 l'œil en feu, le chapeau sur l'oreille, et tutoyant les personnes les plus respectables avec une grossièreté inouïe, il a voulu forcer la consigne et s'introduire, on ne sait dans quelle intention, jusqu'à la personne du souverain. A travers ses propos incohérents, on 25 distinguait les mots de « bravoure, colonne Vendôme, fidélité, l'horloge du temps, les tablettes de l'histoire. » Arrêté par un agent du service de sûreté et conduit chez le commissaire de la section des Tuileries, il fut reconnu pour le même individu qui, la veille, à 30 l'Opéra, avait troublé par les cris les plus inconvenants la représentation de *Charles VI.* Après les

constatations d'usage, il fut dirigé sur l'hospice de
Charenton. Mais à la hauteur de la porte Saint-
Martin, profitant d'un embarras de voitures et de la
force herculéenne dont il est doué, il s'arracha des
5 mains de son gardien, le terrassa, le battit, s'élança
d un bond sur le boulevard, et se perdit dans la foule.
Les recherches les plus actives ont commencé immédiatement, et nous tenons de source certaine qu'on
est déjà sur la trace du fugitif. »

Où M. Nicolas Meiser, riche propriétaire de Dantzig,
reçoit une visite qu'il ne désirait point.

La sagesse des nations dit que le bien mal acquis ne
profite jamais. Je soutiens qu'il profite plus aux
voleurs qu'aux volés, et la belle fortune de M.
Nicolas Meiser est une preuve à l'appui de mon
dire.   5
Le neveu de l'illustre physiologiste, après avoir
brassé beaucoup de bière avec peu de houblon et récolté indûment l'héritage destiné à Fougas, avait
amassé dans les affaires une fortune de huit à dix
millions. Dans quelles affaires? On ne me l'a jamais 10
dit, mais je sais qu'il tenait pour bonnes toutes celles
où l'on gagne de l'argent. Prêter de petites sommes
à gros intérêt, faire de grandes provisions de blé
pour guérir la disette après l'avoir produite, ex-
proprier les débiteurs malheureux, fréter un navire ou 15
deux pour le commerce de la viande noire sur la côte
d'Afrique, voilà des spéculations que le bonhomme ne
dédaignait aucunement. Il ne s'en vantait point, car
il était modeste, mais il n'en rougissait pas non plus,
ayant élargi sa conscience en arrondissant son 20
capital. Du reste, homme d'honneur dans le sens
commercial du mot, et capable d'égorger le genre
humain plutôt que de laisser protester sa signature.
Les banques de Dantzig, de Berlin, de Vienne et de

Paris le tenaient en haute estime; elles avaient de l'argent à lui.

Il était gros, gras et fleuri, et vivait en joie. Sa femme avait le nez trop long et les os trop perçants, 5 mais elle l'aimait de tout son cœur et lui faisait de petits entremets sucrés. Une parfaite conformité de sentiments unissait les deux époux. Ils parlaient entre eux à cœur ouvert et ne se cachaient point leurs mauvaises pensées. Tous les ans, à la Saint- 10 Martin, lors de la récolte des loyers, ils mettaient sur le pavé cinq ou six familles d'artisans qui n'avaient pu payer leur terme; mais ils n'en dînaient pas plus mal et le baiser du soir n'en était pas moins doux.

Le mari avait soixante-six ans, la femme soixante- 15 quatre; leurs physionomies étaient de celles qui inspirent la bienveillance et commandent le respect. Pour compléter leur ressemblance avec les patriar- ches, il ne leur manquait que des enfants et des petits-enfants. La nature leur avait donné un fils, un 20 seul. Malheureusement, ce fils unique, héritier pré- somptif de tant de millions, mourut à l'université de Heidelberg, d'une indigestion de saucisses. Il partit à vingt ans pour cette Walhalla des étudiants teutoniques, où l'on mange des saucisses infinies en 25 buvant une bière intarissable; où l'on chante des lieds de huit cent millions de couplets en se tailladant le bout du nez à coups d'épée. Le trépas malicieux le ravit à ses auteurs. Ces vieux richards infortunés recueillirent pieusement ses nippes pour les vendre. 30 Durant cette opération lamentable (car il manquait beaucoup de linge tout neuf), Nicolas Meiser disait à sa femme: «Mon cœur saigne à l'idée que nos maisons et nos écus, nos biens au soleil et nos biens à l'ombre s'en iront à des étrangers. Les parents devraient toujours avoir un fils de rechange, comme on nomme un juge suppléant au tribunal de commerce. »

Mais le temps, qui est un grand maître en Allemagne et dans plusieurs autres pays, leur fit voir que l'on peut se consoler de tout, excepté de l'argent perdu. Cinq ans plus tard, Mme Meiser disait à son mari avec un sourire tendre et philosophique : « Qui peut pénétrer les décrets de la Providence ? Ton fils nous aurait peut-être mis sur la paille. Regarde Théobald Scheffler, son ancien camarade. Il a mangé vingt mille francs à Paris. Nous-mêmes, nous dépensions plus de deux mille thalers, chaque année, pour notre mauvais garnement ; sa mort est une grosse économie, et par conséquent une bonne affaire ! »

Du temps que les trois cercueils de Fougas étaient encore à la maison, la bonne dame raillait les visions et les insomnies de son époux. « A quoi donc penses-tu ? lui disait-elle. Jetons au feu ce haillon de Français : il ne troublera plus le repos d'un heureux ménage. Nous vendrons la boîte de plomb ; il y en a pour le moins deux cents livres ; la soie blanche me fera une doublure de robe et la laine du capitonnage nous donnera bien un matelas. » Mais un restant de superstition empêcha Meiser de suivre les conseils de sa femme : il préféra se défaire du colonel en le mettant dans le commerce.

La maison des deux époux était la plus belle et la plus solide de la rue du Puits-Public, dans le faubourg noble. De fortes grilles en fer ouvré décoraient magnifiquement toutes les fenêtres, et la porte était bardée de fer comme un chevalier du bon temps. Un système de petits miroirs ingénieux accrochés à la

façade permettait de reconnaître un visiteur avant
même qu'il eût frappé.   Une servante unique, vrai
cheval pour le travail, vrai chameau par la sobriété,
habitait sous ce toit béni des dieux.

5   Le vieux domestique couchait dehors, dans son
intérêt même, et pour qu'il ne fût point exposé à
tordre le col vénérable de ses maîtres.   Quelques
livres de commerce et de piété formaient la bibliothèque des deux vieillards.   Ils n'avaient point voulu
10 de jardin derrière leur maison, parce que les arbres
se plaisent à cacher les voleurs.   Ils fermaient leur
porte aux verrous tous les soirs à huit heures et ne
sortaient point de chez eux sans y être forcés, de
peur de mauvaises rencontres.

15   Et cependant le 29 avril 1859, à onze heures du
matin, Nicolas Meiser était bien loin de sa chère
maison.   Oh! qu'il était loin de chez lui, cet honnête
bourgeois de Dantzig! . . . Il arpentait d'un pas
pesant cette promenade de Berlin qui porte le nom
20 d'un roman d'Alphonse Karr : *Sous les tilleuls*.   En
allemand : *Unter den Linden.*

Quel mobile puissant avait jeté hors de sa bonbonnière ce gros bonbon rouge à deux pieds?   Le
même qui conduisit Alexandre à Babylone, Scipion
25 à Carthage, Godefroi de Bouillon à Jérusalem et
Napoléon à Moscou : l'ambition! Meiser n'espérait
pas qu'on lui présenterait les clefs de la ville sur un
coussin de velours rouge, mais il connaissait un
grand seigneur, un chef de bureau et une femme
30 de chambre qui travaillaient à obtenir pour lui des
lettres de noblesse.   S'appeler von Meiser au lieu de
Meiser tout sec ! Quel beau rêve !

Le bonhomme avait en lui ce mélange de bassesse et d'orgueil qui place les laquais à une si

grande distance des autres hommes. Plein de res-
peet pour la puissance et d'admiration pour la grandeur, il ne prononçait les noms de roi, de prince
et même de baron qu'avec emphase et béatitude. Il
se gargarisait de syllabes nobles, et le seul mot de 5
monseigneur lui emplissait la bouche d'une bouillie
enivrante. Les particuliers de ce tempérament ne
sont pas rares en Allemagne, et l'on en trouve même
ailleurs. Si vous les transportiez dans un pays où
les hommes sont égaux, la nostalgie de la servitude 10
les tuerait.

Les titres qu'on faisait valoir en faveur de Nicolas
Meiser n'étaient pas de ceux qui emportent la
balance, mais de ceux qui la font pencher petit à
petit. Neveu d'un savant illustre, propriétaire im- 15
posé, homme bien pensant, abonné à la *Nouvelle
Gazette de la Croix*, plein de mépris pour l'opposition,
auteur d'un toast contre la démagogie, ancien conseiller de la ville, ancien juge au tribunal de commerce, ancien caporal de la landwehr, ennemi déclaré 20
de la Pologne et de toutes les nations qui ne sont
pas les plus fortes. Son action la plus éclatante
remontait à dix ans. Il avait dénoncé par lettre
anonyme un membre du parlement de Francfort,
réfugié à Dantzig. 25

Au moment où Meiser passait sous les tilleuls,
son affaire était en bon chemin. Il avait recueilli
cette douce assurance de la bouche même de ses
protecteurs. Aussi courait-il légèrement vers la gare
du chemin Nord-Est, sans autre bagage qu'un re- 30
volver dans la poche. Sa malle de veau noir avait
pris les devants et l'attendait au bureau. Chemin
faisant, il effleurait d'un coup d'œil rapide l'étalage
des boutiques. Halte ! Il s'arrêta court devant un

papetier et se frotta les yeux: remède souverain,
dit-on, contre la berlue. Entre les portraits de
Mme Sand et de M. Mérimée, qui sont les deux plus
grands écrivains de la France, il avait aperçu, de-
5 viné, pressenti une figure bien connue.

« Assurément, dit-il, j'ai déjà vu cet homme-là,
mais il était moins florissant. Est-ce que notre
ancien pensionnaire serait revenu à la vie ? Impossible ! J'ai brûlé la recette de mon oncle, et l'on
10 a perdu, grâce à moi, le secret de ressusciter les
gens. Cependant la ressemblance est frappante. Ce
portrait a-t-il été fait en 1813, du vivant de M. le
colonel Fougas ? Non, puisque la photographie n'était
pas encore inventée. Mais peut-être le photographe
15 l'a-t-il copié sur une gravure ? Voici le roi Louis XVI.
et la reine Marie-Antoinette reproduits de la même
façon : cela ne prouve pas que Robespierre les ait
ressuscités. C'est égal, j'ai fait une mauvaise rencontre.»

20 Il fit un pas vers la porte de la boutique pour
prendre des renseignements, mais un certain embarras le retint. On pourrait s'étonner, lui faire des
questions, rechercher les motifs de son inquiétude.
En route ! Il reprit sa course au petit trot, en essayant
25 de se rassurer lui-même :

«Bah ! c'est une hallucination, l'effet d'une idée
fixe. D'ailleurs ce portrait est vêtu à la mode de
1813, voilà qui tranche tout. »

Il arriva à la gare du chemin de fer, fit enregistrer
30 sa malle de veau noir et se jeta de tout son long
dans un compartiment de première classe. Il fuma
sa pipe de porcelaine ; ses deux voisins s'endormi-
rent ; il fit bientôt comme eux et ronfla. Les ronfle-
ments de ce gros homme avaient quelque chose de

sinistre : vous eussiez cru entendre les ophicléides du jugement dernier. Quelle ombre le visita dans cette heure de sommeil ? Nul étranger ne l'a jamais su, car il gardait ses rêves pour lui, comme tout ce qui lui appartenait.

Mais entre deux stations, le train étant lancé à toute vitesse, il sentit distinctement deux mains énergiques qui le tiraient par les pieds. Sensation trop connue, hélas! et qui lui rappelait les plus mauvais souvenirs de sa vie. Il ouvrit les yeux avec épouvante et vit l'homme de la photographie, dans le costume de la photographie! Ses cheveux se hérissèrent, ses yeux s'arrondirent en boules de loto, il poussa un grand cri et se jeta à corps perdu entre les deux banquettes dans les jambes de ses voisins.

Quelques coups de pied vigoureux le rappelèrent à lui-même. Il se releva comme il put et regarda autour de lui. Personne que les deux voisins, qui lançaient machinalement leurs derniers coups de pied dans le vide en se frottant les yeux à tour de bras. Il acheva de les réveiller en les interrogeant sur la visite qu'il avait reçue, mais ces messieurs déclarèrent qu'ils n'avaient rien vu.

Meiser fit un triste retour sur lui-même ; il remarqua que ses visions prenaient terriblement de consistance. Cette idée ne lui permit point de se rendormir.

« Si cela continue longtemps, pensait-il, l'esprit du colonel me cassera le nez d'un coup de poing ou me pochera les deux yeux ! »

Peu après, il se souvint qu'il avait très sommairement déjeuné et s'avisa que le cauchemar était peut-être engendré par la diète. Il descendit aux cinq minutes d'arrêt et demanda un bouillon. On

lui servit du vermicelle très chaud, et il souffla dans sa tasse comme un dauphin dans le Bosphore.

Un homme passa devant lui sans le heurter, sans lui rien dire, sans le voir. Et pourtant la tasse sauta
5 dans les mains du riche Nicolas Meiser, le vermicelle s'appliqua sur son gilet et sa chemise, où il forma un lacet élégant qui rappelait l'architecture de la porte Saint-Martin. Quelques fils jaunâtres, détachés de la masse, pendaient en stalactites aux
10 boutons de la redingote. Le vermicelle s'arrêta à la surface, mais le bouillon pénétra beaucoup plus loin. Il était chaud à faire plaisir ; un œuf qu'on y eût laissé dix minutes aurait été un œuf dur. Fatal bouillon, qui se répandit non seulement dans les
15 poches, mais dans les replis les plus secrets de l'homme lui-même ! La cloche du départ sonna, le garçon du buffet réclama douze sous, et Meiser remonta en voiture, précédé d'un plastron de vermicelle et suivi d'un petit filet de bouillon qui ruisselait
20 le long des mollets.

Tout cela, parce qu'il avait vu ou cru voir la terrible figure du colonel Fougas mangeant des sandwiches !

Oh ! que le voyage lui parut long ! Comme il lui tar-
25 dait de se voir chez lui, entre sa femme Catherine et sa servante Berbel, toutes les portes bien closes ! Les deux voisins riaient à ventre déboutonné ; on riait dans le compartiment de droite et le compartiment de gauche. A mesure qu'il arrachait le vermi-
30 celle, les petits yeux du bouillon se figeaient au grand air et semblaient rire silencieusement. Qu'il est dur pour un gros millionnaire d'amuser les gens qui n'ont pas le sou ! Il ne descendit plus jusqu'à Dantzig, il ne mit pas le nez à la portière,

il s'entretint seul à seul avec sa pipe de porcelaine.

Triste, triste voyage ! On arriva pourtant. Il était
huit heures du soir ; le vieux domestique attendait
avec des crochets pour emporter la malle du maître. 5
Plus de figures redoutables, plus de rires moqueurs.
L'histoire du bouillon était tombée dans l'oubli,
comme un discours de M. Keller. Déjà Meiser, dans
la salle des bagages, avait saisi par la poignée une
malle de veau noir, lorsqu'il vit à l'extrémité opposée 10
le spectre de Fougas qui tirait en sens inverse et
semblait résolu à lui disputer son bien. Il se roidit,
tira plus fort et plongea même sa main gauche dans
la poche où dormait le revolver. Mais le regard
lumineux du colonel le fascina, ses jambes ployèrent, 15
il tomba, et crut voir que Fougas et la malle de veau
noir tombaient aussi l'un sur l'autre. Lorsqu'il
revint à lui, son vieux domestique lui tapait dans les
mains, la malle était posée sur les crochets, et le
colonel avait disparu. Le domestique jura qu'il 20
n'avait vu personne et qu'il avait reçu la malle lui-
même des propres mains du facteur.

Vingt minutes plus tard, le millionnaire était dans
sa maison et se frottait joyeusement la face contre
les angles aigus de sa femme. Il n'osa lui conter ses 25
visions, car Mme Meiser était un esprit fort en son
genre. C'est elle qui lui parla de Fougas.

« Il m'est arrivé toute une histoire, lui dit-elle.
Croirais-tu que la police nous écrit de Berlin pour
demander si notre oncle nous a laissé une momie, 30
et à quelle époque, et combien de temps nous l'avons
gardée, et ce que nous en avons fait ? J'ai répondu
la vérité, ajoutant que ce colonel Fougas était en si
mauvais état et tellement détérioré par les mites, que

nous l'avions vendu comme un chiffon.   Qu'est-ce que
la police a donc à voir dans nos affaires ? »

Meiser poussa un profond soupir.

« Parlons argent, reprit la dame.   Le gouverneur
5 de la Banque est venu me voir.   Le million que tu
lui as demandé pour demain est prêt ; on le déli-
vrera sur ta signature.   Il paraît qu'ils ont eu beaucoup de peine à se procurer la somme en écus ; si
tu avais voulu du papier sur Vienne ou sur Paris,
10 tu les aurais mis à leur aise.   Mais enfin, ils ont fait
ce que tu as désiré.   Pas d'autres nouvelles, sinon
que Schmidt, le marchand, s'est tué.   Il avait une
échéance de dix mille thalers, et pas moitié de la
somme dans sa caisse.   Il est venu me demander de
15 l'argent ; j'ai offert dix mille thalers à vingt-cinq,
payables à quatre-vingt-dix jours, avec première
hypothèque sur les bâtiments.   L'imbécile a mieux
aimé se pendre dans sa boutique ; chacun son goût.

— S'est-il pendu bien haut ?
20   — Je n'en sais rien ; pourquoi ?

— Parce qu'on pourrait avoir un bout de corde à
bon marché, et nous en avons grand besoin, ma
pauvre Catherine !   Ce colonel Fougas me donne un
tracas !
25   — Encore tes idées !   Viens souper, mon chéri.

— Allons ! »

La Baucis anguleuse conduisit son Philémon dans
une belle et grande salle à manger où Berbel servit
un repas digne des dieux.   Potage aux boulettes de
30 pain anisé, boulettes de poisson à la sauce noire,
boulettes de mouton farci, boulettes de gibier, choucroute au lard entourée de pommes de terre frites,
lièvre rôti à la gelée de groseille, écrevisses en buisson, saumon de la Vistule, gelées, tartes aux fruits

et le reste. Six bouteilles de vin du Rhin, choisies
entre les meilleurs crus, attendaient sous leur capuchon d'argent une accolade du maître. Mais le
seigneur de tous ces biens n'avait ni faim ni soif. Il
mangeait du bout des dents et buvait du bout des 5
lèvres, dans l'attente d'un grand événement qui
d'ailleurs ne se fit guère attendre. Un coup de
marteau formidable ébranla bientôt la maison.

Nicolas Meiser tressaillit; sa femme entreprit de
le rassurer. « Ce n'est rien, lui disait-elle. Le gou- 10
verneur de la Banque m'a dit qu'il viendrait te parler. Il offre de nous payer la prime, si nous prenons
du papier au lieu des écus.

— Il s'agit bien d'argent! s'écria le bonhomme.
C'est *lui*, j'en suis sûr, qui vient nous visiter! » 15

Au même instant la servante se précipita dans la
chambre en criant: « Monsieur! . . . madame! . . .
c'est le Français des trois cercueils! »

Fougas salua et dit: « Bonnes gens, ne vous dé-
rangez pas, je vous en prie. Nous avons une petite 20
affaire à débattre ensemble et je m'apprête à vous
l'exposer en deux mots. Vous êtes pressés, moi aussi;
vous n'avez pas soupé, ni moi non plus! »

Mme Meiser, plus immobile et plus maigre qu'une
statue du treizième siècle, ouvrait une grande bouche 25
édentée. L'épouvante la paralysait. L'homme,
mieux préparé à la visite du fantôme, arma son
revolver sous la table et visa le colonel en criant:
Vade retro, Satanas! L'exorcisme et le pistolet
ratèrent en même temps. 30

Meiser ne se découragea point: il tira les six coups
l'un après l'autre sur le fantôme qui le regardait
faire. Rien ne partit.

« A quel drôle de jeu jouez-vous? dit le colonel en

se mettant à cheval sur une chaise. On n'a jamais reçu la visite d'un honnête homme avec ce cérémonial.»

Meiser jeta son revolver et se traîna comme une 5 bête jusqu'aux pieds de Fougas. Sa femme qui n'était pas plus rassurée le suivit. L'un et l'autre joignirent les mains, et le gros homme s'écria :

«Ombre! j'avoue mes torts, et je suis prêt à les réparer. Je suis coupable envers toi, j'ai transgressé 10 les ordres de mon oncle. Que veux-tu? Que commandes-tu? Un tombeau? Un riche monument? Des prières? Beaucoup de prières?

— Imbécile! dit Fougas en le repoussant du pied. Je ne suis pas une ombre, et je ne réclame que l'argent 15 que tu m'as volé!»

Meiser roulait encore, et déjà sa petite femme, debout, les poings sur la hanche, tenait tête au colonel Fougas.

«De l'argent, criait-elle. Mais nous ne vous en 20 devons pas! Avez-vous des titres? montrez-nous un peu notre signature! Où en serait-on, juste ciel! s'il fallait donner de l'argent à tous les aventuriers qui se présentent? Et d'abord, de quel droit vous êtes-vous introduit dans notre domicile, si vous n'êtes 25 pas une ombre? Ah! vous êtes un homme comme les autres! Ah! vous n'êtes pas un esprit! Eh bien! monsieur, il y a des juges à Berlin; il y en a même dans les provinces, et nous verrons bien si vous touchez à notre argent! Relève-toi donc, grand nigaud: 30 ce n'est qu'un homme! Et vous, le revenant, hors d'ici! décampez!»

Le colonel ne bougea non plus qu'un roc.

«Détestables, ces langues de femme!.... Asseyez-vous, la vieille, et éloignez vos mains de mes yeux:

ça pique. Toi, l'enflé, remonte sur ta chaise et écoute-moi. Il sera toujours temps de plaider, si nous n'arrivons pas à nous entendre. Mais le papier timbré me pue au nez : c'est pourquoi j'aime mieux traiter à l'amiable.»

M. et Mme Meiser se remirent de leur première émotion. Ils se défiaient des magistrats, comme tous ceux qui n'ont pas la conscience nette. Si le colonel était un pauvre homme qu'on pût éconduire moyennant quelques thalers, il valait mieux éviter le procès.

Fougas leur déduisit le cas avec une rondeur toute militaire. Il prouva l'évidence de son droit, raconta qu'il avait fait constater son identité à Fontaine-bleau, à Paris, à Berlin ; cita de mémoire deux ou trois passages du testament, et finit par déclarer que le gouvernement prussien, d'accord avec la France, appuierait au besoin ses justes réclamations.

«Tu comprends bien, ajouta-t-il en secouant Meiser par le bouton de son habit, que je ne suis pas un renard de la chicane. Si tu avais le poignet assez vigoureux pour manœuvrer un bon sabre, nous irions sur le terrain, bras dessus, bras dessous, et je te jouerais la somme en trois points, aussi vrai que tu sens le bouillon !

—Heureusement, monsieur, dit Meiser, mon âge me met à l'abri de toute brutalité. Vous ne voudriez pas fouler aux pieds le cadavre d'un vieillard !

—Vénérable canaille ! mais tu m'aurais tué comme un chien, si ton pistolet n'avait pas raté !

—Il n'était pas chargé, monsieur le colonel ! Il n'était . . . presque pas chargé ! Mais je suis un homme accommodant et nous pouvons très bien nous entendre. Je ne vous dois rien, et d'ailleurs il y a

prescription; mais enfin . . . combien demandez-vous?

—Voilà qui est parlé.   A mon tour !»

La complice du vieux coquin adoucit le timbre de
5 sa voix : figurez-vous une scie léchant un arbre avant
de le mordre.

«Écoute, mon Claus, écoute ce que va dire M. le
colonel Fougas. Tu vas voir comme il est raisonnable!
Ce n'est pas lui qui penserait à ruiner de pauvres gens
10 comme nous. Oh! non, il n'en est pas capable. C'est
un si noble cœur! Un homme si désintéressé! Un
digne officier du grand Napoléon. . . .

—Assez, la vieille! dit Fougas avec un geste énergique qui trancha ce discours par le milieu. J'ai fait
15 faire à Berlin le compte de ce qui m'est dû en capital
et intérêts.

—Des intérêts! cria Meiser. Mais en quels pays,
sous quelle latitude fait-on payer les intérêts de
l'argent?   Cela se voit peut-être dans le commerce,
20 mais entre amis! jamais, au grand jamais, mon bon
monsieur le colonel! Que dirait mon pauvre oncle,
qui nous voit du haut des cieux, s'il savait que vous
réclamez les intérêts de sa succession?

—Mais, tais-toi donc, Nickle! reprit la femme. M.
25 le colonel vient de te dire lui-même qu'il ne voulait
pas entendre parler des intérêts.

—Nom d'un canon rayé! vous tairez-vous, pies
borgnes? Je crève de faim, moi, et je n'ai pas
apporté mon bonnet de coton pour coucher ici! . . .
30 Voici l'affaire. Vous me devez beaucoup, mais la
somme n'est pas ronde, il y a des fractions et je suis
pour les affaires nettes. D'ailleurs, mes goûts sont
modestes. J'ai ce qu'il me faut pour ma femme et
pour moi; il ne s'agit plus que de pourvoir mon fils!

—Très bien ! cria Meiser. Je me charge de l'éducation du petit ! . . .

—Or, depuis une dizaine de jours que je suis redevenu citoyen du monde, il y a un mot que j'entends dire partout. A Paris comme à Berlin, on ne parle 5 plus que de millions ; il n'est plus question d'autre chose, et tous les hommes ont des millions plein la bouche. A force d'en entendre parler, j'ai eu la curiosité de savoir ce que c'est. Allez me chercher un million, et je vous donne quittance ! » 10

Si vous voulez vous faire une idée approximative des cris perçants qui lui répondirent, allez au Jardin des Plantes, à l'heure du déjeuner des oiseaux de proie, et essayez de leur arracher la viande du bec. Fougas se boucha les oreilles et demeura inébranlable. 15 Les prières, les raisonnements, les mensonges, les flatteries, les bassesses glissaient sur lui comme la pluie sur un toit de zinc. Mais à dix heures du soir, lorsqu'il jugea que tout accommodement était impossible, il prit son chapeau : 20

« Bonsoir, dit-il. Ce n'est plus un million qu'il me faut, mais deux millions et le reste. Nous plaiderons. Je vais souper. »

Il était déjà dans l'escalier, quand Mme Meiser dit à son mari : 25

« Rappelle-le et donne-lui son million !

—Es-tu folle ?

—N'aie pas peur.

—Je ne pourrai jamais !

—Ah ! que les hommes sont bêtes ! Monsieur ! 30 monsieur Fougas ! monsieur le colonel Fougas ! Remontez, je vous en prie ! nous consentons à tout ce que vous voulez !

—Tonnerre ! dit-il en rentrant, vous auriez bien dû

vous décider plus tôt.   Mais enfin, voyons la
monnaie ! »

Mme Meiser lui expliqua de sa voix la plus tendre
que les pauvres capitalistes comme eux n'avaient pas
5 un million dans leur caisse.

« Mais vous ne perdrez rien pour attendre, mon
doux monsieur !   Demain, vous toucherez la somme
en bel argent blanc : mon mari va vous signer un bon
sur la banque royale de Dantzig.

10   —Mais . . . » disait encore l'infortuné Meiser.   Il
signa cependant, car il avait une confiance sans
bornes dans le génie pratique de Catherine.   La
vieille pria Fougas de s'asseoir au bout de la table
et lui dicta une quittance de deux millions, pour
15 solde de tout compte.   Vous pouvez croire qu'elle
n'oublia pas un mot des formules légales et qu'elle se
mit en règle avec le code prussien.   La quittance,
écrite en entier de la main du colonel, remplissait
trois grandes pages.

20   Ouf !   Il signa et parapha la chose et reçut en
échange la signature de Nicolas, qu'il savait bonne.

« Décidément, dit-il au vieillard, tu n'es pas aussi
arabe qu'on me l'avait dit à Berlin.   Touche-là, vieux
fripon !   Je ne donne la main qu'aux honnêtes gens à
25 l'ordinaire ; mais dans un jour comme celui-ci, on
peut faire un petit extra.

—Faites-en deux, monsieur Fougas, dit humblement Mme Meiser.   Acceptez votre part de ce souper !

—Eh ! bien, la vieille, ça n'est pas de refus.   Mon
30 souper doit être froid à l'auberge de la *Cloche,* et vos
plats qui fument sur leurs réchauds m'ont déjà
donné plus d'une distraction.   D'ailleurs, voilà des
flûtes de verre jaunâtre sur lesquelles Fougas ne sera
pas fâché de jouer un air. »

La respectable Catherine fit ajouter un couvert et commanda à Berbel d'aller se mettre au lit. Le colonel plia en huit le million du père Meiser, l'enveloppa soigneusement dans un paquet de billets de banque et serra le tout dans ce petit carnet que sa 5 chère Clémentine lui avait envoyé. Onze heures sonnaient à la pendule.

A onze heures et demie, Fougas commença à voir le monde en rose. Il loua hautement le vin du Rhin et remercia les Meiser de leur hospitalité. A minuit, il 10 leur rendit son estime. A minuit un quart, il les embrassa. A minuit et demi, il fit l'éloge de l'illustre Jean Meiser, son bienfaiteur et son ami. Lorsqu'il apprit que Jean Meiser était mort dans cette maison, il versa un torrent de larmes. A une heure moins un 15 quart, il entra dans la voix des confidences, parla de son fils qu'il allait rendre heureux, de sa fiancée qui l'attendait. Vers une heure, il goûta d'un célèbre vin de Porto que Mme Meiser était allée chercher elle-même à la cave. A une heure et demie, sa langue 20 s'épaissit, ses yeux se voilèrent, il lutta quelque temps contre l'ivresse et le sommeil, annonça qu'il allait raconter la campagne de Russie, murmura le nom de l'Empereur, et glissa sous la table. . . .

Dix minutes plus tard, M. et Mme Meiser ballot- 25 taient quelque chose de lourd au-dessus du puits public. . . .

Un bruit sourd, le bruit d'un corps qui tombe à l'eau, termina la cérémonie, et les deux conjoints rentrèrent chez eux, avec la satisfaction qui suit tou- 30 jours un devoir accompli. . . .

Ils dormirent du sommeil de l'innocence. Ah! que leurs oreillers leur auraient semblé moins doux, si Fougas était rentré chez lui avec le million!

A dix heures du matin, comme ils prenaient leur café au lait avec des petits pains au beurre, le gouverneur de la Banque entra chez eux et leur dit :

« Je vous remercie d'avoir accepté une traite sur Paris au lieu du million en argent, et sans prime. Ce jeune Français que vous nous avez envoyé est un peu brusque, mais bien gai et bon enfant. »

XVIII

Le colonel cherche à se débarrasser d'un million
qui le gêne.

FOUGAS avait quitté Paris pour Berlin le lendemain
de son audience. Il mit trois jours à faire la route,
car il s'arrêta quelque temps à Nancy. Le maréchal
lui avait donné une lettre de recommandation pour
le préfet de la Meurthe, qui le reçut fort bien et 5
promit de l'aider dans ses recherches. Malheureusement, la maison où il avait aimé Clementine
Pichon n'existait plus. La municipalité l'avait
démolie vers 1827, en perçant une rue. Il est certain
que les édiles n'avaient pas abattu la famille avec la 10
maison, mais une nouvelle difficulté surgit tout à
coup : le nom de Pichon surabondait dans la ville,
dans la banlieue et dans le département. Entre cette
multitude de Pichon, Fougas ne savait à qui sauter
au cou. De guerre lasse et pressé de courir sur le 15
chemin de la fortune, il laissa une note au commissaire de police :

« Rechercher, sur les registres de l'État civil et
ailleurs, une jeune fille appelée Clémentine Pichon.
Elle avait dix-huit ans en 1813 ; ses parents tenaient 20
une pension pour les officiers. Si elle vit, trouver
son adresse ; si elle est morte, s'enquérir de ses
héritiers. Le bonheur d'un père en dépend ! »

En arrivant à Berlin, le colonel apprit que sa ré-

putation l'avait précédé. La note du ministre de la
guerre avait été transmise au gouvernement prussien
par la légation de France ; Léon Renault, dans sa
douleur, avait trouvé le temps d'écrire un mot au
5 docteur Hirtz ; les journaux commençaient à parler
et les sociétés savantes à s'émouvoir. Le Prince
Régent ne dédaigna pas d'interroger son médecin :
l'Allemagne est un pays bizarre où la science intéresse les princes eux-mêmes.

10   Fougas, qui avait lu la lettre du docteur Hirtz
annexée au testament de M. Meiser, pensa qu'il
devait quelques remercîments au bonhomme. Il lui
fit une visite et l'embrassa en l'appelant oracle
d'Épidaure. Le docteur s'empara de lui, fit prendre
15 ses bagages à l'hôtel, et lui donna la meilleure
chambre de sa maison. Jusqu'au 29 du mois, le
colonel fut choyé comme un ami et exhibé comme
un phénomène. Sept photographes se disputèrent
un homme si précieux : les villes de Grèce n'ont rien
20 fait de plus pour notre pauvre vieil Homère. S. A.
R. le Prince Régent voulut le voir en personne
naturelle, et pria M. Hirtz de l'amener au palais.
Fougas se fit un peu tirer l'oreille : il prétendait
qu'un soldat ne doit pas frayer avec l'ennemi, et se
25 croyait encore en 1813.

Le prince est un militaire distingué, qui a commandé en personne au fameux siège de Rastadt. Il
prit plaisir à la conversation de Fougas ; l'héroïque
naïveté de ce jeune grognard le ravit. Il lui fit de
30 grands compliments et lui dit que l'Empereur des
Français était bien heureux d'avoir autour de lui
des officiers de ce mérite.

« Il n'en a pas beaucoup, répliqua le colonel. Si
nous étions seulement quatre ou cinq cents de ma

trempe, il y a longtemps que votre Europe serait
dans le sac ! »

Cette réponse parut plus comique que menaçante,
et l'effectif de l'armée prussienne ne fut pas augmenté
ce jour-là.   5

Son Altesse Royale annonça directement à Fougas
que son indemnité avait été réglée à deux cent
cinquante mille francs, et qu'il pourrait toucher
cette somme au Trésor, dès qu'il le jugerait agréable.   10

« Monseigneur, répondit-il, il est toujours agréable
d'empocher l'argent de l'ennem. . . . de l'étranger.
Mais, tenez ! je ne suis pas un thuriféraire de Plutus :
rendez-moi le Rhin et Posen, et je vous laisse vos
deux cent cinquante mille francs.   15

— Y songez-vous ? dit le prince en riant. Le Rhin
et Posen !

— Le Rhin est à la France et Posen à la Pologne,
bien plus légitimement que cet argent n'est à moi.
Mais voilà mes grands seigneurs : ils se font un   20
devoir de payer les petites dettes et un point
d'honneur de nier les grandes ! »

Le prince fit la grimace, et tous les visages de la
cour se mirent à grimacer uniformément. On trouva
que M. Fougas avait fait preuve de mauvais goût en   25
laissant tomber une miette de vérité dans un gros
plat de bêtises. . . .

Le lendemain, il boucla une malle de veau noir
qu'il avait achetée à Paris, toucha son argent au
Trésor et se mit en route pour Dantzig.   Il dormit 30
en wagon, parce qu'il avait soupé la veille.   Un ronflement terrible l'éveilla.   Il chercha le ronfleur, ne
le trouva point autour de lui, ouvrit la porte du
compartiment voisin, car les wagons allemands sont

beaucoup plus commodes que les nôtres, et secoua un
gros monsieur qui paraissait cacher tout un jeu
d'orgues dans son corps. A l'une des stations, il but
une bouteille de vin de Marsala et mangea deux
5 douzaines de sandwiches, parce que le souper de la
veille lui avait creusé l'estomac. A Dantzig, il
arracha sa malle noire aux mains d'un énorme filou
qui s'apprêtait à la prendre.

Il se fit conduire au meilleur hôtel de la ville, y
10 commanda son souper, et courut à la maison de M.
et Mme Meiser. Ses amis de Berlin lui avaient donné
des renseignements sur cette charmante famille. Il
savait qu'il aurait affaire au plus riche et au plus
avare des fripons: c'est pourquoi il prit le ton
15 cavalier qui a pu sembler étrange à plus d'un lecteur,
dans le chapitre précédent.

Malheureusement, il s'humanisa un peu trop lorsqu'il eut son million en poche. La curiosité d'étudier
à fond les longues bouteilles jaunes faillit lui jouer
20 un mauvais tour. Sa raison s'égara, vers une heure
du matin, si j'en crois ce qu'il a raconté lui-même.
Il assure qu'après avoir dit adieu aux braves gens
qui l'avaient si bien traité, il se laissa tomber dans
un puits profond et large, dont la margelle, à peine
25 élevée au-dessus du niveau de la rue, mériterait
au moins un lampion. « Je m'éveillai (c'est toujours
lui qui parle) dans une eau très fraîche et d'un goût
excellent. Après avoir nagé une ou deux minutes,
en cherchant un point d'appui solide, je saisis une
30 grosse corde et je remontai sans effort à la surface
du sol qui n'était pas à plus de quarante pieds. Il ne
faut que des poignets et un peu de gymnastique, et
ce n'est nullement un tour de force. En sautant sur
le pavé, je me vis en présence d'une espèce de guet-

teur de nuit qui braillait les heures dans la rue et me
demanda insolemment ce que je faisais là.   Je le
rossai d'importance, et ce petit exercice me fit du
bien en rétablissant la circulation du sang.   Avant
de retourner à l'auberge, je m'arrêtai sous un réver- 5
bère, j'ouvris mon portefeuille, et je vis avec plaisir
que mon million n'était pas mouillé.   Le cuir était
épais et le fermoir solide; d'ailleurs, j'avais enveloppé
le bon de M. Meiser dans une demi-douzaine de billets
de cent francs, gras comme des moines.   Ce voisinage 10
l'avait préservé.»

Cette vérification faite, il rentra, se mit au lit et
dormit à poings fermés.   Le lendemain, en s'éveil-
lant, il reçut la note suivante, émanée de la police
de Nancy: 15

«Clémentine Pichon, dix-huit ans, fille mineure
d'Auguste Pichon, hôtelier, et de Léonie Francelot,
mariée en cette ville, le 11 janvier 1814, à Louis-
Antoine Langevin, sans profession désignée.

«Le nom de Langevin est aussi rare dans le dé- 20
partement que le nom de Pichon y est commun.   A
part l'honorable M. Victor Langevin, conseiller de
préfecture à Nancy, on ne connaît que le nommé
Langevin (Pierre), dit Pierrot, meunier dans la commune de Vergaville, canton de Dieuze.»   25

Fougas sauta jusqu'au plafond en criant:

«J'ai un fils!»

Il appela le maître d'hôtel et lui dit:

«Fais ma note et envoie mes bagages au chemin
de fer.   Prends mon billet pour Nancy; je ne m'ar- 30
rêterai pas en route.   Voici deux cents francs que je
te donne pour boire à la santé de mon fils!   Il
s'appelle Victor, comme moi!   Il est conseiller de
préfecture!   Je l'aimerais mieux soldat, n'importe!

Ah! fais-moi d'abord conduire à la Banque! Il faut que j'aille chercher un million qui est à lui!»

Comme il n'y a pas de service direct entre Dantzig et Nancy, il fut obligé de s'arrêter à Berlin. M. Hirtz, qu'il vit en passant, lui annonça que les sociétés savantes de la ville préparaient un immense banquet en son honneur; mais il refusa net.

«Ce n'est pas, dit-il, que je méprise une occasion de boire en bonne compagnie, mais la nature a parlé: sa voix m'attire! L'ivresse la plus douce à tous les cœurs bien nés est celle de l'amour paternel!»

Pour préparer son cher enfant à la joie d'un retour si peu attendu, il mit son million sous enveloppe à l'adresse de M. Victor Langevin, avec une longue lettre qui se terminait ainsi:

«La bénédiction d'un père est plus précieuse que tout l'or du monde!   Victor Fougas.»

La trahison de Clémentine Pichon froissa légère-ment son amour-propre; mais il en fut bientôt con-solé.

«Au moins, pensait-il, je ne serai pas forcé d'épou-ser une vieille femme, quand il y en a une jeune à Fontainebleau qui m'attend. Et puis mon fils a un nom et même un nom très présentable. Fougas est beaucoup mieux, mais Langevin n'est pas mal.»

Il débarqua le 2 septembre à dix heures du soir dans cette belle grande ville un peu triste, qui est le Versailles de la Lorraine. Son cœur battait à tout rompre. Pour se donner des forces, il dîna bien. Le maître de l'hôtel, interrogé au dessert, lui fournit les meilleurs renseignements sur M. Victor Langevin: un homme encore jeune, marié depuis six ans, père d'un garçon et d'une fille, estimé dans le pays et bien dans ses affaires.

« J'en étais sûr », dit Fougas.

Il se versa une rasade d'un certain kirsch de la Forêt Noire qui lui parut délicieux avec des macarons.

Ce soir-là, M. Langevin raconta à sa femme qu'en revenant du cercle, à dix heures, il avait été accosté brutalement par un ivrogne. Il le prit d'abord pour un malfaiteur et s'apprêta à se défendre ; mais l'homme se contenta de l'embrasser et s'enfuit à toutes jambes. Ce singulier accident jeta les deux époux dans une série de conjectures plus invraisemblables les unes que les autres.

Le lendemain matin, Fougas, chargé de bonbons comme un baudet de farine, se présenta chez M. Langevin. Pour se faire bien venir de ses deux petits-enfants, il avait écrémé la boutique du célèbre Lebègue, qui est le Boissier de Nancy. La servante qui lui ouvrit la porte demanda si c'était lui que monsieur attendait.

« Bon ! dit-il ; ma lettre est arrivée ?

—Oui, monsieur ; hier matin. Et vos malles ?

—Je les ai laissées à l'hôtel.

—Monsieur ne sera pas content. Votre chambre est prête là-haut.

—Merci ! merci ! merci ! Prends ce billet de cent francs pour la bonne nouvelle.

—Oh ! monsieur, il n'y avait pas de quoi !

—Mais où est-il ? Je veux le voir, l'embrasser, lui dire . . .

—Il s'habille, monsieur, et madame aussi.

—Et les enfants, mes chers petits-enfants ?

—Si vous voulez les voir, ils sont là dans la salle à manger.

—Si je le veux ! Ouvre bien vite ! »

Il trouva que le petit garçon lui ressemblait, et il

se réjouit de le voir en costume d'artilleur avec un sabre. Ses poches se vidèrent sur le parquet et les deux enfants, à la vue de tant de bonnes choses, lui sautèrent au cou.

5 «Oh philosophes! s'écria le colonel, oseriez-vous nier la voix de la nature?»

Une jolie petite dame (toutes les jeunes femmes sont jolies à Nancy) accourut aux cris joyeux de la marmaille.

10 «Ma belle-fille!» cria Fougas en lui tendant les bras.

La maîtresse du logis se recula prudemment et dit avec un fin sourire:

«Vous vous trompez, monsieur; je ne suis ni vôtre, 15 ni belle, ni fille; je suis Mme Langevin.»

Que je suis bête! pensa le colonel; j'allais raconter devant ces enfants nos secrets de famille. De la tenue, Fougas! Tu es dans un monde distingué, où l'ardeur des sentiments les plus doux se cache sous le 20 masque glacé de l'indifférence.

«Asseyez-vous, dit Mme Langevin; j'espère que vous avez fait bon voyage?

—Oui, madame. A cela près que la vapeur me paraissait trop lente!

25 —Je ne vous savais pas si pressé d'arriver.

—Vous ne comprenez pas que je brûlais d'être ici?

—Tant mieux; c'est une preuve que la raison et la famille se sont fait entendre à la fin.

—Est-ce ma faute, à moi, si la famille n'a pas parlé 30 plus tôt?

—L'important, c'est que vous l'ayez écoutée. Nous tâcherons que vous ne vous ennuyiez pas à Nancy.

—Et comment le pourrais-je, tant que je demeurerai au milieu de vous?

—Merci. Notre maison sera la vôtre. Mettez-vous dans l'esprit que vous êtes de la famille.

—Dans l'esprit et dans le cœur, madame.

—Et vous ne songerez plus à Paris ?

—Paris ! . . . je m'en moque comme de l'an qua- 5 rante !

—Je vous préviens qu'ici l'on ne se bat pas en duel.

—Comment ! vous savez déjà . . .

—Nous savons tout, et même l'histoire de ce fameux souper. . . .   10

—Comment donc avez-vous appris ? . . . Mais cette fois-là, écoutez, j'étais bien excusable. »

M. Langevin parut à son tour, rasé de frais et rubicond ; un joli type de sous-préfet en herbe.

C'est admirable, pensa Fougas, comme nous nous 15 conservons dans la famille ! On ne donnerait pas trente-cinq ans à ce gaillard-là, et il en a bel et bien quarante-six. Par exemple, il ne me ressemble pas du tout, il tient de sa mère !

« Mon ami, dit Mme Langevin, voici un mauvais 20 sujet qui promet d'être bien sage.

—Soyez le bienvenu, jeune homme ! » dit le conseiller, en serrant la main de Fougas.

Cet accueil parut froid à notre pauvre héros. Il rêvait une pluie de baisers et de larmes, et ses en- 25 fants se contentaient de lui serrer la main !

« Mon enf. . . . monsieur, dit-il à Langevin, il manque une personne à notre réunion. Quelques torts réciproques, et d'ailleurs prescrits par le temps, ne sauraient élever entre nous une barrière insur- 30 montable. Oserais-je vous demander la faveur d'être présenté à Mme votre mère ? »

M. Langevin et sa femme ouvraient de grands yeux étonnés.

« Comment, monsieur, dit le mari, il faut que la vie de Paris vous ait fait perdre la mémoire. Ma pauvre mère n'est plus ! Il y a déjà trois ans que nous l'avons perdue ! »

5 Le bon Fougas fondit en larmes.

« Pardon ! fit-il, je ne le savais pas. Pauvre femme !

—Je ne vous comprends pas ! Vous connaissiez ma mère ?

—Ingrat !

10 —Drôle de garçon ! . . . Mais vos parents ont reçu une lettre de part ?

—Quels parents ?

—Votre père et votre mère !

—Ah çà ! qu'est-ce que vous me chantez ? Ma mère 15 était morte avant que la vôtre ne fût de ce monde !

—Mme votre mère est morte ?

—Oui, en effet, en 89 !

—Comment ! Ce n'est pas Mme votre mère qui vous envoie ici ?

20 —Monstre ! c'est mon cœur de père qui m'y amène !

—Cœur de père ? . . Mais vous n'êtes donc pas le fils Jamin, qui a fait des folies dans la capitale et qu'on envoie à Nancy pour suivre les cours de l'École Forestière ? »

25 Le colonel emprunta la voix du Jupiter tonnant et répondit :

« Je suis Fougas !

—Eh bien ?

—Si la nature ne te dit rien en ma faveur, fils in-30 grat, interroge les mânes de ta mère !

—Ma foi ! monsieur, s'écria le conseiller, nous pourrions jouer longtemps aux propos interrompus. Asseyez-vous là, s'il vous plaît, et dites-moi votre affaire . . . Marie, emmène les enfants. »

Fougas ne se fit point prier. Il conta le roman de sa vie sans rien omettre. Le conseiller l'écouta patiemment, en homme désintéressé dans la question.

« Monsieur, dit-il enfin, je vous ai pris d'abord pour un insensé ; maintenant, je me rappelle que les journaux ont donné quelques bribes de votre histoire, et je vois que vous êtes victime d'une erreur. Je n'ai pas quarante-six ans, mais trente-quatre. Ma mère ne s'appelle pas Clémentine Pichon, mais Marie Kerval. Elle n'est pas née à Nancy, mais à Vannes, et elle était âgée de sept ans en 1813. J'ai bien l'honneur de vous saluer.

— Ah ! tu n'es pas mon fils ! reprit Fougas en colère. Eh bien ! tant pis pour toi ! n'a pas qui veut un père du nom de Fougas ! Et des fils du nom de Langevin, on n'a qu'à se baisser pour en prendre. Je sais où en trouver un, qui n'est pas conseiller de préfecture, c'est vrai, qui ne met pas un habit brodé pour aller à la messe, mais qui a le cœur honnête et simple, et qui se nomme Pierre, tout comme moi ! Mais pardon ! lorsqu'on met les gens à la porte, on doit au moins leur rendre ce qui leur appartient.

— Je ne vous empêche pas de ramasser les bonbons que mes enfants ont semés à terre.

— C'est bien de bonbons qu'il s'agit ! Mon million, monsieur !

— Quel million ?

— Le million de votre frère ! . . . Non ! de celui qui n'est pas votre frère, du fils de Clémentine, de mon cher et unique enfant, seul rejeton de ma race, Pierre Langevin, dit Pierrot, meunier à Vergaville !

— Mais je vous jure, monsieur, que je n'ai pas de million à vous, ni à personne.

M

— Ose le nier, scélérat ! quand je te l'ai moi-même envoyé par la poste !

— Vous me l'avez peut-être envoyé, mais pour sûr je ne l'ai pas reçu !

5 — Eh bien ! défends ta vie ! »

Il lui sauta à la gorge, et peut-être la France eût-elle perdu ce jour-là un conseiller de préfecture, si la servante n'était entrée avec deux lettres à la main. Fougas reconnut son écriture et le timbre
10 de Berlin, déchira l'enveloppe et montra le bon sur la Banque.

« Voilà, dit-il, le million que je vous destinais si vous aviez voulu être mon fils ! Maintenant, il est trop tard pour vous rétracter. La nature m'appelle
15 à Vergaville. Serviteur ».

Le 4 septembre, Pierre Langevin, meunier de Vergaville, mariait Cadet Langevin, son second fils. La famille du meunier était nombreuse, honnête et passablement aisée. Il y avait d'abord le grand-père,
20 un beau vieillard solide, qui faisait ses quatre repas et traitait ses petites indispositions par le vin de Bar ou de Thiaucourt. La grand'mère Catherine avait été jolie dans les temps, mais elle était complètement sourde. M. Pierre Langevin, dit Pierrot, dit Gros-
25 Pierre, après avoir cherché fortune en Amérique (c'est un usage assez répandu dans le pays), était rentré au village comme un petit saint Jean, et Dieu sait les gorges chaudes qu'on fit de sa mésaventure ! Les Lorrains sont gouailleurs au premier degré ; si vous
30 n'entendez pas plaisanterie, je ne vous conseillerai jamais de voyager dans leurs environs. Gros-Pierre, piqué au vif, et quasi furieux d'avoir mangé sa légitime, emprunta de l'argent à dix, acheta le moulin de Vergaville, travailla comme un cheval de labour

dans les terres fortes, et remboursa capital et
intérêts. La fortune qui lui devait quelques dé-
dommagements lui fournit *gratis pro Deo* une
demi-douzaine d'ouvriers superbes : six gros garçons.
Seulement, sa femme mourut après le sixième. 5
Gros-Pierre ne se remaria point, et il arrondit son
bien tout doucement. Mais comme les plaisanteries
durent longtemps au village, les camarades du
meunier lui parlaient encore de ces fameux millions
qu'il n'avait pas rapportés d'Amérique, et Gros- 10
Pierre se fâchait tout rouge sous sa farine, ainsi
qu'aux premiers jours.

Le 4 septembre donc, il mariait son cadet à une
bonne grosse mère d'Altroff qui avait les joues
fermes et violettes : c'est un genre de beauté qu'on 15
goûte assez dans le pays. La noce se faisait au moulin, vu que la mariée était orpheline de père et de
mère et qu'elle sortait de chez les religieuses de
Molsheim.

On vint dire à Pierre Langevin qu'un monsieur 20
décoré avait quelque chose à lui dire, et Fougas
parut dans sa splendeur. « Mon bon monsieur, dit le
meunier, je ne suis guère en train de parler d'affaires,
parce que nous avons bu un coup de vin blanc avant
la messe ; mais nous allons en boire pas mal de rouge 25
à dîner, et si le cœur vous en dit, ne vous gênez pas !
La table est longue. Nous causerons après. Vous ne
dites pas non ? Alors, c'est oui.

— Pour le coup, pensa Fougas, je ne me trompe
pas. C'est bien la voix de la nature ! J'aurais mieux 30
aimé un militaire, mais ce brave agriculteur tout
rond suffit à mon cœur. Je ne lui devrai point les
satisfactions de l'orgueil ; mais n'importe ! J'ai son
amitié. »

Le dîner était servi, et la table plus chargée de viandes que l'estomac de Gargantua. Gros-Pierre, aussi glorieux de sa grande famille que de sa petite fortune, fit assister le colonel au dénombrement de
5 ses fils. Et Fougas se réjouit d'apprendre qu'il avait six petits-enfants bien venus.

On le mit à la droite d'une petite vieille rabougrie, qui lui fut présentée comme la grand'mère de ces gaillards-là. Ah! que Clémentine lui parut chan-
10 gée!... Excepté les yeux, qui restaient vifs et brillants, il n'y avait plus rien de reconnaissable en elle.

« Voilà, pensa Fougas, comme je serais aujourd'hui, si le brave Jean Meiser ne m'avait pas desséché! »

On dîne bruyamment aux noces de village. C'est
15 un abus que la civilisation ne réformera jamais, je l'espère bien. A la faveur du bruit, le colonel causa ou crut causer avec sa voisine. « Clémentine! » lui dit-il. Elle leva les yeux et même le nez et répondit:
—« Oui, monsieur.
20 — Mon cœur ne m'a donc pas trompé? vous êtes bien ma Clémentine!
— Oui, monsieur.
— Et tu m'as reconnu, brave et excellente femme!
— Oui, monsieur.
25 — Mais comment as-tu si bien caché ton émotion?... Que les femmes sont fortes!... Je tombe du ciel au milieu de ton existence paisible, et tu me vois sans sourciller!
— Oui, monsieur.
30 — M'as-tu pardonné un crime apparent dont le destin seul fut coupable?
— Oui, monsieur.
— Merci! oh! merci!... Quelle admirable famille autour de toi! Ce bon Pierre qui m'a presque ouvert

les bras en me voyant paraître, c'est mon fils, n'est-il
pas vrai?

— Oui, monsieur.

— Réjouis-toi : il sera riche ! Il a déjà le bonheur ;
je lui apporte la fortune.   Un million sera son
partage.   Quelle ivresse, ô Clémentine! dans cette
naïve assemblée, lorsque j'élèverai la voix pour dire à
mon fils : « Tiens ! ce million est à toi ! » Le moment
est-il venu ? Faut-il tout dire ?

— Oui, monsieur. »

Fougas se leva donc et réclama le silence.   On sup-
posa qu'il allait chanter une chanson, et l'on se tut.

« Pierre Langevin, dit-il avec emphase, je reviens
de l'autre monde et je t'apporte un million.»

Si Gros-Pierre ne voulut point se fâcher, du moins
il rougit et la plaisanterie lui sembla de mauvais
goût.   Mais quand Fougas annonça qu'il avait été le
mari de la grand-maman dans sa jeunesse, le vieux
père Langevin n'hésita point à lui lancer une bouteille
à la tête.   Le fils du colonel, ses magnifiques petits-fils,
et jusqu'à la mariée, se levèrent en grand courroux,
et ce fut une belle bataille.

Pour la première fois de sa vie, Fougas ne fut
point le plus fort.   Il craignait d'éborgner quelqu'un
de sa famille.   Le sentiment paternel lui ôta les trois
quarts de ses moyens.

Mais ayant appris dans la bagarre que Clémentine
s'appelait Catherine, et que Pierre Langevin était
né en 1810, il reprit l'avantage, pocha trois yeux,
cassa un bras, déforma deux nez, enfonça quatre
douzaines de dents, et regagna sa voiture avec tous
les honneurs de la guerre.

« Qu'on ne me parle plus d'enfants ! disait-il en
courant la poste vers la station d'Avricourt.   Si
j'ai un fils, qu'il me trouve ! »

XIX

Il demande et accorde la main de Clémentine.

Le 5 septembre, à dix heures du matin, Léon Renault, maigre, défait et presque méconnaissable, était aux pieds de Clémentine Sambucco, dans le salon de sa tante. Il y avait des fleurs sur la cheminée, des fleurs dans toutes les jardinières. Deux grands coquins de rayons de soleil entraient par les fenêtres ouvertes. Un million de petits atomes bleuâtres jouaient dans la lumière et se croisaient, s'accrochaient au gré de la fantaisie, comme les idées dans un volume de M. Alfred Houssaye. Dans le jardin, les pommes tombaient, les pêches étaient mûres, les frelons creusaient des trous larges et profonds dans les poires de duchesse; les bignonias et les clématites fleurissaient; enfin une grande corbeille d'héliotropes, étalée sous la fenêtre de gauche, était dans tout son beau. Le soleil appliquait à toutes les grappes de la treille une couche d'or bruni; le grand yucca de la pelouse, agité par le vent comme un chapeau chinois, entre-choquait sans bruit ses clochettes argentées. Mais le fils de M. Renault était plus pâle et plus flétri que les rameaux des lilas, plus abattu que les feuilles du vieux cerisier; son cœur était sans joie et sans espérance, comme les groseilliers sans feuilles et sans fruits!

182

S'être exilé de la terre natale, avoir vécu trois ans
sous un climat inhospitalier, avoir passé tant de jours
dans les mines profondes, tant de nuits sur un poêle
de faïence avec beaucoup de punaises et passablement de mougiks, et se voir préférer un colonel de 5
vingt-cinq louis qu'on a ressuscité soi-même en le
faisant tremper dans l'eau ! . . .

« Clémentine ! disait-il, je suis le plus malheureux
des hommes. En me refusant cette main que vous
m'aviez promise, vous me condamnez à un supplice 10
cent fois pire que la mort. Hélas ! que voulez-vous
que je devienne sans vous ? Il faudra que je vive
seul, car je vous aime trop pour en épouser une
autre. Depuis tantôt quatre ans, toutes mes affections, toutes mes pensées sont concentrées sur vous ; 15
je me suis accoutumé à regarder les autres femmes
comme des êtres inférieurs, indignes d'attirer le
regard d'un homme ! Je ne vous parle pas des efforts
que j'ai faits pour vous mériter ; ils portaient leur
récompense en eux-mêmes, et j'étais déjà trop heu- 20
reux de travailler et de souffrir pour vous. Mais
voyez la misère où votre abandon m'a laissé ! Un
matelot jeté sur une île déserte est moins à plaindre
que moi. Il faudra que je demeure auprès de vous,
que j'assiste au bonheur d'un autre, que je vous voie 25
passer sous mes fenêtres au bras de mon rival ! Ah !
la mort serait plus supportable que ce supplice de
tous les jours. Mais je n'ai pas même le droit de
mourir ! Mes pauvres vieux parents ont bien assez
de peines. Que serait-ce, si je les condamnais à 30
porter le deuil de leur fils ? »

Cette plainte ponctuée de soupirs et de larmes
déchirait le cœur de Clémentine. La pauvre enfant
pleurait aussi, car elle aimait Léon de toute son

âme, mais elle s'était interdit de le lui dire. Plus
d'une fois, en le voyant à demi pâmé devant elle,
elle fut tentée de lui jeter les bras autour du cou,
mais le souvenir de Fougas paralysait tous les
5 mouvements de sa tendresse.

« Mon pauvre ami, lui disait-elle, vous me jugez
bien mal, si vous me croyez insensible à vos maux. Je
vous connais, Léon, et cela depuis mon enfance. Je
sais tout ce qu'il y a en vous de loyauté, de délica-
10 tesse, de nobles et de précieuses vertus. Depuis le
temps où vous me portiez dans vos bras vers les
pauvres, où vous me mettiez un sou dans la main pour
m'apprendre à faire l'aumône, je n'ai jamais entendu
parler de bienfaisance sans penser aussitôt à vous.
15 Lorsque vous avez battu un garçon deux fois plus
grand que vous, qui m'avait pris ma poupée, j'ai
senti que le courage était beau, et qu'une femme
était heureuse de pouvoir s'appuyer sur un homme
de cœur. Tout ce que je vous ai vu faire depuis ce
20 temps-là n'a pu que redoubler mon estime et ma
sympathie. Croyez que ce n'est ni par méchanceté
ni par ingratitude que je vous fais souffrir aujour-
d'hui. Hélas! je ne m'appartiens plus, je suis do-
minée; je ressemble à ces automates qui se meuvent
25 sans savoir pourquoi. Oui, je sens en moi comme
un ressort plus puissant que ma liberté, et c'est la
volonté d'autrui qui me mène!

—Si du moins j'étais sûr que vous serez heureuse!
Mais non! Cet homme à qui vous m'immolez ne
30 sentira jamais le prix d'une âme aussi délicate
que la vôtre! C'est un brutal, un soudard, un
ivrogne . . .

—Je vous en prie, Léon! Souvenez-vous qu'il a
droit à tout mon respect!

—Du respect, à lui! Et pourquoi? Je vous demande, au nom du ciel, ce que vous voyez de respectable dans la personne du sieur Fougas? Son âge?
Il est plus jeune que moi. Ses talents? Il ne les a
montrés qu'à table. Son éducation? Elle est jolie! 5
Ses vertus? Je sais ce qu'il faut penser de sa délicatesse et de sa reconnaissance!

—Je le respecte, Léon, depuis que je l'ai vu dans
son cercueil. C'est un sentiment plus fort que tout;
je ne l'explique pas, je le subis.   10

—Eh bien! respectez-le tant que vous voudrez!
Cédez à la superstition qui vous entraîne. Voyez en
lui un être miraculeux, sacré, échappé aux griffes de
la mort pour accomplir quelque chose de grand sur
la terre! Mais cela même, ô ma chère Clémentine, 15
est une barrière entre vous et lui. Si Fougas est en
dehors des conditions de l'humanité, si c'est un
phénomène, un être à part, un héros, un demi-dieu,
un fétiche, vous ne pouvez pas songer sérieusement
à devenir sa femme. Moi, je ne suis qu'un homme 20
pareil à tous les autres, né pour travailler, pour
souffrir et pour aimer. Je vous aime! Aimez-moi!

—Polisson!» dit Fougas en ouvrant la porte.

Clémentine poussa un cri, Léon se releva vivement,
mais déjà le colonel l'avait saisi par le fond de son 25
vêtement de nankin. L'ingénieur fut enlevé, balancé
comme un atome dans un des deux rayons de soleil,
et projeté au beau milieu des héliotropes, avant
même qu'il eût pensé à répondre un seul mot. Pauvre
Léon! Pauvres héliotropes!   30

En moins d'une seconde, le jeune homme fut sur
pied. Il épousseta la terre qui souillait ses genoux
et ses coudes, s'approcha de la fenêtre et dit d'une
voix douce mais résolue « Monsieur le colonel, je

regrette sincèrement de vous avoir ressuscité, mais
la sottise que j'ai faite n'est peut-être pas irréparable.
A bientôt ! Quant à vous, mademoiselle, je vous
aime ! »

5 Le colonel haussa les épaules et se mit aux genoux
de la jeune fille sur le coussin qui gardait encore l'empreinte de Léon. Mlle Virginie Sambucco, attirée par
le bruit, descendit comme une avalanche et entendit
le discours suivant :

10 « Idole d'un grand cœur ! Fougas revient à toi
comme l'aigle à son aire. J'ai longtemps parcouru le
monde à la poursuite d'un rang, d'un or et d'une
famille que je brûlais de mettre à tes pieds. La Fortune m'a obéi en esclave : elle sait à quelle école j'ai
15 appris l'art de la maîtriser. J'ai traversé Paris et
l'Allemagne, comme un météore victorieux que son
étoile conduit. On m'a vu de toutes parts traiter
d'égal à égal avec les puissances et faire retentir la
trompette de la vérité sous les lambris des rois. J'ai
20 mis pied sur gorge à l'avide cupidité et je lui ai
repris, du moins en partie, les trésors qu'elle avait
dérobés à l'honneur trop confiant. Un seul bien
m'est refusé : ce fils que j'espérais revoir échappe
aux yeux de lynx de l'amour paternel. Je n'ai pas
25 retrouvé non plus l'antique objet de mes premières
tendresses, mais qu'importe ? Rien ne me manquera,
si tu me tiens lieu de tout. Qu'attendons-nous encore ? Es-tu sourde à la voix du bonheur qui
t'appelle ? Transportons-nous dans l'asile des lois ;
30 tu me suivras ensuite aux pieds des autels ; un
prêtre consacrera nos nœuds, et nous traverserons
la vie, appuyés l'un sur l'autre, moi semblable au
chêne qui soutient la faiblesse, toi pareille au lierre
élégant qui orne l'emblème de la vigueur ! »

Clémentine resta quelque temps sans répondre, et comme étourdie par la rhétorique bruyante du colonel : « Monsieur Fougas, lui dit-elle, je vous ai toujours obéi, je promets encore de vous obéir toute ma vie. Si vous ne voulez pas que j'épouse le pauvre 5 Léon, je renoncerai à lui. Je l'aime bien pourtant, et un seul mot de lui jette plus de trouble dans mon cœur que toutes les belles choses que vous m'avez dites.

—Bien ! très bien ! s'écria la tante. Quant à moi, 10 monsieur, quoique vous ne m'ayez pas fait l'honneur de me consulter, je vous dirai ce que je pense. Ma nièce n'est pas du tout la femme qui vous convient. Fussiez-vous plus riche que M. de Rothschild et plus illustre que le duc de Malakoff, je ne conseillerais pas 15 à Clémentine de se marier avec vous.

—Et pourquoi donc, chaste Minerve ?

—Parce que vous l'aimeriez quinze jours, et au premier coup de canon vous vous sauveriez à la guerre ! Vous l'abandonneriez, monsieur, comme 20 cette infortunée Clémentine dont on nous a conté les malheurs !

—Ma foi ! la tante, je vous conseille de la plaindre ! Trois mois après Leipzig, elle épousait un nommé Langevin, à Nancy.   25

—Vous dites ?

—Je dis qu'elle épousait un intendant militaire appelé Langevin.

—A Nancy ?

—A Nancy même.   30

—C'est bizarre !

—C'est indigne !

—Mais cette femme . . . son nom ?

—Je vous l'ai dit cent fois : Clémentine !

—Clémentine qui ?

—Clémentine Pichon.

—Ah! qu'entends-je?   . mes clefs! où sont mes clefs? J'étais bien sûre de les avoir mises dans ma
5 poche! Clémentine Pichon! M. Langevin! . . . C'est impossible! Ma raison s'égare! Eh! mon enfant, remue-toi donc! Il s'agit du bonheur de toute ma vie! Où as-tu fourré mes clefs! Ah! les voici!»

Fougas se pencha à l'oreille de Clémentine et lui
10 dit:

«Est-elle sujette à ces accidents-là? On dirait que la pauvre demoiselle a perdu la tête!»

Mais Virginie Sambucco avait déjà ouvert un petit secrétaire en bois de rose. D'un regard infaillible,
15 elle découvrit dans une liasse de papiers une feuille jaunie par le temps.

«C'est bien cela! dit-elle avec un cri de joie. Marie Clémentine Pichon, fille légitime d'Auguste Pichon, hôtelier, rue des Merlettes, en cette ville de
20 Nancy; mariée le 10 juin 1814 à Joseph Langevin, sous-intendant militaire. Est-ce bien elle, monsieur? Osez dire que ce n'est pas elle!

—Ah! çà, mais par quel hasard avez-vous mes papiers de famille?

25 —Pauvre Clémentine! Et vous l'accusez de trahison! Vous ne comprenez donc pas que vous aviez été porté pour mort! qu'elle se croyait veuve! que . . .

—C'est bon! c'est bon! Je lui pardonne. Où est-
30 elle? Je veux la voir, l'embrasser, lui dire . . .

—Elle est morte, monsieur! morte après trois mois de mariage.

—Ah! bah!

—En laissant une fille . . .

—Qui est ma fille ! J'aurais mieux aimé un garçon, mais n'importe ! Où est-elle ? Je veux la voir, l'embrasser, lui dire . . .

—Elle n'est plus, hélas ! Mais je vous conduirai sur sa tombe.

—Mais comment la connaissiez-vous ?

—Parce qu'elle avait épousé mon frère !

—Sans mon consentement ? N'importe ! A-t-elle au moins laissé des enfants ?

—Un seul.

—Un fils ! Il est mon petit-fils !

—Une fille.

—N'importe ! Elle est ma petite-fille ! J'aurais mieux aimé un garçon, mais où est-elle ? Je veux la voir, l'embrasser, lui dire . . .

—Embrassez-la, monsieur. Elle s'appelle Clémentine, comme sa grand'mère, et la voici !

—Elle ! Voilà donc le secret de cette ressemblance ! Mais alors, je ne peux pas l'épouser ! N'importe ! Clémentine ! dans mes bras ! Embrasse ton grand-père. »

La pauvre enfant n'avait rien pu comprendre à cette rapide conversation où les événements tombaient comme des tuiles sur la tête du colonel. On lui avait toujours parlé de M. Langevin comme de son grand-père maternel, et maintenant on semblait dire que sa mère était la fille de Fougas. Mais elle sentit aux premiers mots qu'elle ne pouvait plus épouser le colonel et qu'elle serait bientôt mariée à Léon Renault. Ce fut donc par un mouvement de joie et de reconnaissance qu'elle se précipita dans les bras du jeune vieillard.

« Ah ! monsieur, lui dit-elle, je vous ai toujours aimé et respecté comme un aïeul !

— Et moi, ma pauvre enfant, je me suis toujours
conduit comme une vieille bête! Tous les hommes
sont des brutes et toutes les femmes sont des anges.
Tu as deviné, avec l'instinct délicat de ton sexe, que
5 tu me devais le respect, et moi, sot que je suis! je
n'ai rien deviné du tout! Eh bien! sans la vénérable
tante que voilà, j'aurais fait de belle besogne!

—Non, dit la tante. Vous auriez découvert la
vérité en parcourant nos papiers de famille.

10 — Est-ce que je les aurais seulement regardés? Dire
que je cherchais mes héritiers dans le département de
la Meurthe quand j'avais laissé ma famille à Fontainebleau! Imbécile, va! Mais n'importe, Clémentine! Tu seras riche, tu épouseras celui que tu aimes!
15 Où est-il, ce brave garçon? Je veux le voir,
l'embrasser, lui dire. . . .

— Hélas! monsieur, vous l'avez jeté par la fenêtre.

— Moi? . . . Tiens! c'est vrai. Je ne m'en souvenais plus. Heureusement il ne s'est pas fait de mal
20 et je cours de ce pas réparer ma sottise. Vous vous
marierez quand vous voudrez; les deux noces se
feront ensemble. . . . Mais au fait, non! Qu'est-ce que
je dis? Je ne me marie plus! A bientôt, mon enfant,
ma chère petite-fille. Mademoiselle Sambucco, vous
25 êtes une brave tante! embrassez-moi!»

Il courut à la maison de M. Renault, et Gothon qui
le voyait venir descendit pour lui barrer le passage.

«N'êtes-vous pas honteux, lui dit-elle, de vous
comporter ainsi avec ceux qui vous ont rendu la vie?
30 Ah! si c'était à refaire! on ne mettrait plus la maison
sens dessus dessous pour vos beaux yeux! Madame
pleure, monsieur s'arrache les cheveux, M. Léon vient
d'envoyer deux officiers à votre recherche. Qu'est-ce
que vous avez encore fait depuis ce matin?»

Fougas la fit pirouetter sur elle-même et se trouva face à face avec l'ingénieur. Léon avait entendu le bruit d'une querelle ; en voyant le colonel animé, l'œil en feu, il prévit quelque brutale agression et n'attendit pas le premier coup. Une lutte corps à 5 corps s'engagea dans l'allée, au milieu des cris de Gothon, de M. Renault et de la pauvre dame, qui criait à l'assassin ! Léon se débattait, frappait et lançait de temps à autre un vigoureux coup de poing dans le torse de son ennemi. Il succomba 10 pourtant ; le colonel finit par le renverser sur le sol et le *tomber* parfaitement, comme on dit à Toulouse. Alors il l'embrassa sur les deux joues et lui dit :

« Ah ! scélérat d'enfant ! je te forcerai bien de m'écouter ! Je suis le grand-père de Clémentine, et 15 je te la donne en mariage, et tu l'épouseras demain, si tu veux ! Entends-tu ? Relève-toi maintenant, et ne me donne plus de coups de poing dans l'estomac. Ce serait presque un parricide ! »

Mlle Sambucco et Clémentine arrivèrent au milieu 20 de la stupéfaction générale. Elles complétèrent le récit de Fougas, qui s'embrouillait dans la généalogie. Les témoins de Léon parurent à leur tour. Ils n'avaient pas trouvé l'ennemi à l'hôtel où il était descendu, et s'apprêtaient à rendre compte de leur 25 ambassade. On leur fit voir un tableau de bonheur parfait et Léon les pria d'assister à la noce.

« Amis, leur dit Fougas, vous verrez la nature désabusée bénir les chaînes de l'amour. »

XX

Un coup de foudre dans un ciel pur.

« MLLE Virginie Sambucco a l'honneur de vous faire part du mariage de Mlle Clémentine Sambucco, sa nièce, avec M. Léon Renault, ingénieur civil.

5 « M. et Mme Renault ont l'honneur de vous faire part du mariage de M. Léon Renault, leur fils, avec Mlle Clémentine Sambucco ;

« Et vous prient d'assister à la bénédiction nuptiale qui leur sera donnée le 16 septembre 1859, en 10 l'église de Saint-Maxence, leur paroisse, à onze heures précises. »

Fougas voulait absolument que son nom figurât sur les lettres de part. On eut toutes les peines du monde à le guérir de cette fantaisie. Mme Renault 15 le sermonna deux grandes heures. Elle lui dit qu'aux yeux de la société, comme aux yeux de la loi, Clémentine était la petite-fille de M. Langevin ; que d'ailleurs M. Langevin s'était conduit très honorablement lorsqu'il avait adopté, en se mariant, 20 une fille qui n'était pas la sienne ; enfin que la publication d'un tel secret de famille serait comme un scandale d'outre-tombe et flétrirait la mémoire de la pauvre Clémentine Pichon.

Le colonel répondait avec la chaleur d'un jeune 25 homme et l'obstination d'un vieillard ; mais, s'il ne

192

céda point aux raisons de Mme Renault, il se laissa vaincre aux prières de Clémentine. La jeune créole le câlinait avec une grâce irrésistible.

« Mon bon grand-père par-ci, mon joli petit grand-père par-là ; mon vieux baby de grand-père, nous vous remettrons au collège si vous n'êtes pas raisonnable ! »

Elle s'asseyait familièrement sur les genoux de Fougas et lui donnait de petites tapes d'amitié sur les joues. Le colonel faisait la grosse voix, et puis son cœur se fondait de tendresse, et il se mettait à pleurer comme un enfant.

Ces familiarités n'ajoutaient rien au bonheur de Léon Renault ; je crois même qu'elles tempéraient un peu sa joie. Assurément, il ne doutait ni de l'amour de sa fiancée ni de la loyauté de Fougas. Il était forcé de convenir qu'entre un grand-père et sa petite-fille, l'intimité est de droit naturel, et ne peut offenser personne. Mais la situation était si nouvelle et si peu ordinaire qu'il lui fallut un peu de temps pour classer ses sentiments et oublier ses chagrins. Ce grand-père, qu'il avait payé cinq cents francs, à qui il avait cassé l'oreille, pour qui il avait acheté un terrain au cimetière de Fontainebleau ; cet ancêtre, plus jeune que lui, qu'il avait vu ivre, qu'il avait trouvé plaisant, puis dangereux, puis insupportable ; ce chef vénérable de la famille, qui avait commencé par demander la main de Clémentine et fini par jeter dans les héliotropes son futur petit-fils, ne pouvait obtenir d'emblée un respect sans mélange et une amitié sans restriction.

M. et Mme Renault prêchaient à leur fils la soumission et la déférence. Ils lui représentaient M. Fougas comme un parent à ménager.

N

« Quelques jours de patience ! disait la bonne mère, il ne restera pas longtemps avec nous ; c'est un soldat qui ne saurait vivre hors de l'armée, non plus qu'un poisson hors de l'eau. »

5 Mais les parents de Léon, dans le fond de leur âme, gardaient le souvenir amer de tant de chagrins et d'angoisses. Fougas avait été le fléau de la famille ; les blessures qu'il avait faites ne pouvaient se cicatriser en un jour. Gothon elle-même lui gardait rancune sans le dire. Elle poussait de gros soupirs chez Mlle Sambucco, en travaillant au festin des noces.

« Ah ! mon pauvre Célestin, disait-elle à son acolyte, quel petit scélérat de grand-père nous aurons là ! »

15 Le seul qui fût parfaitement à son aise était Fougas. Il avait passé l'éponge sur ses fredaines, lui : il ne gardait aucune rancune à personne de tout le mal qu'il avait fait. Très paternel avec Clémentine, très gracieux avec M. et Mme Renault, il témoignait à Léon l'amitié la plus franche et la plus cordiale.

« Mon cher garçon, lui disait-il, je t'ai étudié, je te connais, je t'aime bien ; tu mérites d'être heureux, tu le seras. Tu verras bientôt qu'en m'achetant pour vingt-cinq napoléons tu n'as pas fait une mauvaise affaire. Si la reconnaissance était bannie de l'univers, elle trouverait un dernier refuge dans le cœur de Fougas. »

Trois jours avant le mariage, maître Bonnivet apprit à la famille que le colonel était venu dans son cabinet pour demander communication du contrat. Il avait à peine jeté les yeux sur le cahier de papier timbré, et crac ! en morceaux dans la cheminée.

« M. le croque-notes, avait-il dit, faites-moi le plaisir de recommencer votre chef-d'œuvre. La petite

fille de Fougas ne se marie pas avec huit mille francs
de rente. La nature et l'amitié lui donnent un million,
que voici !

Là-dessus, il tire de sa poche un bon d'un million
sur la Banque, traverse fièrement l'étude en faisant
craquer ses bottes, et jette un billet de mille francs
sur le pupitre d'un clerc en criant de sa plus belle
voix :

« Enfants de la basoche ! voici pour boire à la santé
de l'Empereur et de la grande armée ! »

La famille Renault se défendit énergiquement
contre cette libéralité. Clémentine, avertie par son
futur, eut une longue discussion devant Mlle Sambucco avec le jeune et terrible grand-père ; elle lui
remontra qu'il avait vingt-quatre ans, qu'il se
marierait un jour, que son bien appartenait à sa
future famille.

« Je ne veux pas, dit-elle, que vos enfants m'ac-
cusent de les avoir dépouillés. Gardez vos millions
pour mes petits oncles et mes petites tantes ! »

Mais, pour le coup, Fougas ne voulait pas rompre
d'une semelle.

« Est-ce que tu te moques de moi ? dit-il à Clémentine. Penses-tu que je ferai la sottise de me marier
maintenant ? Crains-tu que je manque de rien dans
mes vieux jours ? J'ai ma solde, d'abord, et ma croix
d'officier. Dans l'âge des Anchise et des Nestor,
j'aurais ma pension de retraite. Ajoutes-y les deux
cent cinquante mille francs du roi de Prusse, et tu
verras que j'ai, non seulement le pain, mais le *rata*
jusqu'au terme de ma carrière. Plus, une concession
à perpétuité que ton mari a payée d'avance dans le
cimetière de Fontainebleau. Avec cela, et des goûts
simples, on est sûr de ne pas manger son fonds !

Bon gré, mal gré, il fallut en passer par tout ce qu'il voulut et accepter son million. Cet acte de générosité fit grand bruit dans la ville, et le nom de Fougas, déjà célèbre à tant de titres, en acquit un
5 nouveau prestige.

Tout Fontainebleau voulut assister au mariage de Clémentine. On y vint de Paris. Les témoins de la mariée étaient le maréchal duc de Solferino et l'illustre Karl Nibor, élu depuis quelques jours à
10 l'Académie des Sciences. Léon s'en tint modestement aux vieux amis qu'il avait choisis dans le principe, M. Audret, l'architecte, et M. Bonnivet, le notaire.

Le maire revêtit son écharpe neuve. Le curé
15 adressa aux jeunes époux une allocution touchante sur l'inépuisable bonté de la Providence qui fait encore un miracle de temps à autre en faveur des vrais chrétiens. Fougas, qui n'avait pas rempli ses devoirs religieux depuis 1801, trempa deux mouchoirs de ses
20 larmes.

Un festin pantagruélique, présidé par Mlle Virginie Sambucco en robe de soie puce, suivit de près la cérémonie. Vingt-quatre personnes assistaient à cette fête de famille, entre autres le nouveau colonel
25 du 23e et M. du Marnet, à peu près guéri de sa blessure.

Fougas leva sa serviette avec une certaine anxiété. Il espérait que le maréchal lui aurait apporté son brevet de général de brigade. Sa figure mobile trahit
30 un vif désappointement en présence de l'assiette vide.

Le duc de Solferino, qui venait de s'asseoir à la place d'honneur, aperçut ce jeu de physionomie et dit tout haut :

« Ne t'impatiente pas, mon vieux camarade ! Je sais ce qui te manque ; il n'a pas tenu à moi que la fête ne fût complète. Le ministre de la guerre était absent, lorsque j'ai passé chez lui. On m'a dit dans les bureaux que ton affaire était accrochée par une question de forme, mais que tu recevrais dans les vingt-quatre heures une lettre du cabinet.

—Fi des plumitifs ! s'écria Fougas. Ils ont tout, depuis mon acte de naissance jusqu'à la copie de mon brevet de colonel. Tu verras qu'il leur manque un certificat de vaccine ou quelque paperasse de six liards !

—Eh ! patience, jeune homme ! Tu as le temps d'attendre. Ce n'est pas comme moi : sans la campagne d'Italie qui m'a permis d'attraper le bâton, ils me fendaient l'oreille comme à un cheval de réforme, sous le futile prétexte que j'avais soixante-cinq ans. Tu n'en as pas vingt-cinq, et tu vas passer général de brigade : l'Empereur te l'a promis devant moi. Dans quatre ou cinq ans d'ici tu auras les étoiles d'or, à moins que le guignon ne s'en mêle. Après quoi, il ne te faudra plus qu'un commandement en chef et une campagne heureuse pour passer maréchal de France et sénateur, ce qui ne gâte rien.

—Oui, répondit Fougas, j'arriverai. Non seulement parce que je suis le plus jeune de tous les officiers de mon grade, parce que j'ai fait la grande guerre et suivi les leçons du maître dans les champs de Bellon, mais surtout parce que le destin m'a marqué de empreinte. Pourquoi les boulets m'ont-ils é dans plus de vingt batailles ? Pourquoi ai-je des océans de bronze et de fer sans qu reçût une égratignure ? C'est que j'r comme *lui*.   La sienne était plus grande, c'est sûr, mais elle est allée s'éteindre à Sainte-Hélène, et la mienne brille encore au ciel !   Si le docteur Nibor m'a ressuscité avec quelques gouttes d'eau chaude, 5 c'est que ma destinée n'était pas encore accomplie. Si la volonté du peuple français a rétabli le trône impérial, c'est pour fournir une série d'occasions à mon courage dans la conquête de l'Europe que nous allons recommencer !   Vive l'Empereur et moi !   Je 10 serai duc ou prince avant dix ans, et même . . . pourquoi pas ? on tâchera d'être présent à l'appel le jour de la distribution des couronnes !   En ce cas, j'adopte le fils aîné de Clémentine : nous l'appelons Pierre-Victor II., et il me succède sur le trône comme 15 Louis XV. à son bisaïeul Louis XIV. ! »

Comme il achevait cette tirade, un gendarme entra dans la salle à manger, demanda M. le colonel Fougas et lui remit un pli du ministère de la guerre.

« Tiens ! s'écria le maréchal, il serait plaisant que 20 ta promotion arrivât au bout d'un pareil discours. C'est pour le coup que nous nous prosternerions devant ton étoile !

—Lis toi-même, dit-il au maréchal, en lui tendant la grande feuille de papier.   Ou plutôt, non ! J'ai 25 toujours regardé la mort en face ; je ne détournerai pas mes yeux de ce chiffon, qui peut-être me tue.

« Monsieur le colonel, en préparant le décret impérial qui vous élevait au grade de général de brigade, je me suis trouvé en présence d'un obstacle 30 insurmontable qui est votre acte de naissance.   Il résulte de cette pièce que vous êtes né en 1789, et que vous avez aujourd'hui soixante-dix ans accomplis. Or la limite d'âge étant fixée à soixante ans pour les colonels, à soixante-deux pour les généraux de brigade

et à soixante-cinq pour les divisionnaires, je me vois
dans l'absolue nécessité de vous porter au cadre de
réserve avec le grade de colonel. Je sais, monsieur,
combien cette mesure est peu justifiée pour votre âge
apparent, et je regrette sincèrement que la France 5
soit privée des services d'un homme de votre vigueur
et de votre mérite. Il est d'ailleurs certain qu'une
exception en votre faveur ne provoquerait aucune
réclamation dans l'armée et n'exciterait que des
sympathies. Mais la loi est formelle et l'Empereur 10
lui-même ne peut la violer ni l'éluder. L'impossibilité qui en résulte est tellement absolue, que si,
dans votre ardeur de servir le pays, vous consentiez
à rendre vos épaulettes pour recommencer une
nouvelle carrière, votre engagement ne pourrait 15
être reçu dans aucun des régiments de l'armée. Il
est heureux, monsieur, que le gouvernement de
l'Empereur ait pu vous fournir des moyens d'existence en obtenant de S. A. R. le Régent de Prusse
l'indemnité qui vous était due ; car il n'y a pas 20
non plus d'administration civile où l'on puisse faire
entrer, même par faveur, un homme de soixante-
dix ans. Vous objecterez très justement que les
lois et les règlements datent d'une époque où les expériences sur la révivification des hommes n'avaient 25
pas encore donné des résultats favorables. Mais
la loi est faite pour la généralité et ne doit pas tenir
compte des exceptions. On verrait sans doute à la
modifier, si les cas de résurrection se présentaient en
certain nombre.   30

« Agréez, etc. »

Un morne silence accueillit cette lecture. Le *Mane*,
Thécel, *Pharès* des légendes orientales ne produisit
pas un effet plus foudroyant. Le gendarme était

toujours là, debout, dans la position du soldat sans armes, attendant le récépissé de Fougas. Le colonel demanda une plume et de l'encre, signa le papier, le rendit, donna pour boire au gendarme, et lui dit avec 5 une émotion contenue :

« Tu es heureux, toi ! on ne te défend pas de servir ton pays ! Eh bien ! reprit-il en s'adressant au maréchal, qu'est-ce que tu dis de ça ?

—Que veux-tu que j'en dise, mon pauvre vieux ; 10 cela me casse bras et jambes. Il n'y a pas à discuter contre la loi ; elle est formelle. Ce qui est bête à nous, c'est de n'y avoir pas songé plus tôt. Mais qui donc, en présence d'un gaillard comme toi, aurait pensé à l'âge de la retraite ? »

15 Les deux colonels avouèrent que cette objection ne leur était pas venue à l'esprit ; mais, une fois qu'on l'avait soulevée, ils ne voyaient rien à répondre. Ni l'un ni l'autre n'auraient pu engager Fougas comme simple soldat, malgré sa capacité, 20 sa force physique et sa tournure de vingt-quatre ans.

« Mais alors, s'écria Fougas, qu'on me tue ! Je ne peux pas me mettre à peser du sucre ou à planter des choux ! C'est dans la carrière des armes que j'ai fait 25 mes premiers pas, il faut que j'y reste ou que je meure. Que faire ? que devenir ? Prendre du service à l'étranger ? Jamais ! Le destin de Moreau est encore présent à mes yeux . . . O fortune ! que t'ai-je fait pour être précipité si bas lorsque tu te 30 préparais à m'élever si haut ? »

Clémentine essaya de le consoler par de bonnes paroles.

« Vous resterez auprès de nous, lui dit-elle ; nous vous trouverons une jolie petite femme, vous élèverez vos enfants. A vos moments perdus, vous écrirez l'histoire des grandes choses que vous avez faites. Rien ne vous manque : jeunesse, santé, fortune, famille, tout ce qui fait le bonheur des hommes est à vous ; pourquoi donc ne seriez-vous pas 5 heureux ? »

Léon et ses parents lui tinrent le même langage. On oubliait tout en présence d'une douleur si vraie et d'un abattement si profond.

Il se releva petit à petit et chanta même au dessert 10 une chanson qu'il avait préparée pour la circonstance.

On l'applaudit beaucoup, mais le pauvre colonel souriait tristement, parlait peu, et ne se grisait pas du tout. L'homme à l'oreille cassée ne se consolait 15 point d'avoir l'oreille fendue. Il prit part aux divertissements de la journée, mais ce n'était plus le brillant compagnon qui animait tout de sa mâle gaieté.

Le maréchal le prit à part dans la soirée, et lui dit : « A quoi penses-tu ?   20

—Je pense aux vieux qui ont eu le bonheur de tomber à Waterloo, la face tournée vers l'ennemi. Le vieil imbécile d'Allemand qui m'a confit pour la postérité m'a rendu un bien mauvais service. Vois-tu, Leblanc, un homme doit vivre avec son époque. 25 Plus tard, c'est trop tard.

— Ah çà, Fougas, pas de bêtises ! Il n'y a rien de désespéré, après tout ! J'irai demain chez l'Empereur ; on verra, on cherchera ; des hommes comme toi, la France n'en a pas à la douzaine pour les jeter au 30 linge sale.

— Merci. Tu es un bon, un vieux, un vrai ! Nous étions cinq cent mille dans ton genre, en 1812 ; il n'en reste plus que deux ou pour mieux dire un et demi. »

Vers dix heures du soir, M. Rollon, M. du Marnet et Fougas reconduisirent le maréchal au chemin de fer. Fougas embrassa son camarade et lui promit d'être sage. Le train parti, les trois colonels revin-
5 rent à pied jusqu'à la ville. En passant devant la maison de M. Rollon, Fougas dit à son successeur :

« Vous n'êtes guère hospitalier aujourd'hui ; vous ne nous offrez pas un petit verre de cette fine eau-de-vie d'Endaye !
10 — Je pensais que vous n'étiez pas en train de boire, dit M. Rollon. Vous n'avez rien pris dans votre café, ni après. Mais, montons.

— La soif m'est revenue au grand air.

— C'est bon signe. »
15 Il trinqua mélancoliquement et mouilla à peine ses lèvres dans son verre. Mais il s'arrêta quelque temps auprès du drapeau, mania la hampe, développa la soie, compta les trous que les balles et les boulets avaient laissés dans l'étoffe, et ne répandit
20 pas une larme. « Décidément, dit-il, l'eau-de-vie me prend à la gorge ; je ne suis pas un homme aujourd'hui. Bonsoir, messieurs !

— Attendez ! nous allons vous reconduire.

— Oh ! mon hôtel est à deux pas.
25 — C'est égal. Mais quelle idée avez-vous eue de rester à l'hôtel, quand vous avez ici deux maisons à votre service ?

— Aussi, je déménage demain matin. »

Le lendemain matin, vers onze heures, l'heureux
30 Léon était à sa toilette, lorsqu'on lui apporta une dépêche télégraphique. Il l'ouvrit sans voir qu'elle était adressée à M. Fougas, et il poussa un cri de joie. Voici le texte laconique qui lui apportait une si douce émotion :

‹ A monsieur colonel Fougas, Fontainebleau.

« Je sors cabinet Empereur. Tu général brigade au titre étranger en attendant mieux. Plus tard Corps législatif modifiera loi.   LEBLANC. »

Léon s'habilla à la hâte, courut à l'hôtel du Cadran- 5 Bleu, monta chez le colonel, et le trouva mort dans son lit.

On raconta dans Fontainebleau que M. Nibor avait fait l'autopsie et constaté des désordres graves causés par la dessiccation. Quelques personnes assu- 10 rèrent que Fougas s'était suicidé. Il est certain que maître Bonnivet reçut par la petite poste une sorte de testament ainsi conçu :

« Je lègue mon cœur à la patrie, mon souvenir à la nature, mon exemple à l'armée, mille écus à Gothon, 15 et deux cent mille francs au 23ᵉ de ligne. Vive l'Empereur, quand même ! »

« FOUGAS. »

Ressuscité le 17 août, entre trois et quatre heures de relevée, il mourut le 17 du mois suivant, sans 20 appel. Sa seconde vie avait duré un peu moins de trente et un jours. Mais il employa bien son temps ; c'est une justice à lui rendre. Il repose maintenant dans le terrain que le fils de M. Renault avait acheté à son intention.   25

FIN.

ABBREVIATIONS USED IN THE NOTES.

art.	=article.	Lat.	=Latin.
b.	=born.	law-t.	=law-term.
cf.	=compare.	l.	=line.
d.	=died.	lit.	=literally.
depart.	=department.	mil.	=military.
etym.	=etymology.	p.	=page.
ex.	=example.	p. part.	=past participle
express.	=expression.	pop.	=popular.
fam.	=familiar.	prov.	=proverb.
fig.	=figuratively.	rem.	=remark.
idiom.	=idiomatic.	subj.	=subjunctive.
i.e.	=*id est*, that is to say.	v.	=*vide*, see.
indef.	=indefinite.		

NOTES

I

Page 1

Title. *où l'on*, in which. After the words *et, si, ou, où, que*, the indef. pronoun *on* is generally written *l'on*; not merely for the sake of euphony, as is said in some grammars, but because, before being a pronoun as it is now, *on* was considered as a noun (Lat. *homo, om, on*), and as such was generally preceded by the article *le*.

6 *bureau restant* (or *poste restante*), post-office, *i.e.* to be kept till called for.

16 *nous renaissons à qui mieux mieux*, each of us is coming to life again; lit. *à qui mieux mieux* (fam.), vying with each other. Prov. *le mieux est l'ennemi du bien*, let well alone.

Page 2

4 *aies pris de l'embonpoint*, have grown stouter.

12 *Maître*, a title given to lawyers, counsellors, attorneys, etc., *i.e.* generally speaking, to « the gentlemen of the long robe ».

15 *acte*, deed, legal document; here, certificate (of the intended marriage of Léon Renault with Mlle Clémentine).

17 *écharpe*, tricoloured scarf, *i.e.* a silken band worn round the waist by certain functionaries, such as mayors, commissaries of police, etc., as insignia of their title.

18 *qui en auras l'étrenne*, in whose honour he will put it on for the first time. In the plural, the word *étrennes* (from Lat. *strena*, omen) is generally used with the meaning of « new year's gift ». Ex. *il a reçu de très jolies étrennes*, he received very pretty new year's presents.

20 *à la hauteur de*, in keeping with; lit. on a level with, equal to.

22 *lettre close*; lit. dead letter, *i.e.* could not be understood by you. *A huit clos* (law term), with closed doors; *à la nuit close*, at nightfall.

25 *Thénard* (Louis-Jacques, baron), celebrated French professor of chemistry; b. 4th May 1777; d. in Paris, 21st June 1857.

26 *Desprez*, or Despretz (César-Mansuète), professor of physics: b. 1792; d. in Paris, March 14, 1863.

j'ai eu beau protester et dire, in vain did I protest and said. Cf. *il eut beau crier, personne ne l'entendit*, he shouted in vain (*or* shouting was useless), nobody heard him. About this idiomatic expression, Littré says: « la locution *avoir beau*, pour dire faire inutilement,

Line

peut s'expliquer ainsi: *avoir beau,* c'est toujours avoir beau
champ, beau temps, belle occasion; *avoir beau faire,* c'est propre-
ment avoir tout favorable pour faire. Voilà le sens ancien et
naturel. Mais, par une ironie facile à comprendre, *avoir beau* a
pris le sens d'avoir le champ libre, de pouvoir faire ce *qu'*on voudra,
et, par suite, de se perdre en vains efforts. *Vous avez beau dire,*
c'est, primitivement, il est bien à vous de dire; puis, vous pouvez
dire, on vous permet de dire mais cela ne servira à rien. Idiom.
expres.: *voir tout en beau,* to see the bright side of everything;
tout beau (fam.), gently; *je lui répondrai bel et bien,* I will answer
him roundly; *c'est bel et bien,* it is all very fine, etc. Cf. note on
p. 23, 1. 12.

29 *vieux scélérat d'ami,* this wicked old friend. Note the idiomatic use
of *de* between two nouns, or between a noun and an adjective, in
order to express or to fix the extent or meaning of the principal
word. In constructions like this, the *de* is not translated in English,
but an adjective or a compound noun is simply used. Ex.: *un
fripon d'enfant,* a naughty boy; *une drôle d'idée,* a funny idea;
un saint homme de chat, bien fourré, gros et gras, a saint-like cat,
sleek and plump.

30 *il se trouve,* it happens.

31 *boutique à sorcier,* wizard's workshop (*i.e.* shop where all sorts of
things can be bought). When placed between two nouns, or a
noun and a verb, or when expressing an idea of ownership (fam.), *à*
is not translated but rendered into English, with the word which
follows it, by a compound noun, or the possessive *'s.* Ex. *arbre
à fruit,* fruit-tree; *chambre à coucher,* bed-room; *le cheval à Jean,*
John's horse.

34 *quatre chevaux,* four horse-power. The *cheval-vapeur* (horse-power)
is a conventional unit for expressing the power of steam-engines.
je compte bien, I sincerely hope.

Page 3

12 *de quoi vivre à l'aise,* enough to comfortably live upon.

15 *ton vieux bonhomme de père,* your good-natured old father. See note
on p. 2, 1. 29.

20 *Humboldt* (Friedrich Heinrich Alexander von), the greatest naturalist
of his time; was born at Berlin, 1769; died, 1859.

31 *de tout point,* in every respect.

Page 4

14 *Apollon du Belvédère,* Apollo Belvidere, a marble statue of Apollo,
the god of music in Roman mythology. It is supposed to be from
the chisel of the Greek sculptor Calamis, and is regarded as a
model of manly beauty. It received its present name from the
Belvidere Gallery of the Vatican, in Rome, where it is now.

19 *lui donna l'accolade,* embraced him. See note on p. 159, 1. 3.

23 *ne signifiaient pas grand'chose,* did not mean much. Adjectives
which had only one termination in Latin (*grandis*) for the masculine
and the feminine, had but one in French also. Thus in the eleventh

century, people said *une grand femme.* In the thirteenth century grammarians decided that *grand* should henceforth have, like other adjectives not ending in *e* mute, a distinct feminine form (*grande*). However, the original form remained in a few expressions, such as *grand route, grand mére, grand chose,* etc. ; and the grammarians of the sixteenth century, believing that *grand* was an abbreviation of *grande,* erroneously placed an apostrophe after it in order to mark the supposed omission of the usual *e* mute ; hence the modern expressions *grand'faim, grand'soif, grand'route, grand'chose, grand'peine, grand'mère, grand'honte,* and a few others.

33 *il eut beau protester,* in vain did he assure them. See note, p. 2, l. 26.

Page 5

2 *calèches de louage,* hired carriages.
7 *firent claquer,* cracked. When *faire* is followed by another verb in the infinitive mood, it has the sense of *to cause.*
22 *visages de connaissance,* familiar faces.
31 *toute grande ouverte,* wide open.

Page 6

3 *firent mine de,* pretended to ; looked as if they were about to. See note on p. 5, l. 7, and p. 103, l. 34.
4 *peine perdue,* of no use.
8 *fauteuils à médaillon,* old-fashioned arm-chair, the dorsal, or back, of which is in the shape of a medallion, *i.e.* a round or oval wood frame. *Fauteuil à la Voltaire,* arm-chair with a reclining back ; *briguer le fauteuil,* to canvass in order to become a member of the French Academy ; *occuper le fauteuil,* to occupy the chair, to be president.
11 *fit entendre,* gave out. Prov. *qui n'entend qu'une cloche n'entend qu'un son,* we should hear both sides.
13 *pénates légitimes,* genuine household gods, *i.e.* (here) members of the family. Etym. Lat. *penates* (from *penu,* inside), household gods of the Romans.
16 *à pleuvoir,* to be shed. Idiom. expres. *comme s'il en pleuvait,* in a great quantity ; *quand il pleuvrait des hallebardes,* even if it were to rain cats and dogs.
23 *se laissa faire et bien lui en prit,* allowed her to do what she liked, and he was very wise in so doing.

Page 7

1 *hors de chez lui,* away from home. Lit. *hors de,* out of. *Hors* (preposition), out of, without: *mettre hors la loi,* to outlaw ; or (figuratively), save, but, except: *nul n'aura de l'esprit,* HORS *nous et nos amis* (Molière, *Femmes savantes*). See note on p. 71, l. 23. In old French, *fors* (from Lat. *foris*) was said instead of *hors: tout est perdu* FORS *l'honneur,* celebrated saying of Francis the First (1494-

1547) in a letter to his mother after the battle of Pavia (1525), where
he was defeated and taken to Spain as a prisoner.

5 *à qui l'eau ne vînt à la bouche,* of whom it would not make the mouth
water.   Note the idiomatic use of the subjunctive mood (*vînt*)
instead of the conditional (*viendrait*), on account of the negative
form of the first part of the sentence (*il n'y aurait pas . . . à qui*).

13 *gardez-vous de,* mind you do not; be careful not to; do not, if you
please.   See note on p. 77, l. 22.

17 *un coup de marteau frappé,* a knock.

24 *future,* intended wife.

26 *en aveugle,* without reflection, hurriedly.   Idiom. *au royaume des
aveugles les borgnes sont rois,* (lit.) in the kingdom of the blind,
one-eyed men are kings, (fig.), a little learning makes a man superior
to those who are utterly ignorant.   See note on p. 111, l. 26.

34 *à* 2400 *fr.,* with 2400 fr. (£96) a year.

Page 8

3 *riche de* 8000 *francs de rente,* with 8000 fr. (£320) a year.   *Rente* has a
wider meaning than the English «rent»; it has the sense of the
Lat. *reddita* (returns), income.   A *rentier* is a man who lives on his
income.   See notes on p. 52, l. 7, and p. 112, l. 20.

22 *à part,* except.   As an adverb, *à part*=apart, aside: *raillerie à part,*
joking apart; *prendre à part,* to take aside.

29 *à bon marché,* easily.

Page 9

8 *andalous,* Andalusian (*i.e.* inhabitant of Andalusia, in Spain).   Andalusian women are renowned for their beauty : «*les Espagnoles sont
les plus jolies femmes de l'Europe, et les Andalouses sont les plus
jolies Espagnoles*» (H. Barbé).   «*Elle marchait de ce pas libre et
franc dont marchent les Arlésiennes* (*i.e.* women of Arles, a small
town in the Bouches-du-Rhône, France) *et les Andalouses*» (Alex.
Dumas).

II

Page 10

Title. *aux flambeaux,* by candle-light.

2 *à la retraite,* to retire.

14 *fit pencher la balance,* turned the scale.   Cf. *mettre en balance,* to
weigh; *entrer en balance,* to be compared with; *être en balance,* to
be in suspense; *faire la balance* (commercial term), to draw out a
balance-sheet.   See note on p. 5, l. 7.

Page 11

31 *Tarjok,* a small town of Russia in Europe, on the bank of the Tvertza;
celebrated manufactures of boots, slippers, cushions in morocco
leather.

33 *Toula,* capital of the government of that name in Russia.   It has
some mining industry and Works in metal, but they are now less
flourishing than formerly.

Page 12

2 *Nijni-Novgorod*, a Russian town, mostly celebrated for the renowned fair which is held there every year. The number of strangers present at Nijni every day during the three months of the fair is said to exceed two hundred thousand.

9 *elle ne se fit pas prier*, she required no pressing.

11 *entraient dans la corbeille*, were considered as wedding-presents. *Corbeille* stands here for *corbeille de mariage, i.e.* a richly-adorned basket in which the intended husband used to send all his wedding-presents to his affianced bride. « *Votre cousin me prie, monsieur le comte, de vous guider dans l'emplette de la* corbeille » (E. Augier).

21 *n'est pas tombé dans l'eau*, has been attended to. Fig. *tomber dans l'eau*, to fall to the ground, to fail. Idiom. expres.: *tenir quel-qu'un le bec dans l'eau*, to keep one in suspense. Prov. *faire venir l'eau au moulin*, to bring grist to the mill; *porter de l'eau à la rivière*, to carry coals to Newcastle.

33 *je me suis fait voler*, I got myself swindled.

Page 13

1 *j'ai fait part de*, I commmunicated; informed. See note on p. 112, l. 32. *domestique de place*, hotel guide.

23 *lorsque je vous aurai mis au courant de*, when I have made you acquainted with; or have informed you of; or simply, have told you. Note the use of the future tense, instead of the present used in English.

27 *Théophile Gautier* (*b.* 1811, *d.* 1872), great French poet and prose writer, who, among other works which by « their grace of diction and symmetry of workmanship, as an English critic says, have fairly won for them immortality », has written *Le Roman de la Momie* (1856) alluded to here.

28 *a pris les devants*, has treated the same subject before you; lit. *prendre les devants*, to get the start of, to be beforehand with, to forestall. *feuilleton du Moniteur.* The name of *feuilleton* is given in France to that part of the paper (generally the bottom of the second or third page) in which novels in a serial form, or occasionally literary and scientific articles, are published. The *Moniteur Universel* was started in 1789 by Ch-Jos. Panckouke.

32 *Manon Lescaut*, title of a celebrated novel written by l'abbé Prévost d'Exiles (1697-1763) and published in 1733. Though a work of considerable literary merit, *Manon Lescaut*, on account of the delicate nature of the subject, cannot possibly be put in the hands of young readers.

Page 14

7 *Leuwenhoeck* (Ant. von), a distinguished Dutch naturalist and micro-scopist (1632-1723). He acquired great reputation for his skill in constructing microscopes of admirable delicacy, and afterwards for the numerous important discoveries, anatomical and physio-logical, which he made by the use of them.

O

Lin•

7 *Baker* (Henry), a diligent and ingenious English naturalist (1698 1774); made many clever microscopical experiments on saline particles, and wrote *The Microscope made Easy.*

Needham (John Turberville), an English naturalist (1713-1781); made himself known as an author by *New Enquiries upon Microscopical Discoveries, and the Generation of Organised Bodies.*

Fontana (Felix), an eminent Italian naturalist (1730-1805), author of numerous works on chemistry, physics, and physiology.

8 *Spallanzani* (Lazaro), a celebrated Italian naturalist (1729-1789), to whom science is indebted for many important discoveries in physiology and anatomy.

21 *pour le coup*, this time. See notes, p. 129, l. 11, and p. 198, l. 21.

25 *qui ... qui*, some ... some.

III

Page 15

10 *dire que*, to think that.

Page 16

10 *aura pris le dessus*, has come to the front; has been victorious. Lit. *prendre le dessus*, to get the upper hand.

16 *Épiménide.* Epimenides, a Cretan poet, and one of the most remarkable men of the ancient world (596-538 B.C.). Almost all the facts of his life are buried or confused under a mass of wonderful legends; thus he was believed to be the son of a nymph, to have lived for nearly three hundred years, and to have passed more than fifty years of his life in a preternatural slumber. There is a somewhat similar legend about Rip Van Winkle, a Dutch colonist of New York, who sleeps for twenty years in the Catskill Mountains, and who, on waking, finds to his great surprise that his wife is dead and buried, his daughter is married, America has become independent, and his native village has been remodelled.

20 *Belle au bois dormant*, one of the most charming of the popular *Contes de ma mère l'Oye ou Histoires du Temps passé* (better known under the name of *Contes de Fées*), published in 1697 by Claude Perrault (1613-1688). The *Sleeping Beauty* of this fairy tale is «shut up by enchantment in a castle, where she sleeps a hundred years, during which time an impenetrable wood springs up around. Ultimately she is disenchanted by a young prince, who marries her.»

29 *je n'en voudrais pas jurer*, I would not like to swear either way.

30 *à lui*, of his own; peculiar.

Page 17

20 *je lui ai donné un tour de clef*, I wound it up.

22 *tout sera dit*, it will be all over with it.

Page 18

9 *livre ... litre. Livre* (from Lat. *libra*), unit of weight in the old French system. *Litre* (from the Greek λίτρα), unit of measure of

capacity in the French decimal system. In capacity, it is equal to a cubic decimeter (61·027 cubic inches), or, to be precise, 1·76 pint or 0·22 of a gallon. One litre of distilled water is equivalent, in weight, to our modern kilogramme, or about two pounds, a fact which explains Léon Renault's calculation in our text: *cent vingt livres ou soixante litres d'eau.*

17 *attendu que*, considering that; since.

26 *ne saurait*, could not. In a negative sentence, the conditional of *savoir* (*saurais*, etc.) is often used for the indicative present of *pouvoir* (*peux* or *puis*, etc.); but, in that case, the second part of the negative (*pas* or *point*) is *always* left out.

31 *le premier venu*, any one; lit. the first comer. See note on p. 65, l. 7.

Page 19

8 *reste à savoir*, it remains to be seen ; the question is.

13 *curieux de*, anxious to know.

19 *ne se brûleraient plus la cervelle*, would no longer ·think of blowing their brains out.

26 *leurs cruelles* (used here substantively by understanding *amoureuses*), their hard-hearted lovers.

30 *Mazas*, the name of a prison in Paris. It was inaugurated in 1850 under that name, but in 1858, after some protest from the family of Colonel Mazas who was killed at the battle of Austerlitz (Dec. 2, 1805), it received its official title of « *Maison d'arrêt cellulaire* ». However, in spite of that change, people still persist in calling it Prison Mazas. It contains 1200 separate cells.

32 *Toulon*. Besides being the great naval station of France on the Mediterranean coast, it used to be also the largest *dépôt* for men condemned to hard labour for life. That class of convicts is now sent to New Caledonia.

33 *par fournées*, by batches. Lit. *fournée* (from *four*, oven, furnace), the quantity of bread baked at one time; and fig. a number of persons raised to some dignity at the same time.

Page 20

2 *maisons centrales*, a name given to a certain kind of prisons to which women condemned to hard labour, or men and women whose term of imprisonment is not to exceed one year, are generally sent.

14 *cheval de remonte*, fresh (new, remount) horse, *i.e.* a horse bought for cavalry service, coming straight from the breeder, not yet trained, and therefore of an inferior value, comparatively speaking.

IV

Page 21

3 *discours latin*, latin speech. It was customary for the professor of rhetoric (see next note) to deliver a speech in Latin on the occasion of the annual distribution of prizes in French Lycées and Collèges. It is no longer so, and the only ceremony of that kind in which a

Line

Discours Latin is still delivered is the distribution of prizes for the
Concours général, i.e. general competition between the best pupils
of the different classes of the Lycées and Collèges of Paris and Versailles. *Latin de cuisine,* dog latin ; *être au bout de son latin,* to
be at one's wits' end ; *y perdre son latin,* to lose one's time and
trouble, to rack one's brain in vain, not to be able to make anything (of it), to give it up.

4 *rhétorique.* The class of *rhétorique* in French Schools corresponds to
the Lower Sixth Form (VI²) in English Public Schools.

10 *Pouchet* (Félix Archimède), a French *savant,* born at Rouen, May 2,
1800 ; died there, Dec. 2, 1872. Pupil of Dr. Flaubert, father of the
celebrated novelist of that name, he devoted himself more particularly to the study of botany and zoology, in which he made most
important discoveries. It has rightly been said of him that he
spent half of his life bent over his microscope. The *aeroscope
Pouchet* (kind of barometer of a very clever construction) was
invented by him.

si tu as cru parler à notre adresse, if what you said was intended
for us.

17 *nous l'avons bien gagné,* we really deserve it ; fig. *il l'a bien gagné,*
or *il ne l'a pas volé,* it serves him right.

Page 22

3 *comme dans une chapelle ardente,* as if his body had been lying in
state, with wax tapers burning round his coffin. The name of
chapelle ardente is generally given to a place (either in a room or a
Church), with lighted tapers, and used as repository for a corpse
during the interval between death and burial.

5 *on eût dit,* he looked like. Notice the idiomatic use of the imperfect
subjunctive (*eût*) instead of the conditional (*aurait*). See note on
p. 110, l. 28.

Page 23

12 *repartait de plus belle,* wept again ; lit. resumed weeping more than
ever. In order to fully comprehend the idiomatic meaning of *belle*
in such expressions as this, it is only necessary to bear in mind that
a feminine noun such as *chose, sorte, manière,* according to the
context, is understood. Ex. *en faire de belles,* to do foolish things ;
vous me la donnez (or *baillez*) *belle,* you are deceiving me ; *nous
l'avons échappé belle,* we had a narrow escape. About this last
expression, we read in Littré (v. art. *beau,* Rem.): «Molière a
écrit : nous l'avons *échappé* belle, et c'est ainsi qu'on écrit maintenant ; mais ce n'en est pas moins une irrégularité et, dans le XVIe
siècle, on écrivait : nous l'avons *échappée* belle.» Cf. note on p. 2,
l. 26. Be careful to distinguish between *repartir* (conjug. with
avoir), to reply, to answer ; *repartir* (with *être*), to set out again, to
start again ; and *répartir* (with *avoir*), to divide, to share, to
assess (taxes).

17 *lança un coup de pied,* gave a kick.

28 *à rester sur pied passé,* to remain sitting up after.

NOTES 213

Page 24

2 *eut beau.* See note on p. 2, l. 26.

8 *vous le ferez mettre en terre sainte,* you will have him buried in consecrated ground. See note on p. 5, l. 7.

13 *à beaucoup près,* by far.

14 *qu'on ne.* According to some grammarians this expletive *ne* must not be used in comparisons of inequality, when the first part of the sentence is negative; so this sentence ought to be : *on ne se sépara pas . . . qu'on s'était abordé.* However, as some of our best writers have used a second *ne* in similar sentences, its presence here cannot be unconditionally condemned, though *perhaps* it would have been better to leave it out. See note on p. 46, l. 18.

27 *vingt-cinq louis, i.e.* 500 frs., or £20. In familiar French, this word *louis* is used to represent a twenty franc gold piece.

34 *Légion d'honneur,* a French order instituted by Napoleon I., May 19, 1802, as a reward for merit, both civil and military.

Page 25

3 *la lui auront arrachée,* must have taken it from him. Where an idea of doubt, supposition or probability, is implied, that idea is often expressed by merely putting the verb in a future tense. Thus, in this case, *la lui auront arrachée* is equivalent to *je suppose que . . . la lui ont . . .* or *doivent la lui avoir arrachée.*

8 *bras dessus bras dessous,* arm in arm.

9 *au petit pas,* quietly.

en se livrant à, in indulging in.

12 *pour le coucher,* to see him off to bed.

17 *comme un petit coq en pâte,* exceedingly comfortable. In the same way as the English expression « to live in clover » is an allusion to cattle feeding in clover fields and being therefore in prosperous circumstances, so *être comme un coq en pâte* is said of a person lying quietly in bed, well fed, well cared for, and consequently as comfortable as possible. « *Etre comme un coq en pâte,*» according to Quitard in his *Dictionnaire des Proverbes,* « c'est être dans son lit bien chaudement, comme un coq-faisan dans un pâté d'où on ne voit sortir que sa tête par une ouverture de la croûte de dessus.» To which Ch. Nisard in his interesting *Curiosités de l'Étymologie Française* adds : « Un *coq en pâte* est un coq mis à la retraite, qu'on engraisse avec force *pâtée,* et qu'on tient captif à cet effet sous un panier. C'est pour lui faire l'honneur de le manger qu'on en prend tant de soin, et c'est parce qu'il ne s'en doute pas, parce qu'il a l'imagination comme le corps en repos, et parce qu'il a tout à souhait, qu'il profite si bien.» The above explanation of this curious expression is not probably so fanciful as one might think, for we read in the sixty-first *Nouvelle* of Bonaventure Despériers (d. 1544) who, as native of Burgundy, had seen fowls thus fattened under osier baskets called *benetons* by his countrymen: « ils lui envoyoient mille présens, comme gibiers, ou flaccons de vins, et ses femmes luy faisoyent des maucadons et des camises. Il estoit traitté comme un petit *coq au panier.*»

24 *tout exprès,* for the purpose.

V

Page 26

4 *sybarite*, sybarite (fig.), effeminate. Etym. Συβαρίτης, of Sybaris, in South Italy. The inhabitants of Sybaris were proverbial for their luxurious living and self-indulgence. A tale is told by Seneca of a Sybarite who complained that he had not been able to sleep, and who, being asked why, replied that « he found a rose-leaf doubled under him, and it hurt him ».

    berger d'Arcadie, Arcadian shepherd. The inhabitants of Arcadia (one of the ancient divisions of Peloponnesus—now Morea—in Greece), led a pastoral life, and were mostly celebrated for their simplicity of manners and their frugality.

5 *par surcroit*, in addition; to boot.

    a doublé l'étape, has gone through a double day's march, *or* walked in one day a distance twice as long as the usual one, *i.e.* who, instead of stopping at the usual halting-place, has walked on to the next one. In the French Military Regulations the length of the *étape* (stage) varies according to the distance which separates the towns or villages fixed as regular halting-places, but it generally averages 20 or 25 kilomètres (12 or 15 English miles).

10 *les premières lueurs de l'aube argenter les fentes de ses volets*, the first gleams of dawn break in silvery rays through the chinks of the shutters of his windows.

Page 27

2 *il lui poussa*, grew on his upper lip.

6 *en faux bourdon*, in a thorough bass voice, *or* in plain song.

20 *vaisseau de ligne*, man-of-war.

32 *à quatre pattes*, on all fours.

Page 28

30 *tout bien pesé*, everything considered.

31 *il ne m'est rien arrivé que d'heureux*, I have been very fortunate, after all. Note this idiomatic *de* (*d'heureux*) used here, because the word *quelque chose* is understood, and that *de* is always put after such words as *rien, aucun, personne, quelque chose*, followed by an adjective or a past participle.

32 *me voici*, here I am. *Me* (accus.), because *voici* stands for *vois ici*; hence, *me voici* means literally *vois me ici*, see me here. In Rabelais we read: Voy me ci *prêt*, for *me voici prêt*, here I am ready. Later on, the compound sense being lost, *voici* and *voilà* were written as simple words and treated as prepositions.

34 *bien portants*, in good health.

Page 29

2 *le sont aussi*, are equally so, *i.e.* modest. When an adjective or a noun used adjectively is understood, *le* (invariable) is put before the

Line

verb; but if a noun or an adjective used substantively were understood, *le* would take the gender and number of the following noun. Ex. *êtes-vous malades ?—Nous le sommes; êtes-vous les messieurs dont on nous a annoncé l'arrivée ?—Nous les sommes.*

9 *il s'en faut,* far from it.

17 *rengaînerai,* shall put by (*or* pocket, *or* reserve). This figurative expression, according to *Le Musée de la Conversation* (p. 326-7), by Roger Alexandre (Paris, 1892), owes its origin to Molière in his *Mariage forcé* (1664). Alcidas, Dorimène's brother, asks Sganarelle to choose one of the two swords which are to be used in the duel he intends to fight with him : 'Monsieur, dit le pourfendeur, comme vous refusez d'épouser ma sœur après la parole donnée, je crois que vous ne trouverez pas mauvais le petit compliment que je viens vous faire . . .—Hé! Monsieur, répond le pacifique Sganarelle, *rengaînez* ce compliment, je vous prie . . .'

20 *Nozze.* Mozart's opera (*le Nozze di Figaro*), represented for the first time at Vienna, April 28, 1786, is no doubt alluded to here.

25 *buis bénit,* blessed boxwood. Allusion to a custom prevalent in most Roman Catholic countries, where, each year, on Palm Sunday, people go to church with a branch of box-tree, in order to have it blessed by the priest. They keep it afterwards in their own bedroom above the crucifix, or put it on the grave of the relative they have lost in the year. In the old French, the p. part. of *bénir* (*benedicere, benedictum*) was spelt *benei* or *beneit,* according to the dialects of the different provinces. In modern French, the *t* has disappeared, as it did in all other p. part. in *i,* but it has been kept in the expressions *pain bénit, eau bénite;* hence the distinction made nowadays by grammarians between *béni* and *bénit,* a distinction well illustrated by this example : 'Des armes qui ont été *bénites* par l'Église ne sont pas toujours *bénies* du ciel sur le champ de bataille.' But this distinction is comparatively modern, for in the best authors of the eighteenth and preceding centuries we find numerous examples in which the two forms are indifferently used.

25 *faites donc des collections,* how encouraging to make collections.

27 *tant soit peu,* a little; rather; somewhat.

31 *à pousser une pointe jusqu'à,* to go and present himself at.

Page 30

2 *courut au-devant de,* ran out to meet.

7 *vous ne m'en voulez pas,* you are not angry with me.

29 *Polyphème,* one of the Cyclops who lived in Sicily. He was a giant, with only one eye, in the middle of his forehead. When Ulysses landed on the island, this monster made him and twelve of his crew captives. He ate six of them, but Ulysses contrived to blind him, and made good his escape with the rest of the crew.

Cacus. A famous robber, represented as three-headed, and vomiting flames. He lived in Italy, and was strangled by Hercules.

30 *Armide.* One of the prominent female characters in Tasso's *Jerusalem Delivered.* She was a beautiful sorceress, with whom Rinaldo fell in love, and wasted his time in her palace and the charming gardens which surrounded it.

Page 31

12 *ne fit pas plus de façons*, made no difficulty either.
25 *mettre le temps à profit*, to make the best of her time.
29 *pour lui donner raison*, to assent to what she said.

Page 32

12 *reconstruisais mon Léon tout entier*, represented to myself a faithful
picture of what my dear Leon used to be.
31 *c'est plus fort que moi*, I can't help it.

Page 33

13 *ne tardai pas*, was not long before. See note on p. 59, l. 1.
29 *bas Bréau*, lower Bréau, a small district in the ancient province of
Normandy.

VI

Page 35

4 *grand'mères.* See note on p. 4, l. 23.
7 *Nancy*, chief town of the depart. of La Meurthe, 319 kilom. E. of
Paris.
9 *sous-intendant militaire*, deputy-commissary of stores. The *intendance militaire*, which nearly corresponds to the English army
service corps, is responsible for the clothing, pay, supply, transport,
camping equipment, horse equipment, departmental stores, bedding,
etc. An *intendant militaire* ranks as brigadier; the *sous-intendants
militaires* (of 1st, 2nd, and 3rd class) rank respectively as colonel,
lieutenant-colonel, and major.
14 *procureur du roi*, crown solicitor.
18 *garde des sceaux*, Keeper of the Seals.
20 *ce déplacement au long cours*, this far-off post; lit. this removal
beyond the seas. The expression *au long cours* is hardly ever used
with any other noun but *capitaine* or *voyage*: *capitaine au long
cours*, captain of a merchant vessel; *voyage au* (or *de*) *long cours*,
voyage across the high seas.
25 *tremblement de terre*, earthquake.

Page 36

14 *ne savait plus où elle en était*, hardly knew which way to turn, *or*
what to do.
18 *haridelle*, tall and thin woman. Applied to a woman, this noun is a
familiar and vulgar expression always used as a term of contempt,
since it means, literally, « worn-out hack », « a harridan »: « Con-
traignant à grands coups de fouet ses maigres haridelles de lutter,
au risque d'y périr, contre le fringant attelage de la marquise » (Ch.
de Bernard). Fig. and contemptibly, a tall, thin, skinny, crotchety,
and cross-looking woman: « il met son ambition et ses désirs à la
conquête de cette haridelle ... » (Hamilton, *Mémoires de Gram-
mont*).

Line

Page 37

26 *beau fait d'armes*, feat of arms; brilliant exploit.
28 *se fût*. See note on p. 22, l. 5.
34 *elle fit dire une messe pour le repos de l'âme*, she had a Mass of
Requiem for the repose of the soul celebrated. *Il me fit dire qu'il
ne pouvait venir*, he sent me a word to say he could not come; *vous
me faites dire des choses que je n'ai jamais dites*, you attribute
to me words which I never used. See note on p. 5, l. 7.

Page 38

10 *au plus tôt*, as quick as possible.

Page 39

8 *il se livra à*, he gave himself up; he indulged in.

VII

Page 40

8 *généralement quelconques*, of all kinds in general.
19 *se rende un compte exact des*, may thoroughly understand, or have a
clear idea of. Prov. *les bons comptes font les bons amis*, short
reckonings make long friends; *erreur n'est pas compte*, errors
excepted. Idiom. expres.: *au bout du compte*, after all; *être de
compte à demi avec*, to go halves with; *donner son compte* (fig.), to
dismiss, to discharge; *faire entrer en ligne de compte* (fig.), to take
into account; *la Cour des Comptes*, audit office. See note on
p. 48, l. 9.
22 *légataire universel*, residuary legatee. There is a well-known play by
J. F. Regnard bearing that title.

Page 41

3 *Dantzig*, allusion to the siege and taking of Dantzig by the Allies, in
1813, when it was defended by General Rapp. See following note.
11 *Rapp* (Jean, Comte de), French general, born at Colmar, in Alsace, in
1772; died lieutenant-general of cavalry in 1821; was appointed
governor of Dantzig by Napoleon I. in 1807; and, after the retreat of
the French army, defended the city with consummate ability, till
he was compelled by famine to capitulate.
13 *Barclay de Tolly*, a Russian general, who, in the German and Polish
campaigns of 1806 and 1807, distinguished himself so much that he
was made a field-marshal. He headed the Russians at the battle
of Leipsic (18-19th October, 1813), and led them into France in 1815.
Died 1818.
18 *me fit requérir de force*, sent for me and compelled me.
23 *d'échouer au port*, to fail at the last moment, *i.e.* when his mission
was on the point of being successful. Lit. *échouer*, to run (a ship)
aground; *échouer au port*, to get stranded in sight of the port;

arriver à bon port, to get safe into port; fig. to arrive in safety (*or* safe and sound).

27 *je ne sus pas m'empêcher*, I could not help; lit. I did not know how to help myself.

Page 42

3 *faites la boule de neige* (fig.), act in concert; gather all your troops together; lit. do as a snowball (which increases as it rolls on).

18 *mon thermomètre à minima*, my minimum thermometer.

20 19 *degrés centigrades au-dessous de zéro*,—19° C. or, in the Fahrenheit scale,—2⅓ F. or 34⅓ degrees of frost, Fahrenheit.

21 *au petit jour*, at early dawn.

30 *se laissaient fléchir et ramener à l'extension*, could be made to bend in and back, *i.e.* had almost the same flexibility as if he had been alive.

Page 44

4 *quand même*, even if.

14 *à moi seul*, by myself.

Page 45

8 *je n'eus garde de*, I was careful not to. See notes on p. 46, l. 16, and p. 7, l. 13.

9 *j'avais reconnu*, I had learnt by experience.

10 *directement au contact de*, in direct (*or* immediate) contact with, *i.e.* without being covered with something.

30 *m'avaient appuyé de leur autorité*, had officially supported me, *or* put their influence at my disposal.

Page 46

16 *je m'étais bien gardé*, I had taken good care. See note on p. 7, l. 13.

18 *ne fît cesser*, should put an end to. Notice that the expletive *ne* (with the subj. mood) is used after some compound conjunctions, such as *de peur que, de crainte que, à moins que*; certain verbs, such as *empêcher, craindre, avoir peur, trembler, appréhender*; and several adjectives or adverbs (forming a comparative), such as *autre, autrement, plus, mieux, moins*. However, *ne* is left out when the preceding verb is used negatively or interrogatively. The merely expletive nature of this *ne* is proved by the absence of a negative in similar Latin sentences: *ditior est quam erat*, he is richer than he was, *il est plus riche qu'il n'était*. Cf. note on p. 24, l. 14. See Grammar for further applications of this rule.

21 *c'en était fait de mon expérience*, my experiment would have failed. Lit. *c'en est fait de*, it is all over with.

27 *de crainte que . . . ne*, for fear that. See note on p. 46, l. 18.

Page 47

24 *sans contredit*, unquestionably.

NOTES 219

Page 48

9 *il faut tenir compte de ce que,* it must be taken into account that. See note on p. 40, l. 19.

25 *chaux vive,* quicklime. *Bâtir à chaux et à sable,* to build substantially; fig. (of a man), *il est bâti à chaux et à sable,* he is very strong.

Page 49

21 *actions de grâce,* prayers. Lit. *actions de grâce,* thanksgiving.

32 *que vous n'eussiez pas été englouti,* that you would not have been swallowed up, *or* have foundered. Note the use of the subj. mood after *êtes-vous sûr* (implying doubt, uncertainty, etc.) and see note on p. 22, l. 5.

Page 50

27 *qu'il fasse procéder,* that he should have some one to proceed. Subj. mood (*fasse*) on account of the verb *j'ordonne que,* which begins the sentence.

31 *thaler,* a German coin worth about three shillings.

VIII

Page 52

7 *et gros rentier,* with a very large income. See note on p. 8, l. 3.

19 *jurait ses grands dieux,* swore most solemnly. *Ne jurer que par,* to have an implicit faith in. Fig. *jurer,* to contrast, to clash, not to match: *ces couleurs jurent ensemble,* these colours do not match together.

23 *qui avaient pu le porter,* which could have induced him.

Page 53

6 *écu,* an old French silver coin worth about a crown (=5s.). There was the *écu de six livres,* a crown-piece, and the *écu de trois livres* or *petit écu,* half a crown. Unless otherwise specified, when country people speak of an *écu,* it is the *écu de trois livres* they have in their mind. Prov. *vieux amis, vieux écus,* old friends are the best. *Il n'a pas un écu vaillant,* he has not a penny in the world.

11 *S.A.R.,* stands for *Son Altesse Royale,* H.R.H.

21 *avait subies,* had been submitted to; endured *or* gone through.

22 *devaient avoir altéré,* had most probably impaired. Carefully distinguish between the English 'to alter' (*changer*) and the French *altérer.* *Altérer* means—(1) to alter *for the worse, i.e.* to injure, to impair, to corrupt. Ex.: *altérer la santé,* to injure health; *altérer les mœurs,* to corrupt morals; (2) to weaken, to agitate. Ex.: *altérer l'amitié,* to weaken friendship; *altérer les esprits,* to excite emotion; (3) to make thirsty, to incite thirst. Ex.: *la chaleur nous altère,* heat makes us thirsty.

26 *on lui cacha,* they did not show to her.

27 *qui n'aurait pu que lui échauffer la tête,* which would **only have**

made her more excited. Fam. and fig. *échauffer la tête, les oreilles, la bile,* to provoke, to make angry.

28 *sans relâche,* incessantly. As a theatrical term, *relâche* (on a play-bill) is equivalent to 'no performance': *il y a relâche ce soir à l'Opéra,* there is no performance to-night at the Opera.

28 *quoi qu'on fît,* whatever they did. *Quoi que* (in two words), whatever; *quoique* (in one word), though; in either case, the verb following it is put in the subjunctive mood. *Quelque* is written in *one* or *two* words: in one word it is—(1) an adjective (*some, any, a few*) when placed before a noun, with which it likewise agrees in number; (2) an adverb (*whatever, however*), when placed before an adjective, and of course it remains invariable. In two words, *quel que* (whatever), when placed immediately before a verb; in which case, *quel* agrees in gender and number with the subject of the verb, which is then put in the subjunctive mood.

34 *tenait toujours,* still held good.

Page 54

6 *qu'on mit en œuvre,* which were used.

24 *il s'agit de reconnaître,* the important point is to ascertain. See notes on p. 63, l. 18; on p. 159, l. 14; and p. 188, l. 7.

27 *ce qui en est,* what is the real state of things.

on peut s'en rapporter à lui, we can leave that to him, *or,* rely upon him for that.

Page 55

1 *une huitaine de jours,* for about a week. This termination *aine* (fem.), added to certain numbers, corresponds to the English word *about*; but it can only be added to a few numbers, such as *huitaine, neuvaine* (a penance of nine days' duration in the Roman Catholic Church), *douzaine* (dozen), *quinzaine* (a fortnight), and to the tens, up to sixty; and then hundred, *centaine.* If *mille* (a thousand) is to be used as an approximate number, it becomes *millier.*

18 *tout cela ne va qu'à moitié bien,* all this is not very satisfactory. Lit. *moitié,* half. *A moitié chemin,* half-way; *être de moitié,* to go halves. See note on p. 65, l. 19.

21 *les papillons noirs ne vont-ils pas reprendre leur vol,* will not the blue devils take hold of her again. Lit. will not the *black butterflies* take their flight again.

25 *en vérité, Léon avait bien besoin,* what need, indeed, had Léon.

Page 56

1 *de quoi il s'agissait,* what was the matter. See notes on p. 54, l. 24; p. 159, l. 14; and p. 188, l. 7.

6 *ne servent de rien,* are of no avail, *or* use.

10 *la raison d'être,* the cause of their existence; the *how* and *why* of their being.

Page 57

12 *hélix,* the prominent rim of the auricle of the ear.

20 *je ne suis pas encore au bout de mon rouleau,* I have not yet done; it

Line

is not all I have to say. Fig. *être au bout de son rouleau*, to be at one's wits' end.

22 *interposé au*, which is between.

28 *cet état framboisé*, this rough and clotty appearance. Lit. the rough, rugged appearance of a raspberry. The verb *framboiser*, used actively, has the meaning of « to give a raspberry flavour to ».

Page 58

2 *du cadavre*, a piece of a dead body.

IX

Page 59

1 *on ne tarda pas à dire*, the report soon spread. See note on p. 33, l. 13.

6 *d'en faire part*, to communicate it. See note on p. 112, l. 32.

8 *séance tenante*, then and there; lit. while the meeting was being held.

10 15 *août . . . réjouissances publiques.* Allusion to the official or national *fête* which, during the third Empire, was kept throughout France on that day under the name of *Fête de l'Empereur.* The day which, under our present Republican Government, corresponds to it is the 14th of July, in commemoration of the taking of the Bastille by the people of Paris on the 14th and 15th of July 1789.

15 *faits divers*, the general title under which are inserted in French newspapers all the news of minor importance; something like the « Echoes » or « Gossip » of some English newspapers.

16 *armée d'Italie*, allusion to the return to Paris of the victorious troops engaged in the Franco-Italian Campaign against the Austrians in 1859.

21 *une tout autre affaire*, quite a different thing. *Tout*, adverb, before an adjective or participle beginning with a vowel, remains invariable; but before a feminine adjective or past participle, beginning with a consonant or an *h* aspirate, it takes the same gender and number as the adjective or participle. Ex. elle fut *toute* surprise, she was quite surprised; elles sont *toutes* honteuses, they are quite ashamed.

24 *gros bonnet*, bigwigs.

Page 60

2 *de leur mieux*, in the best way they could.

6 *Bassin des Carpes.* In this *bassin* (pond), surrounded by weeping-willows, and close to the *Jardin Anglais* in the Park attached to the *Château* of Fontainebleau, a large number of *carpes* are kept. Some of them are very old, and great favourites with the holiday-makers, who take delight in feeding them.

7 *Académie des Sciences.* This is one of the five *Académies* composing the *Institut de France* (viz. *Académie Française, des Inscriptions et Belles-Lettres, des Sciences, des Beaux-Arts, des Sciences morales et politiques*). It was founded by Colbert in 1666, and is now composed of sixty-five associate French members, eight foreign members, and many French and foreign correspondents.

Line

15 *grognards à moustache blanche*; lit. white-mustached growlers. Here, simply: white-mustached old soldiers, veterans of the first Empire.

23 *prêcha à mots couverts contre*, alluded in his sermon to; lit. preached in ambiguous words against.

24 *prométhées*, Prometheus-like men. Prometheus, according to Mythology, made men of clay, and stole fire from heaven to animate them. For this he was chained by Zeus to Mount Caucasus, where an eagle preyed on his liver daily.

> Faster bound to Aaron's charming eyes
> Than is Promotheus tied to Caucasus.
>
> Shakespeare: *Titus Andronicus*, ii. 1.

32 *Magenta, i.e.* the battle of Magenta (June 4, 1859) in which the French, commanded by Napoleon III., defeated the Austrians. Marshal MacMahon was created Duke of Magenta on the battle-field for having mostly contributed to the victory.

Page 61

12 *au pas de charge*, at a double-quick step, *or* charging pace.
15 *à bon droit*, rightly.

Page 62

2 *J'entends qu'il soit mon témoin*, I mean to have him as a witness.
5 *dire que.* See note on p. 15, l. 10.
12 *les publications faites, les affiches posées*, the bans of marriage read in church and put up at the door of the town-hall. In France, the bans of marriage must be read in church, and put up at the door of the town-hall of the native places of the bride and bridegroom for two consecutive Sundays.
22 *les méchantes langues*, the gossip-mongers; backbiters.
27 *au bois dormant.* See note on p. 16, l. 20.

Page 63

18 *qu'il s'agit de*, that I am alluding to. See note on p. 54, l. 24.
23 *bien entendu*, of course.
30 *nous ne le tenons pas pour mort*, we do not consider him as dead. See note on p. 119, l. 17.
32 *médecin des morts*; lit. doctor of the dead. In French towns there is a special doctor appointed by the municipality to ascertain the cause of death and give a certificate, without which the funeral cannot take place.

Page 64

7 *vous vous êtes donc mis en règle*, I suppose you are legally authorised.
25 *à Dieu ne plaise*, God forbid.
27 *je serais dans l'ordre et dans la légalité*, I should be acting rightly and in obedience to the law.

Page 65

7 *n'est pas le premier venu*, is not an ordinary man. See note on p. 18, l. 31.

8 *sans feu ni lieu*, homeless.

12 *il ne faut pas toucher à*, you must not say anything against *or* disparaging; you must not find fault with.

16 *lui faire tort*, to deprive it.

19 *croyez que je serai de moitié avec vous*, you may be sure that I will concur with you. See note on p. 55, l. 18.

28 *a jeté le trouble dans*, has disturbed; has made . . . uneasy.

30 *ne porte un coup à*, may do harm to. About this expletive *ne*, see notes on p. 24, l. 14, and p. 46, l. 18.

Page 66

6 *ivrognes de Russes.* See note on p. 2, l. 29.

10 *boutique de bric-à-brac*, curiosity shop. Cf. *de bric et de broc*, some way or other, by hook and crook. See note on p. 2, l. 31.

18 *je me rends à*, I yield to; declare myself convinced by; give in.

X

Page 68

19 *éléments de Bunsen*, Bunsen's battery.—Bunsen (Robert Wilhelm), eminent German chemist, was born at Göttingen in 1811, and introduced great improvements in galvanic batteries.

Page 69

4 *tout justement*, fortunately.

10 *il ne s'agissait pas de*, they had to be very careful not to. See note on p. 56, l. 1.

24 *tour à tour*, by turns; alternately.

Page 70

11 *de temps à autre*, now and then.

13 *on eût dit.* See note on p. 22, l. 5.

Page 71

2 *qu'il ne faudrait*, than they should be. See notes on p. 24, l. 14, and p. 46, l, 18.

13 *les voilà remis à flot*, they are now set in motion; lit. there they are, set afloat again. About *voilà*, see note on p. 28, l. 32.

18 *voudra se mettre en branle*, can be set going, *or* put in motion.

23 *hors duquel il n'y a pas de salut*, a modified application of the well-known saying attributed to a Roman Catholic theologian: *hors de l'Église point de salut.* About *hors*, see note on p. 7, l. 1.

27 *École des femmes*, one of the best plays of Molière (1622-1673).

Page 72

30 *de milieu*, ambient, *i.e.* surrounding.

Page 73

13 *au profit du salon*, in order to go to the drawing-room.

23 *se serraient les coudes*, were crowding together.

Page 74

6 *renaissance*, reviving; lit. new birth; fig. revival. Notice the intentional, but not very effective, pun on the words *naissance* and *renaissance*. The word *Renaissance* (with a capital R) is used when speaking of that revival of learning, letters and art, which characterised the sixteenth century. *Style Renaissance*, style of architecture which came into vogue at that period.

8 *Æson*, king of Iolcos in Thessalia, and father of Jason, leader of the Argonauts in their attempt to obtain the golden fleece. See next note.

9 *chaudière de Médée*, Medea's Caldron. Medea, a sorceress, daughter of the king of Colchis, in Greece, and wife of Jason. She pretended to have a secret for boiling the old into youth again. As a proof of her power she once cut an old ram to pieces, threw the pieces into her caldron, and the old ram came forth a young lamb. The daughters of Æson wished to restore their father to youth in the same way, but at the last moment Medea refused to utter the magic words, and the old man never returned to life.

Get thee Medea's kettle and be boiled anew.

Congreve: *Love for love*, iv.

11 *magicienne de Colchos*, the sorceress of Colchis, *i.e.* Medea. See preceding note.

29 *il conviendrait de*, it would be proper.

Page 75

21 *Sax (Ch. Joseph)*, great manufacturer of wind musical instruments, who lived in the first half of this century.

XI

Page 77

4 *étaient rentrés les uns dans les autres*, had telescoped each other,—as carriages in a railway collision.

10 *qui se trouve à sa portée*, within his reach.

20 *la mère* (pop. and familiar expression), old woman. See note on p. 160, l. 34.

22 *gardez-vous en bien*, don't do anything of the sort; lit. take good care not to. See note on p. 7, l. 13.

27 *mon Esculape*, my dear doctor. Esculapios, in Homer, is a « blameless physician », whose sons were the medical attendants of the Greek army. Subsequently he was held to be the « god of the medical art »; and from him the name of *disciple d'Esculape*, or simply *Esculape*, is sometimes given familiarly and rather sarcastically to a *docteur*. See note on p. 168, l. 14.

touchez-là, give me your hand; shake hands. With a certain class of people, it is customary to shake hands, as a proof of good faith, after a bargain is concluded or agreed upon. See note on p. 164, l. 23.

une centaine de pandours, some hundred rascals, *or* brutes. *Pan-*

Line

dours, a name given to certain irregular troops of Hungary; thence, plunderer, freebooter, rascals, brutes, etc. About *centaine*, see note on p. 55, 1, 1.

Page 78

7 *à qui l'on en devait*, to whom some were due. About *l'on*, see note on p. 1, *Title*.

9 *exprès*, special messenger.

15 *ah çà!* well, now.

23 *disciple d'Uranie*, i.e. astronomer. *Uranie*, Uranus (from Gr. οὐρανός, sky) was in Greek mythology one of the nine Muses, and the goddess of astronomy. In astronomy, Uranus is the name of a planet, the *Georgium sidus* of Herschel.

24 *Monge* (Gaspard), a celebrated French mathematician and astronomer (1746-1818).

Berthollet (Claude-Louis, comte), one of the most eminent chemists of his age (1748-1822).

29 *à défaut d'autres indices*, in the absence of any other indication.

Page 79

6 *ce n'est toujours pas vous qui m'en remontrerez*, it is not you, anyhow, who can teach me anything new. Prov.: *c'est Gros-Jean qui veut en remontrer à son curé*, it is teaching one's grandmother to suck eggs.

17 *il n'y paraîtra plus*, there will be no trace of it left.

18 *Hippocrate*, Hippocrates, a Greek doctor (460 B.C.), considered as the father of Medicine.

20 *se mit en devoir*, prepared himself to; began.

21 *sur ces entrefaites*, in the meanwhile.

Page 80

18 *de se vaincre soi-même*, to subdue one's passions.—« On est né pour les grandes choses, quand on a la force de *se vaincre soi-même* ».—Massillon.

Page 81

3 *je me moque pas mal*, what do I care for. See note on p. 175, 1. 5.

19 *à votre compte*, if your reckoning is right.

30 *se soit jamais vu à pareille épreuve*, ever went through such an ordeal.

Page 82

3 *orgue ambulant*, grinding-organ.

4 *Partant pour la Syrie*, the national air of the French Empire. The words were written by M. de Laborde in 1809, and the music composed by Queen Hortense, mother of Napoleon III. See next note.

7 *Hortense* (reine); Hortense Eugénie de Beauharnais (1783-1837), wife of Louis-Bonaparte who was raised to the throne of Holland in 1806, and mother of Napoleon III.

13 *Marseillaise*, celebrated song of the French Revolution, the words

P

and music of which were composed by J. Rouget de Lisle (1760-1835). On July 30, 1792, the Marseilles volunteers, invited by Barbaroux at the instance of Madame Roland, marched into Paris singing that patriotic song; and the Parisians, enchanted with it, called it the *Hymne des Marseillais*. Under the name of *la Marseillaise* it has become the national song of Republican France.

14 *ne s'en battaient pas plus mal*, did not fight the worse for it.

16 *napoléon*, or *louis*, a familiar name for the French gold coin of 20 francs. See note on p. 24, l. 27.

19 *moulin à musique*, grinding-organ; lit. musical-mill. See note on p. 82, l. 3.

20 *avance à l'ordre!* (military command), advance one, *i.e.* come forward; come here.

2 *un petit chou, mon bon mouchu*, peculiar way in which the Savoyard pronounce the words *sou, monsieur*. In their mouth the *s* is sounded *ch*.

au trot, in running away.

30 *qui ne risque rien n'a rien* (Prov.), nothing venture, nothing have.

Page 84

6 *Norvins* (Jacques Marquet, baron de Montbreton de), French historian (1769-1854), author of a well-known *Histoire de Napoléon*, 4 vols. in 8vo, 1827.

7 *Raffet* (Denis-Auguste-Marie), French painter; illustrated a great number of books; mostly known by his lithographs representing military subjects.

8 *qu'en la touchant du doigt* (fig.), only when it was made evident to him; lit. only when he could touch it with his finger.

15 *première abdication*. Abdication of Napoleon I., at Fontainebleau, 11th April 1814.

16 *roi de Rome*, title given at his birth (1811) to François Joseph Napoléon, son of Napoleon I. After the abdication of his father, he was proclaimed Emperor by the Senate under the name of Napoleon II., but he never reigned, the Allies having refused to acknowledge his election. He was then entrusted to the care of the Emperor of Austria, and died at Schönbrunn (see note on p. 85, l, 4) in 1832.

21 *la campagne de France*, the campaign carried on on French soil, in 1814, by Napoleon I. against the Allies, after the disaster of Leipsic (18th and 19th October 1813).

22 *adieux de Fontainebleau*, i.e. Napoleon I. taking leave of his army, April 20th, 1814, after his first abdication. See preceding note.

23 *retour de l'île d'Elbe*. Napoleon I., having been compelled by the Allies to retire to the Isle of Elba, escaped from there during the night of the 25th of February 1815, landed at Fréjus on the 1st of March, with about 1200 men, marched on Paris, and expelled Louis XVIII. from the kingdom.

27 *Blücher* (Field-Marshal Lebrecht von), Prussian general (1742-1819), whose impetuous intrepidity gained him the familiar appellation of *Marshal Forward*.

auraient bien vu (*ce dont je suis capable*, or something of that kind, being understood), would have had a hard nut to crack.

30 *Murat* (Joachim), one of the most intrepid of the French marshals of the First Empire. He was the son of an innkeeper of Cahors, where he was born in 1771. Having enlisted as a chasseur, he followed Napoleon to Italy as his aide-de-camp, in 1796; and subsequently was placed on the throne of Naples by the Emperor. Finally, he was condemned to be shot by a court-martial held at Pizzo. This sentence was carried out, October 13, 1815, when Murat met his fate with undaunted courage.

Ney (Michel), marshal of France, was born in 1769. At the end of a most brilliant military career he was, after the second abdication (see note on p. 84, l. 15) of Napoleon in 1815, tried by court-martial and shot on the 7th of December 1815.

31 *Brune* (Guillaume), French marshal, born in 1763. On the Emperor's second abdication (1815), he was put to death by a party of royalists at Avignon, August 2, 1815.

Mouton Duvernet, French general; born March 3, 1769; and shot by the royalists at Lyons, July 27, 1816.

Page 85

4 *Schönbrunn*, in Austria, where *le Roi de Rome*, i.e. Napoleon II., son of Napoleon I., died in the prime of life, in 1832. See note on p. 84, l. 16.

10 *Restauration.* In French history that name is given to the reigns of Louis XVIII. and Charles X. The first Restauration dates from the day when the Bourbons were replaced on the throne of France, after the fall of the Empire—that is to say, from the 6th of April 1814 to the flight of Louis XVIII. and the return of Napoleon, March 20, 1815. The second one covers the period from the 28th of June 1815 to the end of July 1830. See note on p. 125, l. 6.

monarchie de 1830, i.e. accession to the throne of Louis Philippe Ier, on the 9th of August 1830, after the deposition of Charles X. on the 30th of July 1830.

23 *ma pauvre vieille*, (*i.e.* France), familiar and endearing term: dear old fatherland. See notes on p. 160, l. 34, and p. 200, l. 9.

23 *le géant de notre siècle.* Napoleon I. was Corsican by birth (August 15, 1769).

XII

Page 86

4 *qu'on mît aisément la main sur une voiture*, that a carriage could easily be procured. Note the subj. (*mît*), on account of *en supposant que* which begins the sentence.

15 *son compagnon de chaîne* (fig.), her fellow-servant. A figurative expression derived from the life of convicts, who, when taken out, were bound together by an iron chain passing through a ring attached to some part of their body, generally the waist or the ankle: *la chaîne était escortée par un piquet de gendarmes*, the gang of convicts was escorted by a picket of gendarmes.

Page 87

2 *n'étaient pas des plus rassurés*, were not completely reassured, *or* at rest.

Page 88

9 *à la retraite*, on the retired list.
18 *au hasard*, anyhow; as they liked.

Page 89

4 *à la*, with. The prep. *à*, with or without the article, is often used to express the relation that exists between two nouns: *l'homme à l'oreille cassée; un vieillard à barbe blanche.*
33 *Sybaris*. See note on p. 26, l. 4.

Page 90

28 *cadre de réserve*, the reserve officers. Lit. *cadre* (milit.), roll of officers, non-commissioned officers and corporals in a regiment, company, squadron or battery.
le grand et petit équipement, the accoutrements and the kit.
30 *fusil à piston*, percussion-rifle.
31 *canon rayé*, rifled gun.
32 *n'était pas son fort*, was not his strong point.

Page 91

3 *sans perdre un coup de dent*; lit. without losing a bite, *i.e.* acting greedily all the while.
5 *sur les bras*; lit. on her hands, *i.e.* to contend with, to face, to front.
16 *Duc de Solférino.* General Niel was created Marshal and Duke of Solferino on the battle-field by Napoleon III. after the battle of Solferino, June 24th, 1859.
18 *n'en fera jamais d'autres*, will always be the same. The word *choses* is understood here. Cf. note on p. 23, l. 12.
19 *la déesse des Victoires l'a touché de son aile*, fig. the Goddess Victory has touched him with her wing, and thereby made him invincible. The Greeks and Romans had erected numerous temples to Victory, who was always represented crowned with laurel-leaves, with wings on her shoulders and a bunch of palm leaves in her hands.

Page 92

4 *Villafranca*, in Venetia. It was there that, after the victory of Solferino, Napoleon III. and Francis-Joseph, Emperor of Austria, signed, on the 12th of July 1859, the preliminaries of peace.
10 *Théorie*, drill manual.
19 *à faire tourner*, sufficient to set ... in motion. See note on p. 104, l. 29.
24 *Mlle Mars*, great French tragedian (1779-1841).
34 *me faire prendre des vessies pour des lanternes*, to make fun, *or* a fool, of me. Lit. to make one believe that a bladder is a lantern; fig. to pass off chalk for cheese.

Page 93

13 *il se plaça lui-même sur la sellette*, he offered to relate it himself. *Sellette* (dimin. of *selle*; from Lat. *sella* [for sedla], *sedere*, to sit) was the name of the stool on which, in Courts of justice, accused persons who had to be cross-examined were seated. *Faire asseoir quelqu'un sur la sellette* (to make a person sit on the stool) was, therefore, to cross-examine some one in order to find out how far he was innocent or guilty of the crime he was charged with. Ex.: « Ce vieillard (Calas) crut que cet appareil (un bûcher où l'on brûlait un livre) était celui de son supplice; il tomba évanoui; il ne put répondre quand il fut traîné sur la *sellette*; son trouble servit à sa condamnation » (Voltaire). Thence, the figurative meaning of « to take to task », « to charge with », « to lay the blame on ». Ex.:

Et mis sur la *sellette* aux pieds de la critique,
Je vois bien tout de bon qu'il faut que je m'explique.
(Boileau, *Satire*, x.)

XIII

Page 94

8 *Jeu de Paume* (lit. tennis, tennis-court). In French history, *Jeu de Paume* is the name given to the momentous meeting of the deputies of the people at the Tennis-court of Versailles in 1789.

9 *troubadours*, poets of the South of France, in the 11th, 12th, and 13th centuries; the poets of the North (*i.e.* above the Loire), were called *Trouvères*. *La langue des Troubadours*, generally called *Langue d'Oc* (*la langue des Trouvères* being the *Langue d'Oïl*), is the Provençal dialect. The words *oc* (Lat. hoc) and *oïl* (Lat. hoc illud) stood for *oui*, in the two different dialects which divided France in the Middle Ages.

12 *insecte bien connu*, *i.e. hanneton*, cockchafer. Fam. *étourdi comme un hanneton*, as giddy as a goose.

15 *ministre des autels*, priest of the Roman Catholic Church.

17 *Chiron*, the centaur who, according to the legend, taught music, medicine and hunting to Achilles.

18 *Mentor, i.e.* a wise and faithful counsellor. In the *Télémaque* of Fénelon, Mentor is a friend of Ulysses, whose form Minerva assumed when she accompanied Telemachus in his search for his father.

la forte moelle, etc., is, in Fougas' rather poetical and high-flown language, the Latin and Greek tongues.

Page 95

1 *firent flotter*, spread over. See note on p. 5, l. 7.

4 *réuni ses forces en faisceau*, collected her armies together. Milit., *faisceau d'armes*, pile of arms; *mettre les armes en faisceau*, to pile arms.

12 *arrachait à . . . des larmes*, brought tears . . . up to.

15 *dussé-je*, were I to. Notice the acute accent which is put there for the sake of euphony.

Line

20 *Cicéron.* Marcus Tullius Cicero, considered as the prince of Roman orators.

22 *Mondors, i.e.* (fig.), quack-doctors, charlatans. *Philippe Girard, dit Mondor,* renowned quack of the seventeenth century, and partner of the celebrated Tabarin, in whose facetious works his name is frequently mentioned.

23 *Bellone,* goddess of war and wife of Mars, in Roman mythology. *Le lait de Bellone,* the spirit of war. See note on p. 197, l. 29.

27 *protées* (fig.), turncoats, *i.e.* men full of shifts, disguises, etc. In mythology, Proteus was Neptune's herdsman, an old man and a prophet, who was gifted with the supernatural power of changing his shape into any form he chose.

28 *Turcaret,* a chevalier in Le Sage's comedy of the same name; fig. a man who has become rich by hook or by crook, and who makes a great display of his wealth.

30 *Chevaliers de la Table ronde,* Knights of the Round Table. A military order instituted by Arthur, the first king of the Britons, A.D. 516. They were all (some say 24, others 12, and others 150) seated at a round table, that no one might claim a post of honour.

33 *Rolands* (fig.), valiant warriors. Roland, one of Charlemagne's paladins and nephews. His name appears in several romances of the time, in all of which he is represented as brave, loyal and chivalrous.

34 *Charlemagne,* or Charles the Great, b. 742, d. 814, king of the Franks and Emperor of the West; was great, not only as a conqueror, but as a legislator and a promoter of science and literature.

Page 96

·18 *Parque.* The Parcæ, or Fates, in ancient mythology, were three in number; they were so called (fr. *pars,* a lot) because they decided the lot of every man.

21 *Iéna,* a town in Saxe-Weimar, where Napoleon I. won a great victory over the Prussians, Oct. 14th, 1806.

22 *Eylau,* in Eastern Prussia, where Napoleon I. defeated the combined forces of Russia and Prussia on the 7th and 8th of February, 1807.

Wagram, in Austria, where Napoleon I. defeated the Archduke Charles, on the 5th and 6th of July 1809, when General Berthier received the title of *Prince de Wagram* on the field of battle.

24 *Almeida,* in Portugal; was taken by the French in 1810.

25 *Badajoz,* in Spain, taken by Marshal Soult, on the 8th of March 1811.

Moskowa, in Russia, where the French won a glorious victory over the Russians, Sept. 7th, 1812, when Marshal Ney received the title of *Prince de la Moskova.*

26 *à pleins bords,* to the brim. About *plein,* see note on p. 163, l. 7.

29 *dépouille mortelle* ; lit. mortal remains ; here, dead body.

Page 97

4 *Esculape.* See note on p. 77, l. 27.

6 *foudres muets,* silenced guns. *Foudre* is feminine when it means « thunder », « lightning » ; used figuratively (Ex. *un foudre de guerre,* a valiant warrior; *un foudre d'éloquence,* a great orator), it is masculine ; also, when it has the meaning of « tun », « vat ».

Line
9 *Bérésina*, a river in Russia, the crossing of which was so disastrous for the French on the 26th of November 1812.
Wilna, a town in Poland; taken by the French, June 28, 1812.

Page 98

2 *la brune liqueur du Nord*, *i.e.* beer.
10 *coup de foudre* (fig.), a sudden and unexpected event. See note on p. 97, l. 6. Lit. thunder-clap. See note on p. 192, *Title*.
31 *en main propre*, in his own hand.

Page 99

16 *pékins*. Military men affect to sarcastically call all civilians *pékins*. There is, apropos of the difference between these two words, *militaire* and *civil* (civilian *or* polite, double meaning of *civil*), an amusing anecdote: un général du premier Empire affectait, dans un salon, de ne désigner la classe bourgeoise que sous le nom de *pékins*. Talleyrand, qui était présent, lui demanda, impatienté: «Général, qu'entendez-vous donc par ce mot *pékins*?—Nous autres, répondit le traîneur de sabre, nous appelons *pékin* tout ce qui n'est pas *militaire*.—Ah! très bien, je comprends, répondit le célèbre diplomate avec un fin sourire; c'est comme nous: nous appelons *militaire* tout ce qui n'est pas *civil* (polite).»
18 *de leur couper . . . au moins la parole*, to at least cut . . . them short.
33 *ah ça! qu'est-ce que vous me chantiez donc, vous autres*, come now, what stories have you been telling me. These words *vous autres*, being used here as a mere expletive, are not rendered in English. *Nous autres Français, nous ne sommes pas . . .* We Frenchmen are not . . .

XIV

Page 101

Title. *jeu de l'amour et de l'espadon*, lit. game of love and sword; or simply: love and sword. The *espadon* was a two-handed sword *or* broad sword much in use during the 15th and 16th centuries.
2 *Mahomet*. Mohammed (Abul Hasem Ibu Abdallah), the Arabian prophet and the founder of Islam; born at Mecca, A.D. 570; died at Medina (*i.e.* Medinet-al-Nabi, the town of the Prophet), June 7, 632. The Koran, or Mohammedan Bible, is composed of the various fragmentary revelations alleged to have been made to the prophet from time to time, as circumstances made them needful.
il courut à la montagne. Allusion to an episode in the life of Mohammed: it is said that some unbelievers, wishing to put to the test his self-attributed miraculous power, asked him to beckon to a neighbouring mountain to come to him. Mohammed did so, but as the mountain did not move, the Prophet quickly replied: «well, since the mountain refuses to come to Mohammed, Mohammed will go to the mountain», and he at once started off in the direction of it.
13 *de tout*, altogether.
18 *était de fer*, exceedingly strong; lit. made of iron.

Page 102

17 *elle ne vous touche ni de près ni de loin*, she is in no way related to you.

Page 103

1 *semble avoir pris à tâche*, seems tending to. Lit. and fig. *prendre à tâche*, to make it a point, a duty, of.

34 *si elle fait mine*, if she shows any intention. Lit. *faire mine*, to feign, to pretend, to look as if. See note on p. 6, l. 3.

Page 104

29 *c'était à perdre la tête*, it was enough to make one lose one's head, *or* to go mad. See note on p. 92, l. 19.

Page 105

9 *vous auriez beau faire*, do whatever you like. See note on p. 2, l. 26bis.

18 *il faut en finir à la fin*, all this must now come to an end.

27 *il la tutoie*, he thee-and-thou's her. In French, the *tutoiement* (thou-ing) is, as a rule, the sign of great intimacy, of close relationship, *or* sometimes of contempt. See notes on p. 164, l. 23, and p. 171, l. 29.

Page 106

5 *son café*, *i.e.* the *café* which he frequents regularly. In every garrison town, there is always a *café* more especially frequented by officers. *Café* must not be translated by *coffee-house*, for an English coffee-house gives a very inadequate idea of what a French *Café* is.

9 *ait battu*, has ever beaten. Notice the use of the subj. mood *ait* after *le seul . . . qui.*

19 *laisse faire l'amour*, leave it all to love ; trust to love.

Page 107

8 *à vous couper la gorge*, in fighting a duel with me.

11 *à Dieu ne plaise.* See note on p. 64, l. 25.

24 *est à votre tête*, fits you.

27 *halte-là*, not if I know it. Lit. stop there.

Page 108

2 *qu'importe*, never mind ; what does it matter?

17 *de me casser la tête pour*, to bother myself about.

18 *voilà le solide et le certain*, that's the short and the long of it; that is the naked truth. About *voilà*, see note on p. 28, l. 32.

19 *mon garçon de noces*, my groomsman.

Page 110

10 *il a donné dans le panneau*, he took it all in; he fell in the snare. Lit. *panneau* (from Latin *pannus*, piece of cloth), panel, and fig.

trap, net; hence the fam. locution *donner dans le panneau*, to fall
into the net.

12 *quelques culottes de peau* (fig.), old soldiers; lit. leather breeches.
« Habit boutonné militairement. Culotte de peau, au physique
et au moral.» (Lorédan Larchey.)

13 *auprès de*, compared to.

22 *qu'il se débrouille maintenant*, he must now look out for himself; we
must leave him to his own devices; let us not trouble ourselves any
more about him. Lit. *débrouiller*, to disentangle, to put in order
to clear up, to guess, to explain. Ex. :

> Allez, exercez-vous ; *débrouillez* la quenouille.
> A. de Musset.

> Villon sut le premier, dans ces siècles grossiers,
> *Débrouiller* l'art confus de nos vieux romanciers.
> Boileau.

Se débrouiller, to get disentangled, to clear up. Ex.: cet écheveau
s'embrouille au lieu de *se débrouiller*. Fam. *se débrouiller* (in
speaking of persons), to get out of, to get over difficulties. Ex. :
« c'est un gaillard qui *se débrouillera* toujours ». « Dans l'armée et
dans la marine, un homme qui *se débrouille* est un homme aguerri,
qui sait son métier » (Lorédan Larchey). In slightly altering a line
of a popular comic song, we might give as a rendering of *qu'il se
débrouille*, « let him paddle his own canoe ». More familiar still is
the slang noun (often used as an adjective) *débrouillard*, i.e. a man
who has a mind fertile in resources, in contrivances, to get on in the
world, or to extricate himself out of difficulties. Ex. : « vous allez
voir qu'il faut avoir l'œil, comme disent les *débrouillards* ». (W. de
Fonvielle.)

25 *bienfait oblige*. Taken by itself this sentence is rather ambiguous :
it might mean either: un *bienfait* reçu *oblige* celui qui le reçoit à
témoigner de la reconnaissance (one good turn deserves another) ; or
else : un *bienfait oblige* celui qui en est l'auteur à donner suite à ce
bienfait (lit. a service rendered makes it a duty for him who rendered it to render a new one). The last interpretation is, evidently,
the right one here, as is shown by the context : the fact that we have
already obliged him makes it a duty for us to oblige him again.

28 *on eût dit*, it sounded as if. See note on p. 22, l. 5.

Page 111

9 *au premier abord*, at first, i.e., on his first entering the room.

18 *qu'il y avait péril en la demeure*, that there was danger somewhere
(*or* ahead); that there was not a moment to lose.

21 *à pas de loup*, on tiptoe; stealthily. The word *loup* enters into the
composition of many idiomatic or proverbial expressions: *il est
connu comme le loup blanc*, everybody knows him ; *il fait un froid
de loup*, it is exceedingly cold ; *le loup mourra dans sa peau*, a
wicked man will never amend ; *qui se fait brebis, le loup le mange*,
a meek man is sure to be trodden upon ; *les loups ne se mangent
pas entre eux*, there is honour among thieves ; *il faut hurler avec
les loups*, we must do at Rome as the Romans do, etc. etc.

26 *à l'aveuglette*, as if feeling his way about. The word *aveuglette* is
only used in this adverbial expression. See note on p. 7, l. 25.

Page 112

2 *à titre de prêt*, as a loan.

3 *qu'il n'eût*, before he had. *Que*, standing here for *sans que*, requires
to be followed by a verb in the subj. mood, with the particle *ne*.
See notes on p. 46, l. 18, and p. 123, l. 19.

11 *s'étaient roués de coups* (fam.), they had given each other such a
thrashing. Cf. note on p. 171, l. 2.

14 *serait en état de*, sufficiently well to.

15 *tant soit peu*, a little ; somewhat.

16 *sage comme une image*, as quiet as a lamb.

17 *il se faisait la barbe*, he was shaving himself.

19 *Nicolo* (Nicolas Isouard, *alias*), composer, born at Malta in 1775, of
French parents ; died in Paris, March 24, 1818.

20 *de lui faire une rente*, to serve her a pension. See note on p. 8, l. 3.

25 *aujourd'hui même*, this very day.

32 *lettres de part* (generally : *lettres de faire part*), circular-letters or
cards by which people inform their friends of important events
(such as birth, marriage, death) which have occurred in their
family. See note on p. 59, l. 6.

33 *chapelle de la Vierge retenue à la paroisse*, i.e. the chapel specially
dedicated to the Holy Virgin had been engaged in the parish
church (for the celebration of the marriage).

Page 113

19 *qui se bat demain*, who is to fight a duel to-morrow.

31 *pour lui jeter la pierre*, to blame him. Prov. *faire d'une pierre deux
coups*, to kill two birds with one stone ; *être malheureux comme les
pierres*, to be most unhappy.

Page 114

4 *porte cochère*, carriage-gate.

10 *en plein air*, outside ; lit. in the open air.

14 *le fond du tableau*, the back-ground.

15 *faisceaux d'armes*, piles of arms. See note on p. 95, l. 4.

18 *l'arme au pied*, standing at case.

20 *Partant pour la Syrie*. See note on p. 82, l. 4.

21 *battirent aux champs*, did beat a salute *or* ruffle.

25 *il faut bien passer quelque chose à*, after all we must excuse (*or*
forgive) something.

Page 116

8 *voltairienne*, Voltaire-like, *i.e.* in a style as clear (*or* pure) as that of
Voltaire.

10 *en masse*, all together.

14 *plus ivre à lui tout seul qu'un bataillon de Suisses*, who, taken singly,
was more intoxicated than a whole battalion of Swiss. The Swiss
have the repute of being great drinkers ; so we say indifferently :
boire à tire-larigot (pop.), *boire comme un templier, un trou, une*

Line

éponge, un Suisse, etc. for: to drink hard; to be a great drinker; to drink like a fish.

15 *distribua force poignées de main*, shook hands right and left with every one. Lit. distributed a great many shakes of the hand. The noun *force* placed immediately before a noun is used adverbially and must be rendered by «plenty», «much», «a great deal of», etc. Ex.: *avoir force argent*, to have plenty of money; *force gens prétendent* . . ., many people pretend; etc.

17 *fit la grimace*, looked annoyed. Lit. *faire la grimace*, to make faces; fig. to cast a sour glance at a person.

24 *s'éteignit dans sa force*, went out of its own accord, *i.e.* because it was not stirred, in order to have it stronger.

31 *Bordesoulle* (Étienne *Tardif*, comte de), French cavalry general (1771-1837).

32 *Plauen*, small town in Saxony.

Page 117

1 *Dresde* (victoire de), gained by Napoleon I. on the 26th and 27th of August 1813, over the combined forces of Austria, Russia, and Prussia.

15 *si l'on tenait beaucoup à le confisquer au profit d'une seule arme*, if people were particularly anxious to class him in any special branch of the service (*i.e.* cavalry *or* infantry).

17 *je le veux bien*, very well; as you like.

18-19-20 *de loin*, in a distant way; *de près*, in a closer way; *à côté*, sidewise; *sur les côtés*, on the sides; *de côté* (l. 29), aside. Note the different meanings of these adverbial expressions and the pun which both officers try to make by using each a modified form of them.

22 *je m'en moque*, I don't care.

Page 118

3 *c'est du joli*, what a sight.

22 *chef de bataillon* (infantry), major. See note on p. 121, l. 18.

24 *de monter en grade*, to get promoted; lit. to rise in rank.

26 *la moutarde monta de plus en plus au nez de Fougas*, Fougas became more and more peevish *or* excited.

30 *faire une partie de cheval avec moi*, to try his skill with me on horseback.

Page 119

9 *en grasseyant*, in rolling his R's. Lit. to speak thick, *parler gras*. «*Grasseyer*», Littré says, «c'est prononcer les R d'une manière *vicieuse*. . . . Le véritable grasseyement consiste en ce que dans les mots où la lettre *r* se trouve, seule ou jointe à une autre consonne, on fait entendre une sorte de roulement guttural»—the guttural part of the rolling being its chief feature. Some people, still more ridiculously affected, do not pronounce the *r* at all, saying, for instance, *pa—ole, Pa—is*, instead of *parole, Paris*. To sum up: «l'*R*, Mme. Thénard, de la Comédie Française, says in her short but excellent *Manuel de la Parole*, doit se prononcer comme les autres lettres, avec la langue et les lèvres. . . . On doit exclure la vibration

sous peine de paraître affecté». In Paris that guttural rolling of
the *R* is considered vulgar and *faubourien*. As an exercise of pro-
nunciation, learn by heart the following sentence: «les rivaux
roulèrent dans l'arène et repoussés par les rires réprobateurs et les
regards courroucés des curieux reculèrent en arrière»; or these
English words, «round the rugged rocks the ragged rascal ran».—
Note furthermore that with *grasseyer*, the *y* is never changed into
i, as is the case with most verbs in *yer*.

17 *se tenait pour*, considered himself as. See note on p. 63, l. 30.

19 *l'affaire irait toute seule*, there would be no difficulty in the way;
nothing could prevent the duel.

24 *montés à crin* (or else, *à poil, à cru*), without a saddle; riding bare-
back.

26 *faquin*, rascal, scoundrel, scamp. Fr. Ital. *facchino*, street-porter;
thence, a rough man, a rascal, an impertinent fellow.

Page 120

3 *il rompit en visière à*, he abruptly (*or* openly) quarrelled with. Lit.
to break one's lance on the visor (*i.e.* that part of the armour which
was drawn over the face) of one's adversary.

7 *tourna casaque*, turned his back; went away. Fig. to desert one's
party; to be a turn-coat.

11 *dormit tout d'une étape* (or very often, *d'une seule traite*, at a stretch),
slept soundly (like a dormouse, a log, a top).

18 *allons nous aligner*, let us go to the fighting-ground. Lit. and milit.
s'aligner, to fall into line; fig. and fam., to fight a duel.

24 *en contrebande*, on the sly. Lit. *faire la contrebande*, to smuggle;
faire entrer de contrebande, to smuggle in.
prit son billet sur un arbre, climbed up a tree (to view the performance). Lit. took his seat ticket on a tree.

27 *aux prises*, engaged.

31 *en eut pour son argent*, had his money's worth.

Page 121

4 *lui valurent un succès d'entrée*, won immediately for him a great
success.

8 *Bacchus*, in Roman mythology, the god of wine. He is represented
as a beautiful youth with dark eyes, golden and curly locks, flowing
about his shoulders and filleted with ivy.
Achille, Achilles, king of the Myrmidons, in Thessaly; the hero of
Homer's epic poem called *Iliad*. He is represented as brave and
relentless.

13 *demi-sang percheron*, half-bred percheron. The name of *percheron* is
given to a special class of horses bred in the Perche, that is to say
in the departments of Orne, Eure-et-Loir, Sarthe, Loir-et-Cher.

18 *chef d'escadron* (cavalry), major. See note on p. 118, l. 22.

23 *position de prime*, the first of the chief guards in fencing.

28 *piqua des deux*, spurred on his horse. Lit. pricked his horse with
both spurs.

29 *prit du champ*, rode away a short distance.

NOTES

Page 122

7 *il lui allongea un coup de pointe qui l'aurait traversé comme un cerceau, si M. du Marnet ne fût pas venu en temps à la parade,* he lunged and made a thrust at him, which would have gone through his body, if M. du Marnet had not parried it in time. Lit. *traversé comme un cerceau,* gone through him as through one of those paper-covered hoops used in a circus.

9 *il riposta par un joli coup de quarte,* he cleverly parried in quarte (*or* carte, *i.e.* inside) and returned a thrust.

12 *il para de tout son corps en se laissant couler à terre,* he warded off the thrust in throwing himself aside and sliding from his horse; evaded the blow by sliding off his saddle down to the ground.

18 *tu blagues* (fam.) you are chaffing, sneering at. Fam. *avoir de la blague,* to have the gift of the gab.

à toi ! this is for you ; look out.

19 *merci de la riposte,* the parry is not bad ; lit. thank you for the parry.

21 *tiens,* now.

23 *à toi la botte,* here is a thrust for you.

32 *major* (stands here for *chirurgien-major,* senior surgeon), doctor.

Page 123

4 *Esculape de Mars.* In Fougas' high-flown language, this simply means *doctor.* See note on p. 77, l. 27.

9 *à faire frémir,* abundantly ; in great quantity. Lit. enough to make one shudder. Cf. note on p. 104, l. 29.

10 *hémostatique,* hæmostatic, *i.e.* which stops hæmorrhages or bleeding. Etym. Greek : αἱμοστατικός ; fr. αἱμόστασις ; fr. αἷμα, blood ; and στάσις, stop.

19 *qu'il ne l'eût entendu ronfler,* until he heard him snore. See note on p. 46, l. 18.

XV

Page 124

Title. *du Capitole à la roche Tarpéienne.* The *Capitole* was a citadel of ancient Rome, in which there was a Temple dedicated to Jupiter. The Tarpeian Rock was a part of the Capitoline Hill, from the top of which traitors were hurled down. Thence, the proverbial expression cited here, with the fig. meaning of « the distance which separates victory from defeat, glory from shame, etc., is often a short one ».

7 *héritier du dieu des combats.* Allusion (1) to Napoleon III., and (2) Napoleon I.

17 *à toutes jambes,* as fast as he could.

Page 125

6 *les cent jours,* the name given to the last period of the reign of Napoleon I., *i.e.* from the 20th of March 1815, when he returned to the Tuileries, to the 28th of June of the same year, when the second Restauration of the Bourbon family took place. See note on p. 85, l. 10.

14 *tout d'un somme,* through the night ; all the night through.

Line
25 *au beau milieu de*, right in the middle.   Allusion to the advice given
by Horace in his *de Arte Poetica* (v. 148):

> Semper ad eventum festinat, et *in medias res*,
> Non secus, ac notas, auditorem rapit . . .

Page 126

3 *bien autrement*, a great deal more.
25 *lettre close.* See note on p. 2, l. 22.

Page 127

6 *Berthier* (Alexandre), French Marshal (1753-1815), great strategist and
one of the favourite officers of Napoleon I., whom he accompanied
in all his expeditions, dining with him and travelling in the same
carriage.
10 *Melun*, chief town of the Depart. of Seine-et-Marne, on the Seine.

Page 128

14 *votre aspect me retrempe*, your presence comforts me.
34 *en l'air*, casual.

Page 129

5 *n'en a pas pour*, will not last.
9 *les a raffermis dans le bas peuple*, has increased their popularity
with the lower classes.
11 *pour le coup*, decidedly. See note on p. 14, l. 21.
c'est trop fort, it is more than I can bear.
30 *Xeuxis*, one of the greatest Greek painters, who flourished in the
latter half of the fifth century B.C.
31 *Gérard* (Jean Ignace Isidore), a French caricaturist (1765-1847), better
known under the pseudonym of Granville.
Gros (Antoine, Jean), a distinguished French painter (1771-1835), who
chiefly devoted himself to painting subjects relating to the history
of France during the career of Napoleon I.
David (Jacques Louis), a celebrated French painter (1748-1825), who
had a remarkable talent for historical painting.
33 *Talma* (François Joseph), one of the most distinguished tragic actors
France ever produced (1763-1826).
34 *Arnault* (Ant. Vincent), a French playwright (1766-1834), author of
many Republican tragedies. The tragedy alluded to here is probably
Germanicus, which was performed in 1817.

Page 130

12 *il ne manqua pas de s'y perdre*, he of course lost his way there. Lit.
manquer de, to be in want; *ne pas manquer de*, not to fail to.
25 *Place du Carrousel*, name of the square, or *Place*, formed by the
Tuileries, the Louvre and some of the Ministers' official residences,
which puts in direct communication the *Rue de Rivoli* and the
Quai des Tuileries. See note on p. 136, l. 12.—Lit. *carrousel*, military
tournament; hence the name given to that place, on account of
the magnificent tournament given there, in 1662, by Louis XIV. in
honour of Mlle de la Vallière (1644-1710).

26 *en revanche*, on the other hand.
29 *au piquet*, a game of piquet (game at cards).

Page 131

17 *le meuble historique*, lit. the historical article, *i.e.* the hat. The kind of hat alluded to here was a broad-brimmed felt *or* straw hat much worn in France in 1819 and 1820. It was called *chapeau Bolivar*, after the name of Simon Bolivar (1783-1830), the celebrated liberator of South America and the founder of the Republic of Bolivia: «Les avoués maintenant ont des fracs à l'anglaise et des Bolivars; on ne sait jamais s'ils vont au bal ou au palais» (Scribe).
30 *redingote à brandebourgs*, breast-braided frock-coat, a kind of coat worn during the first Empire.

Page 132

7 *album*, book in which plates of fashion are kept.
23 *déjeuné sur le pouce*, taken a snack-breakfast, *i.e.* a very light breakfast.

Page 133

8 *Fleury* (J. Bénard, dit), a well-known actor (1750-1822) of that time.
9 *Thénard, Baptiste, Mlle Raucourt*, great favourites with the play-goers of the first quarter of this century.
11 *Charles VI.*, a popular opera by Halévy, represented for the first time on the 15th of March 1843.

Page 134

8 *temple corinthien*, the Madeleine Church. See note below, l. 14. The Church of La Madeleine is the finest specimen of the Corinthian order in Paris. The Corinthian Order is one of the five orders of Greek architecture, and also the most richly decorated.
9 *chemin faisant*, on his way.
14 *le monument qui commande*, i.e. the Church of La Madeleine, at the corner of the *Boulevard* of that name and facing the *Rue Royale*. See note above, l. 8.

Page 135

2 *la colonne*, i.e. colonne Vendôme, erected in 1805, by order of Napoleon, under the name of *Colonne d'Austerlitz or de la Grande armée* in the middle of the *Place Vendôme*. A statue of Napoleon I., in his imperial mantle and with a crown of laurel leaves on his head, was placed on the top. It was taken down in 1814; but, in 1833, a new statue, representing Napoleon in his traditional costume—*la redingote grise et le petit chapeau*—was put in its place, and remained there till 1864, when a model of the first statue was substituted for it.
30 *à sa manière*, in his own way (style, fashion).

Page 136

6 *pousse-café* (fam.), a glass of brandy.
12 *guichet de l'Échelle*, arched passage, with an open work iron gate,

leading from the *Rue de Rivoli* into the *Cour des Tuileries*. It takes its name from the *Rue de l'Échelle*, a short street connecting the *Rue de Rivoli* with the *Rue de Saint-Honoré*, just opposite the *Guichet*.

Page 137

1 *monsieur*, this gentleman.
6 *que veux-tu que ça* (for *cela*) *me fasse?* how can you expect me to mind it?
17 *Charenton*, a small town near Paris, where is a large lunatic asylum, founded in 1741 by Sebastien Leblanc.

XVI

Page 139

2 *Masséna* (André), a French general (1758-1817), created Prince of Essling, Duke of Rivoli, and Marshal of France, by Napoleon I.
4 *partit d'un grand éclat de rire*, burst out laughing.
5 *il y a beau temps*, it is a long time since. Not to be mistaken with *il fait beau temps*, the weather is fine.
6 *Enfant de la Victoire*, or rather *Enfant chéri de la Victoire*, familiar nickname given to Masséna (see note above, line 2) by Napoleon I. after the battle of Rivoli (1797), in which he brilliantly distinguished himself.
17 *il n'y a pas à dire*, all the same; *or* say what you like. Lit. there is no saying nay.

Page 140

1 *la niche et la pâtée* (fam.), board and lodging. Cf. *faire des niches*, to play tricks.
5 *Bérésina*. See note on p. 97, l. 9.
8 *Bourbons*, *i.e.* the eldest branch of the Bourbon family, represented in France since the first revolution by Louis XVIII. and Charles X. The younger branch is known under the name of the *Orléans*.
9 *à la demi-solde*, on half-pay.
11 *j'ai roulé* (fam.) *les garnisons*, I went from garrison to garrison.
12 *sans avancer*, without being promoted.
13 *pour lors, j'ai fait un bout de chemin*, I then went for a short time.
14 *général de brigade*, major-general.
   Isly, a river in Morocco. On the 14th of August 1844, Marshal Bugeaud defeated the Moors on the banks of that river, and for that deed received the title of *Duc d'Isly*.
16 *campagne de juin*, better known by the name of *Journées de juin* (23rd, 24th, 25th, and 26th), during which the partisans of the *République démocratique et sociale* tried to upset the Republican Government which had been established on the 24th of February 1848.
20 *général de division*, lieutenant-general.
21 *campagne d'Italie*, *i.e.* Franco-Italian war (1859) against Austria.

32 *l'aveugle décsse, i.e.* Justice (the embodiment of which is generally represented under the form of a blindfolded woman with a scale in her hand).

Page 141

10 *ne se fit pas prier,* required no pressing.

Page 142

3 *Kœnigsberg,* a town in Prussia; birthplace of Kant; was taken by Marshal Soult in 1807.
26 *Sainte-Hélène,* island of the Atlantic Ocean, where Napoleon I. was kept a prisoner by the English Government, from Nov. 1815 to his death, 1821. By a decree of Napoleon III., a bronze medal, called *Médaille de Ste. Hélène,* was given to all the survivors of the campaigns of the First Empire.

Page 143

3 *Wagram.* See note on p. 96, l. 22.bis

Page 144

2 *les rachète au centuple,* compensates them a hundred fold.
7 *art de Vestris, i.e.* dance.—Vestris (M. Auguste), a celebrated dancing master (1760-1842), very often called *le Dieu de la danse.*

Page 145

19 *Moniteur.* See note on p. 13, l. 28.bis
20 *Sèvres,* a small town, on the left bank of the Seine, between Paris and Versailles, best known for its manufactory of porcelain.
21 *Gobelins,* a renowned manufactory of tapestry, in Paris.
manutention des vivres, military bakery.

Page 146

6 *fortunes,* those who are possessed of.

Page 147

6 *La Patrie,* a political French newspaper, started by M. Pagès (de l'Ariége) in 1841.
8 *entrefilet,* short article; paragraph.
9 *faits divers.* See note on p. 59, l. 15.
28 *agent du service de sûreté,* police agent; policeman.

Page 148

1 *constatations d'usage,* usual formalities.
hospice de Charenton. See note on p. 137, l. 17.
2 *porte Saint-Martin,* one of the old gates of Paris, built under Louis XIV.'s reign, and still in existence. Cf. note on p. 150, l. 9.
3 *embarras de voiture,* block in the traffic (of carriages).
8 *nous tenons de source certaine,* we have it from a good authority.

Q

XVII

Page 149

1 *bien mal acquis ne profite jamais* (Prov.), ill-gotten wealth never prospers.

4 *à l'appui de mon dire*, of the truth of what I say; in support of my assertion.

11 *tenait pour bonnes*, considered as good. See note on p. 119, l. 17.

16 *viande noire*, slaves.

23 *laisser protester*, not to honour.

Page 150

9 *à la Saint-Martin*, one of the quarter-days in France. The 11th of November is St. Martin's day. *Faire la Saint-Martin*, to feast, because the people used to begin St. Martin's day with feasting and drinking, in remembrance, no doubt, of the Vinalia, or feast of Bacchus, which, in the Roman calendar, corresponded to our 11th of November. *Eté de la Saint-Martin*, the second or autumnal summer, which is said to last thirty days, and begins about the 23rd of October.

        'Expect St. Martin's summer, halcyon days.'
                          Shakespeare: *Henry VI.*

10 *ils mettaient sur le pavé*, they turned out *or* evicted. Lit. they put on the pavement. *Être sur le pavé*, to be homeless; out of work. *Tenir le haut du pavé* (fig.), to hold the first rank. *Battre le pavé* (fig.), to idle about town.

22 *Heidelberg*, on the south bank of the Neckar; one of the most beautiful localities in Germany; possesses a celebrated university dating back to the fourteenth century.

23 *Walhalla* (fig.), paradise. The *Walhalla*, alias *Valhalla* (*i.e.* porch of warriors), is, in Scandinavian mythology, the Paradise of Odin. The only people allowed to enter it are heroes who, having fallen on the battle-fields, are everlastingly engaged there in single combats, and waited upon by nymphs called Valkyries, who serve them with mead and ale in skulls or horn-cups.

26 *lieds*, songs, which in the Middle Ages were in great favour with the Germans. It was something like the French *lais* or *chansons* of the same period.

33 *nos biens au soleil et nos biens à l'ombre*, our landed properties and our goods and chattels.

Page 151

1 *un fils de rechange*, a spare son, *i.e.* a second son of their own, *or* an adopted one.

10 *mis sur la paille*, ruined us, *i.e.* lit. squandered our fortune, leaving us nothing but straw to sleep on. Prov. *cet homme a bien mis de la paille en ses souliers*, that man has not been long making his fortune; *voir une paille dans d'œil de son prochain et ne pas voir une poutre dans le sien*, to see the mote in our neighbour's eye, but not to see a beam in our own.

14 *notre mauvais garnement,* our rascally *or* scampish boy.
27 *en le mettant dans le commerce,* in selling it (his corpse).

Page 152

4 *béni.* See note on p. 29, l. 25.
5 *couchait dehors,* did not sleep in the house.
20 *Karr (Alphonse),* a French man of letters (1809-1887), author of many
works of fiction, which « are characterised by delicate fancy and
keenly ironical observation of life », and the best known of which
are *les Guêpes* (a satirical monthly journal which he founded in
1839), *Sous les tilleuls,* and *Voyage autour de mon jardin.*
24 *Alexandre,* i.e. Alexander the Great (B.C. 356-323), king of Macedonia,
who died under the walls of Babylon, which he was besieging.
Scipion, i.e. Scipio Æmilianus Africanus (the younger, B.C. 185-129), the
conqueror of Carthage.
25 *Godefroi de Bouillon,* i.e. Godfrey of Bouillon, chief of the first
Crusade, and conqueror of Jerusalem (1099), where he was proclaimed king by the unanimous voice of his Crusaders.

Page 153

10 *la nostalgie de la servitude.* This calls to one's mind the well-known
words of Tacitus : *ruunt ad servitutem.*
12 *qu'on faisait valoir,* which were put forward.
16 *Nouvelle Gazette de la Croix.* Here M. E. About is slightly mistaken.
As a fact, there is no *Nouvelle Gazette de la Croix* in Germany ;
there is, though, the *Nouvelle Gazette de Prusse* (Neue Preussische
Zeitung), which, having a cross under its title, is familiarly called
Gazette de la croix (Kreuz Zeitung). It was founded in 1848 or 1849,
in opposition to the Revolutionary tendencies of the time. It still
exists as the representative of ultra-conservative ideas.
31 *de veau noir,* covered with dark calf-leather.
32 *avait pris les devants,* had been sent on before.

Page 154

3 *Sand (George),* otherwise *Amantine Lucile Aurore Dudevant,* née
Dupin (1804-1876), a fertile French novel - writer who, in her
numerous works, « brought a noble vein of poetry, a strong love of
nature, and some very heterodox opinions to bear on social pro-
blems ». (Lloyd E. Sanders.) She occupies a prominent place
among the French writers of this century, but her influence on
the literature of her time was never so great as that of Balzac,
Victor Hugo, or even A. Dumas.
Mérimée (Prosper), a French man of letters (1803-1870), who made his
début by some literary mystifications, and afterwards brought out
several works of travels and fiction, which, in 1844, opened to him
the doors of the *Académie.* « The purity, elegance of style, and
culture shown in Mérimée's works recommend them », says an
English critic, A. M. C., quoted by Lloyd E. Sanders in his
Celebrities of the Century, « to a large class of refined readers,
while their originality, and the truthfulness of local colouring give

Line

them a deep interest.» Of all his novels and short stories, some of which are charming, *Colomba* is probably the best known in England.

15 *Louis XVI.*, King of France, b. 1754, and beheaded on the 21st of January 1793.

16 *Marie-Antoinette* (b. 1755), Queen of France, wife of Louis XVI., whose fate she shared, being beheaded on the 16th of October 1793.

17 *Robespierre* (*François Maximilien Joseph Isidore*), one of the most violent of the French Revolutionists, and one of the greatest orators of that troubled period. Born at Arras in 1759, he was guillotined on the 28th of July 1794, after having vainly tried to blow out his brains.

18 *c'est égal*, all the same. See note on p. 203, l. 17.

28 *voilà qui tranche tout*, that settles the question.

Page 155

13 *ses yeux s'arrondirent en boules de loto*, he looked as if suddenly goggle-eyed. Fam. *yeux en boules de loto*, goggle-eyes. The *loto* is a French game in which numbers printed on a small rounded piece of boxwood are drawn out of a bag, and the player who first gets five of those numbers in a row on one of the pieces of pasteboard put before him, calls out *quine*, and becomes the winner of all the stakes.

14 *à corps perdu*, wildly; lit. with might and main; headlong; rashly.

20 *à tour de bras*, with all his might.

24 *fit un triste retour sur lui-même*, reflected gloomily over it.

Page 156

8 *Porte St. Martin.* See notes on p, 148, l. 2, and p. 150, l. 9.

12 *à faire plaisir*, enough to please any one; or rather here: uncomfortably hot. See note on p. 92, l. 19.

27 *à ventre déboutonné* (very fam.), were bursting with laughter. A more refined equivalent would be *rire aux éclats*.

Page 157

6 *plus de*, no more. This is an elliptic expression standing for *il n'y avait plus de*; hence *de*, not *des*,—on account of the negative implied—though *figures* and *rires* are in the plural.

8 *Keller.* As the name of Keller is in Germany almost as common as that of Smith in England, it is difficult to say which particular Keller M. E. About has in view here.

Page 158

9 *du papier*, some drafts, bills, *or* cheques.

10 *tu les aurais mis à leur aise*, you would have obliged them.

15 *à vingt-cinq* (*pour cent* being understood), 25 per cent.

21 *un bout de corde à bon marché*, a bit of the rope cheap. According to a popular belief, a bit of the rope with which a man has been hanged, carried in the pocket, secures good luck to those who possess it. In one of M. de Blowitz's letters from Paris to the

Line

Times, we read: «You have no occupation?» said the Bench,
enquiringly, to a vagabond at the Bar. «Beg your lordship's
pardon», was the rejoinder, «I deal in bits of halter for the use of
gentlemen as plays.»—The same superstition existed among the
Romans, for Pliny the elder tells us that «a bit of the rope with
which a man has been hanged applied to the temples cures
headache».

27 *Baucis . . . Philémon.* These two names are generally linked together as the emblem of a profound attachment and unalterable
affection. Ex.: «*Vieux, unis, heureux, comme Philémon et Baucis*».
—La Fontaine has written on that subject, under the title of
Philémon et Baucis, a charming mythological fable.—In his
Metamorphoses, Ovid relates that Philemon and Baucis enter-
tained Jupiter and Mercury when every one else refused them
hospitality, and that, being asked to make a request, as a reward
for their kindness, they begged that they might both die at the
same time.

Page 159

3 *une accolade,* a caress; a friendly pat. See note on p. 4, l. 19.

5 *mangeait du bout des dents et buvait du bout des lèvres,* ate very
little and drank sparingly. Cf. *rire du bout des lèvres,* to give a
faint laugh.

14 *il s'agit bien d'argent,* the question of money is nothing. See note
on p. 54, l. 24.

23 *ni moi non plus,* nor I either.

29 *Vade retro, Satanas,* i.e. *arrière, Satan.* See St. Matthew, chap. iv.
v. 10: «Then saith Jesus unto him, get thee hence, Satan.»

Page 160

1 *se mettant à cheval,* sitting himself astride.

17 *tenait tête au,* was coping with; lit. *tenir tête à,* to make head against,
to hold one's own against.

21 *où en serait-on,* what would become of us.

27 *il y a des juges à Berlin (i.e.* there is law to be had). This is an
allusion to some lines of a well-known poetical anecdote called *Le
Meunier de Sans-Souci,* by F. G. Andrieux (1759-1833), in which
Frederic II. tries to persuade a miller to sell him his mill, which
he politely but sternly refuses to part with. Says the **King**
angrily:

«Pardieu! de ton moulin c'est bien être entêté!
Je suis bon de vouloir t'engager à le vendre!
Sais-tu que, sans payer, je pourrais bien le prendre?
Je suis le maître.—Vous? de prendre mon moulin?
Oui, si nous n'avions pas *des juges à Berlin.*»

34 *la vieille* (very fam.), old woman. See note on p. 77, l 20.

Page 161

1 *ça pique,* I don't like it. Lit. *piquer,* to prick, to sting, to nettle. Cf.
qui s'y frotte s'y pique (Prov.), touch me who dares.

Line

1bis *l'enflé*, a slang and vulgar epithet applied to those who give them-selves grand airs, who are puffed up with pride or vanity. Lit. *l'enflé*, you bloated fellow.

3 *nous n'arrivons pas à nous entendre*, we cannot agree.

le papier timbré me pue au nez, I hate the sight of stamped paper, *i.e.* paper used for official or legal documents, such as (in this case) writ, summons, etc. Lit. *puer au nez* (a familiar and vulgar expression), to smell bad ; fig. to be objectionable, to dislike, to hate. See note on p. 194, l. 31.

10 *moyennant*, with, by means of. *Moyennant*, now used as a preposi-tion, is the present participle of the old verb *moyenner* (to supply the means=*fournir les moyens*). Ex. *Il échappa moyennant votre aide* (i.e. *votre aide lui en donnant les moyens*), he escaped through your assistance.

14 *avait fait constater son identité*, had obtained a certificate of identity, *i.e.* a certificate stating that he really was the person he pretended to be. In many cases, a certificate of that kind is required by law from persons who claim a right to a title, property, etc., or who intend to bring an action against some one, especially when they have been for a long time absent from the country or reported as dead ; which was the case with Fougas, who, before recovering his money from M. Meiser, had first of all to prove that he really was the man entitled to it.

21 *renard de la chicane*, great expert in judicial contest. The fox being regarded as the embodiment of slyness and craftiness, we say figuratively of a man : *c'est un fin renard, un vrai renard, un vieux renard*, he is a sly fox, a crafty man.

26 *me met à l'abri de toute brutalité*, protects me from any brutal treat-ment.

Page 162

1 *prescription*. The *prescription* (law-t.) *or* limitation of liabilities, in legal matters, is fixed by French law to thirty years. But in certain cases there is *prescription* after five years. The French *Code civil* says, Art. 2279: « *En fait de meubles, possession vaut titre* », the popular English equivalent to which is : possession is nine points of the law.

3 *voilà qui est parlé*, that's coming to the point.

20 *jamais, au grand jamais*, never, never.

27 *nom d'un canon rayé*. This, and other similar expressions, which can be varied according to the habits or profession of the man who makes use of them in a fit of anger, can only be rendered into English by an equivalent of a more or less energetic kind, accord-ing to circumstances. About *canon rayé*, see notes on p. 90, l. 31.

27 *vous tairez-vous, pies borgnes?* hold your prating, will you? The chattering and thieving propensities of the magpie have given rise to a few idiomatic expressions: *jaser comme une pie, comme une pie borgne, comme une pie dénichée*, to chatter like a magpie; *larron* (or *voleur*) *comme une pie*, as thievish as a magpie.—The word *pie* is also an adjective, synonymous with, and of the same

origin as *pieux*, pious (Lat. *pius*), but it is only used as a
qualificative to the word *œuvres*: *œuvres pies*, charitable works.

28 *je crève de faim, moi* (familiar), I am very hungry, I am; lit. I am
dying of hunger. *Crever* is, as a rule, said of animals only;
applied to persons, it is very familiar and almost vulgar.

29 *bonnet de coton*, night-cap.

31 *je suis pour*, I believe in.

Page 163

7 *ont des millions plein la bouche*, speak of nothing but millions. In
this expression *plein la bouche*, the adjective *plein* (=full of) is
used as a preposition, and, as such, must be followed by the noun
representing the object which «is full of». Ex.: *il a de l'argent plein
les poches*, he has plenty of money (lit. his pockets are full of
money); *j'avais des fleurs plein mes corbeilles* (V. Hugo), my
baskets were full of flowers.

8 *à force d'en entendre parler*, I heard so much about them that. Lit.
à force de, by dint of. See note on p. 116, l. 15.

12 *Jardin des plantes* (in Paris), corresponding to the Zoological Gardens
(in London).

Page 164

8 *en bel argent blanc*, in good silver coins; in coin of the realm. Cf.
note on p. 53, l. 6.

17 *se mit en règle avec le code Prussien*, drew it up in the terms required
by the Prussian law.

20 *et parapha* (or *parafa*) *la chose*, with a flourish added to his name.

22 *tu n'es pas aussi arabe*, you are not so greedy, so grasping. Used
familiarly, figuratively, and applied to a man, the word *arabe*
means grasping, selfish, money-lender at a high rate of interest,
usurer, miser. Ex.: *malgré les dix francs que je demande, vous
verrez bien que je ne suis point un arabe* (Balzac); *tous les gens
de comptoir sont des arabes* (E. Scribe).

23 *touche-là, vieux fripon*, give me your hand, old rogue (*or* knave,
rascal). See note on p. 77, l. 27bis.

29 *eh! bien, la vieille, ça* (for *cela*) *n'est pas de refus*, well, old woman,
I accept (*or* willingly). About *la vieille*, see note on p. 160, l. 34.

33 *flûtes de verre . . . jouer un air*. Note the mild pun on the word *flûte*,
which means *flûte* (hence *jouer un air*) and *bottle* (especially when
speaking of those elongated bottles in which certain German wines
are kept).

Page 166

2 *petits pains au beurre*, butter-rolls.

XVIII

Page 167

14 *à qui sauter au cou*, whom to embrace.

15 *de guerre lasse*, tired of seeking.

Line

Page 168

14 *oracle d'Épidaure*, i.e. *Æsculapius* (see note on p. 77, l. 27). The ancient town of Epidaurus (now Pidavro), situated on the banks of the Gulf of Salonica, was celebrated throughout antiquity for its magnificent temple, erected to Æsculapius and its oracle, which people came to consult from all parts of Greece.

20 *Homère*, the greatest poet of ancient Greece. Seven different towns claimed the honour of having given birth to him.

S. A. R. See note on p. 53. l. 11.

21 *en personne naturelle*, in person, *i.e.* in flesh and bones.

23 *se fit un peu tirer l'oreille*, was rather reluctant.

27 *Rastadt*, a town in the Grand Duchy of Baden; it was besieged and for a short time occupied by the Baden insurgents in 1849.

Page 169

1 *serait dans le sac* (fam.), would be done for, *or* in our power, at our mercy. Lit. and fam., *être dans le sac*, to have lost; to be ruined; to be done for. Idiom.: *des gens de sac et de corde*, villains; *donner le sac à*, to send away, to dismiss, to sack; *avoir le sac*, to be rich.

13 *tenez*, look here; listen.

un thuriféraire de Plutus, a worshipper of Plutus. In Greek mythology Plutus (not to be mistaken for Pluto) was the god of riches. In France a certain class of people, instead of saying « riche comme Plutus», say « riche comme Rothschild ». See note on p. 187, l. 14.

14 *le Rhin et Posen.* The Rhine provinces (*i.e.* the Grand Duchy of Lower Rhine) and Posen had been handed over to Prussia by the treaty of 1815.

20 *voilà mes grands seigneurs*, such are our lords and masters.

Page 170

2 *tout un jeu d'orgue*, a set of organ-pipes.

13 *il aurait affaire*, he would have to deal with.

19 *faillit lui jouer*, nearly played him.

Page 171

2 *je le rossai d'importance*, I gave him a good thrashing. Cf. note on p. 112, l. 11.

13 *dormit à poings fermés*, slept soundly; lit. with closed fists. Cf. note on p. 125, l. 14.

29 *fais ma note*, prepare my bill. In his overbearing and familiar ways, Fougas *tutoie* (thee-and-thou's) the hotel landlord, which, of course, is not the right thing to do. See note on p. 105, l. 27.

Page 172

10 *à tous les cœurs bien nés*, for all right-hearted men. Cf.

aux âmes *bien nées*

La valeur n'attend pas le nombre des années.

P. Corneille: *Le Cid.*

A tous les *cœurs bien nés* que la patrie est chère.

Voltaire: *Tancrède.*

NOTES

249

Line

18 *la trahison.* Fougas did not know that Clementine had married again, believing he was dead.

23 *à tout rompre,* furiously; as fast as possible.

Page 173

14 *pour se faire bien venir,* to win the good graces; to make sure of a good welcome. This verb *bien venir* (generally written in one word, but sometimes in two, with or without a hyphen) is only used in this expression *se faire bien venir.* The past participle *bienvenu* (welcomed) and the noun (fem.) *bienvenue* (welcome) are always written in *one* word.

15 *écrémé,* taken the best things he could find. Lit. *écrémer,* to skim (milk), to take the cream off; fig. (as here), to take the best part of.

16 *Boissier,* a well-known *pâtissier-confiseur* of Paris, whose shop was patronised by the fashionable world.

Page 174

17 *de la tenue,* behave yourself; look respectable.

Page 175

5 *je m'en moque comme de l'an quarante,* I don't care a pin (straw or fig) for it. In the Middle Ages there was a generally accepted idea, resting on some Biblical prophecy wrongly interpreted, that the end of the world was to occur in the year 1040. So, when that year came, no mind was at rest, and people were doing penance; but when the year had passed away without bringing with it the much-dreaded catastrophe, they laughed at their own credulity and gradually came to say of a thing which was not worth troubling oneself about, that 'it was like the year 40,' *i.e. qu'ils s'en moquaient comme de l'an quarante.* To express the same idea we sometimes say: *je m'en moque comme de Colintampon·* but this, of course, has a different origin.

14 *sous-préfet en herbe,* sub-prefect *in posse (i.e.* future).

19 *il tient de sa mère,* he takes after his mother.

30 *ne sauraient,* could not. See note on p. 18, l. 26.

Page 176

11 *lettre de part.* See note on p. 112, l. 32.

23 *École forestière. L'École forestière* (School of Forestry) of Nancy was founded on the 26th of August 1824. The number of pupils to be received in it is fixed every year by the Minister, and varies from 20 to 30. Each candidate must be at least 19 years old, or 22 at the outside, and provided with a diploma of bachelor in Sciences and a minimum income of 1500 frs. (£60). The course of studies lasts two years. The Royal Indian Engineering College at Cooper's Hill used to send there for a term of two years a certain number of pupils every year, on the strength of a special agreement with the French government; but that arrangement ceased to exist some fifteen or sixteen years ago. Now, the pupils of Cooper's Hill go to spend two or three weeks in some French forests at the end of their first year. The second year's pupils remain in England; and the third year's go to Germany for four or five months, before being sent to India.

32 *propos interrompus*, cross-purposes (*or* questions). A drawing-room game.

Page 177

1 *ne se fit point prier*. See note on p. 12, l. 9.

14 *n'a pas qui veut*, it is not granted to any one to have.

16 *on n'a qu'à se baisser pour en prendre* (fig.), they are plentiful; they are to be found anywhere. Lit. one has only to stoop down in order to pick up as many of them as one likes.

26 *c'est bien de bonbons qu'il s'agit*, sweets, indeed! that is not the question. See notes on p. 159, l. 14, and p. 188, l. 7.

Page 178

6 *il lui sauta à la gorge*, he caught him by the throat.

15 *serviteur!* (for *je suis votre serviteur*, I am your servant—ironically), good-bye; I am off.

21 *Bar* (-sur-Aube), a small town in the department of Aube, where some good white wine is made.

22 *Thiaucourt*, in the department of Meurthe; renowned for its wine.

27 *comme un petit Saint Jean* (fig. and pop.), penniless. This is a popular allusion to the ascetic life of John the Baptist, of whom it is said in St. Matthew (ch. iii. v. 4): « And the same John had his raiment of camel's hair, and a leathern girdle about his loins; and his meat was locusts and wild honey ». Hence in the people's mind, the idea of « poor », « destitute », « naked ».

28 *les gorges chaudes qu'on fit de*, how people made merry of; how people laughed at.

29 *au premier degré*, extremely.
si vous n'entendez pas la plaisanterie, if you do not know how to take a joke.

32 *piqué au vif*, stung to the quick.
d'avoir mangé sa légitime, to have spent all he possessed. Lit. *légitime* (Law-t.), legal-share; portion secured by law to an heir.

33 *à dix*, i.e. *à dix pour cent*, at ten per cent.

Page 179

17 *vu que*, because.

19 *Molsheim*, a small town, in what used to be the department of *Bas-Rhin*, in French Alsace, near Strasburg.

23 *en train de*, in a mood to. See note on p. 202, l. 10.

24 *un coup de vin blanc avant la messe*, a drop of white wine before breakfast. This expression *avant la messe* is equivalent here to *à jeun* (fasting), because in the Roman Catholic Church the priest and those who attend mass must not eat anything till after the service.

25 *pas mal de rouge*, a good deal of red one.

Page 180

2 *Gargantua*, the hero of Rabelais' immortal satire. 'He was son of Grangousier and Gargamelle. Immediately he was born he cried

Line

out «Drink! Drink!» so lustily that the words were heard in
Beauce and Bibarois; whereupon his royal father exclaimed:
« *Que grand tu as!*» which being the first words he uttered after
the birth of the child, were accepted as his name; so he was called
«Gah-gran-tu-as,» corrupted into Garg'an-tu-a. It needed 17,913
cows to supply the babe with milk' (Brewer's *Dictionary of
Phrase and Fable*). As he grew up he did everything in the same
« large way.» Hence the expressions « un appétit, une soif, un festin,
de Gargantua». See note on p. 196, l. 21.

16 *à la faveur du*, thanks to; lit. under cover of.

Page 181

26 *ses moyens*, his talents.
29 *il reprit l'avantage*, he regained his lost ground.
pocha trois yeux, gave a black eye to three persons.

XIX

Page 182

9 *au gré de la fantaisie*, anyhow, *i.e.* as fancy willed it; lit. *au gré de*,
at the mercy of.

Page 183

3 *poêle de faïence*, china stove. As a rule Russian peasants have no
beds, but generally sleep on stoves, which often occupy a fourth
part of their dwelling.
6 *en le faisant tremper*, in soaking him.

Page 184

31 *soudard* (fam. and contemptuously here), old soldier. Etym. *solde,*
pay; Old French *soldar.* Ex.:

A ces mots de Pluton, on voit de toutes parts
Sortir du creux manoir les plus braves *soldarts.*
Ph. Desportes: *Rodomont.*

« Après cela, ne vous figurez pas que je sois un *soudard* sans âme,
comme vous paraissez le croire » (Ch. de Bernard).

Page 185

3 *sieur*, a law-term for *Monsieur.*
14 *quelque chose de*, something. See note on p. 28, l. 31.
17 *en dehors des conditions de l'humanité*, outside the common pale, *i.e.* a
man different from others.
26 *vêtement de nankin*, a nankeen costume. This cotton texture is called
nankin, because it first came to us from Nankin in China; but it is
now cleverly imitated in Europe, specially in Switzerland, France,
and England.

Page 186

18 *d'égal à égal*, on equal terms.
20 *j'ai mis pied sur gorge*, I put a stop to. Lit. *mettre le pied sur la
gorge*, to put one's foot on a person's throat.

Line

24 *aux yeux de lynx,* lynx-eyed; sharp-sighted. Lynx, in ancient mythology, was a beast, half dog and half panther, though unlike either in character, but proverbial for its piercing eyesight. Some think that lynx is the same as Lynceus, who was so sharp-sighted that he could see through the earth and distinguish objects nine miles off.

> Non possis oculo quantum contendere Lynceus.
> Horace : 1 Epist. I. 28.

There is a cat-like animal which we now call lynx, but, unlike the fabulous animal, it is not remarkable for its keen sight.

27 *si tu me tiens lieu de tout,* if you are everything to me. Lit. *tenir lieu de,* to take the place of.

29 *asile des lois,* i.e. town hall, where the civil marriage must take place. In France civil marriage (*i.e.* before the mayor) is the only ceremony required by law to render a marriage legal; it is not, therefore, like the English marriage before the Registrar, which is optional. See next note.

30 *pieds des autels,* i.e. the church, where the religious part of the ceremony takes place. To render a marriage legal, this second part of the ceremony is not necessary. See previous note.

31 *consacrera nos nœuds,* will bless our marriage.

Page 187

14 *plus riche que M. de Rothschild.* See note on p. 169, l. 13.

15 *le duc de Malakoff.* After the battle of Malakoff (Sept. 8, 1855), during the Crimean War, General Pelissier, who stormed the fortress of that name, was made Marshal and Duke of Malakoff.

Page 188

7 *il s'agit du bonheur de toute ma vie,* my life-long happiness is at stake. See note on p. 54, l. 24.

23 *ah! çà, mais,* but tell me.

Page 190

5 *sot que je suis,* as a stupid fellow.

7 *j'aurais fait de belle besogne,* I would have made a nice mess of it.

20 *de ce pas,* immediately.

22 *mais au fait,* but now I think of it.

31 *sens dessus dessous pour vos beaux yeux,* topsy-turvy for your own sake, *or* to please you.

> Et quand vous me forcez à rester en ces lieux,
> Je sais que ce n'est point du tout pour mes *beaux yeux.*
> Regnard : Démocrite, v. 4.

Page 191

5 *une lutte corps à corps,* a hand-to-hand fight.

12 *le tomber,* to fell him. *Tomber,* with the name of a person for its direct object, is a term borrowed from the wrestler's slang. Ex.: «que Mr. de Persigny—pour nous servir d'une expression triviale mais

Line

très énergique—*tombe* Mr. Rouher, rien de mieux! et la galerie ne peut qu'aplaudir.» (L. Jourdan.)—As a slang expression, *tomber* is also used sometimes figuratively with the meaning of « to supersede »: « la couleur Metternich a *tombé* le Bismark.» (*Vie Parisienne.*)

XX

Page 192

Title. *coup de foudre*, thunder-clap. See note on p. 97, l. 6.
22 *d'outre-tombe,* posthumous.

Page 193

10 *faisait la grosse voix*, spoke gruffly.
23 *avait acheté un terrain* ; lit., had bought a piece of ground. To make sure that their own grave or that of their relatives will never (or at least for a long time) be disturbed, people buy from the parish, either for a definite number of years (*i.e.* 10, 15, or 20), or for an indefinite period of time (i.e. *à perpétuité*), the ground in which the grave is dug.
30 *d'emblée*, at once.

Page 194

3 *qui ne saurait.* See note on p. 18, l. 26.
9 *lui gardait rancune*, had a grudge against him.
24 *napoléons* or *louis.* See note on p. 24, l. 27.
25 *si la reconnaissance*, etc. This is a slight perversion of a well-known historical sentence uttered by a French king. At the battle of Poitiers, Sept. 19, 1356, Jean le Bon, King of France, and his son, Duke of Anjou, were taken prisoners by Edward the Black Prince, and brought to England, May 24, 1357. After the peace of Bretigny (1360), by which it was agreed that France should pay 3 millions of gold crowns (£1,500,000) for the ransom of her king, Jean le Bon was allowed to return to France, leaving his son as hostage. But he had hardly paid the first instalment, when he heard that his son had escaped from England. He immediately returned to London in order to give himself up, saying: « *quand même la bonne foi serait bannie du reste de la terre, on devrait la retrouver dans le cœur et dans la bouche des rois.*» He died in London in 1364.
28 *maître Bonnivet.* See note on p. 2, l. 12.
30 *contrat*, i.e. here *contrat de mariage*, marriage-settlement.
31 *papier timbré*, any contract, deed, etc., drawn up by a notary must be written on *papier timbré*, i.e. bearing the official stamp of the government of the day. See note on p. 161, l. 3bis.
32 *crac!* crack! An exclamation intended to convey to one's mind an idea of the suddenness and unexpectedness with which a thing is done. Sometimes translated by « in a trice », « in a second », « lo», « behold ».
33 *croque-notes.* This is rather sarcastic on the part of Fougas, for *croque-notes* is an epithet generally applied to an indifferent

musician who plays fluently but without feeling or expression.
However, by bearing in mind the figurative meaning of *croquer* (to
make a sketch of, a rough draft of), one can easily understand the
special meaning which Fougas gives here to the word *croque-notes*
(=the man whose duty is to take notes, to make drafts of contracts,
deeds, etc.).

Page 195

9 *enfants de la basoche*, *i.e.* clerks.   When the kings of France in-
habited the « Palace of Justice », the judges, advocates, proctors,
and lawyers formed themselves into a kind of court for enforcing
discipline and settling differences amongst themselves, and went
by the common name of *Clercs de la basoche*.   The chief of the
Basochians was called *Roi de la Basoche*, and had his own court
and grand officers.   He reviewed his « subjects » once a year, and
administered justice twice a week.   Henri III. suppressed the title
of the chief and transferred all his functions and privileges to the
Chancellor.   Nowadays the word *basoche* is always used in a jocular
way, when speaking of the corporation of lawyers, notaries, etc.,
while the name of *enfants de la basoche* is given to their clerks.
Ex.: « quel spectacle ! la nouvelle et l'ancienne *basoche* qui trinquent
ensemble ! » (Scribe).—« Bourgeois, écoliers et *basochiens* s'étaient
mis à l'œuvre » (V. Hugo).
24 *je ferai la sottise*, I shall be such a fool as.
26 *croix d'officier*.   The cross of the *Légion d'honneur* entitles the bearer
to a small pension ; but this pension is paid to military men only ;
the civilians receive none.   See note on page 24, l. 34.
27 *dans l'âge des Anchise et des Nestor*, when I have reached the age of
A. and N.   ANCHISES, one of the princes engaged in the Trojan war,
who died very old.   NESTOR, king of Pylos, in Greece ; the oldest
and most experienced of the chieftains who went to the siege of
Troy.   A « Nestor » means the oldest and wisest man of a class or
company.
30 *rata*, meat ; stew.   In soldier's slang, the *rata* (abbreviation of *rata-
touille* (pop.), bad *ragoût*, is a kind of stew, composed of bread,
meat, and vegetables, served twice a day to French troops in
barracks.   « Pour le *rata*, faites bouillir de l'eau, prenez des
pommes de terre, ajoutez trois kilogrammes de lard par cent
hommes, et servez » (La Bédollière).—In the menus of the Paris
restaurants, a stew of beef and vegetables is called *havarin*.   Thus,
un navarin aux pommes, which sounds rather pompous, is simply
a stew of beef and potatoes.
31 *concession à perpétuité*.   See note on p. 193, l. 23.
34 *son fonds*, one's capital.

Page 196

1 *bon gré, mal gré, il fallut en passer par*, willing or not, they had to
submit to.
8 *le maréchal duc de Solférino*, Marshal Niel.   See note on p. 91, l. 16.
10 *Académie des Sciences*.   See note on p. 60, l. 7.
s'en tint modestement aux, simply stuck to ; was modestly satisfied
with asking the.

Line

11 *dans le principe*, at first.

14 *écharpe.* See note on p. 2, l. 17.

21 *un festin pantagruélique*, an extraordinary plentiful banquet. *Pantagruel*, the last of the race of giants, as he has sometimes been called, is one of the heroes of the celebrated romance of Rabelais (1483-1553), entitled *Histoire de Gargantua et Pantagruel*. His father was Gargantua (see note on p. 180, l. 2), his mother Badebec, and his grandfather Grangousier. His inordinate thirst and extraordinary appetite have become proverbial.—« My thirst with Pantagruel's own would rank » (*Punch*, June 15, 1893, p. 17).

25 *à peu prés*, almost.

33 *ce jeu de physionomie*, this expressive look.

Page 197

2 *il n'a pas tenu à moi*, it did not depend on me; it is not my fault if.

5 *accrochée*, shelved for a while. Lit. suspended, hung (on a hook).

11 *quelque paperasse de six liards*, some other worthless papers. Lit *paperasse*, old paper of no value. *Liard*, ancient French coin worth about half a farthing. *N'avoir pas un rouge liard* (lit. not to have a farthing), to be penniless.

15 *d'attraper le bâton* (*de maréchal*, being understood), to become a marshal.

16 *ils me fendaient l'oreille comme à un cheval de réforme*, they would have placed me on the retired list and dispensed with my services as they do with a cast horse. *Fendre l'oreille*, in military slang, is « to pension off », « to put on the retired list ». Ex.: « Le général Le Bœuf n'aura pas le chagrin de se voir *fendre l'oreille* » (Blavet). In the French army, officers are superannuated according to the following scale:—Sub-lieutenant at 51; lieutenant at 52; captain at 53; major at 56; lieutenant-colonel at 58; colonel at 60; major-general at 62; lieutenant-general at 65. General officers with distinguished services in the field may be kept on the active list by special warrant of the Chief of the State or by a decree of the Minister of War, with the agreement of the Council of Ministers. This slang expression, *fendre l'oreille* (also *couper l'oreille*) comes from a custom formerly prevalent among cavalry officers of the *intendance militaire* (see note on p. 35, l. 9) to slightly split the ear of horses which were to be sold as no longer fit for military service (*chevaux de réforme*, cast horses).

21 *étoiles d'or*, gold stars. As distinguishing marks, a lieutenant-general has three, and a major-general two, gold stars.

24 *ce qui ne gâte rien*, which is all the better; which is not to be despised.

29 *champs de Bellone*, battle-field. See note on p. 95, l. 23.

32 *traversé des océans de bronze et de fer*, gone through many battles.

Page 198

1 *lui, i.e.* Napoleon I.

15 *Louis XV.* (1710-1774), king of France, great-grandson of Louis XIV. (1638-1715).

Louis XIV. (1638-1715), king of France, called the 'Grandson of Louis XIII.' The reign of Louis XIV. was adorned by great statesmen, generals, ecclesiastics, and men of literature and science, who made his reign one of the most literary and most glorious in French history. See Voltaire's *Histoire du Siècle de Louis XIV.*

19 *tiens*, halloa !

21 *c'est pour le coup que nous nous prosternerions*, how we should then bow in humble reverence.

Page 199

1 *divisionnaires* (short for *général de division*), lieutenant-general. See note on p. 197, l. 16.

2 *cadre de réserve*, reserve-list. See note on p. 90, l. 28.

27 *ne doit pas tenir compte*, cannot possibly take into account.

28 *on verrait sans doute*, it would, no doubt, become necessary ; lit. they would, no doubt, see.

32 *Mané, Thécel, Pharès.* This is the way in which those words are generally cited ; but the proper quotation should be : *Mené, Thékel, Perès* (or *Upharsin*). Written thus, they represent the mysterious inscription which so frightened Belshazzar, king of the Chaldeans, when he saw it on the wall of his banqueting-room, and which Daniel interpreted thus : *Mené*, God has numbered thy kingdom and finished it ; *Thékel*, thou art weighed in the balances and art found wanting ; *Perès*, thy kingdom is divided, and given to the Medes and Persians (Daniel, chap. v. 25-28).

Page 200

4 *pour boire* (more generally written now in one word and treated as a noun : *un pourboire*), a gratuity (to drink his health) ; a tip.

9 *mon pauvre vieux*, my dear old fellow. See note on p. 85, l. 23.

10 *cela me casse bras et jambes*, it upsets me altogether.

11 *ce qui est bête à nous, c'est de n'y avoir pas songé plus tôt*, it is very silly of us not to have thought of that before.

23 *à peser du sucre* (*i.e.* as a grocer) *ou à planter des choux* (*i.e.* as a farmer). Fig. *aller planter ses choux*, to go and live in the country ; to leave one's post ; to retire.

27 *Moreau* (Jean Victor), one of the most celebrated generals of the first French Republic ; b. 1763, d. 1813. After a brilliant military career, he was (rightly or wrongly) implicated in a plot against the consular government, brought to trial and sentenced to two years' imprisonment. This was, however, commuted to a sort of voluntary banishment, and he retired to North America. But, unfortunately for him, listening to the invitation of the Allies, he returned to Europe in 1813, and allowed himself to be induced to take service in the allied armies (Austrian, Russian, and Prussian) against his countrymen. He was mortally wounded in the battle before Dresden (1813).

Page 201

10 *il se releva petit à petit*, he gradually recovered.

14 *l'oreille fendue.* See note on p. 197, l. 16, and notice the kind of pun between *oreille cassée* and *oreille fendue.*

30 *n'en a pas à la douzaine pour les jeter au linge sale,* has not so many of them that she can easily dispense with their services; lit. does not count them by dozens and cannot afford to throw them in the dirty-linen basket.

Page 202

9 *Endaye*, a small village in the Lower Pyrenees, near St. Jean-de-Luz; well-known for its delicious brandy.

10 *en train de boire*, in a drinking mood. See note on p. 179, l. 23.—*En train de* is often translated by «engaged in»: j'étais *en train de* vous écrire, quand votre lettre m'est arrivée, I was (engaged in) writing to you when I received your letter.

24 *à deux pas*, close by.

Page 203

3 *au titre étranger* (lit. as not belonging to the regiment), *i.e.* in an honorary way.

en attendant mieux, till something better turns up.

15 *mille écus*, *i.e.* three thousand francs (£120). See note on p. 53, l. 6.

17 *quand même*, all the same.

20 *de relevée* (Law term), in the afternoon. Rather old-fashioned, except as a Law term.

23 *c'est une justice à lui rendre*, it is but fair to say that of him.

25 *à son intention*, for him.

ABBREVIATIONS USED IN THIS VOCABULARY

— stands for the principal word.

adj.	=adjective.	irreg.	=irregular.
adv.	=adverb.	lit.	=literally.
aux.	=auxiliary.	m.	=masculine.
conj.	=conjunction.	n.	=noun.
contr.	=contraction.	neg.	=negatively.
dem.	=demonstrative.	num.	=numeral.
dim.	=diminutive.	p.part.	=past participle.
exclam.	=exclamation.	pers.	=personal.
f.	=feminine.	pos.	=possessive.
fig.	=figuratively.	prep.	=preposition.
imper.	=imperative.	pres.	=present.
impers.	=impersonal.	pron.	=pronoun.
indic.	=indicative.	ref.	=reflective.
indef.	=indefinite.	rel.	=relative.
inter.	=interrogatively.	tr.	=transitive.
intr.	=intransitive.	v.adj.	=verbal adjective.

258

FRENCH-ENGLISH VOCABULARY

Containing all the words and expressions which have not been
explained in the Notes.

A

à, prep., with, to, at, in, for, with-in, after

abaisser, tr.v., to lower

abandon, m.n., desertion

abandonner, tr.v., to abandon, to leave

abattement, m.n., depression

abattre (*-tant, -tu, -ts, -tis*), tr.v., to dishearten

abattu, knocked down, depressed, dejected.

abbé, m. (*-esse*, f.), vicar

abdomen, m.n., abdomen

abîme, m.n., abyss

abondamment, adv., abundantly

abonné, m.n., subscriber

abord, m.n., greeting; *d' —*, adv., first of all, at first

aborder, tr. and intr.v., to greet, to accost

aborder (*s'*), ref.v., to accost each other, to salute, to meet

aboutir, intr.v., to lead into

abrégé, m.n., summary ; *en —*, in a few words

abréger, tr.v., to shorten

abriter, tr.v., to shelter

abrutir, tr.v., to brutify, to stupefy

absence, f.n., absence

absent, adj.m., absent

absolu, adj.m., positive, absolute

absolument, adv., absolutely, entirely

absorber (*s'*), ref.v., to be absorbed

absurde, adj., absurd

absurdité, f.n., nonsense

abus, m.n., abuse

abuser (with *de*), intr.v., to take in vain, to take unfair advantage

académie, f.n., academy

accablant, adj.m., overwhelming

accablement, m.n., prostration

accabler, tr.v., to overwhelm

accaparer, tr.v., to monopolise

accepter, tr.v., to accept

accès, m.n., fit

accessoire, m.n., accessory

accessoire, adj., accessory, *i.e.* of secondary importance

accident, m.n., accident

accommodant, adj.m., complaisant

accommodement, m.n., adjustment

accompagné, accompanied, or simply ' with '

accompagner, tr.v., to accompany

accompli, finished, full

accomplir, tr.v., to accomplish, to perform, to fulfil, to finish

accord, m.n., agreement; *d' —*, in agreement with

accorder, tr.v., to grant, to give

accoster, tr.v., to accost

accourir, intr.v. (*-rant, -ru, -rs, -rus*), to come up, to run

accoutumé, accustomed

accrédité, adj., generally accepted

accroc, m.n. (the final c is not pronounced), hitch

accrocher, tr.v., to catch, to hook, to fix on

accrocher (*s'*), refl.v., to cling, to hang

accroissement, m.n., increase

accueil, m.n., reception, welcome

accueillir, tr.v. (*-llant, -lli, -lle, -llis*), to welcome, to receive

accuser, tr.v., to accuse

acharné, adj.m., obstinate

acheter, tr.v., to buy

achever, tr.v., to finish, to end

acide, m.n. and adj., acid

acolyte, m.n., companion

acquéreur, m.n., buyer

acquérir, tr.v. (*-uérant, -uis, -uiers, -uis*), to acquire

acquis, p.part. of *acquérir*

acte, m.n., act, certificate

acteur, m.n. (*-trice*, f.), actor

actif, m.n., assets

actif, adj. (*-ive*, f.), active

action, f.n., action, influence, engagement, deed

activité, f.n., activity

actuel, adj. (*-le*, f.), present

actuellement, adv., now, at present

adapté (p.part. of *adapter*), fitted

adieu, m., good-bye, farewell; in the plural, *adieux*, parting scene

admettre, tr.v. (*-ettant, -is, -ets, -is*), to admit

administrateur, n. and adj. (*-trice*, f.), manager

administratif (*-ve*, f.), administrative

administration, f.n., administration

admirable, adj., splendid, admirable

admiration, f.n., admiration

admirer, tr.v., to admire

admis, p.part. of *admettre*, allowed

adopter, tr.v., to adopt

adorable, adj., adorable

adorer, tr.v., to worship, to love passionately, to be very fond of, to admire

adoucir, tr.v., to soften, to sweeten, to lower

adoucissant, v.adj. (and pres.part. of *adoucir*), softening

adresse, f.n., address

adressé (p.part. of *adresser*), sent

adresser, tr.v., to address

adresser (*s'*), refl.v., to be intended for, to address

adversaire, m.n., adversary

adversité, f.n., adversity

affaire, f.n., affair, business, want, bargain

affairé, adj., busy

affaissement, m.n., depression

affecter, tr.v., to assume

affection, f.n., affection, love

affiche, f.n., bill, poster

affirmer, tr.v., to assert

affranchi, adj., freed, exempt

affreux, adj. (*-se*, f.), fearful

affronter, tr.v., to face

affublé, adj., ludicrously dressed

afin que, conj., in order that, so that

âge, m.n., age

âgé, adj., old, aged

agenouiller (*s'*), ref.v., to kneel down

agent, m.n., agent, policeman

agglutiné, adj., *agglutinated, i.e.* joined together as with glue

agir, intr.v., to act, to work

agir (*s'*), ref.v. (used impersonally), it is a question, the question is, to be necessary

agitation, f.n., commotion

agité (adj. and p. part. of *agiter*), agitated, waved

agiter (*s'*), ref.v., to move about

agonie, f.n., agony

agréable, adj., pleasant, pleasing, convenient, charming

agréer, tr.v., to accept

agression, f.n., attack

agriculteur, m.n., agriculturist, farmer

ah ! exclam., ah !

ah! ça, I say, now

ahuri, adj., dumfounded

aidant, v. adj., helping

aide, m.n., assistant

aide, f.n., help

aider, tr.v., to help

aïeul, m.n., ancestor

aigle, m. and f.n., eagle
aigre, adj., sharp
aigu, adj. (*-uë*, f.), sharp
aiguille, f.n., hand (of watches)
aiguiser, tr.v., to sharpen, to whet
aile, f.n., wing
ailleurs, adv., elsewhere; *d'*—, besides, after all, moreover
aimable, adj., pleasant, amiable, lovable, graceful, kind
aimant, v.adj., loving
aimé, beloved
aimer, tr.v., to love, to esteem, to like
aîné, adj., eldest
ainsi, adv., thus, in this way; *-que*, like
air, m.n., tune, look, countenance, air; *avoir l'*—, to look
aire, f.n., eyrie, nest (of an eagle)
aisance, f.n., fortune, in well-to-do circumstances
aise, f.n., satisfaction, ease
aisé, adj., well-off
aisément, adv., easily
ajourner, tr.v., to put off
ajouter, tr.v., to add
albâtre, m.n., alabaster
albumine, f.n., albumen
alcoolique, adj., alcoholic
alezan, adj., chestnut horse
allée, f.n., alley, path, walk
alleluia, alleluia
Allemagne, f.n., Germany
allemand, adj., German
aller, intr.v. (*allant, allé, vais, allai*), to go
aller (*s'en*), ref.v., to go away
allié, m.n. ally
allier (*s'*), to become an ally
allocution, f.n., allocution, speech
allonger (*s'*), to stretch, to get longer, to extend
allons (imper. of *aller*), exclam. all right!
allumé, adj., burning, lighted
allumer, tr.v., to light
allumer (*s'*), ref.v., to light up, to shine
allusion, f.n., allusion
almanach, m.n., directory

alors, adv., then, at the time, therefore
altération, f.n., alteration
altéré, adj., thirsty
altérer, tr.v., to deteriorate
altérer (*s'*), ref.v., to alter, to become decomposed
amadou, m.n., amadou (*i.e.* German tinder)
amant, m.n., lover
amassé (p.part. of *amasser*), made
amateur, m.n., amateur
ambassade, f.n., embassy, mission
ambitieux (f. *-euse*), ambitious
ambition, f.n., ambition
ambre, m.n., amber
âme, f.n., soul, heart
amener, tr.v., to bring
amer, adj., bitter
amertume, f.n., bitterness
ami, m.n., friend, propitious
amiable (*à l'*), in a friendly way
amical, adj., friendly
amitié, f.n., friendship
amour, m.n., love
amour-propre, m.n., self-love, self-esteem, self-conceit
amoureux, adj. (*-euse*, f.), lover, in love
amphitryon, m.n., host
amputé, adj. and p.part., amputated
amuser, tr.v., to please, to amuse, to delight
an, m.n., year
analyse, f.n., analysis
anatomique, adj., anatomical
ancêtre, m.n., ancestor
ancien, adj. (*-ne.* f.), formerly, ex-, old, former, late
anecdote, f.n., anecdote
ange, m.n., angel
angélique, adj., angelical
anglais, adj., English
angle, m.n., angle
Angleterre, f.n., England
angoisse, f.n., anguish, anxiety
anguille, f.n., eel
anguillules, f.n., infinitesimal eels
anguleux (*-se*, f.), angular, bony
animal, m.n., animal

animal, adj., brute, idiot

animé (p.part. of *animer*), excited, heightened, inspired

animer, tr.v., to enliven

animer (s'), ref.v., to get excited

anisé, adj., flavoured with aniseed

anneau, m.n., ring

année, f.n., year

annexer, tr.v., to annex

annonce, f.n.. advertisement, news

annoncer, tr.v., to announce, to inform

annuaire, m.n., army-list

anonyme, adj., nameless, anonymous

anthropologique, adj., anthropological

anti-chambre, f.n., hall

antique, adj., ancient

antre, f.n., cave, den

anxiété, f.n., anxiety

août, m.n., August

apercevoir, tr.v. (-*evant*, -*çu*, -*çois*, -*çus*), to perceive, to notice

apercevoir (s'), ref.v., to notice, to perceive

aplomb, m.n., assurance, self-command

apparaître, intr.v. (-*aissant*, -*u*, -*ais*, -*us*), to appear

appareil, m.n., apparel, apparatus

apparent, adj., apparent

appartement, m.n., apartment, room

appartenir, intr.v. (-*tenant*, -*tenu*, -*tiens*, -*tins*), to belong

appartenir (s'), ref.v., to be one's own master

appel, m.n., calling over (of names), appeal

appeler, tr.v., to call; *faire —*, to send for

appeler (s'), ref.v., to be called, named

appétit, m.n., appetite

applaudir, tr.v., to applaud

applaudissement, m.n., applause

appliquer, tr.v., to apply, to lay

appliquer (s'), ref.v., to try one's best, to spread itself

apporter, tr.v., to bring

apprendre, tr.v. (-*nant*, -*is*, -*ds*, -*is*), to teach, to learn, to inform, to hear

apprêter (s'), ref.v., to get ready, to prepare oneself, to be on the point of

apprêts, m.n.pl., preparations

appris (p.part. of *apprendre*), heard

approcher, **tr.** and intr.v., to near

approcher (s'), ref. v., to get nearer, to go up to, to approach

approximatif (-*ve*), adj., approximate

appui, m.n., help, support

appuyé, leaning

appuyer, tr.v., to rest, **to put** against, to back up

appuyer (s'), ref.v., to lean, to rest, to rely, to confide in

aprés, prep. and adv., after, afterwards, later

après-demain, adv., the day after to-morrow

arbre, m.n., tree

archevêché, m.n., archbishop's palace

architecte, m.n., architect

architecture, f.n., architecture

archives, f.n.plur., records

ardent, adj., ardent, burning

ardeur, f.n., warmth, eagerness

argent, m.n., silver, money

argenté, adj., silvered, silvery

argenterie, f.n., silver plate

ariette, f.n., arietta

arme, f.n., arm, weapon

armé, (p.part. of *armer*), provided with

armée, f.n., army

armement, m.n., armament

armer, tr.v., to arm, to cock

armoiries, f.n.plur., arms, coat of arms

armurier, m.n., gunsmith

arpenter, tr.v., to stride along

arraché (p.part. of *arracher*), matched

arracher, tr.v., to rescue, to bring up, to take away, to match, to bear away, to extort, to pull off, to take out

arracher (*s'*), ref.v., to tear, to pull

arrestation, f.n., arrest

arrêt, m.n., stopping

arrêter, tr.v., to stop, to arrest

arrêter (*s'*), ref.v., to stop, to spend (time), to remain

arriére, adv. backwards

arrivée, f.n., arrival

arriver, intr.v., to arrive, to reach, to come to, to get to, to get on, to succeed

arriver, impers.v., to happen

arrondi, adj., rounded

arrondir, tr.v., to round, to increase

arrondir (*s'*), ref.v., to get round

arroser, tr.v., to water, to wet

art, m.n., art

artère, f.n., artery

articulation, f.n., articulation

artillerie, f.n., artillery

artilleur, m.n., artilleryman

artisan, m.n., working-man

ascétique, adj., ascetic

aspect, m.n., sight, aspect, appearance

asphyxié, suffocated

aspiràtion, f.n., inhalation

assassin (*à l'*), excl. help, murder

assemblée, f.n., assembly

asseoir (*-eyant, -is, -ieds, -is*), tr.v., to sit

asseoir, (*s'*), ref.v., to sit down

assez, adv., rather, enough, pretty well

assiette, f.n., plate

assis, seated, seating

assistance, f.n., audience, assistance

assistant, m.n., looker-on

assister, tr.v., to witness, to be present at, to help, to assist

associer, tr.v.. to associate

associer (*s'*), ref.v., to share, to join

assommer, tr.v., to kill, to fell to the ground

assoupir, tr.v., to lull, to quiet

assurance, f.n., assurance, promise

assurément, adv., to be sure, certainly

assurer, tr.v., to assure, to obtain, to render, to affirm, to assert

atelier, m.n., workshop

atlas, m.n., atlas

atmosphère, f.n., atmosphere

atmosphérique, adj., atmospheric

atome, m.n., bit, atom

à travers, prep., across, through

attaché, fastened, hooked

attacher, tr.v., to associate

attaqué (p.part of *attaquer*), attacked

atteindre (*-eignant, -eint, -eins, -eignit*), tr.v,, to catch, to reach

atteint, accused of, struck, suffering from

attelé, drawn

attendant (*en*), in the meanwhile, till

attendre (*-dant, -du, -ds, -dis*), tr.v., to wait for, to expect

attendre (*s'*) *à*, ref.v., to expect

attendu que, whereas, on the ground that

attente, f.n., expectation, waiting

attentif (*-ve*, f.), attentive

attention, f.n., attention, heed

attester, tr.v., to bear witness, to attest

attirer, tr.v., to attract

attitude, f.n. attitude

attraper, tr.v., to catch

attribuer, tr.v., to attribute

attribut, m.n., attribute, symbol

auberge, f.n., inn

aucun, adj., no, any, none

aucunement, adv., in no way, at all

audacieux (*-se*, f.), adj., daring, impudent

au-dessous, adv., below

au-dessus, adv., above

audience, f.n., audience

auditeur (*-trice*, f.), m.n. and adj., audience

auditoire, m.n., audience

augmenté, increased

auguste, adj., august

aujourd'hui, adv., to-day, nowadays, now, this afternoon, at present

au moins, conj., at least

aumône, f.n., alms

auprès, prep., near, by the side of, with

aurore, f.n., dawn

auscultation, f.n., auscultation

ausculter, tr.v., to auscultate

aussi, adv., also, equally, either, so, as

aussitôt, adv., immediately

austère, adj., austere, strict, rigid

autant, adv., as much, as many; *d'—plus que*, so much the more, inasmuch

autel, m.n., altar

auteur, m.n., author, parents

authentique, adj., authentical

automate, m.n., self-acting machine

autopsie, f.n., post-mortem examination

autorisation, f.n., authorisation

autoriser, tr.v., to authorise

autorité, f.n., authority

autour, adv., round, around, about, near

autre, adj., other

autrefois, adv., formerly

autrement, adv., otherwise; — *dit*, in other words

Autriche, f.n., Austria

Autrichien (-ne, f.), Austrian

autrui, pron., other people

avalanche, f.n., avalanche

avaler, tr.v., to swallow

avance, f.n., advance; *d'—*, or *par —*, beforehand, at once

avancement, m.n., promotion

avancer, tr.v., to advance

avancer (s'), ref.v., to step forward

avant, prep., before, forward; *en —*, deeply, forward

avantage, m.n., advantage

avant-courier, m.n., forerunner, harbinger

avant-hier, adv., the day before yesterday

avare, m.n., miser

avare, adj., avaricious

avec, prep., with

avenir, m.n., future, destiny

avenue, f.n., avenue

aventure, f.n. adventure

aventurier, m.n., adventurer

averti, informed, warned

avertir, tr.v., to warn, to request, to prove, to inform

aveu, m.n., declaration

aveugle, m.n., blind man

aveugle, adj., blind

avide, adj., covetous, greedy, grasping

avis, m.n., advice, opinion

aviser (s'), ref.v., to bethink oneself

avocat, m.n.. advocate

avoir (ayant, eu, ai, eus), aux.v., to have; *il y a*, there is, there are

avouer, tr. v., to confess

azuré, adj., blue.

B

bagage, m.n., luggage

bagarre, f.n., squabble, row

bagatelle, f.n., trifle

bagne, m.n., convict prison

baguette, f.n., drum-stick

bah! exclam., pshaw

baigné, (p. part. of *baigner*), bathed in

baigner, tr. v., to bathe

baignoire, f.n., bath

bain, m.n., bath

baïonnette, f.n., bayonet

baiser, m.n., kiss

baiser, tr. v., to kiss

balance, f.n., scale

balancé, adj. and p. part. of *balancer*, swayed about

balle, f.n., bullet

ballotter, tr. v., to toss about

banal, adj., matter-of-fact

bandeau, m.n., bandage

banlieue, f.n., suburb

banni, adj., and m.n., banished

banque, f.n., bank

banquet, m.n., banquet

banquette, f.n., seat

bans, m.n. plur., banns
baptême, m.n., baptism
baquet, m.n., basin
baraque, f.n., hut
barbarie (*de la*), f.n., cruelty *or* cruel
barbe, f.n., beard
bardé, adj., bearded, coated *or* covered with
baromètre, m.n., barometer
baron, m.n., baron
barreau, m.n., bar, (*i.e.* the profession of barrister)
barrer, tr. v., to bar
barrière, f.n., barrier, obstacle
bas, (f. -*se*), adj., low, subaltern, non-commissioned; *d'en-*, lower
bas, m.n., lower part, bottom, base
bas, adv., below, low
basque, f.n., skirt, tail (of a coat)
bassesse, f.n., meanness, baseness
bastion, m.n., bastion
bataille, f.n., battle, fight
bataillon, m.n., battalion
bâti, constructed
bâtiment, m.n., building
battement, m.n., throb, beating, throbbing
batterie, f.n., battery
battre, (-*tant*, -*tu*, -*ts*, -*tis*), tr. v., to beat, to fight, to hit, to strike, — *aux champs*, to beat a salute
battre (*se*), ref.v., to fight
battu, (p.part. of *battre*), forged, beaten, thrashed
baudet, m.n., donkey
bavard, adj., prating, loquacious
bavard, m.n., chatter-box
bavardage, m.n., prating
béatitude, f.n., beatitude
beau (or *bel*, f. *belle*), adj., beautiful, good, nice, fine, grand, pretty, splendid; *avoir —*, to ... in vain, vainly; *au —*, right in the
beau, (m.n.), beauty, bloom
beaucoup, adv., many, much, a great deal, a great number, a large quantity
bec, m.n., beak

bégayer, intr.v., to stammer, to lisp, to speak
bel, adj. (or *beau*), fine; — *et bien*, adv., fully, quite
belle, adj., f. of *beau*, fine, noble, enormous; *de plus —*, more than ever
belle - fille, f.n., step - daughter, daughter-in-law
bénédiction, f.n., blessing
bénir, tr.v., to bless
berceau, m.n., cradle
berlue, f.n., purblindness
besoin, m.n., want, need; *au —*, if need be; *avoir —*, to want
bête, f.n., beast, animal, fool
bête, adj., fool, foolish, stupid, silly
bêtise, f.n., nonsense
bibliothèque, f.n., library
biconcave, adj., concavo-concave, *i.e.*, concave on both surfaces
bicoque, f.n., wretched little house, hovel
bien, m.n., fortune, property, boon, blessing, good things
bien, adv., very, well, good, plenty, many, much, comfortably, easily, so, quite, certainly, indeed, well-of, really, at last, with pleasure, all right
bien-aimé, beloved
bien-être, m.n., comfort
bienfaisance, f.n., benevolence, charity
bienfait, m.n., boon
bienfaiteur, (-*trice*, f.), benefactor
bien que, conj., though
bientôt, adv., soon; *à —*, by and by
bienveillance, f.n., good-will
bienvenu, adj., welcome
bienvenue, f.n., welcome, greeting
bière, f.n., beer
bigarré, adj., streaked
bignonia, m.n., begonia (a flower)
billet, m.n., note, ticket
biologie, f.n., biology, *i.e.*, science of life
bisaieul, m.n., great-grandfather
bizarre, adj., strange
blague, f.n., fib, humbug
blâmer, tr.v., to blame

blanc, m.n., white

blanc, (-*che,* f.), adj., white ; *nuit blanche,* sleepless night

blé, m.n., wheat

blessé, adj., and m.n., wounded

blesser, tr. v., to wound

blesser (*se*), ref.v., to hurt oneself

blessure, f.n., wound

bleu, (-*e,* f.) adj., blue

bleuâtre, adj., blueish

blocus, m.n., blockade

blond (-*e,* f.), adj., fair, fair-complexioned

bocage, m.n., grove

bocal, m.n., bottle, glass jar

boire, (*buvant, bu, bois, bus*), tr. v., to drink

bois, m.n., wood

boisson, f.n., drink, beverage

boîte, f.n., box, case

bombe, f.n., shell, bomb

bon, m.n., cheque, draft

bon (-*ne,* f.), good, kind, long, satisfactory

bon, adv., all right

bonbon, m.n., sugar-plum, sweetmeat; fig. plump little man

bonbonnière, f.n., comfit-box ; fig. elegant little house

bond, m.n., bounce, bound

· *bondir,* intr.v., to bound

bonhomme, m.n., old man

bonheur, m.n., delight, luck, happiness

bonsoir, m.n., good evening, goodnight

bonté, f.n., kindness

bord, m.n., edge, brim, bank

bordé, adj., borded

Bordeaux, claret (speaking of wine)

borne, f.n., limit

botte, f.n., boot, high boot

bottier, m.n., shoemaker

bouche, f.n., mouth

boucher, tr.v., to stop

boucler, tr.v., to buckle

boucles, f.n. plur., earrings

bouger, tr. and intr.v., to move

bougie, f.n., candle

bouillant, adj., boiling

bouilli, adj., boiled

bouillie, f.n., pap

bouillon, m.n., broth

boulet, m.n., cannon-ball

boulette, f.n., small ball

boulevard, m.n., boulevard

bouleversé, adj. and p.part., upset

bouleverser, tr.v., to turn upside down

bourdonner, tr. and intr.v., to murmur, to hum

bourgeois, i.e., middle class people, citizen

bourré, adj., crowded

bout, m.n., end, tip

bouteille, f.n., bottle

boutique, f.n., shop

bouton, m.n., button, bud

boutonner, tr.v., to button

boutonnière, f.n., button-hole

bracelet, m.n., bracelet

brailler, intr.v., to brawl, to shout

brancard, m.n., stretcher

brandebourgs (*à*), m. plur., frogged, i.e. with coarse braid crossing the breasts of a coat

brandevin, m.n., brandy

brandir, tr. v., to brandish

branler, intr.v., to shake

bras, m.n., arm ; — -*dessus,* — *dessous,* arm-in-arm

brasser, tr. v., to brew

brasseur, m.n., brewer

brave, adj., honest, good, gallant, valiant, brave, faithful

bravement, adv., boldly

braver, tr.v.. to brave, to defy, to face

bravoure, f.n., bravery

bref, (-*ève,* f.), adj., in short, curt

brevet, m.n., brevet

bribe, f.n., scrap

brigand, adj. and m.n., rascal

brillant, adj., brilliant, shiny, sparkling, bright, merry

briller, intr.v., to shine, to glitter

brisé, adj., broken

briser, tr.v., to break, to crush

briser (*se*), ref.v., to get broken

brocanteur (-*se,* f.), adj., dealer in second-hand goods

broché, adj., figured, brocaded
brochure, f.n., pamphlet
brodé, adj., embroidered, laced
brosseur, m.n., servant; (of an officer only), orderly
brouillé, adj., on bad terms
bru, f.n., daughter-in-law
bruit, m.n., noise, sound, ado, fuss, stir, beating, roar
brûlant, adj., hot
brûlé, adj., burnt
brûler, tr.v., to burn, to long, to be eager
brun, adj., brown, black
bruni, adj., burnished
brusque, adj., abrupt, sudden, [unexpected, blunt
brusquement, adv., suddenly, roughly, abruptly
brutal, adj., brutal, brute
brutalité, f.n., violence
bruyamment, adv., noisily
bruyant, adj., noisy, high-sounding, boisterous
bu, p.part of *boire*
budget, m.n., budget
buffet, m.n., buffet
buisson (en), i.e. arranged in the shape of a pyramid (cookery term)
bulletin, m.n., bulletin
bureau, m.n., office
but, m.n., end, aim

C

ça, contract. fr. *cela*, this, that
cabinet, m.n., dressing-room, study, laboratory, room, Cabinet (of Ministers)
cabrer (se), ref.v., to rear
cacher, tr.v., to hide, to conceal
cacher (se), ref.v., to hide oneself
cadavre, m.n., corpse
cadet (-te, f.), younger son
cadran, m.n., dial
café, m.n., coffee; café (coffee-house)
cahier, m.n., book, copy-book
caillou, m.n., pebble

caisse, f.n., case, drum, cash-box
calcul, m.n., reckoning, calculation
calèche, f.n., barouche, open carriage
calendrier, m.n., calendar
calice, m.n., chalice, cup
calcium, calcium (i.e. the metallic base of lime)
câliner, tr.v., to coax
calme, m.n., calmness
calmer, tr.v., to calm, to quiet
calmer (se), ref.v., to get calmer
calomnie, f.n., calumny
calomnier, tr.v., to slander
camarade, m.n., comrade, companion, school-fellow
cambré, adj., high-instepped, curved, stiff, straight
campagne, f.n., campaign, country
camper, intr.v., to encamp
camper (se), ref.v., to place oneself
canaille, f.n., rascal
canal, m.n., channel
canapé, m.n., sofa
canne, f.n., stick
canon, m.n., gun
canton, m.n., canton (a small territorial district)
capable, adj., capable, intelligent
capacité, f.n., efficiency
capitaine, m.n., captain
capital, m.n., capital; (in the plural), money, funds
capital, adj., capital
capitaliste, m.n., capitalist
capitonnage, m.n., padding
capitonné, adj., padded
caporal, m.n., corporal
caprice, m.n., fancy, whim, freak, caprice
captif -(ve, f.), adj., captive
captivité, f.n., captivity
capuche, f.n., hood
capuchon, m.n., metallic cap (for bottles)
car, conj., for
caractère, m.n., quality
caractériser, intr.v., to characterise
caressant, adj., caressing, wining
caresse, f.n., caress

caresser, tr.v. to stroke
caricature, f.n., caricature
carillon, m.n., chime, peal
carnaval, m.n., carnival
carnet, m.n., note-book
carré, m.n., square
carré, adj., squared
carrière, f.n., life, career
carte, f.n., map. bill
cartilage, m.n.. cartilage, gristle
cas, m.n., case
casquette, f.n., cap
cassant, adj., easily breakable
casser, tr.v., to break
cassette, f.n., privy-purse
cauchemar, m.n., night-mare
Caucase, m.n., Caucasus
cause, f.n., cause; *à* —, on account
causé, produced, brought on, given
causer, intr.v., to talk, to chat
cavalerie, f.n., cavalry
cavalier (*-ère*, f.), adj., haughty,
  supercilious
cavalier, m.n., rider, cavalry man,
  horseman
cave, f.n., cellar
caveau, m.n., vault
caverne, f.n., cavern
ce, *cet*, *cette*, dem.adj., this, that;
  — *que*, that which, what
ceci, *cela*, this, that
céder, tr.v., to yield, to give way,
  to succumb, to give up
ceindre (*ceignant*, *ceint*, *ceins*,
  ceignis), tr.v., to wreathe
ceinture, f.n. waist
cela, this, that
célèbre, adj., celebrated, famous,
  renowned, fashionable
célébrer, tr.v., to celebrate, to extol,
  to sing
celle, f. of *celui*
cellulaire, adj. cellular, *i.e.* having
  little cells or cavities
cellule, f.n., cell
celui, the one; with *qui* or *que*, he
  who, he whom; with *-ci* or *-là*,
  this, that, one
cent, adj., hundred, cent (%)
centaine, adj., hundreth
centigrade, adj., centigrade

centime, m.n., centime (*i.e.* the
  hundredth part of a franc)
centre, m.n., centre
cependant, adv., nevertheless, however, still, meanwhile
cercle, m.n., circle, club
cercueil, m.n., coffin
cérémonial, m.n., ceremonial, formalities
cérémonie, f.n. ceremony, occasion
cerisier, m.n., cherry-tree
certain (*-ne*), adj., certain, some
certainement, adv., of course, certainly
certes, adv., certainly, surely, indeed
certificat, m.n., certificate
certitude, f.n., certainty
cerveau, m.n., brain, head
ces, plur. of *ce*
c'est à dire, that is to say
ceux (plur. of *celui*), those
chacun, each, every one
chagrin, m.n., sorrow
chaîne, f.n., chain
chair, f.n., flesh
chaise, f.n., chair
chaleur, f.n., heat, warmth
chambre, f.n., room, bed-room
chambrée, f.n., barrack room
chameau, m.n., camel
chamois, m.n., shammy-leather
champ, field; *battre aux* —, to beat
  a salute (on the drums)
chanceler, intr.v., to waver
chandelle, f.n., candle
changement, m.n., change
changer, tr.v., to change, to alter
chanoinesse, canoness
chanson, f.n., song
chant, m.n., song
chanter, tr.v., to sing, to talk about
chantre, m.n., chorister
chapeau, m.n., hat; *carton à* —,
  hat-box
chapelier, m.n., hatter
chapelle, f.n., chapel
chapitre, m.n., chapter
chaque, adj., each
charbon, m.n., coal, charcoal, ember
charge, f.n., charge

chargé, loaded
charger, tr.v., to load, to charge
charger (*se*), ref.v., to take upon oneself, to undertake
charmant, adj., charming, good-hearted
charme, m.n., charm
charmé, delighted
charretier, m.n., cart-driver
charrette, f.n., cart
chaste, adj., chaste
château, m.n., castle
châtiment, m.n., chastisement, punishment
chaud, adj., warm, hot
chaudement, adv., warmly
chaudière, f.n., caldron, boiler, large kettle
chauffer, tr.v., to warm, to keep up a fire
chauffeur (*-se*, f.), stoker
chaumière, f.n., cottage
chaussure, f.n., boot
chef, m.n., chief, head; — *de bataillon*, major; — *d'œuvre*, masterpiece
chef-lieu, m.n., chief town
chemin, m.n., way, road; — *de fer*, railway; — *faisant*, on one's way
cheminée, f.n., chimney, fire-place, mantel-piece
chemise, f.n., shirt, shirt-front
chemisier (*-ière*, f.), shirtmaker
chêne, m.n., oak
cher (*-ère*, f.), adj., dear
cher, adv., dear
chéri, adj., darling
chérir, tr.v., to love
chercher, tr.v., to meet, to fetch, to look for, to attempt, to try, to find out, to fumble
cheval, m.n., horse; *à* —, astride
chevalier, m.n., knight
chevet, m.n., bed-side
cheveu, m.n., hair
chez, prep., at the house of, at, with, to, in
chien (*-nne*, f.), dog
chiffon, m.n., scrap, rag
chiffre, m.n., figure

chimère, f.n., chimera, idle fancy
chimie, f.n., chemistry
chimique, adj., chemical
chinois, adj., Chinese
chirurgien, m.n., surgeon; — *major*, surgeon-major
chlorure, m.n., chloride
choc, m.n., shock
chocolat, m.n., chocolate
chœur, m.n., choir
choisi, chosen, selected
choisir, tr.v., to choose, to pick out, to select
choix, m.n., choice
choquer, tr.v., to knock
chose, f.n., thing
choucroûte, f.n., sourkrout
choyé, petted
choyer, tr.v., to fondle
chrétien (*-ne*, f.), adj., christian
chronomètre, m.n., chronometer
chut! excl., hush, silence
cicatriser (*se*), ref.v., to get healed
cicerone, m.n., guide
ciel (plur. *cieux*), m.n., heaven, sky
cimenté, adj., cemented
cimetière, m.n., churchyard, cemetery
cinq, adj., five
cinquante, adj., fifty
cinquième, adj., fifth
circonférence, f.n., circumference
circonstance, f.n., circumstance, occasion
circulaire, adj., circular
circulation, f.n., circulation
circuler, intr.v., to go round, to circulate, to go about
cirque, m.n., circus
citer, tr.v., to quote
citoyen (*-ne*, f.), citizen
civil, adj., civil, of a civilian
civilisation, f.n., civilisation
clair, adj., clear, bright
clair, adv., clearly
clairement, adv., exactly
clampin, adj., idler, lazy dog
clarté, f.n., clearness
classe, f.n., class
classé, classified

classer, tr.v., to classify
clavicule, f.n., collar-bone
clé or clef, f.n., key
clématite, f.n., clematis, i.e. a climbing plant
clément, adj., merciful
clerc, m.n., clerk
clientèle, f.n., client, connection
climat, m.n., climate
cliquetis, m.n., jingling, clashing
cloche, f.n., bell
clocher, m.n., steeple
clochette, f.n. bell-flower
clore (closant, clos, clos, no past def.), to close
close (p.part. f. of clore), close
clouer, tr.v., to nail, to kill
coagulé, coagulated
cocher, m.n., driver, coachman
cœur, m.n., heart; si le — vous en dit, if you feel at all inclined, if you like
coffre, m.n., coffer
cohue, f.n., throng
coiffer (se), ref.v., to put on (hat)
coiffeur, m.n., hair-dresser
coiffure, f.n., head-dress
coin, m.n., corner
col, m.n., collar
colère, f.n., anger
colonel, m.n., colonel
colonie, f.n., colony
colonne, f.n., column
colorer (se), ref.v., to colour
collection, f.n., collection
collège, m.n., college, school
collet, m.n., collar (of a coat)
collier, m.n., necklace
combat, m.n., engagement, battle, fight
combattant, m.n., fighter
combattre (-battant, -battu, -bats, -battis), tr.v., to fight
combien, adv. how much, how many
combiner, tr.v., to combine
comédie, f.n., comedy
comédien (-nne, f.), comedian
comique, adj., ludicrous, comical, funny
commandant, m.n., commander

commandement, m.n., command, commanding
commander, tr.v., to order, to command, to lead
comme, conj., as, like, how; — pour, as if to
commencé, begun, commenced
commencement, m.n., beginning
commencer, tr.v., to begin, to commence
comment, adv., how, what! well!
commerce, m.n., commerce, trade; du —, commercial
commercial, adj., commercial
commissaire, m.n., commissary
commissionnaire, m.n., commissioner
commode, adj.. convenient, comfortable
commun, adj., common, frequent
commune, f.n., parish, commune
communication, f.n., communication
communier, intr.v., to receive the sacrament
communiquer, tr.v., to communicate
compacte, adj., compact, great
compagne, f.n., companion
compagnie, f.n., company, party
compagnon, m.n., companion
compartiment, m.n., compartment
compassion, f.n., compassion
complaisant, adj., opportune
complément, m.n., complement
complet (-ète, f.), complete
complètement, adv., completely
compléter, tr. v., to complete
complice, m.n., accomplice
complicité, f.n., complicity
compliment, m.n., compliment; in the plur., congratulations, respects, regards
comporter (se), ref.v., to behave
composé, m.n.. compound
composer, tr.v., to compose
composer (se), refl.v., to be composed
compositeur (-trice, f.), composer
comprendre (-enant, -is, -ends, -is), tr.v., to understand, to guess

compris (p.part. of *comprendre*), included

compte, m.n., account, total

compter, tr.v., to intend, to hope, to count, to rely

compulser, tr.v., to look through

comte, m.n., count

concentrer, tr.v., to concentrate

concernant, prep., concerning

concert, m.n., concert, chorus

concevoir, (*-cevant*, *-çu*, *-çois*, *-çus*), to conceive

concierge, m. and f.n., door-keeper

conclu, (p.part of *conclure*), concluded

concluant, adj., concluding

conclure, tr.v., to conclude

concours, m.n., help

conçu, (p.part. of *concevoir*), conceived, worded

condamnation, f. n., condemnation

condamné, condemned

condamner, tr.v., to condemn

condensation, f.n., condensation

condition, f.n., condition

conducteur (*-trice*, f.), driver, conductor

conduire (*-uisant*, *-uit*, *-uis*, *-uisis*), tr.v., to lead, to take to, to show the way

conduire (*se*), refl.v., to behave

conduit (p.part. of *conduire*), taken

conduite, f n., conduct

confesser, tr.v., to confess

confiance, f.n., confidence

confiant, adj., trusting, confiding

confidence, f.n., confidence

confier, tr.v., to intrust

confier (*se*), ref.v., to trust

confit, adj., preserved

confondre (*-dant*, *-du*, *-ds*, *-dis*), tr.v., to mix, to shed (tears) together

conformer (*se*), refl.v., to observe, to submit

conformité, f.n., similarity

confort, m.n., comfort

confrère, m.n., colleague

confus, adj., confused, indi inct, abashed, ashamed

congédier, tr.v., to dismiss, to send away

congélation, f.n., congelation

conjecture, f.n., supposition

conjoints, m.n., plur., married couple

conjonctive, f.n., conjunctive, *i.e.*, the mucous membrane which unites the globe of the eye with the eyelid

conjurer, tr.v., to implore

connaissance, f.n., acquaintance; — *de*, familiar

connaître (*-aissant*, *-u*, *-ais*, *-us*), tr.v., to know, to distinguish, to be acquainted with

connu (p.part of *connaître*), known, familiar

conquérir (*-érant*, *-is*, *-iers*, *-is*), tr.v., to conquer

conquête, f.n., conquest

conquis (p.part. of *conquérir*), conquered

consacré, devoted, set apart for, usual

consacrer, tr.v., to devote

consacrer (*se*), refl.v., to devote oneself

conscience, f.n., conscience

conseil, m.n., advice, council; — *de guerre*, court-martial

conseillé, suggested

conseiller (*-ère*, f.), m.n., councillor

conseiller, tr.v., to induce, to advise

consentement, m.n., consent, approval, agreement

consentir (*-sentant*, *-senti*, *-sens*, *-sentis*), intr.v., to consent, to deign, to agree

conséquent (*par*), adv., therefore, consequently

conservation, f.n., preservation

conservé, kept, preserved, saved

conserver, tr.v., to keep, to save, to preserve

conserver (*se*), ref.v., to be preserved

considérable, adj., influential

considérer, tr.v., to consider

consigne, f.n., regulation, orders
consigner, tr.v., to write down
consistance, f.n., firmness, consistency
consolation, f.n., consolation
consolé, consoled
consoler, tr.v., to alleviate, to comfort, to console
consoler (se), refl.v., to get consoled
consommation, f.n., consumption
conspirer, tr. and intr.v., to conspire
constamment, adv., constantly
constaté, ascertained, discovered
constater, tr.v., to notice, to ascertain
constellé, adj., starry, adorned with stars
constituer, tr.v., to constitute
construction, f.n., construction
construire (-uisant, -uit, -uis, -uisis), tr.v., to construct, to build
construit, constructed
consulter, tr.v., to consult, to ask advice
contact, m.n., contact
contempler, tr.v., to gaze at, to witness
contemporain, m.n., contemporary
contemporain, adj., contemporaneous, of our time
content, adj., satisfied, pleased
contenter (se), ref.v., to feel satisfied with
contenu (p.part. of contenir), suppressed
conter, tr.v., to tell, to relate, to inform
contester, tr.v., to contradict
continuer, tr.v., to continue.
contracter (se), ref. v., to contract itself
contraction, f.n., contraction
contradiction, f.n., contradiction
contraindre (-aignant, -aint, -ains, -aignis), tr.v., to compel
contraint (p.part. of contraindre), compelled
contraire, adj., contrary

contrairement, adv., in contradiction with
contre, prep., for, against, to
contredanse, f.n., quadrille
contredire (-disant, -dit, -dis, -dis), tr.v., to contradict
contribuer, intr.v., to contribute, to help
convaincre (-quant, -cu, -cs, -quis), tr.v., to convince
convaincu, convinced, found guilty
convalescent, adj., convalescent
convenable, adj., convenient
convenablement, adv., properly, in a befitting manner
convenance, f.n., propriety
convenir (-venant, -venu, -viens, -vins), int.v., to agree, to suit, to confess; *il convient*, impers., it is but right
conversation, f.n., conversation, talking
convive, m.n., guest
convocation, f.n., convocation
convoiter, tr.v., to covet
convulsif (-ve), adj., convulsive
convulsion, f.n., convulsion
copie, f.n., copy
copié, copied
copieusement, adv., abundantly
coquetterie, f.n., smartness, coquetry
coquin, adj., rogue, mocking, provoking
corbeille, f.n., basket
corde, f.n., rope
cordial, adj., cordial, hearty
cordialement, adv., heartily
cordialité, f.n., cordiality
cornue, f.n., retort, *i.e.* a vesse with a long neck, used in distilling
corps, m.n., body, corpse, regiment
Corps Législatif, legislative body, corresponding to the English House of Commons
correspondance, f.n., correspondence
correspondre (-dant, -du, -ds, -dis), intr.v., to correspond

corridor, m.n., passage
corriger, tr.v., to correct
corrompre (-pant, -pu, -ps, -pis),
tr.v., to corrupt, to mar
corsage, m.n., bodice, waist
Corse, adj., Corsican
Cosaque, m.n., Cossack; à la —,
after a Cossack's fashion
costume, m.n., costume, uniform
côte, f.n., coast
côté, m.n., side, direction; à —,
aside; à — de, by the side of
coté, adj., valued
cotelette, f.n., chop
cotisation, f.n., subscription
cou, m.n., neck
couche, f.n., bed, layer, coating
couché, lying, to lie in bed, to be
sleeping
coucher, tr.v., to put to bed
coucher (se), ref.v., to lie down, to
go to bed
coude, m.n., elbow
coudre (-sant, -su, -ds, -sis), tr.v.,
to sew
coulant, adj., flowing
couler, tr.v., to spend, to flow
couleur, f.n., colour
couloir, m.n., passage
coup, m.n., blow, thrust, knock,
stroke, sound; — d'œil, glance,
— de pied, kick; — de canon,
shot; pour le —, decidedly, this
time; tout à —, suddenly, all of
a sudden
coupable, adj., guilty
coupe, f.n., cup
couper, tr.v., to cut, to cut off
couplet, m.n., verse, stanza
cour, f.n., yard, court, address;
faire la —, to court
courage, m.n., courage
courageux (-se, f.), adj., courageous
courant, m.n., current; au — de,
acquainted with
courant, adj., instant
courbe, f.n., curve
courir (-rant, -ru, -rs, -rus), intr.v.,
to run, to rush on, to roam
about, to hurry to
couronne, f.n., crown

courroux, m.n., wrath
cours, m.n., course, lecture
course, f.n., course, race, walk
coursier, m.n., steed, charger
court, adj., short, suddenly
cousin, m.n., cousin
coussin, m.n., cushion
coûter, intr.v., to cost
coutume, f.n., custom
couvent, m.n., convent
couvercle, m.n., lid
couvert, m.n., cover
couvert (p.part. of couvrir), covered
couvrir (-vrant, -vert, -vre, -vris),
to shower upon, to give a lot,
to cover
craindre (-gnant, -nt, -ns, -gnis),
tr.v., to fear, to be afraid of
crainte, f.n., fear
cramponner (se), ref.v., to cling
crâne, adj., swaggering
craquer, intr.v., to creak
cravache, f.n., riding-whip
créance, f.n., debt
créer, tr.v., to create, to produce
créer (se), ref.v., to devote oneself to
crénelé, adj., embattled
créole, m. and f.n., creole
creuser, tr.v., to hollow, to dig
out, to scoop; — l'estomac,
to whet the appetite
cri, m.n., cry, shout
criblé, adj., riddled
crier, intr.v., to cry, to shout, to
cry out
crime, m.n., crime
criminel (-le, f.), adj., criminal
crinière, f.n., mane
cristal, m.n., crystal
croc, m.n., curl, curling
crochet, m.n., hook
croire (-oyant, -u, -ois, -us), tr.v., to
believe, to fancy
croisé, m.n., crusader
croisé, adj., crossed
croiser (se), ref.v., to cross each
other
croix, f.n., cross
crouler, intr.v., to fall down
croupe, f.n., crupper (of a horse)
croyant, m.n., believer

cru (p.part. of *croire*), believed
crû, m.n., vintage
cruel (*-le*, f.), adj., cruel, hard-hearted
cruellement, adv., cruelly
cueillir, cueillant, cueilli, cueille, cueillis, tr.v., to gather
cuiller (or *cuillère*), f.n., spoon
cuillerée, f.n., spoonful
cuir, m.n., leather
cuirassier, m.n., cuirassier
cuisine, f.n., kitchen
cuivre, m.n., copper; wind musical instrument
culbuter, tr.v., to throw, to knock, down
cupidité, f.n., cupidity
curé, m.n., vicar
curieux (*-se*, f.), adj., curious
curiosité, f.n., curiosity
curule, adj., curule
cylindre, m.n., cylinder
cyprès, m.n., cypress, *i.e.* the emblem of mourning for the dead; fig. of reverse, defeat, etc.

D

daigner, intr.v., to condescend, to consent
dame, f.n., lady
dame, interj., well!
dandiner (*se*), refl.v., to waddle
danger, m.n., danger
dangereux (*-se*, f.), dangerous
dans, prep., in, within, among, latest
danser, tr.v., to dance
date, f.n., date
daté, adj., dated
dater, tr.v., to date; *à — de*, from
dauphin, m.n., dolphin
davantage, adv., still more
de, prep., of, to, from, in, with, by, as, than
dé, m.n., thimble
déballage, m.n., unpacking
débarquer, tr. and intr.v., to land
débarrassé, rid
débarrasser (*se*), ref.v., to get rid

débattre (*-tant, -tu, -ts, -tis*), tr.v., to discuss, settle
débattre (*se*), ref.v., to struggle
débauche, f.n., excess, riot
débiteur, m.n., debtor
débordement, m.n., overflowing
déborder, intr.v., to overflow
debout, adv., standing erect
débris, m.n., pieces
débrouiller, tr.v., to clear up
début, m.n., outset
décamper, intr.v., to decamp, to go away
décemment, adv., decently
déception, f.n., disappointment
décès, m.n., death
déchaîner, tr.v., to let loose *or* wild
déchirer, tr.v., to tear, to break, to tear off, to open
déchirer (*se*), ref.v., to be tearing
décidé, adj., resolute, decided
décidément, adv., decidedly
décider, tr.v., to decide
décider (*se*), ref.v., to make up one's mind
déclaration, f.n., declaration
déclaré, declared, open
déclarer, tr.v., to declare, to pronounce, to inform, to express, to state
décliner, tr.v., to state, to give
décommander, tr.v., to countermand
décomposé, adj., decomposed
décoré, adj., decorated
décorer, tr.v., to decorate
décourager (*se*), ref.v., to get discouraged
découverte, f.n., discovery
découvrir (*-vrant, -vert, -vre, -vris*), tr.v., to show, to discover
décret, m.n., decree
décrire (*-ivant, -it, -is, -ivis*), tr.v., to describe
décrit, adj. and p.part., described
dédaigner, tr. v., to disdain
dédaigneux (*-se*, f.), adj. disdainful, scornful
dédain, m.n., contempt
dedans, prep., in, inside
dedans, m.n., inside

dédommagement, m.n., compensa-
tion
déduire (*-uisant*, *-uit*, *-uis*, *-uisis*),
tr.v., to state, to explain
défaire (*se*), refl.v., to get rid of
défait, adj., wasted
défendre (*-dant -du*, *-ds*, *-dis*), tr.v.,
to forbid, to defend, to fight for
défendre (*se*), refl.v., to defend oneself, to protest
défense, f.n., defence
déférence, f.n., deference
défiance, f.n., doubt, suspicion
défier (*se*), refl.v., to mistrust
défiler, intr.v., to defile, to come
définitif (*-ve*, f.), adj., definitive
déformé, adi., deformed
déformer, tr.v., to put out of shape
défunt, m.n. and adj., departed,
deceased
dégager (*se*), refl.v., to be set free
dégel, m.n., thaw
dégénéré, adj., degenerated
dégrader, tr.v., to debase
degré, m.n., degree; *par —*, gradually
dehors, m.n., outside
dehors, prep., out; *en —*, out of
déjà, adv., already
déjeuncr, m.n., breakfast
déjeuner, intr.v., to breakfast
délai, m.n., delay
délibération, f.n., discussion
délibérer, intr.v., to think over
délicat, adj., delicate, precise, refined, pure
délicatesse, f.n., delicateness,
delicacy
délices, f.n. (in the plur.), charms,
delight
délicieux (*-se*, f.), adj., delicious
délier, tr.v., to untie, to loosen
délire, m.n., delirium
délivrer, tr.v., to pay, to give
démagogie, f.n., demagogism
demain, adv., to-morrow
demande, f.n., request
demander, tr.v., to ask, to beg, to
require, to be ready, to borrow
demander (*se*), refl.v., to ask oneself

démangeaison, f.n., itching, long-
ing
démarche, f.n., step, gait
déménagement, m.n., removing
déménager, intr.v., to move, to be
off
démener (*se*), refl.v., to strive, to
strive hard
demeurer, intr.v., to live, to remain
demi, adj., half, demi; *à —*, half-
way, partly
demoiselle, miss, young lady
démoli, adj., demolished
démon, m.n., demon
démontré, proved, demonstrated
démontrer, tr.v., to demonstrate
dénombrement, m.n., census, enumeration
dénoncé, denounced
dénoûment, m.n., issue, result
dent, f.n., tooth
dentelure, f.n., indentation
départ, m.n., departure
département, m.n., department
dépasser, tr.v., to exceed
dépaysé, adj., bewildered
dépêche, f.n., dispatch, letter; *—
télégraphique*, telegram
dépeindre (*-peignant*, *-peint*, *-peins*,
-peignis), tr.v., to describe
dépendance, f.n., dependency
dépendre, intr.v., to depend
dépense, f.n., expense
dépenser, tr.v., to spend
déplaire (*-plaisant*, *-plu*, *-plais*,
-plus), intr.v., to displease
déposé, left
déposer, tr.v., to deposit, to put
down, to put
dépositaire, adj., guardian, con-
fidant, trustee
dépôt, m.n., deposit, trust
dépouillé, robbed
dépouiller, tr.v., to divest, to rob,
to plunder
depuis, prep., since, from, for; *—,
que*, conj., since
député, m.n., deputy
déranger (*se*), refl.v., to disturb
oneself
déréglé, adj., ill-regulated

derme, m.n., dermis, *i.e.* under or second skin

dernier (*-ère,* f.), last, final

dérobé, saved, stolen, robbed

dérober, tr.v., to keep from, to save, to steal

déroute, f.n., rout

dérouter, tr.v., to upset

derrière, prep., behind

dès, at, from ; — *que,* conj., as soon as ; — *lors,* then

désabusé, adj., undeceived

désaglutiné, adj., disagglutinated. See *agglutiné*

désagréable, adj., disagreeable, unpleasant

désappointement, m.n., disappointment

désastre, m.n., disaster

descendre (*-dant, -du, -ds, -dis*), tr. and intr.v., to go down, to get down, to put up

description, f.n., description

désert, m.n., desert

désert, adj., deserted, wild

désespérant, adj., despairing

désespéré, adj., hopeless, desperate, to be despaired of

désespérer, intr.v., to despair

désespoir, m.n., despair

déshabiller, tr.v., to undress

déshabiller (*se*), ref.v., to undress oneself

déshérité, m.n., poor fellow, *i.e.* deprived of his lawful inheritance

désigné, named after, specified

désigner, tr.v., to point out

désintéressé, adj., disinterested

désir, m.n., wish

désirable, adj., desirable

désirer, tr.v., to desire, to wish, to want

désœuvré, adj., lazy man, idle

désoler (*se*), refl.v., to grieve

désordre, m.n., disorder, disturbance

désorganisation, f.n., disorganisation

désormais, adv., henceforth

dessaisi. (*se*), refl.v., to part with

desséché, adj., desiccated

dessèchement, m.n., desiccation

dessécher, tr.v., to desiccate

dessein, m.n., design

dessert, m.n., desert

desservant, m.n., officiating priest, *or simply* priest

dessiccation, f.n., desiccation

dessous, adv., under, underneath

dessus, adv., upon, on it, above

destin, m.n., fate

destiné, adj., intended for

destinée, f.n., destiny, fate

destiner, tr.v., to reserve

détaché, adj., broken off, detached

détachement, m.n., detachment

détacher, tr.v., to detach

détacher (*se*), refl.v., to get detached

détail, m.n., detail ; in the plur., particulars

détaillé, adj., detailed

détérioré, adj., damaged, deteriorated

déterminer, tr.v., to bring about, to occasion, to produce, to ascertain

détourner, tr.v., to disturb, to change, to divert, to turn aside, to give another turn to

dette, f.n., debt

deuil, m.n., mourning, loss

deux, adj., two, both

deuxième, adj., second

devait (imperf. of *devoir*), was to

devancier (*-ère,* f.), m.n., predecessor

devant, prep., in presence of, before, in front of

développer, tr.v., to expound, to spread

devenir (*-venant,-venu,-viens,-vins*) intr.v., to become

devenu (p.part. *devenir*), become

deviner, tr.v., to guess

devise, f.n., motto

devoir, m.n., duty

devoir (*devant, dû, dois, dus*), to owe ; must ; ought ; to have to

dévorer, tr.v., to eat, to devour, to entomb

dévot, adj., devout

dévoué, adj., devoted

dévouement, m.n., courage, devotion, attachment
diable, m.n., devil, fellow
diamètre, m.n., diameter
diaphragme, m.n., diaphragm
dicté, inspired, dictated
dicter, tr.v., to dictate
diète, f.n., fasting
Dieu, God
dieu! exclam., dear me!
différence, f.n., difference
différent, adj., different
différé, put off
difficile, adj., difficult
difficulté, f.n., difficulty
digestion, f.n., digestion
digne, adj., worthy
dimanche, m.n., Sunday
dîner, m.n., dinner
dîner, intr.v., to dine
diplomatique, adj., diplomatic
dire (*-sant*, *-t*, *-s*, *-s*), tr.v., to say, to speak, to bid; *pour ainsi —*, so to speak
direct, adj., direct
directement, adv., directly
dirigé, directed, driven to
diriger (*se*), refl.v., to march
disciple, m.n., disciple
disciplinaire, adj., disciplinary
discours, m.n., speech
discret (*-ète*, f.), reserved, discreet
discrétion, f.n., discretion; *par —*, discreetly
discussion, f.n., discussion
discuter, tr.v., to discuss, to argue
disette, f.n., dearth
disgrâce, f.n., disfavour
dispenser (*se*), refl.v., to dispense with
disperser, tr.v., to scatter
dispos (no fem.), adj., active, hearty
disposer, tr.v., to arrange, to put, to dispose of
disputer, intr.v., to dispute
disputer (*se*), refl.v., to claim
disséquer, tr.v., to dissect
dissertation, f.n., dissertation, essay
dissipé, adj., dilapidated
dissiper, tr.v., to dispel

dissiper (*se*), refl.v., to disappear
dissous (p.part. of *dissoudre*), dissolved
distance, f.n., distance, difference
distancé, adj., distanced, left far behind
distiller, tr.v., to distil, to let fall in drops
distinctement, adv., distinctly
distingué, adj., gentlemanlike, select
distinguer, tr.v., to distinguish, to catch
distinguer (*se*), ref.v., to distinguish oneself, to be distinguished
distraction, f.n., enjoyment, absent mindedness
distribuer, tr.v., to distribute, to give right and left
distribution, f.n., distribution, disposition
dit (p.part. of *dire*), said, nicknamed
divers, adj., different, divers
diversion, f.n., diversion
divertissement, m.n., amusement
dix, adj., ten
dixième, adj., tenth
dizaine, f.n., about ten
docilement, adv., with docility
docte, adj., learned
docteur, m.n., doctor
document, m.n., document
doigt, m.n., finger
doit (fr. *devoir*), must
domestique, m.f.n., servant
domicile, m.n., house, abode
dominant, adj., ruling
dominé, adj., overmastered
dominer, tr.v., to stand above
dommage, m.n., pity
dompter, tr.v., to subdue
don, m.n., talent
donc, conj., then, therefore, indeed, pray, on earth
donner, tr.v., to give, to make to, to produce, to take, to play, to present with
dont, pron., of which, of whom, whose, with which
dorer, tr.v., to gild

dormeur (*-se*, f.), m.n., sleeper
dormir (*-mant*, *-mi*, *-s*, *-mis*), intr. v., to be asleep, to sleep, to rest
dos, m.n., back
dotation, f.n., endowment, salary, pay
doublé, adj., lined
doublement, adv., doubly
doublure, f.n., lining
doucement, adv., gently; *tout —*, little by little
douceur, f.n., gentleness
douche, f.n., shower
doué, adj., gifted, endowed
douleur, f.n., grief, pain, sorrow
douloureux (*-se*, f.), adj., painful
doute, m.n., doubt; *sans —*, no doubt
douter, intr.v., to doubt
douter (*se*), ref.v., to surmise
douteux (*-se*, f.), doubtful
doux (*-ce*, f.), adj., sweet, soft, gentle, good, kind
douzaine, f.n., dozen; *demi —*, half a dozen
douze, adj., twelve
doyen (*-ne*, f.), m.n., senior member
drame, m.n., drama
drap, m.n., cloth
drapeau, m.n., flag
dresser, tr.v., to prick up
dresser (*se*), ref.v., to raise oneself
droit, adj., upright, honest, straight, straightforward, righteous
droit, m.n. right; *à bon —*, rightly; *avoir —*, to be entitled to
droite, f.n., right, right hand
drôle, adj., funny, ludicrous
drôle, m.n., scoundrel
dû (*due*, *dus*), p.part. of *devoir*, due
duc, m.n., duke
duchesse, f.n., duchess
duel, m.n., duel
dur, adj., hard
durant, prep. during, for
durée, f.n., duration
durer, intr.v., to last
dureté, f.n., hardness
duvet, m.n., fine soft hair; *lit.* down
dynastie, f.n., dynasty.

E

eau, f.n., water; *— de vie*, brandy
ébahi, wondering, struck, amazed
éblouir, tr.v., to dazzle, to surprise
éborgner, tr.v., to blind of one eye
ébranler, tr.v., to shake
écarquiller, tr.v., to open wide
écart, error; *à l'—*, out of the way, aside
écarter, tr.v., to put apart
échange, f.n., exchange
échanger, tr.v., to change, to inter-change, to exchange
échantillon, m.n., sample, example
échappé, dropped out
échapper, tr.v., to escape, to fail
échapper (*s'*), ref.v., to free oneself, to escape, to run away, to tear oneself away
écharper, tr.v., to slash, to cut
échéance, f.n., bill falling due, to pay
échéant (pres.part. of *échoir*); *le cas —*, should it so happen, should it be the case
échelle, f.n., ladder
écho, m.n., echo
échoir (*échéant*, *échu*, *échois*, *échus*), intr.v., to fail
échoué, adj., stranded
échu (fr. *échoir*), falling due
éclaircir, tr.v., to clear up
éclairage, m.n., lighting
éclairer, tr.v., to light up
éclat, m.n., excitement, brightness, brilliancy, glitter, glare
éclatant, adj., snow-white, distinguished
éclater, intr. v., to break forth, to burst
éclos (p. part. of *éclore*), reared, born
école, f.n., school
éconduire, tr. v., to dismiss, to show out
économe, adj., thrifty
économie, f.n., saving
écouter, tr. v., to listen, to listen to
écraser, tr. v., to crush to death

écrevisse, f.n., crayfish
écrier (s'), ref. v., to exclaim
écrire, (*-vant, -t, -s, -vis*), to write
écrit, m.n., document
écriture, f.n., writing
écrivain, m.n., writer
écu, m.n., *écu*, crown (silver coin); in the plur., money, cash
écurie, f.n., stable
édenté, adj., toothless
édifice, m.n., building
édile, m.n., edile, councillors
édilité, f.n., municipal councillors
éducation, f.n., education
effacer, tr.v., to cause to be forgotten
effectif, m.n., effective force (military)
efféminer, tr. v., to effeminate
effet, m.n., effect; *en —*, in reality, in fact
effleurer, tr. v., to graze, to cast (a rapid glance)
efforcer (s'), ref. v., to try
effort, m.n., effort, difficulty
effrayer, tr. v., to frighten
effrayer (s'), ref. v., to get frightened
effroi, m.n. fright
effusion, f.n., enthusiasm
égal, adj., equal, same; *c'est —*, never mind
égard, m.n., consideration, care, respect
égaré, strayed
égarer, tr. v., to lead astray
égarer (s'), ref. v., to wander, to give way
égayer, tr. v., to enliven
église, f.n., church
égoïsme, m.n., selfishness
égorger, tr. v., to cut the throat of, to kill
égratignure, f.n., scratch
égyptien (-ne, f.), Egyptian
eh! bien, exclam., well!
élancer (s'), ref. v., to jump up, to rush
élargi, adj., enlarged, developed
élastique, adj., elastic
électricité, f.n., electricity
électrique, adj., electrical

élégant, adj., graceful, elegant
élève, m.n., pupil
élevé, adj., high
élever, tr. v., to raise, to bring up
élever (s'), ref. v., to rise
elle, pr. f., she, her
éloge, m.n., praise, panegyric
éloigner, tr. v., to turn away, to take *or* keep away
éloigner (s'), ref. v., to move away, to get *or* go away
éloquence, f.n., eloquence
élu, adj. elected
éluder, tr. v., to elude, to overlook
émailler, tr. v., to enamel, to adorn
émané, adj., coming from, written by
embarras, m.n., trouble, difficulty, perplexity
embarrasser, tr. v., to embarrass
embaumé, adj., sweet-scented
embelli, adj., nicer looking, embellished
embellir, tr. v., to adorn
embellissement, m.n., improvement
emblème, m.n., emblem
embrassade, f.n., embrace
embrasser, tr. v., to kiss, to embrace
embrouiller (s'), ref. v., to get mixed
emmener, tr. v., to take away
émotion, f.n., emotion, excitement
émouvoir (s'), ref. v., to be stirred up
empaillé, adj., stuffed (with straw)
empêcher, tr. v., to prevent, to stop, to forbid
empêcher (s'), ref. v., to help
empereur, m.n., emperor
emphase, f.n., emphasis
empire, m.n., empire
emplir, tr. v., to fill up
emploi, m.n., use
employer, tr. v., to make use of, to employ
empocher, tr. v., to pocket, to receive
empoigner, tr. v., to lay hold of, to seize upon
emporter, tr. v., to carry away, to turn
emporter (s'), ref. v., to get angry

empourprer, tr. v., to colour

empreindre(s'), (*-preignant,-preint, -preins, -preignis*), ref. v., to be impressed, to feel the effects of

empreint, stamped

empreinte, f.n., imprint, impress, mark

empressement, m.n., hurry, promptness

empresser (s'), ref. v. to hurry, to hasten, to make haste

emprisonner, tr. v., to shut, to imprison

emprunter, tr. v., to derive, to borrow

ému, adj., moved

en, prep., in, as a, after

en, pron., of it, of them, some, for it

encaisser, tr.v., to cash, to receive in cash

enceinte, f.n., enceinte, circuit

enchaîner, tr.v., to bind

enclavé, adj., enclosed

encombrement, m.n., overcrowding

encore, adv., also, yet, still, again, besides, more

encourageant, adj., encouraging

encourir, tr.v., to incur, to bring upon oneself. See *courir*

encre, f.n., ink

endormi, adj., sleeping, asleep

endormir, tr.v., to send to sleep

endormir (s'), to go to sleep, to fall asleep

endosmose, f.n., endosmosis, *i.e.* the property by which rarer fluids pass through a membrane into a cavity or space containing a denser fluid

endroit, m.n., place, spot

endurcir (s'), ref. v., to get hardened

endurer, tr.v., to endure

énergie, f.n., energy

énergique, adj., energetic, strong

énergiquement, adv., with energy. firmly, loudly

enfance, f.n., childhood, children, youth

enfant, m. and f.n., child, fellow

enfermer, tr.v., to shut in, to lock in, to enclose

enfermer (s'), ref.v., to shut oneself in

enfiler, tr.v., to enter

enfin, adv., at last, after all, in short

enfler, tr.v., to swell up

enfler (s'), ref.v., to swell

enfoncer, tr.v., to break in, to break open, to put out

enfuir (s') ref.v., to run away

engagé, adv., bound

engagement, m.n., enlistment

engager, tr.v., to bind

engager (s'), ref.v., to begin, to enlist

engendré, adj., brought on

engendrer, tr.v., to breed, to produce, to be the mother of

engloutir, tr.v., to swallow

engourdi, adj., benumbed, torpid

engourdissement, m.n., numbness

enhardir, tr.v., to embolden

enivrant, adj., intoxicating

enivrer, tr.v., to enrapture

enivrer (s'), ref.v., to get drunk

enivrement, m.n., rapture, excitement

enjambée, f.n., stride

enlevé, lifted up

enlever, tr.v., to take away, to take out, to storm, to carry, to win

ennemi, m.n., enemy; — *de*, adverse to

ennui, m.n., annoyance

ennuyer (s'), to find it dull

énorme, adj., enormous

enquérir (*-quérant, -quis, -quiers, -quis*), tr.v., to inquire

enquérir (s'), ref.v., to inquire

enregistrer, tr.v., to register

enrichi, adj., adorned

ensanglanter, tr.v., to dip in blood, to cover with blood

ensemble, m.n., set

ensemble, adv., together

ensevelir, tr.v., to bury

ensuivre (s'), ref.v., to be connected with, to follow

ensuite, adv., afterwards, secondly

entaille, f.n., gash

entassé, adj., huddled together

entasser, tr.v., to heap up, to huddle together

entendre (*-dant*, *-du*, *-ds*, *-dis*), tr.v., to hear, to perceive, to intend, to mean, to understand

entendre (*s'*), ref.v., to make an arrangement, to come to terms, to understand each other

enterrement, m.n., burial

enterrer, tr.v., to bury

enthousiasme, m.n., enthusiasm

entier (*-ère*), adj., entire, complete; *en* —, entirely

entonner, tr.v., to intone, to sing

entourer, tr.v., to surround

entr'acte, m.n., entr'act, *i.e.* interval between the acts of a play

entraîner, tr.v., to carry away, to bring about, to lead away, to overmaster

entre, prep., between, in, among, with

entrechoquer, to dash against each other

entrée, f.n., entrance, entering, arrival

entrefaites, f.n.plur. (with *sur ces*), meanwhile

entremêts, m.n.plur., side-dishes

entreprendre (*-prenant*, *-pris*, *-prends*, *-pris*), tr.v., to undertake

entreprise, f.n., undertaking

entrer, tr.v., to go, to enter, to penetrate, to come in

entretenir (*-tenant*, *-tenu*, *-tiens*, *-tins*), tr.v., to keep up

entretenir (*s'*), ref.v., to converse with, to commune

entretien, m.n., talk, conversation

entrevue, f.n., interview

entr'ouvert (p.part. of *entr'ouvrir*), ajar

entr'ouvrir (*-vrant*, *-vert*, *-vre*, *-vris*), tr.v., to open slightly, to half open

énumération, f.n., enumeration

envahi, invaded

enveloppe, f.n., envelope

envelopper, tr.v., to wrap in *or* up

envers, prep., towards

envier, tr.v., to envy

envieux (*-se*, f.), envious

environ, prep. and adv., about

environs, m.n.plur., surroundings, all around, neighbourhood

envoi, m.n., invoice, expedition

envoyer, tr.v., to send; — *chercher*, to send for

épais (*-se*, f.), adj., thick

épaisseur, f.n., thickness

épaissir (*s'*), ref.v., to get *or* grow thicker

épancher, tr.v., to give vent to

épargner, tr.v., to spare

éparpillé, scattered about

épars, adj., scattered

épaule, f.n., shoulder

épaulette, f.n., epaulet

épée, f.n., sword

éperon, m.n., spur

épi, m.n., ear (of corn)

épiderme, m.n., epidermis

épine, f.n,, thorn

épinière, adj.f., spinal

éponge, f.n., sponge

époque, f.n., time, days, epoch

épouse, f.n,. wife

épouser, tr.v., to marry

épousseter, tr.v., to wipe off

épouvantable, adj., frightful

épouvante, f.n., fright, terror

épouvanter, tr.v., to frighten

époux, m.plur., husband, a married couple, bride and bridegroom

éprendre (*s'*), to conceive

épreuve, f.n., trial, experiment

épris (p.part. of *éprendre*), enamoured, conceived

éprouver, tr.v., to experience, to feel

épuisé, adj., exhausted

épuiser, tr.v., to exhaust

équarri, adj., shaped, squared

équilibre, m.n., equilibrium

équipement, m.n., outfit

erreur, f.n., mistake, error

escadron, m.n., squadron

escalier, m.n., staircase

esclave, m.n., slave

escorte, f.n., escort

espace, f.n., space

espadon, m.n., sword, broadsword
espèce, f.n., species, kind, sort
espérance, f.n., hope
espérer, tr.v., to hope
espion, m.n., spy
espoir, m.n., hope
esprit, m.n., mind, reason, spirit, ghost
essayer, tr.v., to try, to attempt
essence, f.n., essence
essor, m.n., progress, rush
essuyer, tr.v., to wipe, to wipe off
est, m.n., east
est-ce que? is it (possible) that?
estimable, adj., estimable
estime, f.n.. esteem, estimation
estimer, tr.v., to esteem
estomac, m.n., stomach
établi, adj., regulated, proved, settled, established
établir (*s'*), ref.v., to settle, to establish
étage, m.n., story
étagère, f.n., shelf, bracket
étalage, m.n., shop-window
étaler (*s'*), ref.v., to be spread
étalon, m.n., stallion
état, m.n., state, profession, condition; — *-major*, m.n., staff
été, m.n., summer
éteindre (*-eignant*, *-eint*, *-eins*, *-eignis*), tr.v., to extinguish, to put out, to blow out
éteindre (*s'*), ref.v., to become dim, to vanish
éteint (p.part. of *éteindre*), extinct, stifled
étendre (*-dant*, *-du*, *-ds*, *-dis*), tr.v., to extend, to stretch
étendu (p.part. of *étendre*), stretched
éternel (*-le*, f.), everlasting
étiquette, f.n., etiquette, ceremony
étoffe, f.n., stuff, cloth
étoile, f.n., star
étonné, adj., wondering, surprised, astonished
étonnement, m.n., astonishment
étonner, tr.v., to astonish
étonner (*s'*), ref.v., to wonder, to be astonished

étouffé, suffocated
étouffer, tr.v., to choke, to smother
étourdi, adj., thoughtless, heedless, stunned
étrange, adj., strange, strange-looking
étranger, m.n., stranger, foreigner; *à l'* —, in a foreign country
étranger (*-ère*, f.), adj., foreign, strange
être, m.n., being, life, light
être, aux.v., to be
étreindre (*s'*), ref.v., to grasp one another
étrier, m.n., stirrup
étroit, adj., narrow, tight
étude, f.n., study, office
étudiant, m.n., student
étudier, tr.v., to study
étuve, f.n., vapour bath
eût (for *aurait*), would have
eux (plur. of *lui*), them
eux-mêmes, pron., themselves
évacuer, tr.v., to evacuate
évalué, evaluated
évanouir (*s'*), ref.v., to swoon, to disappear, to fade away
évasion, f.n., escape
éveiller, tr.v., to wake
éveiller (*s'*), ref.v., to awake, to be roused
événement, m.n., event
éventrer, tr.v., to rip up
évidence, f.n., evidence
éviter, tr.v., to avoid
exact, adj., exact
exactement, adv., exactly
exactitude, f.n., punctuality
exaltation, f.n., excitement
examen, m.n., inquiry, observation, examination
examiner, tr.v., to examine, to survey, to look at
excédant, m.n., excess
excellent, adj., excellent, superior, splendid
excepté, prep., except, with the exception of
exception, f.n., exception
exceptionnel (*-le*, f.), exceptional
excès, m.n., excess

excessif (*-ve*, **f.**), adj., excessive
excitant, m.n., stimulant
exciter, tr.v., to provoke, to excite, to raise
exclusivement, adv., exclusively
excusable, adj., excusable
excuse, f.n., excuse, apology
excuser, tr.v., to excuse
excuser (*s'*), ref.v., to apologise
exécuter, tr.v., to carry out *or* on
exécuteur (*-trice*, **f.**), executor
exécution, f.n., execution
exemplaire, m.n., copy
exemple, m.n., example
exempt, adj., free
exempter, tr.v., to free from
exercer, tr.v., to practise, to perform, to possess, to have
exercice, m.n., exercise
exhibé, exhibited
exhiber, tr.v., to show
exigeant, adj., exacting
exiger, tr.v., to request, to require
exil, m.n., exile
exilé, adj., exiled
existence, f.n., existence, living
exister, intr.v., to exist
exorcisme, m.n., exorcism
expansion, **f.**n., expansion
expédier, tr.v., to turn out
expérience, f.n., experience, experiment
expertise, f.n., experiment, evaluation, survey
explication, f.n., explication, explanation, apology
expliqué, adj., explicable
expliquer, tr.v., to explain, to understand
expliquer (*s'*), to understand, to explain
exploiter, tr.v., to take advantage of, to encourage
explorer, tr.v., to feel
explosion, f.n., outburst
exposé, tempted
exposer, tr.v., to expose, to explain
exposer (*s'*), ref.v., to run the risk
exposition, f.n., exposition

expression, f.n,. expression
exprimer, tr.v., to give vent to, to express
exprimer (*s'*), to express oneself
extension, f.n., extension
extérieur, m.n., outside
extra (abbreviation of *extraordinaire*), m.n., extra
extraordinaire, adj., extraordinary
extraordinairement, adv., extraordinarily
extrême, adj., extreme
extrémité, f.n., end.

F

fable, f.n., laughing-stock
fabrication, f.n., manufacture, making
fabrique, f.n., manufacture
fabriqué, adj., manufactured, made
fabuleux (*-se*, **f.**), adj., incredible
façade, f.n., front (of a house)
face, f.n., face; *en* —, opposite, face to face, straight in the face
fâché, adj., sorry
fâcher (*se*), ref.v., to get angry
fâcheux (*-se*, **f.**),adj., regrettable
facile, adj., easy
facilement, adv., easily
façon, f.n., way, ceremony, manner
facteur, m.n., porter
faculté, f.n., property, faculty
fagot, m.n., bundle, fagot
faible, adj., feeble, small, weak
faiblesse, f.n., weakness
faïence, f.n., china
faim, f.n., hunger
faire (*-sant, -t, -s, -is*), tr.v., to cause, to make, to prepare, to do, to give, to pay, to partake of, to take; — *entendre*, to give to understand, to ask; *faire* —, to have . . . made
faire (*se*), ref.v., to come, to get
faisceau, m.n., fascicle, *i.e.*, in anatomy, a little bundle of fibres, nerves, etc.
fait (p.part. of *faire*), had, undertaken, paid, done, over, sent, settled, given

fait, m.n., fact

falloir (*fallu, faut, fallut, faudra, faudrait, faille, fallût*), impers. and irreg.v., to be necessary, to require, to have to, to want

fameux (*-se*, f.), celebrated, well-known, famous

familiarité, f.n, familiarity

familier (*-ère*, f.), adj., familiar

familièrement, adv., familiarly

famille, f.n., family; *en* —, in the family circle

fanatisme, m.n., fanaticism

fantaisie, f.n., whim, fancy

fantasia, f.n., fantasia, *i.e.* kind of Arabian race

fantassin, m.n., foot-soldier, infantry-man

fantôme, m.n., ghost

farce, f.n., farce

farci, adj., stuffed

fardeau, m.n., burden

farder, tr.v., to disguise

farine, f.n., flour

farouche, adj., fierce

fascination, f.n., fascination

fasciner, tr.v., to fascinate

fasse (subj.pres. of *faire*), exclam., would to

faste, m.n., splendour, display

fatal, adj., fatal

fatalité, f.n., fatality

fatigue, f.n., fatigue

fatigué, adj., tired

faubourg, m.n., suburb, outskirt

fauché, mowed

faussé, warped

faut (indic.pres. of *falloir*), must

faute, f.n., fault; — *de*, by want of

fauteuil, m.n., arm-chair

faux, f.n., scythe

faux (*-sse*, f.), adj., false, feigned

faveur, f.n., favour; *en* — *de*, on account of, for the sake of, on behalf of

favorable, adj., satisfactory

fécond, adj., eventful

feinte. f.n., dissimulation

femelle, f.n., female

féminin, adj., feminine

femme, f.n., woman, wife; — *de chambre*, lady's maid

fendre (*-dant, -du, -ds, -dis*), tr.v., to cleave, to cut one's way through

fenêtre, f.n., window

fer, m.n., iron; *chemin de* —, railway; — *à repasser*, smoothing iron

ferme, f.n., farm

ferme, adj., firm, hard, steady

fermé, closed

fermement, adv., firmly

fermenter, intr.v., to ferment

fermer, tr.v., to close, to shut

fermoir, m.n., clasp

féroce, adj., fierce, bloodthirsty

ferrailleur, m.n., fighter

festin, m.n., banquet

fête, f.n., fête, festivity, rejoicing

fêté, cheered

fêter, tr.v., to welcome

fétiche, m.n., fetich

feu, m.n., fire, heat

feuille, f.n., board, leaf

feuilleter, tr.v., to turn over the leaves of, to peruse

février, m.n., February

fi ! exclam., fie !

fiacre, m.n., cab

fiancé (*-e*, f.), m.n., intended husband *or* wife, affianced

fibrine, f.n., fibrine, *i.e.* a white tough substance obtained from coagulated blood

fibro-cartilage, m.n., fibro-cartilage, *i.e.* an organic texture, composed of white fibrous tissue and cartilage

fidèle, adj., faithful

fidélité, f.n., fealty, loyalty

fier (*-ère*, f.), proud, haughty

fièrement, adv., proudly, bravely, haughtily

fièvre, f.n., fever

figer, tr. and intr.v., to congeal

figure, f.n., face, countenance

figurer, tr. and intr.v., to appear, to be mentioned

figurer (*se*), ref.v., to imagine

fil, m.n., thread; — *de fer*, wire

filet, m.n., filament, net, streamlet

filial (*-le*, f.), filial
fille, f.n., girl, maid
filou, m.n., thief, swindler
fils, m.n., son
fin, adj., fine, thin, sharp, gentle, nice
fin, f.n., end ; *à la —*, at last
finance, f.n., finances
finasserie, f.n., finessing
finement, adv., shrewdly
fini, p.part. of *finir*, over
finir, tr.v., to end
fixe, adj, fixed, exact
fixé, adj., fixed, settled, appointed
fixer, tr.v., to fix
flacon, m.n., bottle, flask
flambeau, m.n., light, candlelight, lamp
flamboyer, intr.v., to blaze
flamme, f.n., ardour, flare, love-flame
flanc, m.n., side
flanelle, f.n., flannel
flâner, intr.v., to wander
flatter, tr. v., to flatter, to please
flatter (*se*), ref.v., to expect
flatterie, f.n., flattery
fléau, m.n., plague, shame
fléchir, tr. and intr.v., to inflict
flétri, adj., branded, withered
flétrir, tr.v., to brand, to disgrace
fleur, f.n., flower ; in the plur., ornaments (of style)
fleuri, adj., flowery, florid
fleurir, intr.v., to grow
fleuve, m.n., river
florissant, adj., flourishing, prosperous, blooming, satisfactory
flot, m.n., wave, mass
flotte, f.n., fleet
flotter, intr.v., to wave
fluet (*-te*), adj., slim
flûte, f.n., flute, *i.e.* a narrow high glass
foi, f.n., faith ; *ma —*, indeed, upon my word
foire, f.n., fair
fois, f.n., time ; *à la —*, at the same time
fol (*-le*), adj. See *fou*
folie, f.n., madness, folly

follicule, m.n., follicle, *i.e.* a kind of gland
fonction, f.n., function
fontionnaire, m.n., functionary
fonctionner, int.v., to work
fond, m.n., end, bottom ; *à —*, thoroughly ; in the plur., funds
fondamental, adj., fundamental
fondant, pres.part. of *fondre*, easily manageable *or* moved
fondé, adj., justified, resting, founded
fondre (*-dant*, *-du*, *-ds*, *-dis*), tr.v., to melt
fondre (*se*), ref.v., to rest, to burst
force, f.n., strength, power, might, force ; *de —*, by force
forcé, compelled, obliged
forcer, tr.v., to oblige, to break, to force, to compel
forêt, f.n., forest
forfait, p.part. of *forfaire*, to forfeit, to transgress
forfait, m.n., crime
formalité, f.n., formality
forme, f.n., form, shape, formality
formé, formed
formel (*-le*, f.), adj., explicit, formal
former, tr.v., to offer, to present, to make up, to compose, to form
formidable, adj., tremendous
formule, f.n., formula
fort, adj., strong, powerful, vigorous, nourishing, hard, heavy
fort, adv., very, strongly, much, extraordinarily
fortement, adv., tightly
forteresse, f.n., fortress, stronghold
fortification, f.n., fortification
fortifier, tr.v., to fortify
fortune, f.n., fortune, fate
fou, m.n. madman
fou (*fol*, *folle*), adj., foolish, fool, mad
foudroyant, terrifying
foudroyé, thunderstruck
foudroyer, tr.v., to cut to pieces
fouet, m.n., whip
fouiller, tr.v., to search
foule, f.n., crowd, large number
foulé, knocked about

fouler, tr.v., to tread ; — *aux pieds*, to trample under one's feet

fourneau, m.n., furnace

fournir, tr.v., to compose, to make, to give, to thrust, to provide, to offer

fournisseur, m.n., tradesman

fourrer, tr.v., to put, to hide

fourrer (se), ref.v., to thrust oneself, to intrude

foyer, m.n., hearth

fracas, m.n., uproar, bustle, crash, tumult, noise

fraction, f.n., fraction

fragile, adj., fragile

fragilité, f.n., fragility

fragment, m.n., fragment

fraîcheur, f.n., freshness

frais, m.n.plur., expenses

frais (-che, f.), fresh, fresh-looking ; *de* —, newly

franc, m.n., franc (about 10 pence)

franc (-che, f.), adj., unrestrained, sincere

français, adj., French

franchement, adv., frankly

franchise, f.n., frankness

frappant, adj., striking

frappé, struck, awe-struck

frapper, tr.v., to strike, to knock

fraternel (-le, f.) adj., brotherly

frayer, intr.v., to open, to prepare, to associate with ˙

fredaines, m.f.plur., pranks, frolics

fredonner, tr.v., to hum

frein, m.n., bit

frelon, m.n., hornet

frémir, intr.v., to tremble, to shiver

frère, m.n., brother

fréter, tr.v., to charter, to freight

frictionner, tr.v., to rub

frimas, m.n., wintry, cold

fripon, m.n., rogue

friser, tr.v., to curl

frit, adj., fried

froid, m.n., cold ; *avoir* —, to be cold

froid, adj., cold, frigid

froidement, adv., coolly

froideur, f.n., coldness

froisser, tr.v., to wound, to hurt

fromage, m.n., cheese

front, m.n., forehead, impudence

frontière, f.n., frontier

frotter, tr.v., to rub

fruit, m.n., fruit, advantage

fugitif (-ve, f.) m.n. and adj., fugitive

fuir, intr.v., to fly

fumées, f.n.plur., fumes

fumer, tr. and intr.v., to smoke

funérailles, f.n. pl., funeral

funeste, adj., fatal, fearful

furieux (-se, f.), furious

furtivement, **adv.**, stealthily, secretly

fusiller, **tr.v.**, to shoot

fussiez-vous (fr. *être*), were you even

futile, adj., futile

futur, adj., future

futur, m.n., future, future husband.

G

gagner, tr.v., to move, to be shared by, to gain, to win, to catch, to reach

gai, adj., merry, lively, amusing

gaiement, adv., merrily, lively

gaieté, f.n., merriness

gaillard, adj., fellow

galamment, adv., gallantly

galion, galleon, *i.e.*, a large ship formerly used by the Spaniards in trading to South America

galop, m.n., gallop ; *au* —, galloping

galoper, intr.v., to gallop

gant, m n., glove

gantier (-ère, f.), glove-maker

garantir, tr.v., to guarantee

garçon, m.n., boy, lad, waiter, fellow

garde, f.n., guard, hilt, watch, keeping, care

garder, tr.v., to keep, to retain

garder (se), ref.v., to keep oneself ; *se bien* — *de*, to take good care not to

gardien (-ienne, f.), m.n.,keeper
gare, f.n., station
gargariser (se), ref.v., to gargle
garnison, f.n., garrison
gauche, f.n., left
gauche, adj., left
gaz, m.n., gas
gazette, f.n., newspaper
géant, m.n., giant
gelé, adj., frozen
gelée, f.n., jelly
gendarmerie, f. n., gendarmerie, gendarmes
gendre, m.n., son-in-law
généalogie, f.n., genealogy
gêner (se), ref.v., to mince matters with ; negatively, to make no ceremony
général, adj., general
général, m.n., general ; — *de brigade,* brigadier-general
généralité, f.n., generality
génération, f.n., generation
généreux (-se, f.), generous
générosité, f.n., generosity
génie, m.n., genius
genou, m.n. knee
genre, m.n., kind, species
gens, m.n. plur., people, folk, men
gentilhomme, m.n., nobleman
génuflexion, f.n., kneeling, genuflexion
gérer, tr.v., to administer, to manage
geste, m.n., movement, motion of the hand, gesture
gibier, m.n., game
gilet, m.n., waistcoat
glace, f.n., looking-glass, ice
glacé, adj., icy, frozen
glacer, tr.v., to chill, to freeze
glaive, m.n., sword
glande, f.n., gland
glisser, intr.v., to glide, to work smoothly, to move, to slip
glisser (se), ref.v., to creep
globe, m.n., globe, ball
globule, m.n., globule
gloire, f.n., fame, glory
glorieux (-se, f.), glorious, proud
gonfler (se), rcf.v., to swell

gorge, f.n., throat
gouailleur, m.n., joker
goût, m.n., taste
goûter, tr.v., to taste, to appreciate
goutte, f.n., drop
gouttière, f.n., gutter, spout
gouvernante, f.n., housekeeper
gouvernement, m.n., government
gouverneur, m.n., governor
grâce, f.n., grace, thanks ; — *à,* thanks to ; *avec —,* gracefully
gracieux (-se, f.), courteous
grade, m.n., rank
graduel (-le, f.), adj., gradual
graduellement, adv., gradually, little by little
grain, m.n., grain
grand, adj., great, large, big, long, quick, main, tall, full, wide, large, real, loud, open
grandeur, f.n., size, length, greatness
grandi, p.part. of *grandir,* taller, grown
grandiose, adj., majestio
grandir, intr.v., to grow taller
grand'maman, f.n., granny, grandmother
grand'mère, f.n., grandmother
*grand-parents,*m.n., grand-parents
grand-père, m.n., grandfather
granit, m.n., granite
grappe, f.n., bunch of grapes
gras (-se, f.), adj., fat, greasy
gratter, tr.v., to scratch
gratuit, adj., gratuitous
grave, adj., grave, serious
gravement, adv., seriously
graver, tr.v., to engrave, to impress
gravir, tr.v., to climb, to ascend
gravité, f.n., gravity, solemnity
gravure, f.n., print, engraving
grenadier, m.n., grenadier
gredin, m.n., scoundrel
griffe, f.n., claw, clutch
grille, f.n., railing
grimace, f.n., grimace, grin
grimacer, intr.v., to grin
grincer, tr. and intr.v., to grind
gris, adj., grey
griser (se), ref.v., to get intoxicated

grisonner, intr.v., to be getting grey

grognard, m.n., growler, *i.e.*, particularly used in the plural when speaking of the old soldiers of the first Empire

grondement, m.n., roaring

gronder, tr.v., to scold

gros (-*se*, f.), big, heavy, stout, large, high

gros, m.n., bulk

groseille, f.n., currant

groseillier, m.n., currant-bush

grossi, p.part. of *grossir*, stouter

grossièreté, f.n., rudeness

grotesque, adj., extravagant

grotte, f.n., cavern

groupe, m.n., group

groupé, p.part., grouped

guenille, f.n., rag.

guère, adv., hardly; *ne* —, not very; hardly ever; not long

guérir, tr.v., to cure, to heal

guérison, f.n., cure, healing

guerre, f.n., war

guerrier, m.n., warrior, soldier

guerrier (-*ère*, f.), adj., warlike

guetteur, m.n., watcher

guichet, m.n., gate

guignon, m.n., ill-luck

guillotiner, tr.v., to behead

gymnastique, f.n., gymnastic.

H

habiller, tr.v., to dress

habiller (s'), ref.v., to be dressing

habit, m.n., costume, coat; in the plur., clothes

habitant, m.n., inhabitant

habiter, tr. and intr.v., to live, to inhabit, to be in

habitude, f.n., habit, custom

hai (p.part. of *hair*), hated

haillon, m.n., rag, tatter

haine, f.n., hatred

haletant, adj., panting

hâle, m., sun (lit. sun-burn), heat

hallucination, f.n., hallucination

halte, f.n., halt

hampe, f.n., flagstaff

hanche, f.n., hip

harceler, tr.v., to harass

hardiment, adv., boldly

haricot, m.n., bean

harmonie, f.n., harmony, concert

hasard (the final *d* is never pronounced), m.n., chance, hazard, accident, risk, danger, hap; *au* —, at random, anyhow

hâte, f.n., haste, precipitation; *à la* —, in haste, hastily

hâter, tr.v., to hasten, to hurry

hâter (se), ref.v., to make haste

hausser, tr.v., to shrug

haut, m.n., top

haut, adj., loud, high; *à voix* —*te*, aloud, loud; *d'en* —, upper; — *faits*, m.n., plur. deeds, exploits; *tout* —, aloud

haut, adv., high, loud

hautement, adv., loudly

hauteur, f.n., height; *à la* — *de*, opposite, off

hé! bien, exclam., well!

hélas! exclam., alas!

héliotrope, m.n., heliotrope

hémorragie, f.n., hemorrhage

hennir, intr.v., to neigh

herculéen (-*ne*, f.), herculean

hérisser (se), to stand on end

héritage, m.n., inheritance

hériter, tr. and intr.v., to inherit

héritier (-*ère*, f.), m.n., heir, heir-apparent

héroïque, adj., heroic

héros (f. *héroïne*), hero

hésitation, f.n., hesitation

hésiter, intr.v., to hesitate

heure, f.n., hour, o'clock; *tout à l'* —, a little while ago

heureusement, adv., fortunately, happily

heureux (-*se*, f.), happy, lucky pleased, successful, fortunate

heurter, tr.v., to strike, to knock, to run against

hier, adv., yesterday

hilarité, f.n., laughter

hippodrome, m.n., hippodrome

hisser, tr.v., to hoist

hisser (se), ref.v., to hoist oneself
histoire, f.n., history, story, adventure
historien, m.n., historian
historique, adj., historical
hiver, m.n., winter
hocher, tr.v., to shake, to toss
hollandais, adj., Dutch
hommage, m.n., homage
homme, m.n., man
homogène, adj., homogeneous, *i.e.*, of the same nature *or* kind
honnête, adj., honest
honneur, m.n., honour, glory
honorable, adj., honourable, worthy
honorablement, adv., honorably
honorer, tr.v. to honour, to revere, to favour, to respect
honteux (-se, f.), adj., ashamed
horloge, f.n., clock
horreur, f.n., horror; used as an exclam., shocking
hors, prep., out of, outside, away from
hospice, m.n., asylum
hospitalier (-ère, f.), adj., hospitable
hospitalité, f.n., hospitality
hôte, m.n., guest, host
hôtel, m.n., hotel
hôtelier (-ère, f.), m.n., inn-keeper, hotel-keeper
houblon, m.n., hop
huile, f.n., oil
huilé, adj., oiled
huissier, m.n., usher
huit, adj. num., eight
humain, adj., human
humaniser (s'), ref.v., to become tractable *or* gentle
humanité, f.n., humanity, world, human kind, philanthropy
humblement, adv., timidly
humeurs, f.n. plur., fluid
humide, adj., sticky, damp
humidité, f.n., moisture, humidity, dampness
hymne, f.n., hymn, anthem
hypertrophie, f.n., hypertrophy, enlargement
hypothèque, f.n., mortgage

hypothèse, f.n., hypothesis, supposition.

I

ici, adv., here
idéal, adj., ideal
idée, f.n., idea, principle
idole, f.n., idol
ignoble, adj., dirty, low
ignorance, f.n., ignorance
ignorant, adj., ignorant
ignorer, tr.v., not to know, to be incapable of, to ignore
il (f., elle), he, it; — *y a*, there is, there are
île, f.n., isle, island ·
illettré, adj., unlettered, ignorant
illuminer, tr.v., to brighten up
illusion, f.n., illusion
illustre, adj., celebrated, illustrious, famous
illustré, adj., illustrated
image, f.n., image
imaginable, adj., imaginable
imagination, f.n., imagination
imaginer, tr.v., to imagine, to find
imaginer (s'), ref.v., to fancy
imbécile, adj., fool, idiot
imbibé, adj., soaked in
imiter, tr.v., to imitate
immédiat, adj., immediate
immédiatement, adv., immediately
immense, adj., immense
immeubles, m.n. plur., real estate, land property
immobile, adj., motionless
immoler, tr.v., to sacrifice
immortel (-le, f.), immortal
impatienter (s'), ref.v., to grow *or* be impatient
impératrice, f.n., empress
impérial, adj., imperial
impie, adj., impious
impiété, f.n., impiety
implorer, tr.v., to implore, to beseech
importance, f.n., importance
important, adj., important

importer, intr. and impers.v., to matter; *qu'importe*, what does it matter?; *n'*—, never mind

imposé, m.n., tax-payer

imposer, tr.v., to impose

impossibilité, f.n., impossibility

impossible, adj., impossible

impôt, m.n., tax

impression, f.n., impression

imprévoyant, adj., improvident, careless

imprévu, adj., unexpected, unforeseen

imprimerie, f.n., printing-house

improvisation, f.n., improvisation

improvisé, got up at a moment's notice, hurriedly put together, improvised

imprudemment, adv., imprudently

impulsion, f.n., impetus

impunément (adv. of *impuni*), with impunity

inacceptable, adj., unacceptable

inaperçu, adj., unnoticed

inattendu, adj., unexpected

inaugurer, tr.v., to undertake for the first time

incantation, f.n., incantation

incapable, adj., unable

incendie, m.n., fire

incarné, adj., incarnate, itself

incertain, adj., doubtful, uncertain

incliner, adj., to put on one side

incliner (s'), ref.v., to bow down

incohérent, adj., incoherent, rambling

incomplet (*-ète*, f.), incomplete

inconnu, adj., unknown

inconnu, m.n., stranger

inconsolable, adj., inconsolable

inconvenant, adj., improper, unseemly

inconvénient, m.n., danger, difficulty

incroyable, adj., incredible

incrusté, adj., inlaid

incurable, adj., incurable

indemnité, f.n., indemnity

indépendance, f.n., independence

indifférent, adj., indifferent

indifférence, f.n., indifference

indigestion, f.n., indigestion

indigne, adj., unworthy, shameful

indiqué, pointed out

indiquer, tr.v., to show, to announce, to mark

indirectement, adv., indirectly

indiscrétion, f.n., indiscretion

indispensable, adj., indispensable, absolutely useful

indisposition, f.n., ailment

individu, m.n., individual

indulgence, f.n., indulgence

indûment, adv., unlawfully

inépuisable, adj., inexhaustible

inévitable, adj., unavoidable

inexplicable, adj., unaccountable for

infaillibilité, f.n., infallibility

infaillible, adj., unerring

infanterie, f.n., infantry

inférieur (*-e*), adj., inferior

infini, adj., unlimited, endless

infiniment, adv., infinitely

infirme, m.n., infirm

inflexible, adj., unbending

influence, f.n., influence

informe, adj., shapeless

informer (s'), ref.v., to inquire, to ask

infortuné, adj., unfortunate, poor

ingénieur, m.n., engineer

ingénieux (*-se*, f.), ingenious

ingrat, adj., ungrateful

ingratitude, f.n., ingratitude, ungratefulness

inhérent, adj., inherent

inhumation, f.n., burial

inhospitalier (*-ère*, f.), inhospitable

inébranlable, adj., unmovable

innocence, f.n., innocence

innocent, adj., guileless

innombrable, adj., numberless

inouï, adj., unheard of, violent

inquiet (*-ète*, f.), adj., anxious

inquiéter, tr.v., to make uneasy, to disturb

inquiéter (s'), ref.v., to feel uneasy or anxious

inquiétude, f.n., anxiety

inscrire (*-ivant*, *-it*, *-is*, *-ivis*), to take down

inscrit (p.part. of *inscrire*), inscribed, put down

insensé, m.n., madman
insensé, adj., mad
insensible, adj., imperceptible, indifferent
insistance, f.n., instance, pressing
insister, intr.v., to insist, to dwell upon
insolent, adj., overbearing
insolemment, adv., impertinently
insoluble, adj., insoluble
insomnie, f.n., insomnia, wakefulness, sleeplessness
insondable, adj., unfathomable
inspirateur (*-trice*, f.), m.n., inspiring genius
inspiration, f.n., inspiration
inspirer, tr.v., to inspire, to dictate
instant, m.n., moment; *dans l'—*, at the moment
instituer, tr.v., to appoint
institut, m.n., Institute
institution, f.n., institution
instructif (*-ve*, f.), interesting, instructive
instruction, f.n., instruction
instruire (*-sant, -t, -s, -sis*), tr.v., to inform
instrument, m.n., instrument, tool
insulaire, adj., insular
insulter, tr.v., to insult
insupportable, adj., unbearable
insurmontable, adj., insuperable
intact, adj., perfect, intact
intarissable, adj., inexhaustible
intendant, m.n., manager; *— militaire*, m.n., commissary of stores
intense, adj., excessive
intention, f.n., intention
interdire (*-disant, -dit, -dis, -dis*), tr.v., to interdict, to forbid
interdit (p.part. of *interdire*), forbidden
intéressant, adj., interesting
intéresse, m.n., interested party
intéresser, tr.v., to interest
intérêt, m.n., interest
intérieur, m.n., room, interior, inside
intérieur, adj., internal, inwards; *à l'—*, internally, inside

interjection, f.n., interjection
interposer (*s'*), ref.v., to interfere
interprète, m.n. and adj., interpreter
interpréter, tr.v., to interpret, to take
interrogatoire, m.n., cross-examination
interrogé, p.p. and adj., questioned, asked, interrogated
interroger, tr.v., to question, to ask
interrompre (*-rompant, -u, -ps, -pis*), tr.v., to interrupt
interrompu (p.part. of *interrompre*), interrupted
intervalle, m.n., moment, interval
intimation, f.n., intimation
intime, adj., internal
intimité, f.n., intimacy
introducteur, m.n., introducer
introduire (*-uisant, -uit, -uis, -uisis*), tr.v., to introduce, to get in
introduire (*s'*), ref.v., to force one's way in, to introduce
intrus, adj., intruder
inutile, adj., useless
invasion, f.n., invasion
inventer, tr.v., to invent
invention, f.n., invention
inverse, adj., opposite, contrary
invincible, adj., invincible
invisible, adj., invisible
invitation, f.n., invitation
invité, m.n., guest, invited
inviter, tr.v., to invite, to request
invraisemblable, adj., unlikely
irrégulier (*-ère*, f.), irregular
irréparable, adj., irremediable
irrésistible, adj., irresistible
italien,(*-ne*, f.), adj., Italian
ivre, adj., intoxicated, mad
ivresse, f.n., intoxication, inebriation, rapture, enthusiasm
ivrogne, m.n., drunkard, drunken man

J

jalousie, f.n., jealousy
jaloux (*-se*, f.), jealous

amais, adv., never, ever; *à —*, for ever

jambe, f.n., leg; *à toutes —*, as fast as one can

janvier, m.n., January

jardin, m.n., garden

jardiner, intr.v., to garden

jardinière, f.n., flower-stand

jaunâtre, adj., yellowish

jaune, adj., yellow

jauni, adj., turned yellow

jet, m.n., jet

jeté, cast, driven, thrown

jeter, tr.v., to throw, to fling, to move, to throw away, to knock

jeter (se), ref.v., to rush, to launch, to throw oneself

jeu, m.n., working, game, motion

jeune, adj., young, modern

jeunesse, f.n., youth, young days

joie, f.n., joy, pleasure, satisfaction; *en —*, merry

joindre (-oignant, -oint, -oins, -oignis), tr.v., to join, to add

joindre (se), ref. v., to join

joli, adj., pretty

joliment, adv., gently

jonc, m.n., rush, cane, stick

joue, f.n., cheek

joué, acted

jouer, intr.v., to gambol, to sport, to play, to strike out, to gamble

jouer (se), ref.v., to be playing, to sport

jouir, intr.v., to enjoy

joujou, m.n., plaything, toy

jour, m.n., day, daylight, light; *au grand —*, in broad daylight; *tous les —*, every day; in the plur., life

journal, m.n., newspaper

journée, f.n., day

joyeux (-se, f.), adj., merry, joyful

joyeusement, adv., joyfully

judicieux (-se, f.), adj., sensible, wise

judicieusement, adv., judiciously, wisely

juge, m.n., judge; *— de camp*, judge of the lists, umpire

jugé, considered

jugement, m.n., judgment, doom

juger, tr.v., to think, to deem

juif (-ve, f.), Jew

juin, m.n., June

Jupiter, Jove

jupon, m.n., petticoat, skirt

jurer, intr.v., to swear

jusque, adv., to, even, till, as far as; *—'à*, up to, down to; *—'à ce que*, till, until

juste, adj., rightful, to the point, fair, great, good, just, precise, clear

justement, adv., rightly

justifié, justified

juvénile, adj., youthful.

K

kilomètre, m.n., kilometre, *i.e.* one thousand mètres, equal to 0·6213824 mile.

L

la, pers. pron, her

là, adv., there; *— -bas*, there, over there, yonder; *— -dessus*, thereupon, on that point; *— -dessous*, under all that; *— -haut*, upstairs

laboratoire, m.n., laboratory

laborieusement, adv., laboriously

labour (de), m.n., ploughing

labourer, tr.v., to tear up, to plough

lacet, m.n., thread lace

lâche, adj., mean, coward, indolent

lâcher, tr.v., to let loose

laconique, adj., laconic, concise

laid, adj., ugly

laine, f.n., wool

laisser, tr.v., to leave, to let, to allow; *— voir*, to show

lait, m.n., milk; *petit —*, whey

laiteux (-se, f.), milky

lambeau, m.n., fragment, piece, tatter

lambris, m.n., ceiling, roof

lame, f.n., blade

lamelle, f.n., thin plate

lamentable, adj., doleful, sorrowful

lamenter (*se*), ref.v., to moan
lampe, f.n., lamp
lampion, m.n., lamp
lancé (of a train), going
lancer, tr.v., to start, to launch, to hurl, to throw away, to thrust
lancer (*se*) ref.v., to jump in
langoureux (-*se*, f.), languid
langue, f.n., language, dialect, tongue
languir, intr.v., to pine away, to waste away
lanterne, f.n., lantern
lapin, m.n., rabbit
laquais, m.n., footman
lard, m.n., bacon
larme, f.n., tear
large, adj., large, wide, big
lasser (*se*), ref.v., to cease
latin, m.n., latin
latitude, f.n., latitude
laurier, m.n., laurel, glory (*i.e.* the emblem of glory, honour, victory, etc.)
lécher, tr.v., to lick
leçon, f.n., lesson
lecteur, m.n., reader
lectrice (fem. of *lecteur*), lady-reader
lecture, f.n., reading; *donner* —, to read
légal, adj., legal, forensic (in medicine)
légation, f.n., legation
légende, f.n., legend
léger (-*ère*, f.), adj., light, slight
légèrement, adv., slightly, gracefully, airily
législateur, m.n., legislator, lawgiver
légitime, adj., lawful, legitimate
légitimé, justified
légitimement, adv., rightfully
léguer, tr.v., to bequeath
lendemain, m.n., following day, day after, next day
lent, adj., slow
lenteur, f.n., slowness
lequel (f. *laquelle*), which
leste, adj., nimble
léthargie, f.n., lethargy

léthargique, adj., lethargic
lettre, f.n., letter
leur, adj. and pron., their, to them
lever, tr.v., to raise, to rise
lever (*se*), ref.v., to get up, to rise, to stand
lèvre, f.n., lip
liasse, f.n., bundle
libéralité, f.n., liberality
libérateur (-*trice*, f.), adj. and n., liberator
liberté, f.n., liberty
libre, adj., free
lice, f.n., lists
lien, m.n., bond, fetters, trammels, tie
lierre, m.n., ivy
lieu, m.n., place; *tenir* — *de*, to stand in the place of, to fill the office of; *au* — *de*, instead of
lieue, f.n., league
lieutenant, m.n., lieutenant
lièvre, m.n., hare
ligne, f.n., line
lilas, m.n., lilac
limite, f.n., limit
linge, m.n., linen, clothes
liqueur, f.n., liquor
liquide, m.n. and adj., liquid
lire (*lisant*, *lu*, *lis*, *lus*), tr.v., to read
liste, f.n., list
lit, m.n., bed
litre, m.n., litre, *i.e.* the unit of measures of capacity in the French decimal system (equal to 1.76 pints, or 0.22 of a gallon)
littéralement, adv., literally
livre, m.n., book
livre, f.n., pound, franc
livrer, tr.v., to deliver up, to give up
livrer (*se*), ref.v., to indulge
logé, lodged, housed
logement, m.n., abode, resting-place
logique, f.n., logic
logis, m.n., house
loi, f.n., law
loin, adv., far; — *de*, at a distance, far from

long (*-gue*, f.), adj. long; *tout le —*, all along; *le — de*, down, along

long, m.n., length

longtemps, adv., long, much longer, long time

longuement, adv., for a long time, much, at length

longueur, f.n., length

lorrain, m.n., Lorrainer, *i.e.* inhabitant of Lorraine

lors, adv., then; *pour—*, then; *— de*, at the time of

lorsque, conj., when, while

loué, praised. thanked, let

louer, tr.v., to praise, to approve, to hire, to take

louis, m.n., louis, *i.e.* a twenty-franc gold piece

lourd, adj., heavy, wearisome

loyalement, adv., honestly

loyauté, f.n., probity

loyer, m.n., rent

lueur, f.n., gleam, glimmer

lui, pers. pron., him, to him, to her; *— même*, himself, itself; *à —*, of his own

lumière, f.n., light

lumineux (*-se*, f.), shining, glaring

lundi, m.n., Monday

lustre, m.n., chandelier

lutte, f.n., struggle, fight

lutter, intr.v., to struggle, to fight, to wrestle

lycée, public school, college.

M

macadam, m. n., macadamised road

macaron, m.n., macaroon

machinalement, adv., mechanically

machine, f.n., engine, machine

mâchoire, f.n., jaw

madame, madam; mistress of a servant

mademoiselle, miss, this young lady

magasin, m.n., shop

magicien (*-ne*, f.), magician, necromancer, sorcerer

magistrat, m.n., magistrate

magnanime, adj., magnanimous

magnétisme, m.n., magnetism

magnifique, adj., splendid

magnifiquement, adj., splendidly, magnificently

mai, m.n., May

maigre, adj., thin, lean

main, f.n., hand

maintenant, adv., now

maintenir (*-tenant, -tenu, -tiens, -tins*), tr.v., to maintain

maintenir (*se*), ref.v., to remain

maintenu (p.part. of *maintenir*), kept

maire, m.n., mayor

mais, conj., but

maison, f.n., house, household; *à la —*, at home

maître, m.n., master, proprietor

maîtresse, f.n., sweetheart, mistress

maîtriser, tr.v., to subdue, to master

majorité, f.n., majority

mal, m. n., ailment, ill, harm, evil, illness; *faire —*, to hurt

mal, adv., badly, ill, bad

malade, adj. and n., sick, patient, ill

maladie, f.n., disease, sickness

maladroitement, adv., clumsily, accidentally

mâle, adj., manly

malédiction, f.n., malediction

malfaiteur, m.n., evil-doer

malgré, prep., in spite of

malheur, m.n., misfortune, mishap, hardship

malheur! exclam., woe

malheureusement, adv., unfortunately

malheureux (*-se*), adj. and n., unfortunate, poor fellow, unhappy

malicieux (*-se*), mischievous, spiteful

malle, f.n., box

malpropre, adj., nasty, unsightly

mammifère, m.n., mammifer

mânes (always plural), f.n., manes shade, soul

manger, tr.v., to eat, to squander; *salle à* —, dining-room

manier, tr.v., to handle

manière, f.n., manner; *à sa* —, in his own way

manifestation, f.n., sign

manifester (*se*), ref.v., to become evident, or manifest, to show oneself

manœuvre, f.n., manœuvring

manœuvrer, tr.v., to handle

manqué, missed

manquer, tr. and intr.v., to be in want, to fail, to miss, to want

manteau, m.n., mantle, cloak

manuscrit, m.n., manuscript

marbre, m.n., marble

marchand, m.n., merchant

marchander, tr.v., to bargain

marche, f.n., step, course, walking

marché, m.n., bargain

marchepied, m.n., footboard

marcher, intr.v., to be going, to march, to go

maréchal, m.n., marshal

marée, f.n., tide

margelle, f.n., well-kerb

mari, m.n., husband

mariage, m.n., marriage

marié, adj. and p.part., married

marié, m.n., bridegroom

mariée, f.n., bride

marier, tr.v., to marry

marier (*se*), ref.v., to get married

marmaille, f.n., brats, naughty children

marque, f.n., proof

marquer, tr.v., to stamp

marquis, m.n., marquis

mars, m.n., March

marteau, m.n., knocker

martyre, m.n., martyrdom

masculin, adj., manly

masque, m.n., mask

massage, m.n., rubbing

masse, f.n., mass, body, bulk

masser, tr.v., to rub

mat, adj., pale

matelas, m,n., mattress

matelot, m.n., sailor

maternel (*-le*, f.), motherly

mathématicien (*-ne*, f.), m.n., mathematician

matière, f.n., matter

matin, m.n., morning

matinée, f.n., morning

matinal, adj., early riser

matras, m.n., matrass

maudit (p.part. of *maudire*), accursed, cursed

mauvais, adj., bad, broken, wicked

maux (plur. of *mal*), m.n., ailments, sufferings

maxime, f.n., maxim

me, pers. pron., me, to me, for me

mécanisme, m.n., mechanism

méchanceté, f.n., wickedness

méconnaissable, adj., unrecognisable

mécontent, adj., dissatisfied

médaille, f.n., medal

médical, adj., medical

médecin, m.n., doctor

médecine, f.n., medicine

médiocre, adj., mediocre, middling, moderate

médiocrement, adv., moderately

méditation, f.n., meditation

méditer, tr. and intr.v., to meditate

meilleur (*-e*, f.), better, best

mélancolie, f.n., melancholy

mélancoliquement, adv., in a gloomy mood

mélange, m.n., mixture, medley; *sans* —, real

mêlé, mingled

mêler (*se*), ref.v., to get mixed, to intervene, to interfere

mélodie, f.n., melody

membre, m.n., member, limb

même, adj., very, self, same, *de* —, in the same way

même, adv., even

mémoire, m.n., memoir, memorandum

mémoire, f.n., memory

mémorable, adj., eventful, memorable

menace, f.n., threat

menacer, tr.v., to threaten

ménage, m.n., household, family

mener, tr.v., to lead, to command

ménager, tr.v., to spare, to leave, to spare, to treat gently

mensonge, m.n., lie

mention, f.n., mention

mentionné, related, mentioned

mépris, m.n., disdain, disgust, contempt, scorn

mépriser, tr.v., to despise

mer, f.n., sea

merci, f.n., mercy

merci, m.n., thanks, thank you

mère, f.n., mother, female

mérite, m.n., merit

mériter, tr.v., to deserve, to require, to be worthy of

merveille, f.n., marvel

merveilleux (*-se*, f.), adj. and m.n., wonderful, marvellous

mésaventure, f.n., mishap, misadventure

mesdames (plur. of *madame*), ladies

messager, m.n., messenger

messe, f.n., mass

messieurs (plur. of *monsieur*), gentlemen

mesure, f.n., decision, measure; *à —*, as

météore, m.n., meteor

méthodique, adj., regular

métier, m.n., profession

métre, m.n., metre

métropole, f.n., metropolis

mettant (pres. part of *mettre*), going

mettre (*mettant, mis, mets, mis*), tr.v., to put, to lay, to take

mettre (*se*), ref.v., to begin to

meuble, m.n., furniture

meublé, furnished

meunier (*-ère*, f.), m.n., miller

meurtri, adj., bruised

meurtrier (*-ère*, f.), m.n., murderer

meurtrière, f.n., loop-hole

mi, half; *à — corps*, half of his body

microscope, m.n., microscope

midi, m.n., noon, twelve o'clock

miel, m.n., honey

mien (*-ne*, f.), poss.pron., mine

miette, f.n., crumb, bit

mieux, better, more; *tant —*, so much the better

mignonne (f. of *mignon*), adj., pretty, small

milieu, m.n., middle, amidst, midst; *au — de*, in the midst

militaire, m.n., soldier, a military man

militaire, adj., military

militairement, adv., in a military fashion

mille, adj., thousand

millier, m.n., about a thousand

millimètre, m.n., millimetre, *i.e.* one thousandth part of a mètre

million, m.n., million (£40,000)

millionnaire, m.n., millionaire

mince, adj., thin

mine, f.n., mien, looks, countenance

miné, consumed

minéralogie, f.n., mineralogy

Minerve, Minerva; fig. wise and fair woman

mineur (*-e*, f.), adj. and m.n., under age, minor

ministère, m.n., ministry

ministre, m.n., minister

minorité, f.n., minority

minuit, m.n., midnight

minute, f.n., minute

mirer (*se*), ref.v., to gaze with delight

miracle, m.n., miracle

miraculeux (*-se*), adj., miraculous, supernatural

miroir, m.n., looking-glass, mirror

mis (p.past of *mettre*), laid, set

misanthropie, f.n., misanthropy

misérable, adj., wretched

misère, f.n., distress

miséricorde, f., mercifulness

miséricordieux, (*-se*, f.), compassionate

mission, f.n., mission, message

mite, f.n., mite, moth

mitraille, f.n., grape-shot

mobile, m.n., motive, impulse

mobile, adj., fickle

mode, f.n., fashion

modelé, adj., modelled, *i.e.* built

moderne, adj., modern, present

modeste, adj., modest, plain, simple, timid

modification, f.n., modification

modifier, tr.v., to alter, to modify

moelle, f.n., marrow (of bones); pith (of plants)

moelleux (*-se*, f.), adj., soft

moi, pers. pr., me, I; *à —*, of my own, *i.e.* belonging to me; *— -même*, myself

moindre, adj., slightest

moine, m.n., monk

moins, adv., less, least; *au —*, at least; *du —*, at least: *à — de* or *que*, unless, for less than

mois, m.n., month

moisi, adj., mouldy

moissonner, tr.v., to mow down

moissonneur, m.n., reaper, harvest-man

moite, adj., moist

moitié, f.n., half, middle

molle (f. of *mou*), adj., luxurious

mollesse, f.n., effeminacy

mollet, m.n., calf of the leg

moment, m.n., time, moment

momie, f.n., mummy

momifié, adj., mummified

monarchie, f.n., monarchy

monastique, adj., monastical

mondain (*-e*, f.), adj., worldly

monde, m.n., world, people, society; *tout le —*, everybody, everyone

monnaie, f.n., money, change

monomanie, f.n., monomania

monseigneur, m.n, milord, My Lord

monsieur, sir, one's master

monstre, m.n., monster

monté, set, mounted

monter, tr. and intr.v., to go up, to go upstairs; *— à cheval*, to ride; *— en*, to enter, to get in

montre, f.n., watch

montrer, tr.v., to show, to point at

montrer (*se*), ref.v., to show oneself, to prove

monument, m.n., building, monument

moquer (*se*), ref.v., to make a fool of, to joke

moqueur (*-se*, f.), m.n., jeering

morceau, m.n., bit, piece

mordre (*-dant, -du, -ds, -dis*), tr.v., to bite

morne, adj., dejected, sad, gloomy, mournful, dismal

mort, f.n., death

mort (p.part. of *mourir*), dead, deceased

mortel (*-le*, f.), adj., mortal

mot, m.n., word

mou (*mol, molle*), adj., soft

mouche, or *impériale*, *i.e.* a tuft of beard under the lower lip

mouchoir, m.n., handkerchief

mouchu, the Savoyard's way of pronouncing *monsieur*

moudre (*-lant, -lu, -ds, -lus*), tr.v., to grind

moue, f.n., pouting

mouillé, adj., wet

mouiller, tr.v., to wet, to dip

moujick, *i.e.* name given to Russian peasants

moulin, m.n., mill

moulu (p.part. of *moudre*), exhausted

mourir (*-rant, mort, meurs, -rus*), intr.v., to die

mousse, f.n., moss

moustache, f.n., moustache

mouton, m.n., sheep, mutton

mouvement, m.n., motion, feeling, impulse, sensation, movement; inequality; *en —*, going

mouvoir (*-vant, mû, meus, mus*), tr.v., to move, to act

mouvoir (*se*), ref.v., to be going

moyen (*— ne*, f.), adj., middle-sized, middle

moyen, m.n., means, way

multitude, f.n., multitude, crowd

municipal, adj., municipal

munificence, f.n., liberality

munir (*se*), ref.v., to provide oneself with

mur, m.n., wall

mûr, adj., ripe

murmurer, tr.v., to mutter, to whisper

muscle, m.n., muscle

musée, m.n, museum
musique, f.n., melody, music, band
mutuel (*-le*, f.), adj., mutual.

N

nager, intr.v., to swim, to float
naïf (*-ve*, f.), artless
naissance, f.n., birth
naître (*naissant, né, nais, naquis*), intr.v., to be born
naïvement, adv., naively
naïveté, f.n., artlessness, native simplicity
napoléon, m.n., napoleon, *i.e.* a 20 fr. gold piece
narghîlé, m.n., *i.e.* a Turkish pipe
narguer, tr.v., to laugh at
natal, adj., natal, native
nation, f.n., nation
national, adj., national
nature, f.n., nature
naturel (*-le*, f.), natural, native
naturel, m.n., nature, temper, character
naufrage, m.n., wreck
navire, m.n., ship
navrant, adj., distressing
ne, not ; — ... *pas*, not to ; — *plus*, no more, no longer ; — *que*, only, but ; — *point*, not
né (p.part. of *naître*), born
nécessaire, adj., necessary
nécessité, f.n., necessity
nef, f.n., nave
nerf, m.n., nerve
nerveux (*-se*, f.), adj., sinewy, nervous
net (*-te*, f.), adj., flat, quick, clear
neuf, num. adj., nine
neuf (*-ve*, f.), adj., new, inexperienced ; *de* —, anew, new
neveu, m.n., nephew
nez, m.n., nose
ni, conj., nor ; —...—, neither ... nor
nièce, f.n., niece
niellé, adj., inlaid with *nielle* (*i.e.* ornamental engraving, made by enchasing a black composition into cavities in wood and metals), inlaid enamel work, black enamel
nier, tr.v., to deny
nigaud (*-e*, f.), adj. and m.n., simpleton, booby
nippes, f.n. (plur.), clothes, goods and chattels
niveau, m.n., level
niveler, tr.v., to level
N°. for *numéro*
noble, adj., noble, noble-looking
noblesse, f.n., nobility
noce, f.n., wedding
nœud, m.n., knot
noir, adj., black, dark
nom, m.n., name
nombre, m.n., number
nombreux (*-se*, f.), adj., numerous, large
nommé, appointed, elected, named, called
nommer, tr.v., to name, to elect
non, no, not ; — *seulement*, not only ; — *plus*, either, neither
nonobstant, prep., notwithstanding
nord, m.n., North
normal, adj., normal
notable, adj., noticeable
notaire, m.n.. notary, lawyer, solicitor
note, f.n., note
noté p.part. and adj., well-known
noter, tr.v. to note, to remark
notre (plur. *nos*), adj.poss., our
nôtre (*le, la, les*), poss.pron., ours
nourri, imbued
nourrir, tr.v., to feed, to nurture
nourrir (*se*), ref.v., to feed oneself
nous, pers.pron., we, us, to us ; *à* —, ours ; — *-mêmes*, ourselves
nouveau (*-vel, -velle*), adj., new strange ; *de* —, again ; *du* — something new
nouveauté, f.n., novelty
nouvel, adj. m. See *nouveau*
nouvelle, f.n., news
novembre, m.n., November
novice, adj., inexperienced
noyer, m.n., walnut-tree *or* wood
nu, adj., naked

nuage, m.n., cloud
nuance, f.n., shade
nuit, f.n., night ; *cette —*, last night
nul (*-le*, f.), adj., no
nullement (with *ne*), adv., not at all
numéro, m.n., number
nuptial, adj., nuptial.

O

obéir, tr.v., to obey
obéissance, f.n., obedience
obéissant, adj., obedient
objection, f.n., objection
objet, m.n., object, butt, love
obligation, f n., necessity
obligatoire, adj., obligatory
obligé, obliged
obligeamment, adv., obligingly
obligeance, f.n., kindness
obliger, tr.v., to oblige
oblong (*-gue*, f.), adj., oblong
obscur, adj.. dark
obsédé, beset
observation, f.n., observation, re-
    monstrance
observer, tr.v., to observe ; *faire —*,
    to remark
obstacle, m.n., obstacle, difficulty
obstination, f.n., obstinacy
obstiné, adj., obstinate
obstinément, adv., stubbornly, ob-
    stinately
obtenir (*-tenant, -tenu, -tiens, tins*),
    tr.v., to obtain
obtenu (p.part. of *obtenir*), obtained
occasion, f.n., opportunity
occupation, f.n., occupation
occuper, tr.v., to occupy, to engross
occuper (*s'*), ref.v., to be engaged
    in, to trouble oneself about
odeur, f.n., smell
œil (plur. *yeux*), m.n., eye ; *— de
    bœuf*, aperture, oval window
œuf (in the plur. the *f* is not
    sounded), m.n., egg
offense, f.n., offence, wrong
offenser, tr.v., to offend, to hurt
offert (p.part. of *offrir*), offered
officiant, m.n., officiating minister

officiel (*-le*, f.), adj., official
officier, m.n., officer
offrande, f.n., offering
offrir (*offrant, offert, offre, offris*),
    tr.v., to offer, to present, to pro-
    pose
offrir (*s'*), ref.v., to present itself
oiseau, m.n., bird
oisif (*-ive*, f.), adj., idle
oisif, m.n., idler
oisiveté, f.n., idleness
olivier, m.n., olive-tree
ombre, f.n., shade, shadow, ghost
omettre (*-ettant, -mis, -mets, -mis*),
    tr.v., to omit
omnibus, m.n., omnibus
on (or *l'on*), indef.pron., one, they,
    people
oncle, m.n., uncle
onde, f.n., water
ongle, m.n., nail
onze, adj., eleven
opération, f.n., experiment, opera-
    tion
ophicléide, m.n., ophicleide, *i.e.* a
    brass wind-instrument
opinion, f.n., advice, opinion
opposé, adj., opposite
opposer, tr.v., to object, to oppose
opposition, f.n., opposition
opulence, f.n., opulence
or, m.n., gold
or, conj. now
orage, m.n., storm
orchestre, m.n., orchestra
ordinaire, adj., usual ; *à son —*, as
    usual ; *à l'—*, usually
ordonner, tr.v., to order, to com-
    mand
ordre, m.n., order, system
oreille, f.n., ear
oreiller, m.n., pillow
organe, m.n., organ, spring
organisation, f.n., organisation
organisé, adj., organic
organisme, m.n., organism, organi-
    cal structure
orgueil, m.n., pride
oriental, adj., oriental, eastern
orienter (*s'*), ref.v., to direct oneself
original, adj., original

origine, f.n., birth
orné, adorned, gifted
orner, tr.v., to adorn
orphelin, m.n., orphan
os, m.n., bone
oser, tr.v., to dare
ôter, tr.v., to take off *or* away, to deprive
ou, conj., or
où, adv., where, in which, when
oubli, m.n., oblivion
oublier, tr.v. to forget
oui, yes
ouïe, f.n., hearing
ouf! exclamation indicative of weariness, oppression, pain
ourlet, m.n., edge, ear-lap
ouverture, f.n., opening, aperture, hole
ouvrage, m.n., work
ouvré, adj., worked
ouvrier (*-ère*, f.), m.n., working man *or* people
ouvrir (*-vrant, -vert, -vre, -vris*), tr.v., to open
oval, adj., oval.

P

pacifique, adj., peaceful
page, f.n., page
païen, (*-ne*, f.), pagan
pain, m.n., bread, loaf
paire, f.n., pair
paisible, adj., peaceful, calm
paisiblement, adv., quietly
paix, f.n., peace
palais, m.n., palace
pâle, adj., pale, pallid
pâlir, intr.v., to grow wan, to become pale
palme, f.n., palm
palpitation, f.n., throbbing
palpiter, intr.v. to beat
pâmé, adj., fainting, ready to faint
pandour, m.n., brute. *Pandour* was the name formerly given to certain irregular troops of Hungary
pansement, m.n., dressing (of wounds)

panser, tr.v., to dress (a wound)
pantalon, m.n., trousers
pantoufle, f.n., slipper
papetier (*-ère*, f.), m.n., stationer
papier, m.n., paper, bill, draft, banknote
papille, f.n., papilla, i.e. a small eminence, more or less prominent, on the skin or in mucous membrane
paquet, m.n., parcel, bundle
par, prep., by, through, in; — *là*, that way; — *ci*, — *là*, now and then, here and there
paradoxal, adj., paradoxical
paradoxe, m.n., paradox
paragraphe, m.n., paragraph
paraître (*-aissant, -u, -ais, -us*), intr.v., to appear, to be served, to seem, to sound
paralyser, tr. and intr.v., to paralyse
parbleu! exclam., forsooth, indeed
parc, m.n., park
parce que, conj., because
parcourir, (conjug., like *courir*) to go over, to go about, to run over, to look over
pardon, m.n., pardon
pardonner, tr.v., to forgive
pareil, (*-le*, f.), such, like, similar
parent, m.n., parents, relative, relation
parenté, f.n., relationship
parer, tr. v., to adorn, to parry (in fencing)
parer (*se*), ref.v., to adorn oneself
parfait, adj., perfect, complete
parfaitement, adv., perfectly, very well, entirely, completely, in the perfection
parfois, adv., sometimes
parfum, m.n., perfume
parisien (*-ne*, f.), m.n., Parisian
parlement, m.n., parliament
parler, intr.v., to speak, to talk
parleur (*-euse*), m.n., speaker
paroisse, f.n., parish
parole, f.n., word; *prendre la —,* to begin to speak

parquet, m.n., floor (*i.e.* inlaid wood-flooring)
parrain, m.n., godfather
parricide, m.n., parricide
part, f.n., part, share ; *à —*, beside, aside,excepting,special,unique, extraordinary, in private ; *faire —*, to inform, to announce ; *de toutes —*, everywhere
partage, m.n., share, lot
partager, tr.v., to share, to divide, to apportion
parterre, m.n., pit (in theatres)
particulier, (*-ère*, f.), adj., particular, private
particulier, m.n., individual
parti, m.n., party, course
partie, f.n., part, game ; *en —*, partly
partir (*-tant, -ti, -s, -tis*), intr.v., to start, to leave, to go, to depart, to go off
partout, adv., everywhere
parvenir, (*-venant, -venu, -viens, -vins*), intr.v., to succeed, to reach
parvenu, m.n., self-made man, upstart, snob
pas, m.n., step
pas (with *ne*), not, no ; *— de*, no, not any
passablement, adv., a pretty good quantity, rather, tolerably
passage, m.n., crossing, way, passing, passage
passant, m.n., passer-by
passant (pres. part. of *passer*), passing ; *en —*, on its way
passé, m.n., past
passé (p. part. of passer), over, spent, taken place
passer, tr.v., to pass away, to put, to spend, to cross, to call, to be appointed, to become, to pass by
passion, f.n., passion, love
patelin, adj., wheedling
patère, f.n., hat-peg
paternel (*-le* f.), adj., paternal, fatherly
patiemment, adv., patiently

patience, f.n., patience
patienter, intr.v., to wait patiently
pâtissier, m.n., confectioner
patriarche, m.n., patriarch
patrie, f.n., country, native-land, fatherland
patriotique, ad., patriotic
patriotisme, m.n., patriotism
patronne, f.n., patron
paupière, f.n., eyelid
pauser, intr.v., to rest
pauvre, m.n. and adj., poor, dear
pavé, m.n., pavement
payable, adj., payable
payer, tr. v., to pay
pays, m.n., country, district
paysan, m.n., peasant
peau, f.n., skin
pêche, f.n., peach
peigner, tr.v., to comb
peignoir, m.n., dressing-gown
peindre (*-gnant, -nt, -ns, -gnis*) tr.v., to paint, to depict, to portray
peine, f.n. pain, difficulty, trouble ; *à —*, hardly ; *sans —*, easily
peintre m.n., painter
pékin, m.n., civilian
pêle-mêle, m.n., anyhow
peloton, m.n., platoon, *i.e.* a small body of soldiers
pelouse, f.n., lawn
pencher, tr.v., to bend over, to lean, to weigh down
pencher (*se*), ref.v., to lean over, to bend forward, to bend
pendant, prep., for, during, pending
pendre (*-dant, -du, -ds, -dis*), tr.v., to hang
pendu (p.part. of *pendre*), hung on
pendule, f.n., clock
pénétrer, tr.v., to enter, to fathom, to understand, to penetrate
pénible, adj., painful
pensée, f.n., thought, imagination
penser, intr. and tr.v., to think, to intend ; *— à*, to think of
pension, f.n., boarding-house
pensionnaire, m.n., boarder, lodger

perçant, adj., piercing, sharp, shrill

percer, tr.v., ·to pierce, to get through, to cut

percevoir (*-cevant, -çu, -çois, -çus*), to feel, to discern

perçu (p. part. of *percevoir*), perceived, felt

perdre (*-dant, -du, -ds, -dis*), tr.v., to lose

perdre (*se*), ref.v., to lose one's way

perdu (p. part. of *perdre*), spare, lost

père, m.n., father

perfection, f.n., perfection; *dans la —*, exceedingly well

péril, m.n., danger

période, f.n., period

périr, intr.v., to pass away, to perish, to die

permettre (*-tant, -mis, -mets, -mis*), tr.v., to permit, to allow

permettre (*se*), ref.v., to make so bold as

permis (p.part. of *permettre*), allowed

permission, f.n., permission, authorisation, consent

permuter, intr.v., to permute

perplexité, f.n., perplexity

perron, m.n., flight of steps, terrace

perruque, f.n., wig

persistance, f.n., persistency

personnage, m. n., individual, people

personne, f. n., person, woman, body of people; *ne —*, nobody, no one

personnel (*-le*, f.), adj., personal, own

personnellement, adv., personally

persuader, tr.v., to persuade, to convince

pesant, adj., heavy

peser, tr.v., to weigh

pétillement, m.n., crackling, sparkling

petit, adj., small, short, little, gentle, nice

petits-enfants, m.n., grandchildren

petite-fille, f.n., granddaughter

petit-neveu, m.n., grand-nephew

pétrifié, adj., amazed

pétrir, tr.v., to press hard on

peu, adv., little, rather; *à — près*, nearly; *un —*, rather

peu, m.n., little

peuple, m.n., people

peuplé, adj., peopled, crowded

peur, f.n., fear; *de —*, for fear; *avoir —*, to be afraid *or* frightened; *de — que*, for fear that; *de —*, for fear of

peureux, (*-se*, f.), timid

peut (indic. pres. of *pouvoir*), can

peut-être, adv., perhaps, may be

phalange, f.n., phalanx. In ancient times, the phalanx was a small body of infantry.

pharmacie, f.n., pharmacy

phénomène, m.n., phenomenon, wonder

philosophe, m.n., philosopher

philosophie, f.n., philosophy

philosophique, adj., philosophical

philtre, m.n., charm

photographe, m.n., photographer

photographie, f.n., photography

phrase, f.n., sentence

physiologie, f.n., physiology

physiologiste, m.n., physiologist

physionomie, f.n., countenance, look, appearance

physique, f.n., natural philosophy, physics

physique, adj., physical

pièce, f.n., piece, document, performance; in the plur., guns; *tout d'une —*, all of a lump

pied, m.n., foot; *coup de —*, kick

pierreries, f. n. plur., precious stones

piété, f.n., devotion

pieusement, adv., piously, religiously

pincé, adj., stiff, affected

pincée, f.n., pinch

pipe, f.n., pipe

piquer, tr.v., to prick

pire, adj., worse

pirouetter, intr.v., to turn round and round

pis, adv., worse ; *tant —*, so much the worse

pistolet, m.n. pistol

piteux (*-se*, f.), adj., rueful

pitié, f.n., pity

pitoyable, adj., pitiful, pitiable

pittoresque, adj. and m.n., picturesque, picturesqueness

place, f. n., place, seat, room, square, post ; *à la — de*, instead of

placé, invested

placer, tr.v., to invest, to place, to put, to rank

placer (*se*), ref.v., to post oneself

plafond, m.n., ceiling

plaider, tr.v., to plead, to go to law

plaie, f.n., wound

plaindre (*plaignant*, *plaint*, *plains*, *plaignis*), tr.v., to pity, to be pitied

plaindre (*se*), ref.v., to complain

plaine, f.n., plain

plainte, f.n., wailing

plaire (*plaisant*, *plu*, *plais*, *plus*), intr.v., to please, to choose ; *s'il vous plaît*, if you please

plaire (*se*), ref.v., to delight

plaisant, adj., amusing, funny

plaisanter, intr.v., to joke ·

plaisanterie, f.n., joke

plaisir, m.n., pleasure, satisfaction, delight, favour

plan, m.n., plan, ground

planer, intr.v., to hover over, to stand

plante, f.n., plant

planté, planted

planter, tr.v., to put

plaque, f.n., sheet, slab

plastron, m.n., plastron (in fencing), breast-plate (of a cuirass)

plat, m.n., dish, tray, course

plateau, m.n., board

plébéien (*-ne*, f.), plebeian

plein, adj., full ; *en —*, right in the middle

pleinement, adv., completely

pleurs, m.n., plur., tears

pleurer, intr.v., to weep, to cry

pli, m.n., fold, letter

plier, tr.v., to fold

plomb, m.n., lead

plongeant (pres. part. of *plonger*), dipping

plongé (p. part. of *plonger*), dipped, driven

plonger, intr.v., to hide, to plunge, to dip, to send, to thrust

ployer, tr.v., to give way

plu (p. part. of *plaire*), liked

pluie, f.n., rain, shower

plume, f.n., pen

plumitif, m.n., penman, clerk

plus, adv., more ; (with *ne*) no more, no longer, only ; *— de*, more than, no more, all the more, far more ; *le —*, greatest, most

plusieurs, adj., plur., several

plutôt, adv., rather

pneumatique, adj., pneumatic

poche, f.n., pocket

pocher, tr.v., to bruise, to black (the eye)

poêle, m.n., stove

poésie, f.n., poetry

poète, m.n., poet

poids, m.n., weight

poignée, f.n., handle, handful ; *— de main*, handshaking, handshake

poignet, m.n., wrist

poil, m.n., hair

poing, m.n., fist

point, m.n., point, respect, extent

point (with *ne*), adv., no, not ; *— du tout*, not at all

pointe, f.n., point (in fencing)

poire, f.n., pear

poisson, m.n., fish

poitrine, f.n., chest, breast

poli (*-e*, f.), adj., polite, polished

police, f.n., police

poliment, adv., politely

polisson, m.n., scamp

politesse, f.n., politeness

politique, m.n., politician

politique, f.n., politics

pomme, f.n., apple ; *— de terre*, potato

pomper, tr.v., to pump

ponctué, adj., accentuated, punctuated

populaire, adj., popular

porcelaine, f.n., china

porte, f.n., door, gate

porte-enseigne, m.n., flag-bearer

portefeuille, m.n., pocket-book

porté (p. part. of *porter*), put, laid, carried, inclined, ready, drunk (health) ; — *pour*, reported as

porter, tr.v., to take, to carry, to bring, to bear, to feel, to wear, to offer, to drink (the health), to direct, to inscribe

porter (*se*), ref.v., to be in good *or* bad health, to be worn, to rush

portier, m.n., door-keeper

portière, f.n., door (of a carriage), window

portrait, m.n., likeness, portrait

poser, tr.v., to lay, to put

poser (*se*), ref.v., to put to oneself

position, f.n., position, seat

positivement, adv., completely

posséder, tr.v., to be in possession of, to possess

possibilité, f.n., possibility

possible, adj., likely

poste, f.n., post-office, post; *courir la* —, to travel with speed, to drive fast

poste, m.n., post, situation

postérité, f.n., posterity

potage, m.n., soup

poteau, m.n., post

potentat, m.n., sovereign

poudre, f.n., powder

poulie, f.n., pulley

pouls, m.n., pulse

poupée, f.n., doll

pour, prep., in order to, for, per; — *que*, so that, in order that; — *ce qui est de*, as to; — *ne* ... *pas*, though not

pourquoi, conj., why

poursuivre (-*suivant*, -*suivi*, -*suis*, -*suivis*), tr.v., to follow, to carry on, to pursue, to go on

pourtant, conj., however, nevertheless, yet, all the same

pourvoir, tr.v. (-*voyant*, -*vu*, -*vois*, -*vus*; fut. -*voirai*), to provide for

pourvoir, (*se*), ref.v., to provide oneself, to take

pourvu (p. part. of *pourvoir*), provided

pourvu que, conj., provided that

poussée, f.n., impulsion

pousser, tr.v., to incite, to lead, to give out, to utter, to carry, to extend, to drive, to push, to push on, to heave

pouvoir, m.n., power

pouvoir (*pouvant, pu, peux* or *puis, pus*), intr.v., to be able

pratique, f.n., practice

pratique, adj., practical

pratiquer, tr.v., to bring about

précaution, f.n., precaution, care

précédent, adj., preceding

précédé, preceded

précéder, tr.v., to precede

précepte, m.n., precept

prêcher, tr.v., to recommend, to preach

précieux (-*se*, f.), adj., precious

précipitation, f.n., hurry

précipiter, tr.v., to precipitate, to hurry, to drive

précipiter (*se*), ref.v., to rush

précis (-*se*, f.), adj., precise, precisely, exactly, striking (clock)

précisément, adv., precisely, just

préférence, f.n., preference

préférer, tr.v., to prefer

préfet, m.n., prefect

prélevé, deducted

premier (-*ère*, f.), first

premier, m.n., first-floor

prendre (*prenant, pris, prends, pris*), tr.v., to catch, to take, to conceive, to assume, to mistake, to fetch, to gain; *faire* — to give ; — *à*, to burn

préoccupation, f.n., preoccupation, trouble

préoccuper (*se*), ref.v., to think of

préparation, f.n., preparation

préparatoire, adj., preliminary

préparer, tr.v., to prepare, to draw up

près, prep., near ; — *de*, close by ; *à*

peu —, approximately, nearly, almost; — *de*, attentively

prescrit (p.part. of *prescrire*), prescribed

présence, f.n., presence; *en* — *de*, at the sight of

présent, m.n., present

présent, adj., actual, present, now

présentable, adj., respectable

présenter, tr.v., to show, to exhibit, to introduce, to present, to offer

présenter (*se*), ref.v., to call on, to present oneself, to occur

préservé, preserved

présider, tr.v., to preside over

présomptif (-*ve*, f.), apparent

presque, adv., almost, next to

pressé, hurried, in a hurry, eager

presse, f.n., crowd

pressenti (p.part. of *pressentir*), intuitively recognised

presser, tr.v., to urge, to hurry

pression, f.n., pressure

prestance, f.n., bearing, carriage

prestige, m.n., prestige, charm

prétexte, m.n., pretext

prêt, adj., ready

prétendre (-*dant*, -*du*, -*ds*, -*dis*), to pretend, to intend, to affect, to aspire to

prétention, f.n., pretention

prêter, tr.v., to lend, to pay, to bring

prêtre (-*tresse*, f.), priest

preuve, f.n., proof

prévenir (-*venant*, -*venu*, -*viens*, -*vins*), tr.v., to prevent, to warn

prévoyant, adj., prudent

prévu (p.part. of *prévoir*), foreseen

prier, tr.v., to pray, to beg, to request, to request the honour

prière, f.n., request, prayer, entreaty

prime, f.n., premium

primitif (-*ve*, f.), former

prince (-*cesse*, f.), prince

principal, adj., principal

principe, m.n., principle

printemps, m.n., spring

pris (p.part. of *prendre*), assumed, caught, set

prison, f.n., prison

prisonnier (-*ère*, f.), m.n., prisoner

privation, f.n., privation

privé, deprived

privilège, m.n., privilege

prix, m.n., price, prize, importance, expense, reward

probable, adj., probable

probablement, adv., probably, perhaps

problème, m.n., problem

procédant (pres.part. of *procéder*), going on

procédé, m.n., process

procéder, intr.v., to go on with, to undertake

procès, m.n., lawsuit; — *verbal*, m.n., official report

prochain (-*e*, f.), adv., approaching, next

prochainement, adv., before long

proclamer, tr.v., to denounce as

procurer, tr.v., to procure

prodigieux (-*se*, f.), adj., prodigious, wonderful

prodiguer, tr.v., to lavish

produire (-*sant*, -*t*, -*uis*, -*uisis*), to produce, to bring about

produit (p.part of *produire*), produced

professeur, m.n., professor

profession, f.n., profession

profit, m.n., advantage

profiter, intr.v., to benefit, to take advantage of

profond, adj., deep, sound

programme, m.n., programme

progrès, m.n., progress, improvement

proie, f.n., prey

projet, m.n., project, intention, plan, scheme

projeter, tr.v., to cast *or* to throw forward

prolongé, protracted, long

prolonger, tr.v., to protract

prolonger (*se*), ref.v., to last, to protract itself

promenade, f.n., walk

promener, tr.v., to carry, to rub, to put

promener (*se*), ref.v., to walk about, to take a walk, to wander about

promettre (*-mettant, -mis, -mets, -mis*), tr.v., to promise

promettre (*se*), ref.v., to take a resolution, to make up one's mind, to promise oneself, to intend

promis (p.part. of *promettre*), promised, announced

promotion, f.n., promotion

prononcé, pronounced

prononcer, tr.v., to utter, to pronounce

proportion, f.n., proportion

propos, m.n., words, talk

proposer (*se*), ref.v., to intend

propre, adj., own

propriétaire, m,n., landlord, land-owner, owner, proprietor

propriété, f.n., faculty

prosterné, prostrate

protecteur (*-trice*, f.), m.n., protector

protection, f.n., protection

protéger, tr.v., to protect

protester, intr.v., to protest, to assert

protestation, f.n., profession, assurance (of friendship, good feeling)

prouesse, f.n., valour, exploit

prouver, tr.v., to prove

provenir (*-venant, -venu, -viens, -vins*), intr.v., to come from

Providence, f.n., Providence

province, f.n., province

provision, f.n., provision

provisoirement, adv., temporarily

provocation, f.n. challenge

provoquer, tr.v., to bring on, to raise, to give rise to

prudemment, adv., prudently

prudent, adj., prudent, wise

Prusse, f.n., Prussia

Prussien (*-ne*, f.), adj., Prussian

pu (p.part. of *pouvoir*), been able; *aurait —*, might have

public, m.n., public

ublic (*-ique*, f.), adj., public

publication, f.n., publishing, publication

publicité, f.n., publicity

publier, tr.v., to publish

puce, f.n., flea, (of colour) puce-coloured, *i.e.* dark brown *or* purple coloured

pudeur, f.n., modesty

puis, adv., then, also

puisque, conj., since

puissance, f.n., power, high personage

puissant, adj., powerful

puisse (subj. pres. of *pouvoir*), may

puits, m.n., well

punaise, f.n., bug

punir, tr.v., to chastise

pupille, f.n., ward

pupitre, m.n., desk

pur, adj., pure, merely, clear

purger, tr.v., to relieve.

Q

qualité, f.n., capacity, profession, quality

quand, adv., when

quant à, prep., as to, as for

quantité, f.n., quantity

quarante, adj., forty

quart, adj., quarter

quartier, m.n., quarter, district; *— général*, headquarters

quasi, adj., almost, somewhat

quatorze, adj., fourteen

quatre, adj., four

quatre-vingt, adj., eighty

quatrième, adj., fourth

quatrième, m.n., fourth floor

que, rel.pron., which, whom, that; interrog., what?

que, conj., that, than, because, if, how; *ne —*, only, but; *— de*, how many, what great; *—* (for *afin que*), so that I may; *—'est-ce que*, what? *—'est-ce que c'est*, what is it? *—'est-ce que ça me fait*, what does it matter to me? *— importe*, what does it matter?

quel (*-le*), adj., which, what a
quelque, adj., some, a few ; — *chose*, something
quelquefois, adv., sometimes
quelques uns (plur. of *quelqu'un*), a few
quelqu'un (*-e*, f.), pron., some one
querelle, f.n., quarrel
quereller (*se*), ref.v., to quarrel
question, f.n., question
queue, f.n., handle
qui, rel.pron., who, which
quiconque, indef.pron., whoever
quinze, adj., fifteen
quinzième, adj., fifteenth
quittance, f.n., receipt
quitter, tr.v., to leave, to leave off
quitter (*se*), ref. v., to part
quoi, pron., which, what, that ; *il n'y a pas de —*, don't mention it
quoique, conj., though, although
quotidien (*-ne*, f.), daily.

R

rabougri, adj., stunted
race, f.n., race, species, family, lineage
racheter, tr.v., to redeem
racine, f.n., root
raconter, tr.v., to tell, to relate, to inform, to report
radieux (*-se*, f.), radiant
rage, f.n., anger
raide, adj., stiff
raideur, f.n., stiffness
railler, tr.v., to laugh at
raillerie, f.n., raillery, sarcasm
raison, f.n., reason, motive, argument ; *avoir —*, to be right ; *avec —*, rightly
raisonnable, adj., reasonable
raisonnablement, adv., reasonably
raisonnement, m.n. reasoning, arguing, argument
ralentir, tr.v., to slacken
rallumer, tr.v., to light up again
ramasser, tr.v., to pick up, to pack up
rameau, m.n., bough, branch

ramener, tr.v., to bring round, to take back
rancune, f.n., ill-will, spite
rang, m.n., post, rank
ranger, tr.v., to rank, to range
ranimer, tr.v., to revive, to bring back to life
rapide, adj., swift, quick
rappeler, tr.v., to remind, to call or bring back
rappeler (*se*), ref.v., to remember
rapport, m.n., relation, connection, report
rapporter, tr.v., to bring back
rapproché, bridged over, lessened
rapprocher, tr.v., to bring nearer or together
rapprocher (*se*), ref.v., to get near
rare, adj., unusual, great, rare, scarce, uncommon
raréfié, rarefied
rasade, f.n., bumper
rasé, adj., shaved
rasoir, m.n., razor
rassasier, tr.v., to satiate
rassemblé, called together
rassembler, tr.v., to collect together, to gather
rasseoir (*se*), ref.v. (*-seyant*, *-sis*, *-sieds*, *-sis*), to sit down again
rassurant, adj., encouraging
rassuré, adj. (and p.part of *rassurer*), free from fear
rassurer, tr.v., to tranquillise, to reassure, to quiet
rassurer (*se*), ref.v., to take heart again, to cease to be uneasy
rateau, m.n., rake
rater, intr.v., to miss fire
rattacher, tr.v., to connect
ravi, adj., delighted
ravir, tr.v., to deprive, to take away, to delight
rayé (of guns), rifled
rayon, m.n., shelf, ray
rayonnant, adj., radiant
rebondir, intr.v., to rebound
rebuté, adj. (and p.part. of *rebuter*) rejected
récépissé, m.n., receipt
réception, f.n., reception

recette, f.n., recipe

recevoir (*-cevant, -çu, -çois, -çus*), tr.v., to receive .

réchaud, m.n., hot-water dish

recherche, f.n., research, search, inquiry ; *à la* —, in search

rechercher, tr.v., to seek after, to look for, to inquire into

réciprocité, f.n., reciprocity

réciproque, adj., reciprocal

récit, m.n., narrative, relation, story

réciter, tr.v., to recite, to repeat

réclamation, f.n., demand, complaint

réclamer, tr.v., to ask, to claim, to demand

récolte, f.n., collecting

récolté, adj., reaped

recommandation, f.n., introduction

recommander, tr.v., to recommend, to atone

recommander (*se*), ref.v., to commend itself

recommencer, tr.v., to begin again. to be renewed, to renew

récompense, f.n., reward

réconcilier, tr.v., to reconcile

réconcilier (*se*), ref.v., to get *or* to feel reconciled

reconduire (*-isant, -it, -is, -isis*), tr.v., to accompany back, to take back

reconnaissable, adj., recognisable

reconnaissance, f.n., gratitude

reconnaître (*-naissant, -nu, -nais, -nus*), tr.v., to recognise, to acknowledge, to confess

reconnu (p.part. of *reconnaître*), recognised

recourbé, adj., bent round *or* back, curved in

recouvré, adj., recovered

recouvrir (*-vrant, -vert, -vre, -vris*), tr.v., to recover, to get back to

récrier (*se*), ref.v., to protest, to be astonished

reçu (p.part. of *recevoir*), received, accepted

recueilli, received

recueillir (*-cueillant, -cueilli, -cueille, -cueillis*), tr.v., to call together, to gather, to pack up, to collect together

recueillir (*se*), ref.v., to collect one's thoughts

reculer, intr.v., to flinch, to draw back

reculer (*se*), ref.v., to draw back

récupérer, tr.v., to recover, to receive back

redescendre (*-dant, -du, -ds, -dis*), tr. and intr.v., to go down again

redevenu (p.part. of *redevenir*), become again

rédigé, drawn up

rédiger, tr.v., to write, to draw up

redingote, f.n., frock-coat

redire, tr.v., to repeat

redoublement, m.n., paroxysm

redoubler, tr.v., to increase, to redouble

redoutable, adj., dreadful

redoute, f.n., redoubt

redouté, redoubted, feared

redresser, tr.v., to raise, to straighten

reduire (*-uisant, -uit, -uis, -uisis*), tr.v., to lessen, to reduce

réel (*-le,* f.), adj., real

réellement, adv., really

refaire (*-aisant, -ait, -ais, -is*), tr.v., to renew, to do again

refaire (*se*), ref.v., to reconstitute

refermer, tr.v., to shut, to close up again

réflecteur, m.n.. reflector

réflection, f.n., reflection

refléter, tr.v., to reflect

réformer, tr.v., to correct, to change

réfrigérant, adj., refrigerant

refuge, m.n., refuge

réfugié, m.n., refugee

refus, m.n., refusal

refuser, tr.v., to refuse

refuser (*se*), ref.v., to refuse, to find it impossible

regagner, tr.v., to win back, to go back to

régal, m.n., treat

régaler, tr.v., to treat

regard, m.n., look, attention

regarder, tr.v., to look at, to see, to stare

régent, m.n., regent

régiment, m.n., regiment

région, f.n., region

registre, m.n., register

réglé, regulated, settled, fixed

règlement, m.n., regulation

régler, tr.v., to regulate

règne, m.n., reign

régner, intr.v., to exist, to reign

regret, m.n., regret

regretter, tr.v., to regret

régularité, f.n., regularity

régulier (*-ère*, f.), adj., regular

régulièrement, adv., regularly

reine, f.n., queen

rejeté, rejected

rejeter, tr.v., to throw off *or* aside, to reject, to throw again, to refuse, to repulse

rejeton, m.n., offspring

rejoindre (*-oignant*, *-oint*, *-oins*, *-oignis*), tr. and intr.v., to join again

rejoint (p.part. of *rejoindre*), caught up

réjouir, tr.v., to rejoice

réjouir (*se*), ref.v., to take delight in, to rejoice, to be delighted

réjouissance, f.n., rejoicing

relation, f.n., relation

relever, tr.v., to twirl up

relever (*se*), ref.v., to get up, to raise, to draw oneself up

relié, connected

religieuse, f.n., nun ·

religieux (*-se*), adj., religious

remarier (*se*), to marry again

remarquable, adj., remarkable

remarquer, tr.v., to notice

rembourser, tr.v., to pay back

remède, m.n., cure

remercié, thanked

remerciement, m.n., thanks

remercier, tr.v., to thank

remettre (*-mettant*, *-mis*, *-mets*, *-mis*), tr.v., to put again, to set again, to give, to hand, to send back

remettre (*se*), ref.v., to recover;

with *à*, to resume, to begin again, to recover

remis (p.part. of *remettre*), recovered, handed, set again

remise, f.n., exchange

remonter, tr.v., to wind up again, to go back, to remount, to go *or* to date back, to re-enter, to come up again, to reascend

remontrer, tr.v., to remind, to represent

rempart, m.n., rampart

remplacer, tr.v., to take the place of, to replace

rempli, adj., filled, full of, fulfilled

remplir, tr.v., to fill, to fulfil

remuant, adj., lively

remuer, tr.v., to move

remuer (*se*), ref.v., to make haste

renaître, (*-aissant*, *-é*, *-nais*, *-naquis*), intr.v., to come back to life, to return

rencontre, f.n., meeting, adventure

rencontrer, tr.v., to meet, to come across, to meet with, to find

rendormir (*se*), ref.v., to fall asleep again

rendre (*-dant*, *-du*, *-ds*, *-dis*), tr.v., to give back, to return, to produce, to make, to render, to restore; — *compte*, to account for

rendre (*se*), ref.v., to go, to make oneself

rendu (p.part. of *rendre*), rendered, surrendered, restored, brought back

renfermer, tr.v., to contain

refermer (*se*), ref.v., to confine oneself

renflé, adj., swelling out

renoncer, intr.v., to give up, to forsake, to abandon

renouveler, tr.v., to renew

renouveler (*se*), ref.v., to renew oneself, to occur again

renseignement, m.n., particulars, details, information

rente, f.n., income

rentrant, adj., bent in; *en —*, on his return

rentré, returned

rentrée, f.n., return

rentrer, tr. and intr.v., to return, to be set again, to enter, to come in, to come *or* go back

renversé, thrown down

renverser, tr.v., to knock down

renvoyer, tr.v., to send back *or* away

répandre, tr.v., to endow, to shed, to spread

répandre (*se*), ref.v., to spread itself, to burst out, to reach, to be poured

répandu (p.part. of *répandre*), common

reparaître (*-aissant*, *-u*, *-ais*, *-us*), intr.v., to reappear

réparer, tr.v., to repair, to make amends for, to redeem

reparler, intr.v., to speak again

repartir (*-tant*, *-ti*, *-s*, *-is*), to start

répartir (*-tissant*, *-ti*, *-tis*, *-tis*), to spread over

repas, m.n., repast, meal

repasser, tr.v., to iron, to recross, to turn over

repêcher, tr.v., to take out

répercuté, reverberated

répété, repeated

répliquer, tr.v., to reply

replis, m.n.plur., recesses

replonger (*se*), ref.v., to bury oneself again

répondre (*-dant*, *-du*, *-ds*, *-dis*), tr.v., to reply, to respond ; — *de*, to guarantee ; — *à*, to fulfil

réponse, f.n., answer, reply

reporteur, m.n., reporter

repos, m.n., rest ; *en* —, alone

reposer, tr.v., to rest, to lie

repoussé, adj., embossed

repousser, tr.v., to push back

reprendre (*-enant*, *-is*, *-ds*, *-is*), tr.v., to resume, to take up *or* in again, to seize, to regain, to go on, to help oneself again, to take back, to reply

représailles, f.n.plur., reprisals

représentation, f.n., performance

représenté, represented, shown

représenter, tr.v., to look, to represent

repris (p.part. of *reprendre*), seized, resumed, recovered, taken back

reproche, m.n., reproach

reproduire (*-uisant*, *-uit*, *-uis*, *-uisis*), tr.v., to reproduce

reproduire (*se*), ref.v., to reproduce oneself

réprouver, tr.v., to disapprove

répugnance, f.n., reluctance

réputation, f.n., reputation, renown

réserve, f.n., reserve

réserver, tr.v., to reserve, to set apart, to keep *or* to be in store

résistance, f.n., resistance

résolu, adj., resolute, bent upon, firm

résolu (p.part. of *résoudre*), resolved, decided

résolûment, adv., resolutely

résolution, f.n., resolution

résonner, intr.v., to resound

respect, m.n., respect

respectable, adj., respectable

respecter, tr.v., to respect, to spare

respectueux (*-se*, f.), respectful

respiration, f.n., breath

respirer, intr.v., to breathe

responsabilité, f.n., responsibility

ressemblance, f.n., resemblance, likeness

ressemblant (pres.part. of *ressembler*), resembling

ressembler, intr.v., to resemble, to look like

ressembler (*se*), ref.v., to resemble each other

ressort, m.n., spring

ressusciter, tr.v., to revive, to call *or* to come back to life, to resuscitate

restaurant, m.n., restaurant

restauration, f.n., restoration

restant, m.n., remainder, rest

reste, m.n., rest, remainder ; *du* —, beside

rester, intr.v., to remain, to stay, to be left, to put up *restituer*, tr.v., to restore, to put back

restriction, f.n., restriction

résultat, m.n., result

résulter, intr.v., to appear, to result

résumé, m.n., summing up; *en* —, to sum up

résumer, tr.v., to sum up

résurrection, f.n., resurrection

résurrectionniste, adj., resurrectionist

rétablir, tr.v., to set up again, to bring back

rétablir (*se*), ref.v., to be re-established

retard, m.n., delay

retarder, tr.v., to delay

retenir (-*tenant*, -*tenu*, -*tiens*, -*tins*), tr.v., to keep back, to hold back, to engage

retenti, (p.part. of *retentir*), resounded

retentir, intr.v., to resound

retiré, retired

retirer (*se*), ref.v., to retire, to take out

retomber, intr.v., to fall back

retour, m.n., return

retourner, intr.v., to go *or* to come back, to turn round

retourner (*se*), ref.v., to turn about again, to turn round

retracer, tr.v., to relate

rétracter, tr. v., to retract

retraite, f.n., retreat; *de* —, retiring

retrouver, tr.v., to find again *or* back

retrouver (*se*), ref.v., to be oneself again

réuni, assembled

réunion, f.n., meeting

réunir, tr.v., to unite, to call together

réunir (*se*), ref.v., to unite with, to join, to agree

réussir, intr.v., to succeed

rêve, m.n., dream

réveil, m.n., waking

réveillé, roused

réveiller, tr.v., to awake

révéler, tr.v., to reveal

revenant, m.n., ghost, apparition, resuscitated man

revenir (-*venant*, -*venu*, -*viens*, -*vins*), intr.v., to come back *or* again, to return

revenu, m.n., rent, revenue, income

revenu, (p.part. of *revenir*), resumed (with *à*)

rêver, intr.v., to dream, to expect

réverbère, m.n., street lamp

révérer, tr.v., to hold in veneration

rêverie, f.n., dream

revêtir (-*vêtant*, -*vêtu*, -*vêts*, -*vêtis*), tr.v., to put on

rêveur (-*se*, f.), m.n., dreamer

revivification, f.n., revivification, *i.e.* revival or the fact of calling back to life

reviviscence, f.n., reviviscency, *i.e.* renewal of life *or* existence

reviviscent, adj., reviviscent

revivre (-*vant*, -*vécu*, -*vis*, -*vécus*), intr.v., to revive

revoir, (-*voyant*, -*vu*, -*vois*, -*vis*), tr.v., to see *or* to look again

revolver, m.n., revolver

revue, f.n., review

rez-de-chaussée, m.n., ground-floor

rhétorique, f.n., rhetoric

riant, adj., pleasant, cheerful

richard, m.n., rich people

riche, adj., wealthy, rich

richesse, f.n., riches, wealth

richissime, adj., extremely wealthy *or* rich

rideau, m.n., curtain

rider (*se*), ref.v., to get wrinkled

ridicule, m.n., ridicule

ridicule, adj., ridiculous, silly

rien, (fr. Lat. *rem*), m.n., something, anything, trifle; *ne* —, nothing

rigoureux, (*se*, f.), rigorous, severe

riposte, f.n., thrust and parry (in fencing)

riposter, intr.v., to reply, to retort

rire, m.n., laughter

rire, intr.v., to laugh

risque, m.n., risk

risquer, tr.v., to run the risk

rival, adj., rival

rive, f.n., coast, bank, shore

rivière, f.n., river

robe, f.n., dress, gown ; — *de chambre*, dressing-gown

robinet, m.n., tap

robuste, adj., sturdy

roc, m.n., rock

roche, f.n., rock

rogue, adj., arrogant, haughty

rogner, tr.v., to curtail, to cut a part off

roi, m.n., king

roide, adj., stiff

roidir, tr.v., to stiffen

rôle, m.n., part

roman, m.n., romance, novel, story

romanesque, adj., romantic

rompre, (-*pant*, -*pu*, -*ps*, -*pis*), tr.v., to break, to draw back (in fencing)

rompre (se), ref.v., to break

rond, adj., round, round-shaped, important, open-hearted

rondelet, (-*te*, f.), adj., plump, stoutish

rondeur, f.n., plainness

ronflement, m.n., snoring, snore

ronfler, intr.v., to snore

ronfleur (-*se*, f.), m.n., snorer

ronger, tr.v., to champ (the bit; of a horse)

rose, f.n., rose ; *à la* —, rose-flavoured ; *en* —, rose-coloured, *i.e.*, the bright side of everything

rossé, thrashed

rôti, m.n., roast meat, joint

rotifère, m.n., rotifer, *i.e.* a microscopic or infusorial animal

rouage, m.n., wheel

rouge, adj., red

rougeâtre, adj., reddish

rougeur, f.n., redness

rougir, intr.v., to blush

roulant, (pres.part. of *rouler*), rolling

rouler, tr.v., to roll, to drive

roussi, adj., browned

route, f.n., road ; *en* —, go on ! all right ! on the way

routine, f.n., routine

rouvrir (-*vrant*, -*vert*, -*vre*, -*vris*), tr.v., to open again

royal, adj., royal

royaume, m.n., kingdom

ruban, m.n., ribbon

rubicond, adj., rubicund

rudoyer, tr.v., to use *or* treat roughly

rue, f.n., street

ruelle, f.n., bed-side, *i.e.* space left between a bed and the wall

ruelle (dimin. of *rue*), small street, alley

rugir, intr.v., to roar

ruiner, tr.v., to ruin

ruisseau, m.n., brook

ruisseler, intr.v., to flow abundantly, to drip, to trickle down

russe, adj., Russian ; *à la* —, in a Russian fashion

rustaud, adj., rustic, boor.

S

S.A.R., for *Son Altesse Royale*, His Royal Highness

S.E., for *Son Excellence*, His Excellency

S.M., for *Sa Majesté*, His Majesty

sablonneux (-*se*, f.), sandy

sabre, m.n., sword

sabré, sabred

sac, m.n., sack ; — *de nuit*, bag

sacré, sacred

sacrifice, m.n., sacrifice

sacrifier, tr.v., to sacrifice

sage, adj., wise, good

sagesse, f.n., wisdom

saigner, tr.v., to bleed

sain, adj., sound, perfect, healthy

saint, adj., holy, Saint

saisi, caught

saisir, tr.v., to catch, to get hold, to seize, to grasp

saison, f.n., season

sale, adj., dirty

saler, tr.v., to salt

salle, f.n., room, hall ; — *à manger*, dining-room

salon, m.n., drawing-room
saluer, tr.v., to bow, to salute, to greet, to hail
salut, m.n., salvation, greeting, welcome
salve, f.n., round
sang, m.n., blood
sangloter, intr.v., to sob
sans, prep., without
santé, f.n., health
satin, m.n., satin
satisfaction, f.n., satisfaction
satisfaire (*-faisant*, *-fait*, *-fais*, *-fis*),tr.v., to satisfy, to please
satisfait (p.part of *satisfaire*), satisfied
saturé, adj., saturated
sauce, f.n., sauce
saucisse, f.n., sausage
sauf, prep., excepting
saumon, m.n., salmon
saurait (condit. of *savoir*), could
sauter, tr.v., to pass over, to jump, to leap, to alight, to bound; — *dans*, to put on
sauvage, adj. and m.n., savage
sauver, tr.v., to save, to secure
sauver (*se*), ref.v., to run away
savant, m.n., learned man
savant, adj., learned
saveur, f.n., taste, flavour
savoir (*sachant*, *su*, *sais*, *sus*), tr. v., to know, to remember, to find out, to inquire
savoyard, m.n., Savoyard, *i.e.* born in Savoy
scandale, m.n., scandal
scandaleux (*-se*,f.),adj., scandalous, ridiculous
scandalisé, adj., scandalised, shocked
scandaliser, tr.v., to give offence to, to scandalise, to shock
scélérat, m.n., rascal, wretch
sceller, tr.v., to affix
scène, f.n., scene, stage
sceptique, adj., sceptical
schnick, m.n., schnick, *i.e.* a kind of inferior brandy
scie, f.n., saw
science, f.n., science

scientifique, adj., scientific
scrupule, m.n., scruple
séance, f.n., sitting; — *tenante*, forthwith
sec (*sèche*, f.), adj., dry, lean, skinny short
séché, adj., dried
sèchement, adv., drily
sécher, tr.v., to desiccate, to dry up
second, m.n., second-floor, second (in a duel). See *témoin*
second (*-e*, f.), adj., second
secouer, tr.v., to shake off, to shake
secourir (*-rant*, *-ru*, *-s*, *-rus*), tr.v., to come to the help
secours, m.n., assistance, help
secousse, f.n., shock, jolt
secret, m.n., secret
secret (*-ète*, f.), adj., secret
secrétaire, m.n., writing-desk
séduire, tr.v., to tempt
seigneur, m.n., lord
sein, m.n., bosom; *fig.* middle
seize, adj., sixteen
séjour, m.n., stay
séjourner, intr.v., to remain
sel, m.n., salt; in the plur., smelling salts
semaine, f.n., week
semblable, adj., alike, similar, like, such a
sembler, intr.v., to seem
semelle, f.n., step
semer, tr.v., to sow, to spread, to scatter
sénateur, m.n., senator
sens, m.n., position, part, sense, direction
sensation, f.n., sensation
sensibilité, f.n., sensibility, kindness, sensitiveness
senti, felt
sentiment, m.n., feeling, opinion, sentiment, notion
sentinelle, f.n., sentry
sentir (*-tant*, *-ti*, *-s*, *-tis*), tr.v., to feel, to understand
sentir (*se*), ref.v., to feel oneself, to be, to smell
séparation, f.n., separation
séparément, adv., separately

séparer, tr.v., to divide, to separate
séparer (se), ref.v., to take leave of each other
sept, adj., seven
septembre, m.n., September
sépulture, f.n., burial
serein (-e, f.), adj., placid
sérénité, f.n., serenity, calmness
sergent, m.n., sergeant; — *de ville*, policeman
séreux (-se, f.), serous
série, f.n., series, succession
sérieusement, adv., seriously
sérieux (-se, f.), adj., serious, grave
serment, m.n., promise, vow, oath
sermonner, tr.v., to lecture
serré, adj., pressed hard, closed, tightened
serrer, tr.v., to put in, to put away, to press, to clutch, to squeeze; — *la main*, to shake hands
sérum, m.n., serum, *i.e.* the thin, transparent part of the blood
servante, f.n., servant, maid-servant
servi, served, laid up
service, m.n., service, work, disposal
serviette, f.n., napkin
servir (-vant, -vi, -s, -vis), tr.v., to serve, to act as, to be used for; — *de*, to stand
servir (se), ref.v., to make use, to use
seuil, m.n., threshold, beginning
seul (-e, f.), single, alone, only, mere
seulement, adv., only
sévère, adj., stern, stiff
sexe, m.n., sex
si, conj., if, so, whether; yes
siècle, m.n., century
siège, m.n., seat, chair, siege
sien (-ne, f.), pos.pron. his, her, its, his *or* her own
siffler, tr.v., to whistle, to hiss
signal, m.n., signal
signaler, tr.v., to point out
signature, f.n., signature, signing
signe, m.n., sign
signer, tr.v., to sign

signifier, intr.v., to mean
silence, m.n., silence
silencieusement, adv., silently
silencieux (-se, f.), silent
simarre, m.n., simare, *i.e.* long robe *or* gown
simple, adj., mere, simple, straightforward, sincere, artless; private (of a soldier)
simplicité, f.n., simplicity
sincère, adj., sincere
sincèrement, adv., sincerely
singe, m.n., monkey
singularité, f.n., singularity
singulier (-ère, f.), strange, peculiar, singular
singulièrement, adv., particularly, completely, strangely
sinistre, adj., sinister
sinon, conj., except, if not
Sire, m.n., Sire
situation, f.n., situation, condition
six, adj., six
sixième, adj., sixth
sobriété, f.n., temperance
société, f.n., society
sœur, f.n., sister
soie, f.n., silk
soif, f.n., thirst
soigné, adj., taken care of
soigneusement, adv., carefully
soi-même, pron., oneself
soin, m.n., care
soir, m.n., evening
soirée, f.n., evening; *dans la —*, in the course of the evening
soit, adv. exclam., all right
soit, conj., that is, *id est*; — ... —, either ... or
soixantaine, f.n., about sixty
soixante, adj., sixty
sol, m.n., ground, soil
soldat, m.n., soldier
solde, m.n., settlement
solde, f.n., pay, pension
soleil, m.n., sun
solennel (-le, f.), pompous, solemn
solide, adj., strong, real, weighty, steadfast (in friendship), massive, strongly built, solid, hale, hearty

solidement, adv., strongly, soundly
solitude, f.n., solitude
solution, f.n., solution
sommairement, adv., summarily, lightly
somme, m.n., sleep
somme, f.n., sum, amount ; — *toute,* in short
sommeil, m.n., sleep
son, m.n., sound
son (f., *sa,* plur., *ses*), poss.adj., his, her, its
songe, m.n., dream
songer, intr.v., to think of
sonner, tr.v., to strike, to ring
sorbet, m.n., sherbet
sorcelleric, f.n., sorcery, witchcraft
sorcier (*-ère,* f.), m.n., sorcerer
sort, m.n., fate
sorte, f.n., kind ; *de la* —, in that way
sortir (*-tant, -ti, -s, -tis*), intr.v., to go out, to come from, to leave, to come out ; *au — de,* at the (*or* in) coming out, out of
sot (*-te,* f.), silly, stupid, fool
sottise, f.n., blunder
sou, m.n., a half-penny, sou
souci, m.n., care
soudain, adv., suddenly
souffler, tr.v., to blow, to blow out
soufflet, m.n., slap (on the face)
souffrant, adj., unwell
souffrir (*-ffrant, -ffert, -ffre, -ffris*), tr.v., to suffer, to allow
souhaiter, tr.v., to wish
souiller, tr.v., to soil
soulever, tr.v., to raise, to give rise to
soulier, m.n., shoe, boot
soumettre (*-mettant, -mis, -mets, -mis*), tr.v., to submit
soumettre (*se*), ref.v., to yield
soumission, f.n., submission, obedience
soumis (p.part of *soumettre*), subjected, subdued
soupçon, m.n., suspicion
soupe, f.n., soup

souper, m.n., supper
souper, intr.v., to have one's supper
soupir, m.n., sigh
soupirer, intr.v., to sigh
souple, adj., supple, flexible, pliant, soft
souplesse, f.n., suppleness, pliancy, elasticity
sourciller, intr.v., to wince
sourd, adj., deaf, dull
souriant, adj., smiling
sourire, m.n., smile
sourire, intr.v., to smile, to countenance
sous, prep., under
sous-intendant, m.n., under-commissary
sous-officier, m.n., non-commissioned officer
sous-préfecture, f.n., sub-prefecture
sous-préfet, m.n., sub-prefect
soustraire (*-trayant, -trait, -trais* ; no past def.), tr.v., to subtract, to preserve from, to protect against, to save
soutraire (*se*), ref.v., to get away from
soutenir (*-tenant, -tenu, -tiens, -tins*), tr.v., to hold up, to maintain, to support
soutien, m.n., comforter
soutirer, tr.v., to take out
souvenir, m.n., souvenir, remembrance, thought, image
souvenir (*se*), ref.v. (*-venant, -venu, -viens, -vins*), to remember
souvent, adv., often
souverain, m.n., monarch, sovereign
souverain, adj., excellent, efficacious
soyeux (*-se,* f.), silky
spécial, adj., special
spectacle, m.n., sight, spectacle
spectateur, m.n., looker-on
spectre, m.n., ghost, apparition
spéculation, f.n., speculation
sphère, f.n., sphere
spirituel (*-le,* f.), witty
splendeur f.n., splendour

spontané, adj., spontaneous

spontanément, adv., by oneself, spontaneously

stalactite, f.n., stalactite, *i.e.* a pendant cylinder of carbonate of lime, attached to the roof of a cavern

stable, adj., stable, firm

station, f.n., station

statue, f.n., statue

stimulant, adj., stimulant, producing stimulation

stimuler, tr.v., to excite

stipuler, tr.v., to stipulate, to mention

strié, adj., streaked

structure, f.n., structure

stupéfaction, f.n., astonishment, amazement, stupefaction

stupide, adj., stupid

style, m.n., style

su (p.part. of *savoir*), known

subir, tr.v., to undergo, to be subjected to, to bear

subit, adj., sudden

subitement, adv., suddenly

subordonner, tr.v., to make subordinate

substance, f.n., substance

substituer, to substitute

substitut, m.n., deputy-judge

subversif (*-ve*, f.), subversive

succéder, intr.v., to succeed

succéder (*se*), ref.v., to succeed each other

succès, m.n., success

successeur, m.n., successor

succession, f.n., inheritance, estate, succession

successivement, adj., successively

succomber, intr.v., to die, to get the worst of it

sucer, tr.v., to suck

sucré, adj., sugared, sweet

sud-est, m.n., south-east

sueur, f.n., heat, sweat, perspiration

suffire, intr.v., to be sufficient, to suffice

suffisance, f.n., sufficiency; *en —*, in sufficient number

suffisant, adj., sufficient, to be up to

suicide, m.n., suicide

suicider (*se*), ref.v., to commit suicide

suite, f.n., sequel, rest, end; *de —*, consecutively; *à là —*, afterwards; *à la — de*, in consequence of

suivant, prep., according to

suivant, adj., following, next

suivi (p.part. of *suivre*), followed

suivre (*-vant, -vi, -s, -vis*), tr.v., to follow, to attend

sujet, m.n., subject, fellow, individual; in surgery, the man to be operated on

sulfurique, adj., sulphuric

superbe, adj., wonderful, haughty, lofty, splendid

superflu, adj., useless

supérieur (*-e*, f.), adj., superior, senior

superstition, f.n., superstition

suppléant, m.n., substitute

supplice, m.n., execution, torment, anguish

supplier, tr.v., to beseech

supportable, adj., endurable, bearable

supporter, tr.v., to undergo

supposé, prep., supposing

supposer, tr.v., to suppose

supprimer, tr.v., to suppress

suprême, adj., last, extreme

sur, prep., on, about, at, upon, out of

sûr (*-e*, f.), adj., certain, sure; *pour —*, certainly

surabonder, intr.v., to be plentiful (of names), to be common

suranné, adj., old-fashioned

sûreté, f.n., security, safe place

surface, f.n., surface

surgir, intr.v., to arise

surmonter, tr.v., to overcome

surpris (p.part. of *surprendre*), surprised

surprise, f.n., surprise

sursaut, m.n., start; *en —*, with a start, suddenly

surtout, adv., especially, above all

surveiller, tr.v., to watch

survenir (*-venant, -venu, -viens, -vins*), intr.v., to come on, to supervene

survenu (p.part. of *survenir*), occurred

survivre (*-vivant,-vécu,-vis,-vécus*), intr.v., to survive

susceptible, adj., capable, touchy

suspendre (*-dant, -du, -ds, -dis*), tr.v., to suspend

suspendre (*se*) *à*, ref.v., to hang

suspendu, adj., hanging

svelte, adj., slim, slender

syllabe, f.n., syllable

symbole, m.n., emblem

sympathie, f.n., sympathy

sympathique, adj., sympathetic

symptôme, m.n., symptom

synonyme, adj., synonymous

Syrie, f.n., Syria

système, m.n., system, set.

T

ta (fem. of *ton*; plur., *tes*), pos. adj., thy, your

tabac (the final *c* is not sounded), m.n., tobacco

table, f.n., table

tableau, m.n., picture

tablette, f.n., tablet

tâcher, intr.v., to try

taillader, tr.v., to gash, to slash

taille, f.n., waist, size, stature

tailler, tr.v., to cut

tailleur, m.n., tailor

taire (*se*), ref.v. (*taisant, tu, tais, tus*), to keep silent *or* quiet, to hold one's tongue

tais-toi (imper. of *se taire*), keep quiet, hold your tongue

talent, m.n., talent, capacity

talisman, m.n., talisman

tambour, m.n., drum, drummer; — *major*, drum-major

tandis que, conj., while, whilst

tant adv., so much, so many; — *pis*, so much the worse;

—...*que*,both... and; — *mieux*, so much the better; — *que*, as long as, as much

tante, f.n., aunt

tantôt, adv., soon, nearly

tapage, m.n., noise

tape, f.n., pat, slap

taper, tr.v., to strike gently, to stroke

tard, adv., late, later on

tardé, delayed

tarder, intr.v., to be long, to delay, to long; — *longtemps*, to be long

tardigrade, adj., tardigrade, *i.e.* slow-paced

tarte, f.n., tart

tasse, f.n., cup

te, pers.pron., thee, you

teint, m.n., complexion

teinte, f.n., tint

tel (*-le*, f.), adj., such

télégraphique, adj., telegraphic

tellement, adv., so much, so

témoignage, m.n., testimony

témoigner, tr. and intr.v., to express, to show, to prove

témoin, m.n., witness; second (in a duel)

tempérament, m.n., character, temper, order

température, f.n., temperature

tempérer, tr.v., to moderate, to calm

tempête, f.n., tempest

temple, m.n., temple

temps, m.n., time; *à* or *en* —, in time; *dans les* —, formerly, in times gone by

tendre, adj., tender, early, affectionate, sweet

tendre (*-dant, -du, -ds, -dis*), tr.v., to stretch, to hold out, to present, to pass

tendrement, adv., tenderly

tendresse, f.n., fondness, love, affection, emotion, kind attention

tendu (p.part. of *tendre*), stretched, given

ténèbres, f.n. (always used in the plur.), darkness

ténébreux (*-se*, f.), dark, gloomy, underhand
tenir (*tenant, tenu, tiens, tins*), to keep, to hold good, to take, to occupy, to address
tenir (*se*), ref.v., to keep
tension, f.n., elasticity
tentation, f.n., temptation
tentures, f.n.pl., hangings
tente, f.n., tent
tenté, tempted
tenu (p.part. of *tenir*), held
terme, m.n., end, quarter
terminé, finished, ending
terminer, tr.v., to end; *se —*, to end
terrain, m.n., ground, soil
terrasser, tr.v., to knock down *or* to the ground
terre, f.n., earth, ground, world, soil, land, dust; *par —*, down; *à —*, on the floor
terreur, f.n., terror
terrible, adj., awful, dreadful, frightful, dangerous
terriblement, adv., dreadfully, frightfully
terrifier, tr.v., to terrify
testament, m.n., will
testamentaire, adj., testamentary
tête, f.n., head, countenance; *en — à —*, together with, in private; *en —*, in front, at their head
teutonique, adj., Teutonic, *i.e.* pertaining to the Teutons, an ancient people of Germany
texte, m.n., text
thaler, m.n., thaler, *i.e.* a German coin
thé, m.n., tea
théâtral, adj., theatrical
théâtre, m.n., theatre
théorie, f.n., theory
tiède, adj., tepid
tiens (imper. of *tenir*), exclam., hullo! look here *or* out, here you are, of course
tiers (*tierce*, f.), adj., third
tigre (*-gresse*, f.), m.n., tiger
tilleul, m.n., lime (*or* linden) tree
timbre, m.n., tone, post-mark
tirade, tirade, *i.e.* long speech

tirer, tr.v., to draw, to draw out, to take out, to awake, to pull, to get out, to fire
tiroir, m.n., drawer
tissu, m.n., texture, tissue
titre, m.n., title
toast, m.n., toast
toge, f.n., gown
toi, pers.pron., thee, you; *—même*, thyself
toilette, f.n., dress, dressing; *à sa —*, dressing
toit, m.n., roof
tolérance, f.n., tolerance
tolérant, adj., tolerant
tombe, f.n., grave
tombeau, m.n., tomb, grave
tomber, intr.v., to drop, to pull down *or* off, to die; *— sur*, to fall on; *— sur les vivres*, to eat ravenously
ton (fem. *ta*, pl. *tes*), poss.adj., thy, your
ton, m.n., tone
tonnant, adj., thundering
tonnelle, f.n., green arbour
tonnerre, m.n., thunder
tordre (*-dant, -du, -ds, -dis*), to twist
torrent, m.n., torrent
torse, m.n., trunk, body, stomach
tort, m.n., wrong; *avoir —*, to be wrong
tôt, adv., soon
total, m.n., total
totalement, adv., completely
totalité, f.n., totality
touchant, adj., moving, touching, affecting, cordial
toucher, tr.v., to touch, to receive, to touch upon
toucher, m.n., touch
toujours, adv., still, always
toupie, f.n., top
tour, m.n., turn, trick, feat, round; *— à —*, by turns, alternately
tour, f.n., tower
tourangeau, *i.e.* native of Touraine
tourné, shaped, made
tournoi, m.n., tournament

tournure, f.n., figure, appearance

tourner, tr.v., to go round, to turn round

tourner (se), ref.v., to turn about

tousser, intr.v., to cough

tout (plur. *tous*), adj., all, whole, quite, sufficient, already, exactly; — *au moins*, at least; — *en*, while, whilst; *tous les*, every; — *à fait*, quite, altogether; — *de suite*, at once; *pas du* —, not at all; — *à l'heure*, a little while ago, by and by; — *à coup*, suddenly, unexpectedly

tout, m.n., everything, whole

tracas, m.n., bother, trouble

trace, f.n., track

tracer, tr.v., to indicate, to draw up, to draw

tradition, f.n., tradition

traduire (-uisant, -uit, -uis, -uisis), tr.v., to translate

tragédie, f.n., tragedy

trahir, tr.v., to betray

trahison, f.n., treason, breach of faith

train, m.n., train

trainard, m.n., straggler

trainer, intr.v., to lie about, to drag

trainer (se), ref.v., to crawl, to drag oneself along

trait, m.n., feature

traite, f.n., draft, bill

traité, m.n., treaty

traitement, m.n., treatment

traiter, tr.v., to treat, to call, to settle, to attend

traître (-tresse, f.), m.n., traitor

tranché, cut off

trancher, tr.v., to contrast, to cut asunder, to cut

tranquille, adj., quiet

tranquillement, adv., quietly

tranquillité, f.n., quietness

transcrire (-ivant, -it, -is, -ivis), tr.v., to transcribe, to copy out

transgresser, tr.v., to infringe

transmis (p.part. of *transmettre*), transmitted, sent, forwarded

transparent, adj., transparent

transport, m.n., conveyance, transport, carriage; — *au cerveau*, delirium, brain-fever

transporter, tr.v., to carry about, to carry, to transport

transporter (se), ref. v., to go, to take oneself to

travail (plur. *travaux*), m.n., work

travailler, intr.v., to work, to try

travers (à), adv., through, among

traversé, traversed, pierced (or gone) through

traverser, tr.v., to traverse, to go across, to cross

trébucher, intr.v., to stumble

treille, f.n., vine-arbour

treize, adj., thirteen

treizième, adj., thirteenth

tremblant, adj., trembling

trempe, f.n., temper, stamp

trempé, dipped, tempered

tremper, tr.v., to wet, to soak, to dip

trente, adj., thirty

trentaine, f.n., about thirty

trentième, adj., thirtieth

trépas, m.n., death

très, adv., very

trésor, m.n., treasure, money, Treasury

tressaillir (-saillant, -sailli, -saille, -saillis), intr.v., to tremble, to be startled

treuil, m.n., windlass

tribunal, m.n., court

tribut, m.n., tribute

triomphant, adj., triumphant

trinquer, intr.v., to touch glasses (before drinking)

triomphe, m.n., triumph

triple, adj., treble, triple

triste, adj., cruel, sad-looking, mournful, sad, gloomy

tristement, adv., sadly, sorrily

trois, adj., three

troisième, adj., third

troisième, m.n, third floor

trompé, mistaken

tromper, tr.v., to deceive

tromper (se), ref.v., to be mistaken, to make a mistake

trompette, m.n., trumpeter

trompette, f.n., trumpet

tronc, m.n., trunk

trône, m.n., throne

trop, adv., too, too much, too many, too long

trot, m.n., trot

trottoir, m.n., pavement, foot-pavement

trou, m.n., hole

trouble, m.n., agitation, difficulty, uneasiness

troublé, disturbed

troubler, tr.v., to disturb

troupe, f.n., soldiers

trousseau, m.n., bunch (of keys)

trouvé, met with

trouver, tr.v., to find, to see, to think, to fancy

trouver (se), ref.v., to be, to find oneself

tu, pers.pron., thou, you

tube, m.n., tube

tué, killed, shot

tuer, tr.v., to kill, to shoot

tuile, f.n., tile

tumulte, m.n., tumult, noise

turquoise, f.n., turquoise

tuteur (-trice, f.), m.n., guardian, prop

tutoyer, tr.v., to thou-and-thee

type, m.n., type

tyran, m.n., tyrant.

U

un, adj., a, one; *l' — et l'autre*, both; *les uns*, some

unanime, adj., unanimous

uniforme, m.n., uniform

uniforme, adj., all alike

uniformément, adv., uniformly

unique, adj., sole, only

unir, tr.v., to unite, to bind, to join together

univers, m.n., universe

université, f.n., university

usage, m.n., custom, use; *d'—*, customary

user, tr.v., to make use of, to wear out

usurper, tr.v., to usurp

utile, adj., useful

utopie, f.n., utopia.

V

va (indic.pres. of *aller*), is getting on *or* is (in point of health)

va (imper. of *aller*), exclam., you are

vaccine, f.n., vaccination

vagabond (-e, f.), adj. and m.n., vagabond

vague, adj., faint, slight

vaguement, adv., slightly, faintly, indistinctly

vaillance, f.n., valour, bravery

vaillant, adj., well

vain (-e, f.), adj., vain, empty; *en —*, vainly

vainement, adv., vainly

vaincre (-quant, -cu, -cs, -quis), tr.v., to conquer, to convince

vaincu (p.part. of *vaincre*), vanquished

vainqueur, m.n., conqueror

vaisseau, m.n., ship

valet, m.n., manservant

valeureux (-se, f.), adj., valiant, gallant

vallée, f.n., valley

vallon, m.n., vale

valoir (-lant, -lu, vaux, -lus), intr.v., to be worth

vampire, m.n., vampire, *i.e.* an imaginary demon. *Fig.* bloodsucker, one who lives upon another

vanité, f.n., vanity

vaniteux (-se, f.), adj., vain

vanter (se), ref.v., to boast

vapeur, f.n., steam

variation, f.n., variation

varié, adj., varied

vaste, adj., large, vast, extensive

veau, m.n., calf

vécu (p.part. of *vivre*), lived

veille, f.n., day *or* evening before, eve, previous evening

veine, f.n., vein
velours, m.n., velvet
vendre (*-dant, -du, -ds, -dis*), tr.v., to sell
vendu (p.part. of *vendre*), sold
vénérable, adj., venerable, respectable
vénérer, tr.v., to hold in veneration, to reverence
venger, tr.v., to avenge
venger (*se*), ref.v., to avenge oneself
venir (*-ant, -u, viens, vins*), intr.v., to come, to follow, to happen, to come to ; — *de*, to have just
vent, m.n., wind
ventre, m.n., stomach
venu (p.part. of *venir*), come, grown
verdict, m.n., verdict
véridique, adj., truthful
vérification, f.n., verification
vérifier, tr.v., to verify
véritable, adj., real, veritable, true
vérité, f.n., truth
vermicelle, m.n., vermicelli soup
verre, m.n., glass
verrou, m.n., bolt
vers, m.n., verses, poetry
vers, prep., towards
verser, tr.v., to pour, to throw, to shed
vertu, f.n., virtue
vertueux (*-se*, f.), adj., virtuous
vêtement, m.n., clothes
vêtir (*-tant, -tu, -ts, -tis*), tr.v., to dress
vêtu (p.part. of *vêtir*), dressed
veuf, m.n., widower
veuve (f. of *veuf*), widow
veuillez (imper. of *vouloir*), be kind enough ; *ne lui en* — *pas*, do not be angry with him. See note on p. 23
veut (indic.pres. of *vouloir*), requires
viande, f.n., meat, viand
vicomte, m.n., viscount
victime, f.n., victim
victoire, f.n., victory
victorieux (*-se*, f.), adj., victorious

vide, m.n., vacuum, vacant space
vide, adj., empty
vider, tr.v., to empty
vie, f.n., life, lifetime, living
vieillard, m.n., old man ; in the plur., old folks
vieille, f.n., old woman
vieillerie, f.n., old thing, rubbish
vieillesse, f.n., old age
vieillir, intr.v., to grow older, to make older
vieux (*vieil, vieille*), adj., old
vieux, m.n., old man, old fellow
vif (f. *vive*), adj., great, keen, vivid, bright, bitter
vigoureux (*-se*, f.), robust, sturdy, vigorous, strong, heavy
vigueur, f.n., strength, energy
vilain (*-e*, f.), adj., ugiy
village, m.n., village
ville, f.n., town
vin, m.n., wine
vint (past def. of *venir*), took
vingt, adj., twenty
vingtième, adj., twentieth
violence, f.n., violence
violent (*-e*, f.), adj., violent, deep
violer, tr.v., to infringe, to transgress
violet (*-te*), adj., purple, violet
visage, m.n., face, countenance
viser, tr. and intr.v., to take aim
visible, adj., visible, manifest, apparent
visiblement, adv., ostensibly, evidently
vision, f.n., vision
visite, f.n., visit, call
visiter, tr.v., to pay a visit
visiteur (*-euse*), m.n., visitor
vital, adj., vital
vitalisme, m.n., vitalism
vite, adj., quick, swift
vitesse, f.n., swiftness, rate, step, speed ; *à toute* —, at full speed
vivacité, f.n., liveliness, spiritedness
vivant, adj., alive, living, vivid ; *du* —, in the lifetime
vive (subj. pres. of *vivre*), exclam., long live

vivement, adv., quickly, sharply

vivre (*vivant*, *vécu*, *vis*, *vécus*), intr.v., to live, to be alive, to be living

vivres, f.n. plur., victuals, dishes

vœu, m.n., wish

voici (i.e. *vois ici*), prep., here is (*or* are), this is

voie, f.n., line (of railway), way, means, mood

voilà (i.e. *vois là*), prep., here is, there is (*or* are), that is, such is

voile, f.n., sail

voiler, tr.v., to conceal, to obscure, to veil

voir (*voyant*, *vu*, *vois*, *vis*), tr.v., to see; *faire* —, to show, to notice; *laisser* —, to show

voisin, m.n., neighbour

voisin (*-ne*, f.), adj,, bordering upon, next

voisinage, m.n., neighbourhood, vicinity

voiture, f.n., carriage

voix, f.n., voice

vol, m.n., flight

volcan, m.n., volcano

volé, robbed

voler, tr.v., to steal

volet, m.n., shutter

voleur (*-se*, f.), m.n., robber, thief

volonté, f.n., will

volontiers, adv., with pleasure, willingly

voltiger, intr.v., to flutter *or* to run about

volume, m.n., volume, dimension, book

vomir, tr.v., to pour forth

voter, intr.v., to vote

votre (plur. *vos*), adj., m. and f., your

vôtre (*le*, *la*), pos.pron., yours

voudrais (condit. of *vouloir*), I should like, I wish I could

vouloir (*-lant*, *-lu*, *veux*, *-lus*), intr.v., to try, to wish, to will, to be willing, to ask for, to want, to like; — *dire*, to mean

voulu (p.part. of *vouloir*), tried, willed

vous-même, pers.pron., yourself

voyage, m.n., journey, travel, travelling; *de* —, travelling

voyager, intr.v., to travel

voyageur (*-se*, f.), m.n., traveller

voyons (imper. of *voir*), exclam., look here, now

vrai (*-e*, f.), adj., true, perfect, real

vrai, m.n., truth

vraiment, adv., indeed

vraisemblable, adj., likely, possible

vu (p.part. of *voir*), witnessed

vue, f.n., sight

vulgaire, adj., ordinary, vulgar, common.

W

wagon, m.n., railway carriage.

Y

y, pron., in it, to it, of it

y, adv., there

yeux (plur. of *œil*), m.n., eyes

yucca, m.n., yucca (plant).

Z

zèle, m.n., zeal

zéro, m.n., zero, *i.e.* freezing-point in a centigrade thermometer

zinc, m.n., zinc (metal)

zone, f.n., zone, region

zoologie, f.n., zoology

zouave, m.n., zouave, *i.e.* a soldier belonging to a special body of French infantry quartered in Algeria.

Printed by T. and A. CONSTABLE, Printers to Her Majesty
at the Edinburgh University Press

WORKS BY EDMOND ABOUT

Edited, with Explanatory Notes and Comprehensive French-English Vocabularies, for the use of Schools, Candidates, and Private Students.

E. About possesses, to a high degree, the purity of thought and style which the young students of the French language are entitled to find in the books destined to help and guide them in their studies. This well-balanced mind, the rigorous control he always exercises over his native faculties, the precision of his method, the art with which he unfolds his plots according to the strict rules of logic, and gives to his thought all the development it admits of, render his works peculiarly adapted for the purpose of class reading and study. He belongs, as it were, to that great literary school which contributed so much to the glory of the age of Louis XIV.

Le Roi des Montagnes. An entirely New and Revised Edition. Edited by Professor HENRI TESTARD, B.A., B.D., Officier de l'Instruction Publique ; Membre de la Société des Gens de Lettres de France ; and Senior French Instructor at the Royal Naval College, Greenwich. 286 pages. Crown 8vo. Cloth. 2s.

Contes Choisis. Containing : La Fille du Chanoine, la Mère de la Marquise, Extracts from 'Trente et Quarante' and 'Le Roi des Montagnes,' Les Gendarmes, etc. Edited by the late Rev. P. H. E. BRETTE, B.D., and G. MASSON, B.A. New Edition revised by H. TESTARD, B.A., B.D., etc. etc. 260 pages. Crown 8vo. Cloth. 2s.

Récits et Nouvelles. Containing : Les Jumeaux de l'Hôtel Corneille, La Mort du Turco, L'Inondation, Le Grain de Plomb, and Dans les Ruines. Edited by A. P. HUGUENET, Officier d'Academie, etc. etc. 192 pages. Crown 8vo. Illustrated. Cloth, 2s.

The volume contains the following stories : (1) '*Les Jumeaux de l'Hôtel Corneille*,' a characteristic episode of student life in Paris : (2) '*La Mort du Turco*,' an impressive narrative of one of the many expeditions France has had to undertake against the Arabs ; (3) '*L'Inondation*,' a dramatic story of one of those terrible floods so frequent in France before dykes had been constructed to regulate the river courses ; (4) '*Le Grain de Plomb*,' a simple but touching sporting anecdote in Alsace ; and (5) '*Dans les Ruines*,' a striking study, full of suggestive ideas on the vital and much discussed questions of the dwellings for the poor in great cities. These varied subjects introduce an unusual number of words and expressions, and offer an advantage seldom secured by the study of any one book. At the same time the selections are long enough to be interesting, and afford an opportunity of forming an adequate idea of the author's style.

La Fille du Chanoine. Edited by the late Rev. P. H. E. BRETTE, B.D., and GUSTAVE MASSON, B.A. Revised by HENRI TESTARD, B.D. 80 pages. Crown 8vo. Cloth, 10d.

One of the most charming stories of this eminent Author, whom the *Times* styles 'The Thackeray of France.' The work can hardly be too highly recommended for its interest, instructiveness, and cheapness. In no contemporary Author can the French language be studied to greater advantage. The style is graceful and easy, and the book is well suited, in every respect, for students of moderate attainments.

Selected by the eminent Author himself, and edited with Explanatory Notes and Comprehensive French-English Vocabularies, for the use of Schools, Candidates for Examinations, and Private Students.

H. Malot's characters are always drawn with lifelike fidelity. You can see the people he depicts, and feel that you are living with them in much the same way as you do when reading the works of C. Dickens. Malot, like Dickens, loves to depict the habits and customs of the lower classes; both these great writers possess a keen sense of the humorous element in humanity. In no line of writing does H. Malot more distinctly score than in his delightful tales for children. They are full of delicate touches that cannot fail to interest the youthful mind.

Capi et sa Troupe. Épisode de 'Sans Famille.' Edited by F. TARVER, M.A., late French Master at Eton College. 218 pages. Crown 8vo. Cloth, 1s. 6d.

'M. Malot is a master of French Prose, and his story is throughout so attractive as to give the pupil a close interest in what he is reading, and to remove a good deal of the feeling that in spelling out a translation he is performing a task. Mr. Tarver's notes are careful, and appear to be exhaustive.'—*Freeman's Dublin Journal.*

L'Ile Déserte. Épisode de 'En Famille.' Edited by E. L. NAFTEL, Modern Language Examiner to the Universities of Oxford and Cambridge, etc. 178 pages. Crown 8vo. Cloth, 1s. 6d.

'The present episode deals with the amusing adventures of a young girl who is left an orphan and gradually works her way through the stormy battle of life. The tale is not without a strong tinge of romance, but it is exquisitely written throughout. The characters are graphically sketched, and the young heroine's adventures on her little island are both amusing and instructive. They will be particularly acceptable to girls, for whom this episode is calculated to form a most desirable reading-book. The author's elegantly chosen language in descriptive passages will give the student a model for writing French prose as it should be written.'—*From Editor's Preface.*

Remi et ses Amis. Épisode de 'Sans Famille.' Edited by J. MAURICE REY, B. ès L., French Lecturer at University Extension College, Reading. 196 pages. Crown 8vo. Cloth, 1s. 6d.

'This episode commences at the death of Vitalis, who bought Remi from Barbarin. The poor boy is adopted by a kind-hearted gardener, and Remi finds in his children brothers and sisters. But disaster befalls them, and Remi is compelled once more to resume his wandering life with the faithful Capi. He meets Mattia, a poor fellow-sufferer like himself; they associate, they succeed in saving money enough to buy a cow as a present for Mère Barbarin. The narrative of the purchase and bringing home of the cow is most amusing. Remi learns that after all he is not without relatives, and that they are making efforts to find him. He starts again, in consequence, with Mattia for Paris, and on his way, spends a few days in the Nièvre with Lise—his beloved Lise—the gardener's poor dumb child. To her he imparts all his dreams of future wealth, in which she fully shares, and in imagination already sees Remi coming to fetch her in a coach and four.'—*From Editor's Introduction.*

Sous Terre. Épisode de 'Sans Famille.' Edited by A. DUPUIS, B.A., Lecturer in French at King's College. 150 pp. Cr. 8vo. Cloth, 1s. 6d.

'This episode from Malot's "Sans Famille" gives a thrilling account of the flooding of a coal mine, from which only six out of a hundred and twenty miners were rescued, after having been confined in a narrow space for fourteen days. The tale is all the more effective from the absence of apparent aiming at effect. There is no trace of exaggeration or impossibility. The description of the mine and the various incidents of the disaster, including the sufferings, alternating feelings, conversation, and behaviour of the men, brings the whole scene vividly before the mind, and keeps up an intense interest till the happy consummation is reached.'—*Athenæum.*

Sur Mer. Épisode de 'Romain Kalbris.' Edited by H. TESTARD, B.A., B.D., etc. 260 pages. Crown 8vo. Cloth, 1s. 6d.

An account of the indomitable energy of Romain Kalbris, who, through his love for adventures and journeys to distant lands and his cravings for the seafaring life in which his father and other relations had found an untimely death, is led to leave first his home and afterwards that of his uncle. As a class reading book 'Sur Mer' can hardly fail to win the sympathy and excite the admiration of young readers.

Telegraphic Address:
'HACHECO, LONDON.'

Telephone:
9467 CENTRAL.

LIBRAIRIE HACHETTE

LONDON: 18, KING WILLIAM STREET, CHARING CROSS

Hachette's New Series of Latin Classics

Printed in clear, bold type, from the best Texts available, and edited with lengthy Introductions, Exhaustive Notes and FULL LATIN-ENGLISH VOCABULARIES.

Caesar, De Bello Gallico.

Edited by J. F. DAVIS, D.Lit., M.A., LL.B. (Lond.); *Formerly Examiner in the University of London and at the College of Preceptors; Lecturer at the City of London College*, etc.

Book I. With Notes, Vocabulary, etc., 1s. 4d.

Book II. With Notes, Vocabulary, etc., 1s. 4d.

Book III. With Notes, Vocabulary, etc., 1s. 4d.

Book IV. With Notes, Vocabulary, etc., 1s. 4d.

Book IV. With Vocabulary only, 1s.

Books IV. and V. (in one vol.). With Notes and Vocabulary, 2s.

Books IV. and V. (in one vol.). With Vocabulary only, 1s. 6d.

Book V. With Notes, Vocabulary, etc., 1s. 4d.

Book V. With Vocabulary, 1s.

Books V. and VI. (in one vol.). With Notes and Vocabulary, 2s.

Book VI. With Notes, Vocabulary, etc., 1s. 4d.

Book VII. With Vocabulary, 1s.

Vocabulary to each Book, separately, 6d.

Cicero, in Catilinam.

Edited by Rev. RALPH HARVEY, M.A. (Lond.), *Late Headmaster of Cork Grammar School.*

Books I. to IV. complete. Cloth, 2s. 6d.

Book I. Paper Cover, 1s.

Books I. and II. (in one vol.). Cloth, 1s. 6d.

Book III. Paper Cover, 1s.

Books III. and IV. Cloth, 1s. 6d.

Book IV. Paper Cover, 1s.

Cicero, pro Archia.

Edited by the Rev. RALPH HARVEY, M.A. (Lond.), etc.   Cloth, **1s. 6d.**

Cicero, pro Lege Manilia.

Edited by the Rev. RALPH HARVEY, M.A. (Lond.), etc.   Cloth, **1s. 6d.**

Ovid, Metamorphosis.

Edited by the Rev. RALPH HARVEY, M.A. (Lond.).

Book XIII. Cloth, 2s.   Book XIV. Cloth, 2s.

Vergil, Æneid.

Edited by J. F. DAVIS, D.Lit., M.A., LL.B. (Lond.), etc.

Book I. Cloth, 1s. 4d.

Book V. Cloth, 1s. 4d.

Book IX. With Vocabulary only, 9d.

Vocabulary to Book IX. separately, 6d.

ELEMENTARY FRENCH READERS

Elementary Conversational French Reader.

With Conversations, Questions, Notes, Vocabulary, etc., by *s. d.*
HENRI BUÉ, B. ès L. **1 0**

Charlin's French Reader.

Short Anecdotes and Stories, with Concise Vocabulary **0 9**

Lectures Faciles pour les Commençants.

Leçons de Choses, Anecdotes, Historiettes, Petites Poésies.
With Vocabulary by JULES LAZARE, B. ès L. **1 0**

Short object lessons on familiar subjects ('**Pour écrire une lettre—La Table
—Les Meubles— La Maison—Animaux domestiques—Les Habits, etc.**')

New Conversational First French Reader.

Arranged progressively with List of Difficult Words, Conversations,
Questions and Vocabulary, by HENRI BUÉ, B. ès L., etc.   ... **1 6**

Lectures Primaires Illustrées. (63 Illustrations.)

**Morceaux faciles avec des Explications, des Questions et des
Devoirs,** par E. TOUTEY. With Vocabulary in the Ordinary and
Phonetic Spellings by HENRI BUÉ, B. ès L. **1 3**

Each Lesson is accompanied by a pleasing picture, reflecting as in a looking-
glass the substance of the text-matter: No. 1, for instance, supplies a wealth of
Object Lessons :—**Cuisine, salle à manger, chambre à coucher, fourneau,
garde-manger, pot-au-feu, robinet, évier mur, plafond, carreau, porte,
table, chaises, cheminée, glace, vase, buffet, plancher, tableaux,
armoire, lit, rideaux, cuvette, etc.**

Recueil Gradué de Bons Mots et Anecdotes Courtes à l'Usage des Commençants.

**326 morceaux faciles et, en même temps, assez 'vivants' pour
interesser.** With Notes in easy French by G. N. TRICOCHE, B. ès L. **2 0**

Premières Lectures en Prose et en Vers.

Short Narratives, Poetry, etc., by JULES LAZARE, B. ès L.   ... **1 6**

'130 pages of easy, well-printed, interesting extracts. We have culled at random
the following names from the list of writers: A. Karr, Le Sage, Stendhal, Richepin,
Florian, Victor Hugo, and Th. Gautier. Probably the best kind of reading, for
both classics and modern writers have their advantages.'—*Practical Teacher.*

Les Plus Jolis Contes de Fées. (In easy French.)

**(Le Chat botté—La Belle au Bois dormant—Le petit Cha-
peron rouge—Cendrillon—La Barbe bleue—Ali-Baba, etc.)
With full Vocabulary** by JULES LAZARE, B. ès L. **1 6**

Whilst retaining substantially the spirit of these immortal Tales, the Editor has
eliminated peculiarities of construction which tend to puzzle and discourage junior
students. Not only will this simplified version afford **easy practice** in intuitive
reading, but it will also lend itself readily to **oral retranslation and repetition.**

Loretto College Library

LIBRAIRIE HACHETTE

HACHETTE'S FRENCH READERS ON THE DIRECT METHOD
With French Marginal Notes on Reform Lines, Conversational Questions, Exercises in Free Composition, etc.
General Editor : MARC CEPPI.
Whitgift Grammar School, Croydon ; Author of ' French Lessons on the Direct Method' (Beginners', Junior Intermediate, and Senior Courses).

Price per Volume, Small 8vo., Cloth, 1s. 6d. net.

Contes faciles. (Simplified Text for Junior Forms.)

Popular Tales and Legends rewritten in easy French, with Notes,
Free Composition

N   s.)

                                                                    es,

                                                                    rb

A

                                                                    r-
                                                                    e

PQ 2151 .H76 1899 SMC
About, Edmond,
L'homme a l'oreille cassee

J   )

F

A

E

G